AF367313

MARIO CARBOGNIN

CANI E GATTI

EDIZIONI:

Questi racconti sono opera di pura fantasia.
I riferimenti, i personaggi e i luoghi, quando citati, servono solo a dare una vaga veridicità alla narrazione.
Qualsiasi analogia con animali o persone vive o scomparse è da intendersi a volte voluta e a volte casuale, ma quasi mai veritiera.

... e allora disse: "Attento a dove metti i piedi. Con tutti questi cani a passeggio, la strada è scivolosa".

<u>Battista</u>

Introduzione

Quando colui che ascolta non capisce colui che parla e colui che parla non sa che cosa sta dicendo: questa è la filosofia!

Questa frase di Voltaire mi solletica la mente ogni qualvolta devo spiegare in modo complicato concetti semplici

L'estate scorsa stavo beatamente godendomi una vacanza in una rinomata località montana e ogni tanto, malgrado i miei malanni, mi inoltravo tra gli alberi per immergermi in quella natura inebriante e raccogliere qualche fungo qua e là.

Maledizione! A ferragosto il bosco s'era ridotto a un andirivieni di turisti con zaini stracolmi di provviste: per loro e per i loro cani.

Eravamo nel trentino, e in zona bazzicava da settimane un orso feroce. «Tenete a bada quei maledetti cani» raccomandai, «un orso non è una lepre da stanare!» insistetti notando un Bracco e un Bassotto da caccia, che indisturbati raspavano nell'esteso sottobosco montano in cerca di selvaggina.

Allora i componenti di una famigliola come si deve, per dimostrare che loro avevano capito, tennero a puntualizzare che, loro, non c'azzeccavano con i cani, ma con un gatto e un coniglio che rifiutava l'erba perché s'era ingolosito del cibo per gatti.

Costoro evidenziavano graffi sanguinolenti fatti dal felino nemico del bosco; infatti graffiava e ingurgitava erba diuretica; il coniglio se ne approfittava pappandosi le crocchette a base di pollo del gatto; malgrado ciò la ragazzina che l'aveva in custodia assicurava che il coniglio era vegetariano.

Scappai da quel manicomio tornandomene in pianura. Dopotutto la città deserta era quasi vivibile. Sì, quasi vivibile se non ci fossero stati degli scansafatiche venuti da chissà dove - che si dovevano aiutare e rispettare per evitare d'essere definiti intolleranti xenofobi - i quali raspavano molto più dei cani. Tentai di far loro credere che se un normale cittadino - schedato con codice fiscale - si fosse comportato come un animale che frugava dappertutto, rompeva, sporcava e non puliva, sarebbe stato multato e, se non pagava, immediatamente arrestato.

*Uno sfaccendato giovane nullatenente, con un moderno telefonino in mano, mi fece notare che: "Lo scopo principale della vita è godersela!" ecco la sua **maieutica** filosofia socratica.*

«Noi traslochiamo da dove si sta peggio per andare dove si sta meglio» disse con fare risaputo da filosofo teoretico. Boh...

Pensai che anch'io, in fin dei conti, mi attenevo alla stessa filosofia... Eretica? Boh! Sennonché riflettendo notai che lo Stato - che si diceva fossi sempre io - non mi esonerava dal pagare le tasse.

Corsi a casa per consultare gli scritti di un vero insigne filosofo che un amico mi aveva consigliato di leggere.

*Questo ineccepibile filosofo si chiamava: **Arthur Schopenhauer.***

Schopenhauer sosteneva che i cani originariamente erano degli animali rapaci, e che l'uomo un po' alla volta se li era addome-

sticati rendendoli delle docili creature domestiche.

«Se non ci fossero i cani», disse a un intervistatore, «io non vorrei vivere.» Poi aggiunse: «Ciò che rende così piacevole la compagnia del mio cane...» e qui lo accarezzò e lo guardò negli occhi come un Lucifero innamorato del suo Belzebù, «Sì, ciò che me lo rende piacevole è la trasparenza della sua natura. Il mio cane è trasparente come il vetro.»

Ciò detto si scolava la sua birra schiumosa e poi con il fazzoletto lucidava il bicchiere per rendere evidente la trasparenza del vetro.

Un ritratto di questo scellerato, accanto all'amato cane, mi convinse che probabilmente quel teoretico, o meglio teocratico, giovane nullafacente, con un moderno telefonino in mano, che diceva: "Lo scopo principale della vita è godersela!" non aveva tutti i torti.

La filosofia di Arthur Schopenhauer - stringi stringi - consisteva nell'asserire che la natura si beffa delle sue creature per realizzare i suoi fini crudeli e maligni. Sono quindi dei cretini coloro che dicono di sì a se stessi nella crudeltà tragica in cui la natura li ha fatti nascere: "Questi sono talmente imbecilli da scambiare come piacere l'attimo che precede la sofferenza" precisava.

"La volontà di vita è fonte di grande tormento per ogni uomo di sano intelletto, e quindi solo l'arte, l'etica e l'ascesi (pratica spirituale che mira a ottenere il distacco dal mondo) ci può affrancare da tale volontà. Ma in ogni caso la vita dell'uomo oscilla come un pendolo, di qua e di là, tra il dolore e la noia."

Oltretutto affermava che la donna appartiene al secondo sesso, che da ogni punto di vista è inferiore all'uomo, ragion per cui l'uomo dev'essere caritatevole nei suoi confronti e pazientemente farsi carico... Insomma, supportarla, o meglio: sopportarla.

Al diavolo Schopenhauer e quel mio amico. S'è sempre detto che i buoni consigli non te li danno gli amici, costoro non ti dicono mai la verità, la verità te la dicono i nemici.

Dalla finestra vidi passare una femmina procace, ben tenuta e fiera nel tenersi al passo un barboncino al guinzaglio. Mi sporsi sorridendole, augurandomi che fosse quella buona donna a essere caritatevole e pazientemente supportarmi e sopportarmi: non il contrario come sosteneva quel mefistofelico filosofo.

Proprio in quel mentre squillò il telefono. Era l'infausto amico che s'informava su cosa pensassi di Schopenhauer.

«Penso tutto il contrario di quello che pensa lui!» quasi urlai.

«Allora ti consiglio di leggere, "Così parlò Zarathustra", di Friedrich Nietzsche. Nietzsche capovolge la filosofia di Schopenhauer, pur tenendo valida la volontà di vita, ma rendendo alquanto...»

Chiusi ogni comunicazione maledicendolo.

Quella procace signora con il cagnolino oramai si era dileguata. Mi trascinai sotto la doccia per smorzare le licenziose fantasie, dopodiché uscii a fare quattro passi.

Incrociai un accattone, male in arnese, con una specie di cane bulldog immusonito. Gli chiesi se conoscesse Schopenhauer e Nietzsche. Quando balbettando mi assicurò che non li aveva mai sentiti nominare, gli regalai la banconota fortunosamente risparmiata. Allora Battista - così si chiamava costui - smise di balbettare e come un gatto bisognoso, ma contento, incominciò a fare le fusa.

Con Battista vado d'accordo come con la mia gatta fedifraga, che però mi scova i tartufi.

ELENCO RACCONTI

PREMESSA.

Nella nostra società moderna cani e gatti se la cavano meglio di animali più saggi e onesti. Il motivo è che sono più vicini al carattere dell'umanità: che non è altro che un insieme di inganno e stupidità.

(Riflessione segreta di Battista da non far sapere in giro.)

Se un pollo fosse ruffiano, avrebbe una vita meno tribolata; però dovrebbe imparare a defecare con più discrezione.

Nel Veneto, ma non solo nel Veneto, il gatto cucinato con i dovuti accorgimenti e aromi, nei tempi andati era una prelibatezza. I cani in Cina, ma anche in altri paesi asiatici, sono stati una fonte di cibo fin dai tempi antecedenti Confucio. Indipendentemente dal fatto che i cinesi sono stati i primi a sottomettere i cani selvatici rendendoli animali domestici.

Nella civile Svizzera, ma persino nella barbara Alta Italia, i mastini, come pure i segugi, venivano serviti in tavola e gli sprovveduti banchettatori, più o meno consapevoli di quanto stavano mangiando, elogiavano l'aroma del selvatico pregiato camoscio.

Signori miei! Questo succedeva fino a pochi anni fa. Cani e gatti non beneficiavano della franchigia che oggi li esonera dalle nostre tavole imbandite.

Siamo totalmente propensi a credere che sia il nostro superiore grado di civiltà a rendere tali animali esseri intoccabili?

Ecco la domanda che polli, agnelli, vitelli, maiali, asini, conigli e probabilmente anche i pesci, si pongono.

Se qualcuno si permette di definirci razzisti, noi ci offendiamo e manifestiamo la nostra insofferenza. - Noi non facciamo differenze tra le razze, trattiamo tutti nella stessa maniera! -

Ma i poveri asini, polli, conigli, tonni e branzini non avrebbero ragioni sufficienti per contraddirci?

I filosofi pietosi ci insegnano ad avere pietà per gli animali, ma io mi chiedo: "Cos'è la pietà?"

La pietà la si deve ai sofferenti. Michelangelo la rappresenta parimenti a una giovane vergine immacolata, che tiene sulle ginocchia il corpo martoriato del Cristo.

Ma ora basta. Lasciamo queste considerazioni filosofiche e divertiamoci a seguire questi cani e questi gatti tanto mitizzati.
Da loro abbiamo imparato molte cose, forse anche troppe.

Calciatori, gente di spettacolo, dirigenti, banchieri - alcuni di loro immeritatamente strapagati - chiudo gli occhi e li immedesimo nel cane di Schopenhauer; riapro gli occhi e vedo politici, burocrati, ecclesiasti, falsi imprenditori e ahimè, mi appare un gatto imbronciato con l'istinto del predatore furfante e ladro di natura.

Cosa fanno, che cosa ci danno di così prezioso questi personaggi per giustificare la considerazione di cui godono?

Ci regalano forse le cibarie commestibili e i tessuti per coprirci? Hanno a nostra insaputa scoperto la miracolosa cura contro i virus più nefasti?

No! Niente di tutto questo. E allora?

Be', la confidenza me l'ha sussurrata Battista, ma mi ha raccomandato di non renderla pubblica perché... Perché è top secret!

Quindi, caro lettore, ssst.... Mi raccomando, bocca cucita!

Guai a divulgare quanto qui leggerai.

Non rovinare il sorriso di MONNA LISA.

(1) La profumiera della Valle Camonica.

Con i cani conviene comportarsi da gatti

Aveva raggiunto l'età della menopausa e dopo tre matrimoni andati a male - come una pietanza tenuta a temperatura inappropriata - Immacolata Castracani decise di abbandonare l'ormai deprimente vita sociale metropolitana di Milano, per dedicarsi a qualche lavoro appagante per se stessa e utile alla comunità della sua valle dove quasi cinquant'anni prima era nata, e cioè: la Valle Camonica (detta Valcamonica).

- Questa è una delle valli più estese delle Alpi Centrali, compresa fra la provincia di Brescia e Bergamo. Lunga circa 90 km., inizia al Passo del Tonale e termina sul lago d'Iseo. È attraversa-

ta in tutta la sua lunghezza dall'alto corso del fiume Oglio, che nasce a "Ponte di Legno", in Alta Lombardia, oltrepassa il lago d'Iseo per poi sfociare nel grande fiume Po -.

Orbene, per cominciare la nostra Immacolata decise di aprire un negozio di tisane, profumi e creme rassodanti, proprio lì, in alta valle; lontana dal trambusto della città dove oramai aveva trascorso i suoi anni più intensi, tra *boutique* e sfilate di moda.

Malgrado i suoi tre mariti e innumerevoli vigorosi spasimanti, la gioia della maternità era tuttora al di là del suo orizzonte; questo l'imputava a quel nome *"Immacolata"*, che frenava la libidine dei suoi molteplici, ma irreprensibili innamorati.

Lei, in ogni caso, nell'ambiente era conosciuta come, **Alma De Castro,** ex indossatrice divenuta con il tempo consulente pubblicitaria. Non era brutta, ovviamente molto elegante e provvista d'un olfatto finissimo; ma era astigmatica e finanche presbite; oltretutto daltonica, sbadata, smemorata, e poi: con quel suo imbarazzante cognome... **Castracani!**

Il suo ultimo fidanzatino - si fa per dire - venutone casualmente a conoscenza, s'era immediatamente defilato. Possedeva un gagliardo cane Labrador ed era terrorizzato dalle possibili sarcastiche maldicenze che potevano nascere accompagnandosi con una Castra-cani, sia pure immacolata.

Ella non diede peso all'abbandono, ritenendo quel menagramo non all'altezza della sua presunta signorilità. Ma il tempo passava e purtroppo anche lei si stava accorgendo di essere appetibile solamente per il sesso maschile sconsolatamente squattrinato, o d'una certa età. Però si sentiva ancora giovane e piena di energie, e allora? - Stando così le cose decise di esternare, senza mezzi termini, le sue non del tutto sopite potenzialità. -

La Valcamonica, oltre all'arte rupestre preistorica, era la culla del primitivo vero carroccio, della storica lega lombarda di **Albert De Giussan,** che con pochi valorosi valligiani lombardi aveva tenuto testa al prepotente Barbarossa. Lì, in tempi recenti, era nato il partito artefice della scossa radicale portata alla politica italiana. In quelle valli nascevano i veri uomini e le donne più autentiche come lei. Lì c'era gente abituata a vivere all'aria aperta, a respirare l'odore della natura, sì, l'odore della natura, ma...

Ma la nostra Alma De Castro, in un recente sopralluogo, aveva odorato una natura non proprio profumata ed era per questo che a quelle comunità voleva portare i suoi profumi, le sue lavande, i suoi deodoranti, le sue tisane contro la flatulenza. Insomma, intendeva trasformare la sua passione in una missione.

Con fare, che lei riteneva diligente, si fece restaurare il vecchio edificio paterno ereditato in tempi remoti e che finora, malgrado i ribassi di prezzo, non era riuscita a vendere.

- Non riusciva a venderlo perché stava di fronte a un caseificio specializzato nella produzione di formaggi tipici della valle, il cui pezzo forte era, il **Puzzone della Valcamonica.** -

Questo impasto formaggesco doveva il suo nome all'acuto effluvio che emanava: in pratica era un fetore intenso d'erba marcescente di pascolo acquitrinoso, e di latte andato a male.

Immacolata non si curò della sconveniente dislocazione, ma per converso si appassionò ancor più al suo ruolo di **Profumiera della Valcamonica**, impegnata a disciplinare i miasmi della valle.

L'architetto ingaggiato per dirigere i lavori di ristrutturazione dello stabile, quando seppe della variazione d'uso del fabbricato - da abitativo a in parte commerciale - consigliò alla donna di smerciare articoli inerenti al latte. Solo così avrebbe conseguito il certificato di agibilità.

Immacolata non si perse d'animo.

Si procurò un paio di barboncini, che andavano tanto di moda, e li tosò a mo' di pecora.

Uno lo chiamò **Toto** e l'altro, *Totò*

Con Toto, il cagnolino meno nervoso in braccio e l'altro, *Totò*, al guinzaglio, si presentò negli uffici comunali del paese per ottenere il benestare all'apertura del negozio. Non specificò le sue vere intenzioni, disse solo che la sua attività era orientata alla vendita di aromi aromatici che valorizzassero e incrementassero il turismo in quel paese montano.

Il Sindaco, commosso dall'aspetto pecorino del cagnetto tenuto stretto al cuore dall'amabile signora, appose la sua firma sul documento che l'autorizzava ad aprire la profumeria provvisoriamente denominata: "*Eremo del buon aroma*".

Elettrizzata dal suo successo, con la sua automobilina rossa tuttofare, incominciò a trasportare dalla metropoli alla montagna i suoi innumerevoli effetti personali, e, come compagnia, si portava appresso il barboncino Toto, affettuoso e tranquillo. *Totò*, l'altro barboncino più vivace e dispettoso, lo lasciava in bottega assieme a un giovinastro - figlio naturale di un'esuberante valligiana locale - che aveva assunto per modo di dire: cioè reclutato sottobanco laonde evitare l'esborso dei contributi previdenziali.

Questo adolescente evidenziava chiaramente i segni d'una inseminazione marocchina, ma essendo nato e cresciuto in quei luoghi, si comportava in maniera più lombarda d'un *Lumbard* purosangue. La madre lo fece battezzare e denunciare all'anagrafe con il nome di **Arsenio Spaventalupi**, visto che lei di cognome faceva proprio Spaventalupi. Il padre lo ricordava vagamente come: *"Mao met* di qua, *mao* met di là"*, che le ripeteva: **"Teo met, sìii, teo met, teo met"**. Ma poi dileguato e di nomi ufficiali... Nessuna traccia.

Era evidente l'empatia d'una Castracani con una Spaventalupi.

Viceversa il ragazzo odiava quel cagnetto troppo effeminato; lui adorava i cagnoni di grossa taglia, simili ai lupi virili.

Il barboncino che invece questo lavorante doveva accudire, a sua volta ricambiava quest'odio, ragion per cui spesso e volentieri abbaiava e scappava dal negozio.

Il giovane lo inseguiva, ma *Totò* s'infilava nei tombini più angusti e passava la giornata gironzolando per il paese come un cane randagio. Raccattava quel che la gente pietosamente gli buttava e all'imbrunire tornava a casa dalla sua padrona la quale, indaffarata com'era, non lo degnava nemmeno d'una carezza.

Alma De Castro era sempre in viaggio, impegnata a trasportare le sue cose nella nuova residenza, ma quella sera si rese conto del travaglio di quel povero cane *Totò*, abbandonato a se stesso. Ma Toto, il barboncino che lei sistemava sul retro della sua vetturetta rosso fuoco, presentava sintomi emotivi anche peggiori di *Totò*. Toto non voleva più salire sull'infernale macchina rossa.

Vi domanderete: "Perché?"

Era perché Alma De Castro guidava come una scellerata, senza rispettare le precedenze e litigando continuamente con gli altri furibondi automobilisti ai quali rimproverava la mancanza di cortesia che spettava a un'elegante e raffinata signora. In pratica lei, causa la sua vista difettosa, confondeva i colori e vedeva doppio, cosicché continuamente sbatteva contro ogni ostacolo, anche fermo. Infatti la carrozzeria dell'auto era piena di ammaccature rimediate solitamente nelle manovre di parcheggio.

Però quel giorno aveva esagerato. Era passata con il semaforo rosso - che lei riteneva fosse giallo o addirittura verde - e conseguentemente rimediò una botta terribile sulla fiancata posteriore, proprio in corrispondenza del povero Toto.

Il cagnolino s'era visto catapultare addosso il muso d'una vettura a tutta velocità, terrorizzato tentò di acquattarsi, ma il colpo funesto l'aveva sbattuto contro la parete opposta: subendo un trauma molto doloroso al collo, alla spalla e uno scombussolamento di tutto l'apparato intestinale. Emetteva dei guaiti pietosi, a tal punto da impietosire perfino l'inferocito investitore che recriminava sulle sue legittime ragioni.

Ovviamente, una volta scesa, quella povera bestiola non voleva più saperne di risalire sull'infernale macchina rossa. Quello scombussolamento le provocava flatulenza - che a volte si trasformava in dissennata dissenteria - per cui continuava a sollevare nervosamente la zampa per spruzzare qualche goccia di oleosa pipì e frammenti di cacca gelatinosa nei posti meno opportuni.

Vista la precaria situazione, Alma De Castro, come suo solito, non si perse d'animo e per i suoi rimanenti viaggi decise di trascinare con sé il povero *Totò*: il barboncino più vivace normalmente assegnato in custodia al giovane Arsenio soprannominato **Lupon**. Sennonché pure il mansueto Toto aveva in antipatia il giovinastro Lupon, pertanto appena possibile, scappava.

Ora bisogna sapere che, dirimpetto alla casa, al di là della strada, c'era il famoso caseificio denominato, **La Boutique del Formaggio**, e vicino all'entrata dello stabile c'era uno spiazzo che permetteva ai furgoni di caricare e scaricare i prodotti caseari. Bene. Toto si rifugiava a defecare e urinare senza ritegno giustappunto lì.

Arsenio Spaventalupi, detto Arsenio Lupon, vedendo che il barboncino non si allontanava più di tanto, lo lasciava fare; però quello spiazzo a sera era schifosamente imbrattato dalle deiezioni e defecazioni di quel cane ancora stravolto dallo spavento.

Il giorno dopo Toto sembrava essersi un po' ripreso, ma memore delle sue disgrazie, vedendo un facchino che saliva e scendeva da un furgone, furtivamente scortava il poveraccio, che lui riteneva un vile manigoldo, e, quatto quatto, gli spruzzava sulla caviglia qualche miserevole goccia di puzzolente e viscida pipì

Il titolare del rinomato caseificio, che pomposamente pubblicizzava come, *La Boutique del Formaggio*, incominciò a innervosirsi e a preoccuparsi per quel disdicevole contesto. Quel dannatissimo cagnolino mal custodito - dedito a insozzare il suo lindo piazzale - lo esasperava.

Mandò un suo dipendente nella profumeria in allestimento con l'ordine di imporre al garzone di tenere a bada quel maldestro cane: altrimenti avrebbe usato le maniere forti per imporre...

«Parlate con la mia padrona, io non c'entro con questi cani» rispose scansando ogni responsabilità Arsenio Spaventalupi.

A questo punto il titolare del caseificio, che di nome faceva **Furio Strozzagatti**, decise di affrontare la situazione con determinazione. Doveva incontrare e parlare direttamente con quella dannata Immacolata Castracani, per cui le fece telefonare proponendole un incontro dentro al proprio rassicurante ufficio.

Conosceva fin da bambino l'esuberante donna sua coetanea, *inquantoché* in anni remoti dovette condividere un paio di classi elementari nella stessa aula, senza però mai rivolgerle la parola. Tutto dipendeva dal fatto che le loro famiglie, pur abitando vicine, anzi, proprio perché vicine, non andavano assolutamente d'accordo; questo si trascinava fin dai tempi della prima guerra mondiale.

La famiglia Castracani, essendo di origine nordica, tifava per gli Asburgo d'Austria, mentre la famiglia Strozzagatti, con radici sabaude, tifava per il re d'Italia.

In valle si diceva che fossero veramente: "Cani e Gatti".

Il proprietario dello stabilimento specializzato nella trasformazione del latte, che di nome faceva **Furio** - anche se di carattere era mansueto - di cognome faceva pur sempre: **Strozzagatti.**

- Lui teneva però a precisare che non aveva assolutamente in antipatia i gatti e il suo cognome derivava dal famoso dolce *Strozzagatti, (torta di forma rotonda, con uvetta e pinoli, di consistenza morbida, adatta per la prima colazione e le merende pomeridiane)* molto conosciuto in Liguria e nella bassa pianura lombarda. -

Sennonché quell'eclatante Furio - nome che i suoi genitori gli avevano imposto per dimostrare la loro fierezza - lo costringeva a dimostrarsi deciso nei suoi propositi.

Insomma, non vedeva vie di mezzo. Doveva misurarsi con quella Castracani: oltretutto poco immacolata da quanto lui ricordava e da quanto in giro si mormorava.

Bisogna però sapere che il povero Furio, stando perennemente a contatto con latte marcescente e aromi intensi idonei alla creazione del suo capolavoro, *il Formaggio Puzzone* - orgogliosamente denominato della *Valcamonica* per distinguerlo dalle imitazioni - s'era preso una infiammazione intestinale che gli procurava flatulenze continue, specie quando, stando a contatto con persone sconosciute, veniva preso da tensioni emotive incontrollabili. Cosicché diradava i suoi incontri. Al bar s'infilava raramente e, spesso, se ne scappava lasciando la consumazione a metà. Ma in chiesa, alla Messa festiva, mancare sarebbe stato disdicevole.

> *Le sue flatulenze non erano rumorose, soffiavano come una leggera brezza, ma... Ma erano devastanti. Si depositavano a mo' di nebbia stagnante sui malcapitati fedeli togliendo loro il respiro. Non era solo il diabolico fetore che annichiliva, ma soprattutto il perdurare di quel felpato miasma ammoniacale che sembrava impregnare persino il granulato pavimento di marmo della chiesa.*

Alla Messa domenicale Furio Strozzagatti si appostava sempre vicino alla porta di fondo, in un continuo andirivieni di dentro e fuori. Intorno a lui c'era sempre una zona franca in cui nessuno metteva piede e tanto meno naso.

Ma adesso non divaghiamo e torniamo a Furio Strozzagatti costretto a rimanere rinchiuso nel suo caseificio dove evitava qualsiasi emozione e le sue esalazioni venivano miscelate con l'intenso aroma dei formaggi.

In genere riceveva i clienti esclusivamente nel suo ufficio senza porte e pareti fisse, sistemato in prossimità delle vasche contenenti il *Puzzone della Valcamonica* in silente fermentazione.

Ovviamente la raffinata Alma De Castro aveva sdegnosamente declinato l'invito di quel Furio - che ricordava come un insignificante bambino senza parola e mezzo deficiente - a recarsi in quella cloaca e soprattutto in quel poco edificante buco per topi. Suggeriva altresì, se proprio dovevano incontrarsi, la sua rinomata profumeria che fra poco avrebbe inaugurato.

Furio - causa questo rifiuto - divenne preda di tensioni emotive che peggiorarono la sua infiammazione intestinale e come conseguenza la sua flatulenza.

Intervenne allora un suo collaboratore. «Furio!» disse, «su quel parcheggio ci metto il nostro gatto **Attila**! Voglio proprio vedere se quello schifoso cagnolino tosato come una pecora avrà ancora il coraggio di sporcare dappertutto come un maiale.»

Attila pesava sei-sette chili e si nutriva con toponi e avanzi di casara.

«Ma come farai a tenerlo lì, fermo, immobile, neanche fosse un cane da guardia?» chiese l'incerto Furio.

«Perdio, vicino gli sistemerò una grande ciotola piena di carne in scatola per gatti, che non piace ai cani, ma che Attila adora.»

«Be', tentiamo.» E così fecero.

Nel frattempo, dopo lo sdegnoso rifiuto di Alma De Castro all'incontro chiarificatore nell'ufficio del signor Furio, sul parcheggio-piazzale ben delimitato davanti allo stabilimento, i cani erano diventati due; infatti anche *Totò*, dopo due viaggi devastanti con la signora Alma, presentava gli stessi sintomi nefasti dovuti allo stress nervoso che già il suo gemello Toto aveva rimediato.

Alla signora Immacolata era stata ritirata la patente e la macchina, ridotta a un rottame, spedita allo sfasciacarrozze.

Il non vedere più quella rossa diabolica vettura, riduceva lo scombussolamento di quei poveri cagnolini, ma il trovare sul parcheggio, ormai considerato loro territorio, quel gattaccio rossastro enorme, li rese furibondi.

«I gatti hanno la capacità di calcolare con precisione i luoghi meno opportuni dove mettersi per dare più fastidio» disse la Castracani al suo Lupon. (Il giovane che aveva assunto per modo di dire e che l'aveva informata della sgradevole situazione.)

«I cani non hanno paura dei gatti» la tranquillizzò il ragazzo.

«Sì, ma quel bestione è più grosso dei miei cagnolini.»

«Sembrano piccoli perché li ha fatti tosare come le pecore, ma ho letto su *internet* che i cani barboni sono feroci come i cani veri» ribadì con forza il saccente Arsenio Lupon. Cosicché dalla fessura della finestra stettero a spiare lo svolgimento del singolar tenzone tra quei poveri animali che la natura aveva stabilito si dovessero odiare.

Anche dall'abbaino seminascosto della soffitta dello stabilimento, Furio Strozzagatti assisteva trepidante e scalpitante, come un tifoso di calcio, alla partita tra il suo gatto e quei miserabili avversari. La stressante passione sportiva rinvigoriva le sue flatulenze, tanto da renderle simili al crepitio di una mitraglia.

L'incontro prometteva bene per i cani che s'erano lanciati simultaneamente all'attacco; ma il gatto, sentendosi minacciato, si pose in difesa arcuando la schiena, raddrizzando il pelo, soffiando e sibilando come un serpente. Questo verso mise in apprensione *Totò*, ma principalmente Toto: essendo il più pavido.

"Quella bestia cattiva non desidera essere avvicinata; se lo faremo potrebbe graffiarci o aggredirci. Il miglior attacco per un gatto è proprio la difesa", pensava Toto, il quale pur essendo pavido dimostrava prudenza. Infatti lo spavaldo e audace *Totò* s'era preso una zampata che per poco non gli maciullava un occhio.

Tutti s'immobilizzarono.

Totò, spaventatissimo, meditava sul rischio corso, mentre Toto tentava in tutti i modi, emettendo camerateschi guaiti simili a lamentosi miagolii, strofinandosi per terra ecc. di ammansire quel gattone feroce e crudele come il suo omonimo: il barbaro Attila.

Anche Attila sembrava calmarsi, tanto da permettersi una guardinga scorpacciata di carne per gatti.

Toto, il più riflessivo, s'ingolosì e scodinzolando amichevolmente, furtivamente escogitò un modo umile e servile per avvicinarsi alla ciotola. Attila, sazio, si spostò e lasciò spazio. Anche *Totò* aveva capito che il cercare un'intesa con quel gatto sanguinario non era del tutto sbagliato: e poi il suo compagno mostrava gradire quel cibo appetitoso che veniva pubblicizzato solo per gatti.

Sugli spalti gli spettatori frementi aspettavano la ripresa della partita che sembrava essersi trasformata in melina; ma ai duellanti il pareggio pareva bastare. Dopo l'inutile intervallo, ognuno ritirò dal campo i propri giocatori.

Furio notò con piacere che Attila, da pacioso qual era, s'era rinvigorito, e Alma a sua volta notò che i suoi cagnolini erano diventati più calmi e sicuri di sé, ma cosa più importante, segnalavano la necessità dei loro bisogni viscerali, tanto da invogliarla a portarli a passeggio nel prato - pieno di stuzzicanti rimembranze - dove da bambina giocava a pallone coi maschietti, e da adolescente sperimentava e migliorava le sue penetranti pratiche seduttive.

– Da anni su quell'enorme spiazzo erboso, ogni estate, si celebrava la festa dei popoli padani, e qui il capo del partito, in camicia verde, perpetuava il rito dello svuotamento dell'ampolla: si trattava della sacra acqua sorgiva del padre fiume Po. –

(Ma per adesso vediamo che cosa stava succedendo su questo prato erboso dove i due cagnolini potevano finalmente giocare con una padrona a cui affezionarsi.)

Alma De Castro riteneva utile procedere all'inaugurazione del suo, **Atelier del Buon Respiro,** prima dell'imponente raduno padano programmato proprio lì, vicino al suo emporio.

Quale esperta pubblicitaria aveva scartato *Eremo del buon aroma* in quanto eremo, secondo lei, deprimeva e aroma lo riteneva grossolano. *Atelier* dava l'idea della creatività, della ricerca, e buon respiro invogliava a immaginare odori rinfrancanti e non vomitevoli come gli effluvi *formaggeschi* di quel deficiente dello Strozzagatti. Quello Strozzagatti se ne sarebbe accorto, ma... Ma il suo sesto senso gli fece alzare lo sguardo per intravvedere uscire furtivamente dal bosco nientemeno che il patetico casaro.

Le competitive passioni mattutine avevano aggravato ulteriormente l'infiammazione intestinale del poveraccio, cosicché le sue puzzolenti flatulenze venivano accompagnate da uno strombettio assordante. Non gli rimaneva che concedersi una rilassante passeggiata nel folto bosco attiguo a quel prato per alleggerire la nefasta tensione. S'era quantomeno sfogato e ora non rumoreggiava più in guisa di un temporale estivo; anche se il suo soffio leggiadro non era olfattivamente così leggiadro. Camminava melanconicamente a testa bassa e si apprestava a rientrare nel caseificio: ormai divenuto il suo rifugio-prigione.

Immacolata Castracani non voleva perdersi l'occasione di restituire a quel funesto tapino le prepotenze che da oltre cent'anni la sua famiglia aveva sopportato. Allungò il passo per appostarsi alle spalle del poveretto... Ma perdio! Più s'avvicinava e più le mancava il fiato. Capì immediatamente i problemi dello Strozzagatti e sotto sotto un po' s'intenerì e provò pietà per quello sventurato mentecatto che ricordava ancora come un timido e ributtante bambinello.

«Furietto!» disse a voce alta, «nel pomeriggio ti farò avere delle tisane per digerire e sfiammare l'intestino.» Non attese risposta e si allontanò, ma prima d'essere fuori portata di voce lo informò:

«Prendine due tazze al giorno a digiuno e, e se funzionano voglio essere pagata! E non dimenticare che: *La migliore medicina è far la cacca alla mattina.*» Non aggiunse altro e si dileguò coi suoi due barboncini che ora trattava da angioletti.

Furio Strozzagatti, consapevole delle sue disgrazie, voleva ribattere a tono, ma purtroppo era ben consapevole della lingua tagliente che già da bambina mostrava quella femmina senza pudore. E allora come allora, come il marmocchio timido e pauroso che era e che rimaneva, desolatamente allungò il passo per a sua volta allontanarsi senza sputare una idonea replica a quelle provocazioni.

Immacolata Castracani, viceversa, si allontanava per evidenti altri motivi, e in cuor suo auspicava che quel pietoso ributtante invecchiato bambino non fosse diventato addirittura sordomuto. Ciò nonostante nel pomeriggio preparò un pacchetto pieno di erbe essiccate ben tritate e un foglietto con le istruzioni su cui alla fine in evidenza stava scritto: P. S.

> *Se guarisci vienimi a trovare, per adesso voglio tenere le distanze. Spero tu non sia cieco e sordomuto; pertanto leggi queste istruzioni, e non preoccuparti, non pretenderò molto.*

Chiamò il suo dipendente Arsenio Lupon e lo incaricò della consegna diretta all'ufficio del signor Furio.

Furio aprì quell'involucro e dopo tutte gli inutili farmaci inghiottite e che tuttora inghiottiva, con fatalismo decise di provare anche quelle tisane. In fretta e furia nascose il contenuto con le istruzioni e poi virilmente - a che tutti lo vedessero - gettò, evidenziando disprezzo, quel pacchetto re-imballato con dentro paglia e sassolini nel bidone della spazzatura.

La sera, a digiuno bevve la prima tisana. Il sapore non era male e la notte la passò indenne dagli incubi terrificanti in cui un arcangelo con la spada lo cacciava da ogni dove. La mattina, sempre a stomaco vuoto, ingerì un'altra tazza di quell'infuso alquanto amaro, ma non così disgustoso come tanti altri che senza successo aveva mandato giù. A metà mattina divorò un panino con prosciutto. *(Nel foglietto allegato si intimava di evitare formaggi e latticini in genere).*

Per farla breve, al terzo giorno le sue flatulenze erano più che dimezzate per ridursi ulteriormente, a un normale scoreggiamento con sbuffo non eccessivamente puzzolente - quasi inodore - a fine settimana.

Però la confezione era agli sgoccioli.

Al caseificio venne annusato questo miracoloso miglioramento, tanto che il suo collaboratore più vicino lo aveva scherzosamente apostrofato: «Furio! Perdio, stai bene?»

«Mai stato meglio.»

«Perdio, salti, corri, e balli come un ragazzino. Sei calato di panza e se non sbaglio non sbuffi più come la settimana scorsa.»

«Ho intrapreso la dieta giusta.»

«Perdio, dimmela!» lo implorò quel suo stupefatto quasi amico che a sua volta strombettava flatulenze oltremodo fastidiose.

Ma ahimè, ormai la confezione di erbe miracolose essiccate stava finendo e fra un paio di settimane ci sarebbe stato il raduno dei popoli padani a cui non voleva mancare. S'era comperato una nuova camicia verde, cinghia e cravatta verde e aveva anche intenzione di farsi colorare un paio di aristocratiche scarpe inglesi, con il verde tanto in voga, ma era preoccupato. Doveva telefonare, ma si vergognava e non gradiva che i suoi dipendenti lo ritenessero succube di quella sciacquetta; comunque, visti i risultati, a ben pensarci, incominciava, sia pur segretamente, ad apprezzare, ma...

Sentì squillare il telefono e come suo solito alzò la cornetta e attese. «Signor Furio, ho in linea una certa Alma De Castro la quale chiede di lei» disse l'impiegata addetta ai telefoni.

Furio avrebbe voluto sprofondare, ma nello stesso tempo ambiva riemergere dal suo stato di prostrazione.

«Passamela», disse con un fil di voce.

Una voce allegra, sia pur autoritaria e tagliente, lo investì.

«Carissimo Furietto Strozzamici, tutto bene?»

Furio Strozzagatti sentì il suo intestino ululare, ma decise di contenersi e ci riuscì: questo lo rinvigorì. Intanto... «Be', ma sei diventato sordo?»

«Non sono né sordo né tanto meno muto, cerco solo d'essere educato. Spero che almeno l'educazione non la infastidisca come la mia presenza. La mia presenza credo che la dovrà sopportare per parecchio tempo, visto che è stata lei a volersi insediare qui di fronte al mio stabilimento che...»

«Furio! Non sono più la bambina di una volta, anzi volevo...»

«Sì, grazie, grazie per le sue erbe. E glielo dico veramente di cuore, ma per favore...»

«Ho incaricato il mio Lupon di farti avere un'altra confezione di tisana, ma ora se te la senti... Be', ti aspetto. Devo chiederti anch'io dei favori, ti prego scusami se ti sembro...»

«Fra poco arrivo!» Posò il ricevitore con voluttà, ringalluzzito...

Per vincere una battaglia, bisogna capire d'essere in battaglia, ma lui non amava le battaglie e quella telefonata lo stava rinverdendo, lo stava riportando ai tempi in cui ancora...

Corse a cambiarsi, anche l'intimo, e senza lasciar detto niente, attraversò la strada e premette quel campanello tremando come uno scolaretto al primo giorno di scuola. Venne ad aprire una signora in camice bianco e bianca pure di capelli, di calze, di scarpe... proprio immacolata, ma non era Immacolata; era la dottoressa esperta di prodotti farmaceutici a cui Alma s'era rivolta per le tisane.

«Signor Furio immagino?! La signora Alma la sta aspettando. Prego s'accomodi.»

Immacolata spuntò dal laboratorio dove mischiavano gli ingredienti per fare gli infusi diuretici, le creme e, e si precipitò ad abbracciare il casaro ben vestito, il quale non fece neanche in tempo a finire la frase che s'era preparato: «Signora Immacolata. Sono felice di vederla e di poterle dire grazie e stringerle la man...»

«Furino, Furino mio, chiamami Alma e dammi del tu perdinci.»
E se lo stringeva al costoso seno da poco rifatto e gli baciava le guance, la fronte, lo mordicchiava con la felpata eleganza della zanzara.

«Non ho mai giocato a calcio e non sono Juventino, (*Furino era un vecchio giocatore della Juventus,*) sono interista», riuscì a dire rimanendo appicciato al petto di Alma che lo strofinava con la pancia per intensificare la smania della zanzara. Quando lei avvertì la protuberanza di Furio ingrossarsi, si staccò soddisfatta.

«Mio dio, ti trovo meglio di quanto sperassi?» disse continuando a coccolarlo, tirandogli bonariamente un orecchio e accarezzandogli la pancia tenuta orgogliosamente ritratta indietro.

«Eh, birbone birbaccione», ammiccò, «più in giù non ti tocco perché sono ancora un poco immacolata e tu ho già capito che mi toglieresti anche quel poco di immacolatezza che mi è rimasta!»

E Furio, rosso tal quale un piccante peperone, si godeva quella pruriginosa solleticante puntura: rizzava la coda e faceva le fusa.

Alma De Castro era maestra nel far sollevare le code.

«Dai, seguimi, veni di sopra che ti faccio vedere - ma non dirlo a nessuno - il mio intimo nido di rondinella solitaria.»

Fece strada e lo tenne dietro, dimodoché salendo le scale lui potesse ammirare le flessuose cosce accuratamente depilate. Infatti, prima che lui giungesse, s'era premunita indossando delle mutandine di pizzo rosa e una provocante corta gonna, al posto dei quotidiani pantaloni. In controluce si intravvedeva il disotto.

Furio, come un micio pantofolaio, era irretito dai primaverili feromoni sessuali rilasciati a più non posso da quella zanzaresca gatta; il respirarli rinvigoriva la sua erezione da anni inesistente. Da secoli non provava più quelle miracolose allucinogene sensazioni; il suo organo resuscitava dalla tomba al pari di un Lazzaro scosso da un prurito paradisiaco.

«...E questa è la mia monacale camera da letto», diceva intanto Alma sconsolata indicando il letto. «Un lettone così grande per una piccioncina come me, tutta sola. Ahimè che tristezza, che tristezza!» si lamentava tenendo prudentemente a distanza Furio con un braccio - aveva notato che si stava sempre più infocando - e trascinandolo a sedere nell'arieggiato sbarazzino salotto.

«Ti offro un arancino senza ghiaccio perché ghiacciato fa male, e tu devi evitare le bevande fredde» disse con fare falsamente morigerato, ma ruffiano, al Furio sempre più inebriato dai pruriginosi feromoni che quella gatta in calore emanava.

In pratica Alma De Castro s'era benignamente ammorbidita inquantoché necessitava di molti favori dallo Strozzagatti. Innanzitutto, essendo priva di patente voleva disporre d'una macchina con autista, poi, all'inaugurazione dell'attività commerciale si rendeva necessaria la partecipazione di Furio con i suoi contatti politici per publicizzare la bontà dei prodotti; ambiva anche essere presentata ai vertici del partito padano durante lo svuotamento dell'ampolla; chiedeva una tunica crociata da guerriero medioevale con elmo e spada per il suo Lupon; voleva altre cose che Furio sicuramente in quelle condizioni non le avrebbe certo negato.

«E così, caro il mio Fustone, ci siamo ritrovati», blandiva. «Ah che bello, che bello. Ma ora basta, basta, altrimenti chissà che cosa penserai di me e a dire il vero anch'io mi devo trattenere, ma comunque domani mi accompagnerai al lago a prendere delle alghe e allora avremo più tempo per noi, per... Oddio, ma Adesso lasciami, sono una donna sola e la gente mormora, sai com'è, e poi con un maschione come te!» E qui la sua risatina lasciava intendere quello che Furio ancora accaldato avrebbe voluto, ma... Ma sperava in qualche altra occasione, visto che in qualità di autista durante le future scorribande di *chance* ne avrebbe avute.

"Povero Furino", pensava la esperta furbacchiona, "qualcosa, brutto sporcaccione, ti lascerò leccare, ma non tutto. Finché resterai con le tue voglie mi seguirai dove voglio io, poi vedremo... In fondo non sei così male, ho sopportato anche di peggio."

Nel frattempo il vento gonfiava le vele. Alma aveva inaugurato con successo il suo *"Atelier del Buon Respiro"* e non stava mai ferma. Furio Strozzagatti era sempre più succube dei suoi capricci e lei oramai gli permetteva di palpeggiarle il costoso seno rifatto e di salire con la mano lungo le sue morbide cosce levigate, fin quasi alla calma laguna, a pochi nodi dall'attracco.

Ma ora il grande giorno del raduno padano era arrivato. Con il suo barboncino Toto in braccio e *Totò* al guinzaglio, in compagnia dell'amico Furio parlottava coi vertici di quel partito.

«Egregia signora, i partiti d'oggi sono soprattutto macchine di potere e di clientela» le diceva un ammiccante e salvifico galoppino, «ma noi, più che un partito, vogliamo essere un movimento» aggiungeva soddisfatto rivolto anche a Furio.

Furio non sfigurava. In mezzo a quei rozzi valligiani sembrava quasi elegante. Gli avevano garantito un seggio nel consiglio comunale e lui, con la sua camicia verde non scolorita dal sole, e con a fianco la sua intraprendente compagna, si sentiva realizzato.

Arsenio Spaventalupi, detto *Arsenio Lupon*, nel suo medioevale costume ed elmo con bicorna arcuate, faceva minacciosamente roteare una spadaccia di plastica rigida, *made in China*. La faccia marocchina a malapena s'intravvedeva sotto il vistoso copricapo arrapato bifronte di cartapesta; in più s'era appiccicato sotto al naso due enormi nordici mustacchi rossastri.

"Se continua così, i prossimi leghisti saranno i nipoti degli extracomunitari" pensava Alma De Castro guardandosi intorno.

Anche lei faceva mostra di un ricamato foulard verde di notevole fattura, ma ora: il grande capo si apprestava a salire sul palco.

L'urlo che lo accolse era da forsennati. Lui alzava le braccia e con fare paterno sembrava benedire quella folla variopinta. Attese che gli animi si calmassero, quindi agguantò il microfono e con voce tonante e graffiante, indicando alcuni giornalisti e annoiati *cameraman*: **«Ecco i grandissimi stronzi che inventano tutto su di me»** urlò: facendo riferimento alle critiche che costoro avevano espresso nei riguardi dei suoi famigliari. Poi continuò evitando accenni comprometttenti sulle vicende interne al partito, ma prendendosela invece, con gli oppositori voltagabbana:

«... E questi parlamentari non rappresentano più gli elettori. E allora? Che cosa facciamo? Cambiamo gli elettori o prendiamo a pedate nel sedere questi venduti?»

Ovviamente le urla d'approvazione diluviavano.

Per un'altra mezz'ora il discorso fu mantenuto su questi toni, poi, visibilmente stanco, l'oratore si predispose alla cerimonia dello svuotamento dell'ampolla contenente la sorgiva acqua del fiume Po. Ma prima fece un'ultima promessa: «La Padania va avanti! Bisogna trovare una via democratica, ma se necessario anche più decisa, perché un popolo lavoratore come il nostro non può mantenere l'Italia terrona e ladrona sulle proprie spalle!»

La folla era in delirio, il momento topico della giornata, un rito quasi pagano, era arrivato: lo svuotamento dell'ampolla.

L'altisonante anfitrione scese dal palco e tutti i seguaci si disposero ordinatamente dietro di lui. Alma De Castro, per meglio vedere, si appoggiò sulle spalle di Furio, ma *Totò* al guinzaglio la stattonava. Consegnò il laccio al fedele Lupon vestito da crociato e Toto lo fece carambolare in braccio a Furio, così lei era libera di montare sulla schiena del suo cavaliere, che ora cavalcava al pari di un cavalleresco somaro.

Intanto il grande capo prendeva l'ampolla - poggiata su un panno dorato al centro di un'antica roccia preistorica di quelle valli - e alzandola al cielo, lentamente, incominciava a piegarla facendo fuoriuscire la trasparente acqua sorgiva del sommo fiume Po.

Proprio in quel solenne momento, nel mentre il sacro liquido gocciolava lambendo quella terra eletta, *Totò*, forse sfuggito a Lupon, sollevava la zampa, e imitando lo sgocciolamento dell'ampolla, innaffiava la caviglia e le pregiate scarpe verdi del condottiero.

Alma De Castro riconobbe il suo barboncino in consegna ad Arsenio Spaventalupi; infatti girandosi vide l'allibito armigero con le lacrime agli occhi tenere solo un guinzaglio vuoto. *(Il fatto era che Lupon, nei panni di un nordico guerriero, si vergognava a mostrarsi con un cagnolino così effeminato, motivo per cui furtivamente l'aveva allontanato lasciandolo andare proprio nel luogo meno opportuno.)*

Nel frattempo, in quel religioso silenzio, si udivano solo i rumori degli scatti fotografici e il ronzio delle telecamere televisive.

Fu allora che il grande capo sentì sulla gamba l'enigmatico calore della felpata cagnesca pipì. Abbassò lo sguardo e non riuscì a trattenersi. Rifilò un tremendo calcione al barboncino che sbalzato di qualche metro, se la diede a zampe levate emettendo penosi guaiti. Ovviamente ai giornalisti, definiti poco prima dei *grandissimi stronzi,* non parve vera quella scena e incominciarono a sganasciarsi l'un l'altro sollecitando i fotografi e i cameraman a inquadrare il barboncino e il comandante pisciettato. Tutto doveva essere immortalato.

Alma non poté trattenersi. «Cattivo! Vergognati!» strillò.

Anche i seguaci del gran condottiero si divisero tra chi recriminava sul comportamento del cane e chi sull'inopportuna violenta reazione del *leader*. Era risaputo che chi picchiava gli animali era cattivo. L'arrembante salvifico galoppino corse da Furio impegnato a tenere Toto in braccio e Alma sulla schiena, e incominciò a baciare il cagnetto per far intendere che non tutti loro trattavano male le bestie: ovviamente sollecitando, senza successo, l'attenzione dei fotografi interessati ai guaiti della vittima scalciata. Anche la folla si divise, ma la maggioranza era critica sulle pedate del capo contro un innocente cagnolino, che, a modo suo, voleva solo emulare il gesto di innaffiamento del terreno fatto con quell'ampolla.

Il gerarca indiscusso capì che qualcosa di grave stava accadendo. Era stato degradato da un minuscolo bastardino. Ma fra poco, altro che cagnolini che gli pisciavano addosso. Sarebbero arrivati i veri lupi, non a innaffiarlo, ma a sbranarlo.

Questa è la politica.

Alma De Castro senza occhiali : così vedeva la politica.

Non è nella logica della politica che gli uomini migliori vengano eletti. Gli uomini di qualità superiore non ambiscono governare i loro simili. Viceversa la qualità - se di qualità si può parlare - del politico è di equipararsi ai potenziali elettori, dimodoché, votandolo, credano d'essere bravi quanto lui.

A volte, però, non riesce nel suo intento; se lascia trasparire qualche goccia di vera lungimiranza, l'imbecille la scambia per imbecillità. Questo sicuramente lo priverà dei milioni di voti che gli sprovveduti somari gli avrebbero dato e quindi politicamente sarà sempre un perdente.

Il vero politico vincente non ama e non odia, ma è mosso solo dal suo tornaconto, non dal sentimento; il suo sentimento deve sempre accodarsi al sentimento dei più, e purtroppo mille mentecatti non fanno una mente eccelsa, ragion per cui...

Alma De Castro, dopo il succedersi di tali vicende, divenne un'invitata seriale nelle TV commerciali e anche nazionali. Tutti facevano a gara nell'invitarla a commentare giochi, processi sportivi, ricette di cucina e, se proprio indispensabile, a parlare di politica. Tutti però pretendevano la presenza dei suoi cagnolini: vera attrazioni in fatto di audience.

Visto il successo che queste trasmissioni riscuotevano, vi fu una corsa dissennata, senza quartiere, dei politici a rincorrere, abbracciare e baciare, barboncini di tutte le razze colori e stazze. A qualcuno riusciva bene a qualcun altro un po' meno, ma tutti ritenevano che il mostrarsi innamorati dei cani, portasse voti. In questi frangenti il movimento padano cercava di limitare il tracollo elettorale, ma oramai con quelle pedate il grande capo s'era bruciato la carriera e la sopravvivenza politica. Ma all'interno del partito non mancavano gli arrembanti, che premevano per occupare la carica che, si riteneva, l'abominevole capo sarebbe stato costretto a lasciare.

Alma De Castro venne convocata dal nuovo vertice del movimento padano per essere messa in lista nelle imminenti elezioni, ma... Ma. Ma l'arrembante **Salvinifico** ex galoppino, scoprì che il vero nome non era Alma De Castro, ma [...]

Ahimè! Un breve consulto e la sua candidatura si afflosciò come un palloncino bucato. Il suo vero cognome, ***Castracani***, in quel momento frenò ogni personale velleità politica. Come poteva essere accettata, come avrebbe potuto competere con i marpioni politici che riempivano le TV e i giornali di immaginifici cani innocenti da difendere? Il suo nome sarebbe diventato un alibi per dimostrare la sua inadeguatezza a un compito così importante qual era lo scrivere, presentare e far votare le leggi. Leggi a difesa dell'integrità fisica dei cani che quella parlamentare non avrebbe condiviso, era evidente. Il suo attaccamento a quei due barboncini nascondeva una presa in giro per gli elettori. Nessuno dentro al seggio se la sarebbe sentita di apporre la propria croce su: ___CASTRA CANI.___ Figuriamoci. Quei due barboncini tosati come pecorelle con cui lei si accompagnava, non erano veri integri maschi...

Ma lei, come suo solito, non si perse d'animo. All'orizzonte vedeva germogliare un nuovo corso politico che incitava alla rottamazione. Tutto il vecchio doveva essere rottamato, comprese quelle stomachevoli coccole canine.

Per una *Castracani* questo era di ottimo auspicio. Sentiva che per lei il futuro non sarebbe poi stato così sfavorevole.

FINE (**La profumiera della Valle Camonica.**)

Personaggi

Immacolata Castracani (Alma De Castro)......Donna in carriera

Furio Strozzagatti..........Casaro creatore del Formaggio Puzzone

Totò...................................…........Barboncino intraprendente

Toto...Barboncino prudente

Attila...Gatto da guardia

Arsenio Spaventalupi....................Giovane lombardo marocchino

Grande Capo............................Presidente di un partito del Nord

(2) *Vita da Cani.*

L'avarizia è sensuale castità, ovvero:
Paura ricoperta d'oro.

Quando uno vive male, si è soliti dire che fa una: Vita da Cani! Arturo Sciopenaro è ormai abituato a sentirselo dire alle spalle. «Poveraccio», dicono, «fa proprio una vita da cani!»

Ma chi è **Arturo Sciopenaro**?

Arturo Sciopenaro è ufficialmente figlio di un ricco industriale lombardo e d'una vivace, quanto procace, scrittrice partenopea. Alla morte improvvisa del padre, scopre che la madre eredita quasi tutto il patrimonio. A lui resta solo il privilegio di dirigere l'azienda paterna nel bresciano, ma con un misero compenso paragonabile allo stipendio di un impiegato statale.

L'azienda produce ferri da stiro in ghisa (*ovviamente non elettrici perché siamo a inizio ottocento e la ghisa a quei tempi la chiamavano ferraccio*), e altre fusioni come, mozzi per ruote, tubi per usi idraulici, impugnature per manici di frusta, etc.

Il padre voleva che diventasse un bravo imprenditore, cosicché prima di suicidarsi saltuariamente gli passava una cospicua somma tale da permettergli viaggi e istruzione.

Arturo tenta di portare avanti l'azienda paterna, ma con scarsi risultati: preferisce bazzicare il salotto della madre, dove conosce artisti e pedagoghi che gli consigliano di studiare medicina e filosofia. Egli disprezza l'idealismo, però, malgrado questa ripulsa, si laurea a Milano nel 1833, a 23 anni, con una tesi sulla filosofia della vita nel mondo, sviluppata ed espressa in due parti:

1) Volontà: Ovvero, ciò che il mondo realmente è.

– Il mondo è avidità, volontà di distruggere e di far male a tutti i costi. Tale volontà è presente in qualsiasi oggetto, sia inanimato come un vaso che ti cade in testa, che vivente. Un universo crudele, terribile, in grado di generare appetiti infami da noi stessi alimentati per la nostra connaturata brama di esistere. –

2) Rappresentazione: Non come è, ma come ci appare.

– Il mondo spiegato dalla scienza è un mondo rassicurante e sicuro, ma questo mondo è solo una rappresentazione arbitraria e non realistica. *In realtà esso è un luogo di lotta, sopraffazione, miseria e dolore.* In pratica nessuna verità è più certa, più assoluta, più lampante di questa; perché tutto ciò che esiste non è altro che l'oggetto in contrapposizione al soggetto. E noi siamo il soggetto. –

I professori esaminano questa tesi restando colpiti dalla sua lucida esposizione e proprietà di sintetico deciso linguaggio, ma sotto sotto pensano:

"Con queste idee costui farà una Vita da Cani!"

In una successiva discussione, sempre sulla sua tesi, egli sostiene: «Più intelligenza avrai e più soffrirai. Un alto tasso intellettivo tende a rendere un uomo asociale e...» E via di questo passo.

E i professori lo promuovono a pieni voti, ma: "Poveraccio, con queste idee farà una *vita da cani*!" commentavano poi fra di loro.

Arturo Sciopenaro esce soddisfatto dalla scuola e va a festeggiare da solo la sua laurea in un'ambigua taverna. Dopo avere tirato sul prezzo, brinda a se stesso con un bicchierino di rosolio. Sta per allontanarsi, quando sopra a una sedia vede un bel gattone che sta placidamente dormendo. Si avvicina e assesta un cazzottone a quel povero felino, che emettendo un lamentoso miagolio se la dà a zampe levate.

«Ma che cavolo le ha fatto quel gatto?» chiede il taverniere.

«Niente! Gli ho solo fatto capire che la felicità non è di questo mondo» risponde freddamente Arturo. Ed esce dalla taverna.

«Quello deve fare una *vita da cani* per comportarsi così», commenta una malridotta stracciona seduta in un angolo della taverna. Arturo sente quest'ennesimo commento, ma pensa: "Quando si ha a che fare con degli imbecilli o dei matti, c'è un modo solo per dimostrarsi intelligenti: non parlare con loro". E tira via.

La madre nel frattempo s'era risposata e voleva trasferirsi a Napoli con il nuovo marito: attore di avanspettacolo di scarso talento ma di notevole virile mascolinità.

Visto il comportamento dell'effervescente madre e dell'allegro commediante, suo attuale patrigno, Arturo ritiene opportuno metterli alle strette riguardo all'eredità, tanto che alla fine, dopo convincenti argomentazioni, riesce a farsi assegnare metà del patrimonio finanziario paterno e il totale dei soldi incassati con la vendita delle fonderie. (Che lui stava portando alla bancarotta.)

«Tienti pure questi denari!» gli ringhia la madre appena è in grado di parlare, «tanto lo so già che tu farai una *vita da cani*!»

Arturo, soddisfatto, lascia la stretta alla gola della madre e la trascina in banca a formalizzare le pratiche per la donazione.

Il patrigno napoletano è indubbiamente dotato di lingua e di... diciamo fascino, ma al cospetto del nerboruto giovinastro il suo fascino non funziona come con l'esuberante e procace madre, per cui non gli resta che auspicare: «Continua a comportarti così e ti trascinerai in una vita da cani!» ben sottolineando, *Vita da Cani*.

Arturo fa orecchio da mercante, è avvezzo a quella tiritera.

Li costringe a firmare l'atto di cessione dei beni e dopo aver assestato un paio di calci all'onnipresente attore e una tiratina d'orecchi alla madre - storcendole gli orecchini - li lascia partire per Napoli.

Ora finalmente è libero e benestante.

Acquista un signorile appartamento ai piani alti in centro Milano e decide di continuare i suoi studi, le sue elucubrazioni filosofiche che intorno a sé volteggiano in guisa di impellenti verità assolute da sviscerare e rendere manifeste.

Assume una giovane procace e perspicace domestica, che gli accudisca la casa, mentre lui si arreda uno studio *boudoir* pieno di prestigiosi libri di filosofia e vi aggiunge anche un confortevole ampio divano. Per qualche giorno resta indaffarato a sistemarsi i mobili come puntigliosamente pretende, poi, finalmente, può sedersi alla regale scrivania e incominciare a leggere, a scrivere, ma... Ma fra tutti i sopportabili rumori di sottofondo della strada, c'è un saettante clamore che lo fa ogni volta trasalire e deconcentrare dalle sue profonde gestazioni filosofiche: sono gli schiocchi di frusta che i carrettieri fanno risuonare per dirigere i cavalli e segnalare la loro presenza ai passanti distratti. Questo ripetersi di scoppi, peggio degli spari d'una pistola, lo deconcentrano, gli assassinano le idee: "*Le innovative e rivoluzionarie intuizioni filosofiche*".

Allora scende in strada urlando di smetterla. I carrettieri lo guardano ridendo pensando a uno scherzo e per rispondere allo scherzo fanno scioccare le fruste a più non posso, alla maniera dei circensi domatori di feroci tigri e leoni. Disperato, il povero Arturo Sciopenaro, si rintana nel suo studio a meditare vendetta. Abbandona le sue riflessioni filosofiche per impegnarsi in questa nuova missione di giustizia.

Si precipita al tribunale milanese e sollecita i magistrati a comminare una pena di trenta frustate sulla schiena nuda d'ogni conducente di carri e carrozze, per ogni inutile schiocco di frusta sfoggiato solo per spavalderia. Insiste affinché l'esecuzione della pena sia resa pubblica; affinché tutti possano prendere coscienza del danno arrecato, agli intelletti dotati di pensieri profondi, da questi miserabili manigoldi senza cervello.

I magistrati ribadiscono che una parte di responsabilità è anche sua, perché le impugnature di quelle fruste sono fabbricate proprio dalla fonderia ch'egli aveva amministrato e diretto fino a qualche tempo prima, ma che poi sua madre opportunamente aveva venduto per evitare la bancarotta. Notano però lo stato di frustrazione del soggetto, per cui gli consigliano di tenere i balconi chiusi e di mettere della soffice lana sugli stipiti delle finestre al fine di ammortizzare il rumore. Ritengono impossibile distinguere gli schiocchi di frusta necessari da quelli fatti solo per mala creanza; quindi diventa impossibile sanzionare i veri *criminali* senza commettere errori.

«Migliori l'isolamento acustico del suo appartamento come le abbiamo suggerito e cerchi di non dar peso a questi rumori, altrimenti farà una, *vita da cani*», concludono.

Arturo Sciopenaro torna a casa, e dentro al suo studio *boudoir*, per calmarsi, si fa preparare una tazza di tè nero aromatizzato indiano dalla fiorente cameriera; ma quei maledetti schiocchi di frusta lo infiammano sempre più. Richiama la candida servetta e le fa spazzolare il divano pieno di inesistente polvere.

Pensando alla madre, si convince che le donne ritengono l'uomo utile solo a guadagnare soldi, e compito loro, spenderli; ma guardando il sedere di quella giovane pulzella piegata sul divano pensa altresì che: "Il sesso femminile, di statura bassa, di spalle strette, di fianchi larghi e di gambe polpose, può essere chiamato il bel sesso soltanto dal maschio accecato dall'istinto sessuale: in altre parole, l'intero universo femminile trae profitto da siffatto satanico istinto". Riflette su se stesso accorgendosi che la sua volontà non riesce a fargli distogliere lo sguardo da quei fianchi e da quel sedere. "Più guardo gli uomini, meno mi piacciono. Se soltanto potessi dire la stessa cosa delle donne, tutto sarebbe risolto, maledizione!"

La sua volontà lo spinge a soffocare quell'impulso sessuale demoniaco che gli ingrossa in modo insopportabile quel pezzo di genitale delegato all'evacuazione - senza doversi accucciare come le femmine di sesso inferiore - dei suoi liquidi di scarto, ma inutilmente. La sua volontà è combattuta da una frenesia tale da non avvertire più nemmeno quei maledetti schiocchi di frusta; malgrado ciò gagliardamente resiste. È convinto che, come la seppia, la donna si avvolga nella più torbida dissimulazione, nuotando con suprema destrezza nel marciume della menzogna. Ritiene il sesso femminile teso solamente a pretendere ogni ben di dio da quello maschile: vita comoda, bei vestiti, cagnolini e gatti viziati, gioielli e tanto, tanto denaro da sperperare per comprare le inutile cianfrusaglie che desidera e di cui ritiene aver bisogno.

il sesso maschile, a quello femminile, chiede, prima di tutto e direttamente, una cosa sola...

Arturo Sciopenaro si alza dalla scrivania e vibrante di un'animalesca spinta sessuale, afferra da dietro la sventurata, le solleva la sottana, le strappa le mutande e con decisione le infila la sua anarchica protuberanza nella cavità che sente ben disposta a riceverlo.

L'ingenua fanciulla, che caparbiamente aveva saputo decifrare e coadiuvare le voglie del suo padrone si ritrae, ma poi ritorna nella posizione iniziale agevolando così quel viavai di andata e ritorno.

«Mio dio! Signore, cosa sta facendo?» chiede ancheggiando con finta ritrosia. La risposta è un grugnito del filosofo impegnato nel suo andirivieni ritmato da ruggiti sempre più furiosi.

Alla fine, dopo quell'esagerato cavalcare, Arturo s'accascia.

È soddisfatto di quel misfatto, perché ora si sente rilassato; però quell'ammasso di carne accovacciato sul suo divano non lo attrae più come qualche minuto prima, anzi, ne prova disgusto. La maliarda dal canto suo non demorde, sa lei come aizzare la di lui concupiscenza; per cui con maestria usa mani e bocca sulla parte da risollevare. Arturo pazientemente sopporta, anzi, avverte le sue voglie rianimarsi. La florida verginella ora si sta impossessando del suo essere mettendolo in una posizione meno stancante della precedente. Cosicché, steso sopra quel corpo liscio e morbido *(ovviamente l'ingenua birbacciona s'era denudata e sollecitava anche lui a denudarsi)*, egli dimentica la sua filosofia, gli schiocchi di frusta e... E fino a quando non si sente completamente esausto, ci dà dentro.

Alla fine la compiacente servetta vorrebbe ancora delle carezze, ma lui, con male maniere, la scaccia. Allora lei gli rifila due schiaffi. Lui, indifferente, si precipita al tavolo di scrittura per annotarsi delle riflessioni filosofiche da inserire nei libri che sta approntando.

La spinta sessuale è la più completa manifestazione esterna della volontà di vita, quello che può dirsi il concentrato di tutte le altre volontà. E immergendo freneticamente la penna nell'inchiostro aggiunge: "La momentanea felicità provata nell'esaudire quella volontà corrisponde all'elemosina data al mendicante. Gli permette di vivere oggi per prolungare il suo tormento domani".

Si compiace di queste profonde elaborazioni filosofiche, ma avvertendo un certo languorino allo stomaco, delibera una ulteriore inderogabile sentenza: recarsi al suo solito rinomato ristorante per gustarsi un sostanzioso e saporito pranzetto.

Uscendo intravvede il gatto della portiera che dorme e ronfa beatamente su un morbido cuscino; non riesce a trattenersi e rifila una terribile pedata con la solida punta della scarpa chiodata a quel povero animale che, sgomento, si rifugia miagolando penosamente fra le braccia dell'addetta all'ingresso pronta a difenderlo. Ovviamente la donna non risparmia una maledizione al disgustoso tiranno. **«Che tu possa crepare, solo come un cane!»** inveisce a bassa voce.

Arturo non raccoglie ed esce.

Una volta in strada, prima della sua rinomata trattoria, incrocia uno spregevole cane plebeo di razza meticcia, che con il vibrante didietro sollevato sta defecando con forza una quantità enorme di cacca molle e gelatinosa. Si avvicina con il suo solido bastone da passeggio e rifila a quell'ignobile bestia una serie di bastonate, che provocano la reazione stizzita d'una passante ben vestita:

«Si vergogni!» lo apostrofa quella raffinata matura signora.

«Di che cosa dovrei vergognarmi?»

«Non si maltratta così un povero cane indifeso!»

«Quella bestia non è povera, mangia solo schifezze indigeste.»

«Motivo in più per cui dovrebbe vergognarsi; farsi vedere così crudele nei confronti di animali indifesi non mi fa avere una buona opinione su di lei» ribatte la blasonata signora.

Arturo Sciopenaro rammenta una sua meditata riflessione filosofica. - *Più della metà di tutte le nostre angosce e delle nostre ansie derivano dalla nostra preoccupazione per l'opinione altrui* - e allora sprezzante, risponde: «Egregia ignorante donna, di evidente inferiorità intellettiva rispetto a un uomo come me, della sua opinione non me ne importa un fico secco.» E prosegue imperterrito verso la sua agognata trattoria.

La povera donna ci rimane male. «Auguro a quel brutale maleducato una *vita da cani!*» mormora accigliata sottovoce.

✳✳✳

Passano i mesi e nel frattempo Arturo Sciopenaro, dopo essersi liberato della sua compiacente cameriera per scarsa moralità, la sostituisce con un'altra priva di attrattive, ma addirittura di stomachevole aspetto. In questo modo spera di non essere più vittima delle sue esigenze carnali dentro casa. Soddisferà le sue irritanti voluttà altrove, giovandosi di femmine da disonorare a basso costo.

La Volontà di sesso è infatti l'elemento assolutamente infimo e spregevole in noi: "Bisogna nasconderlo come si nascondono i genitali, anche se entrambi sono le radici del nostro esistere" annota nel suo quaderno di appunti.

Alla piangente giovane servetta licenziata e disonorata, notifica l'infondatezza del credere l'esistenza fonte di felicità. Ella a sua volta gli augura una lunga vita da cani; solo come un cane rognoso circuito solo dalle pulci.

Arturo coglie al volo questa osservazione sulla solitudine ed elabora un inedito profondo pensiero filosofico.

- All'uomo intellettualmente dotato la solitudine offre due vantaggi: prima di tutto quello di essere con se stesso e, in secondo luogo, quello di non essere con gli altri -

Infatti, guardandosi intorno, nota con amarezza che sono gli uomini volgari che hanno inventato la vita di società, perché è per loro più facile sopportare le altrui presenze che sopportare se stessi. Infatti egli difficilmente coltiva nuove conoscenze, ma ancor più evita disdicevoli amicizie. Ritiene che bisogna guardarsi bene dal concepire un'opinione positiva al primo approccio con persone sconosciute. Nella maggior parte dei casi si rimarrà delusi, avendone così scorno, ma ancor peggio, danno. Infatti ritiene che chi vede tutto nero e teme sempre il peggio, deve prendere le sue precauzioni, perché così non si sbaglierà mai: al contrario di colui che invece dà per scontato delle previsioni serene.

Ma soprattutto per il denaro - che su questa terra ritiene essere la risorsa assoluta - bisogna avere rispetto e non disperderlo in inutili desideri effimeri; anche se deve poi ammettere che il denaro non solo soddisfa un bisogno in concreto, ma principalmente delle necessità astratte. In parole povere ti permette d'immaginare soddisfatte le tue volontà. Ma subito dopo ci avverte che è una folle illusione presumere che il soddisfacimento di un appetito, possa porre fine alla nostra volontà di continuare a spingerci verso ulteriori nefasti desideri. Questa volontà di non fermarsi al conseguimento di un risultato, ma di stuzzicarci sotto nuove forme a nuovi desideri, è il vero demonio che la natura malevola e crudele ci impone.

Conclude le sue riflessioni enunciando l'ineluttabile dominio cosmico della creazione: ***"Tutto accade necessariamente"***.

A distoglierlo dalle sue profonde riflessioni filosofiche, è un fastidioso chiacchiericcio davanti alla porta del suo appartamento.

Essendo dotato d'un udito finissimo, offre ascolto a quelle sguaiate voci femminili che detesta. Riconosce il timbro vocale d'una volgare cucitrice a cui aveva affidato una pregiata camicia da aggiustare, ma che poi si era imposto di non pagare poiché la somma che costei pretendeva, a suo insindacabile avviso, la riteneva esagerata. Ovviamente per senso di giustizia lui s'era rifiutato di pagare, anzi aveva minacciato di denunciarla per truffa se non avesse smesso d'importunarlo con richieste di denaro.

«...Quel maledetto, dopo avermi offeso e non pagata, mi ha addirittura minacciata. Sì! Be', insomma, ha detto che mi avrebbe denunciata come una ladra; pensate voi cara signora! Gli avevo rimesso a nuovo una camicia consunta e indecentemente intrisa di untume per solo dieci centesimi in monete di rame.»

Arturo Sciopenaro, irritato da quell'insopportabile calunnia, si precipita alla porta e la spalanca mettendo in apprensione le due donne. Guarda con occhi di fuoco la cucitrice e senza dir parola le ammolla due terribili ceffoni in piena faccia.

La poveretta tenta di reagire verbalmente augurandogli una vita da cani! Al che, imbestialito da quel farfugliare offensivo, le rifila un cazzotto sul naso e una terribile gomitata allo stomaco, quindi, con una pedata la fa ruzzolare lungo la rampa di scale, giù, fino al pianterreno.

La donna è ridotta a un ammasso d'ossa rotte.

«E non finisce qui, brutta schifosa ladra, ti denuncerò anche per calunnia!» le urla Arturo indifferente a quel macello.

Ciò detto si ritira nel suo studio incurante delle grida d'aiuto dell'amica e dei soffocati lamenti della cucitrice.

La poveretta riporta lesioni alla spina dorsale che la rendono inferma per tutta la vita. Deve stare immobile su una sedia, rendendosi così inabile a qualsiasi lavoro di cucito. Unica sua consolazione rimane un micio casalingo che le salta in grembo e che lei a malapena riesce ad accarezzare, ma il gatto è un furbacchione, su quelle morbide membra ci va perché sta caldo e comodo, e oltretutto trova sempre qualcosa da mangiare.

- La donna fa causa al suo aggressore e dopo mesi di dispute processuali ottiene una sentenza favorevole che costringe il filosofo a risarcirla ogni mese con una somma adeguata, a titolo di vitalizio. Alla sua morte, Arturo festeggerà concedendosi un pranzo luculliano e annoterà sul suo registro contabile: *vecchia morta, 13 anni pagati, debito estinto*. E più a lato: giustizia è fatta. -

In quel periodo di udienze processuali, Arturo elabora molte strategie legali per vincere la controversia e farsi addirittura risarcire per le calunnie di quella povera disgraziata; infatti aveva adocchiato l'appartamentino che la sventurata aveva acquistato dopo anni di duro lavoro e se ne voleva impadronire, ma il suo avvocato si rifiuta di assisterlo in questa ulteriore nefandezza.

Si convince allora sempre più della miseria umana e aggiunge pensieri filosofici sempre più profondi sul mondo dominato dalla intrinseca volontà.

-Tutti gli uomini vogliono vivere, ma nessuno sa perché vive e allora che cosa si può pretendere da un mondo in cui quasi tutti vivono soltanto perché non hanno il coraggio di suicidarsi!?-

Ritiene che desiderare l'immortalità è desiderare la perpetuazione in eterno di un grande errore che un dio malefico ha commesso, ma ritiene il suo suicidio inutile perché tardivo. È la nascita il vero flagello che ci costringe a vivere, perpetuando l'obbrobrio.

Si consola occupandosi di religioni orientali, ovviamente criticandole, ma s'entusiasma al costume bizantino di permettere, a chi ne ha le possibilità, gli harem. Sostiene, anche pubblicamente, che per migliorare la razza umana bisognerebbe evirare tutti i maschi di scarso intelletto e cattive abitudini e fornire agli uomini intelligenti, capaci e di ingegno, un parco di almeno trenta giovani piacenti femmine. Le donne d'una certa età, oppure di deplorevole aspetto, dovrebbero essere rinchiuse in monasteri ben presidiati da guardie di castrati compiacenti e scrupolosi.

«Nel giro di due generazioni si tornerebbe al fasto dell'antica Grecia, ai tempi dei grandi filosofi», sostiene con forza in ogni occasione. Ovviamente questo suo dire comincia a circolare, per cui il giudice, che si occupa della sua causa legale, una volta venutone a conoscenza, non ha più dubbi. Batte nervosamente il martello sul tondino di legno, assolve la cucitrice dall'accusa di calunnia e condanna Arturo Sciopenaro a pagare un vitalizio alla povera inferma.

«E conduci pure questa *vita da cani*! Brutto mascalzone», dice coperto dal rumore delle sue energiche martellate.

Questo giudice porta una barba fluente, simile a quella d'un antico patriarca russo, ragion per cui il nostro filosofo annota:

- La barba, essendo quasi una maschera, dovrebbe essere proibita dalla polizia. Inoltre, come distintivo del sesso in mezzo al viso, è oscena e per questo piace alle donne che si sa: amano la volgarità -.

«Non dobbiamo mai dimenticare che la donna è infinitamente inferiore all'uomo!» continua a ribadire.

Ma ora ce l'ha con i barbuti e allora commenta: «La barba ingrossa la parte animalesca del volto umano e la pone in rilievo. Basta solo osservare la maledetta, schifosa e ripugnante oscenità d'un uomo barbuto mentre mangia.»

A sostegno della sua tesi ricorda che la lunghezza della barba, infatti, è sempre proceduta di pari passo con la barbarie, cui già accenna il nome stesso: più la barba è lunga e più la barbarie è profonda. Non contento, vuol rendere ancor più spettacolare il suo disappunto, tanto da far stampare dei manifesti in cui a grosse lettere fa scrivere:

Con l'eliminazione del diritto del più forte si è introdotto il diritto del più furbo.

Fa appendere questi manifesti vicino ai tribunali, rischiando l'arresto per il reato d'istigazione a delinquere; ma ormai siamo nel 1848 e a Milano spira aria d'insurrezione, tanto che la polizia decide di non procedere ad arresti che possano inasprire ancor più quelle teste calde di giovani carbonari rivoluzionari. Convengono tutti nel dire che chi si diverte a stampare quei manifesti in fondo in fondo sta facendo una *vita da cani!*

✳✳✳

Nel 1848 Arturo Sciopenaro compie 38 anni: è in piena maturità. Critica apertamente la filosofia insegnata nelle scuole da dei filosofi babbei e venduti, ma nello stesso tempo ambisce a una cattedra e a uno stipendio presso l'università. I tempi però sono burrascosi, i giovani fremono, si avvertono le avvisaglie della tempesta.

Gli austriaci che governano la città ostentano tranquillità, dato che dispongono di 20.000 soldati bene armati, per cui, senza curarsi delle conseguenze, impongono una nuova tassa sul fumo. I fumatori per ripicca smettono di comprare tabacco; il nostro Arturo non aveva mai fumato, pertanto si disinteressa della cosa.

Il governo, per invogliare la gente a fumare, fa scendere nelle piazze una masnada di soldati con il sigaro fra i denti pronti a regalare tabacco a chi pubblicamente lo avesse fumato.

Al suo solito ristorante Arturo, a fine pranzo, si concede un bicchierino di liquore alle erbe. Poco distante, un ufficiale dell'impero austro ungarico porta voluttuosamente alla bocca un sigaro fumante e girandosi dice: «*Du magst eine Zigarre, Sir? Ich würde es gerne anbieten.*» (gradisce un sigaro, signore? glielo offro volentieri).

Arturo, che parla e capisce perfettamente il tedesco, informa che lui non è un *raucher* (tabagista), ma integra il suo pensiero aggiungendo che sarebbe maleducazione rifiutare. «... *und ich bin nicht unhöflich.* (e io non sono maleducato)» tiene a sottolineare.

Il graduato, fingendo affabilità, gli porge un sigaro e cortesemente gliel0 accende. Si presentano e Arturo illustra la sua filosofia. L'ufficiale lascia dire, anzi approva quel personaggio che si proclama filosofo. Ovviamente al militare interessa portarlo fuori con il sigaro bene in vista affinché tutti lo vedano. Fingendo premura, lo esorta ad accompagnarlo per approfondire l'interessante discorso.

Sulla strada uno scapestrato giovinastro strappa dalla bocca di Arturo il sigaro fumante e lo butta per terra calpestandolo. Il militare estrae la sciabola e rifila tre nerbate metalliche sulle chiappe del temerario ragazzo. Arturo sconsideratamente plaude a quelle sciabolate, sennonché una masnada di inferociti bravacci nullafacenti, si precipita su di loro per aggredirli con sputi, pietre, pugni e bastoni.

Arturo, in quella baraonda abbandona l'ufficiale al suo destino e se la dà a gambe levate inseguito da un abbaiante cane di razza incerta. Ma dalle finestre delle case piove di tutto: mobili vecchi e nuovi, cesti, vasi di fiori... «Alle barricate, alle barricate!» si urla.

Arturo viene colpito da un pesante vaso da notte proprio in testa e si affloscia a terra tramortito e inzuppato dalla puzzolente piscia e melmosa cacca di bambino. Il cane inseguitore si ferma accanto all'uomo steso a terra e ringhiando dissuade la folla inferocita dal bastonare il puzzolente tramortito ritenuto un colpevole fumatore. Con tutto quel trambusto Arturo si sveglia, riacquista coscienza, ma si rende conto che per lui è meglio mostrarsi svenuto. Il cane che lo inseguiva lo ha preso in simpatia, anche se lordo di ripugnanti escrementi, cosicché continua a proteggerlo: parimenti a un compare di bisbocce. Nel frattempo spuntano fatiscenti barricate e si odono i primi spari. Nessuno fa più caso al tizio steso sul selciato vicino al cane che abbaia; oramai l'impegno comune è rivolto a rinforzare le barriere dietro cui ripararsi.

Arturo ne approfitta per rialzarsi e correre a raccogliere un pesante sgabello da accatastare sulla traballante muraglia.

Tutti lo tengono a distanza per la nauseante puzza emanata, ed egli, capendo l'antifona, incomincia a sbraitare: «Libertà, libertà! Morte all'invasore, morte all'oppressore, morte a...»

Così gridando svincola e correndo si precipita verso casa; sempre seguito dal quadrupede che lo ha ormai preso a benvolere.

- Così inizia l'insurrezione popolare di Milano che durerà cinque giorni e alla fine costringerà l'esercito austriaco ad abbandonare la città -.

«Lasciamo quei poveracci al loro destino!» sembra abbia detto il vecchio maresciallo *Radetzky* ritirando le truppe. «Lasciamo quei poveracci alla loro vita da cani! Prima o poi saranno quelli con meno fronzoli e più sale in zucca a richiamarci.»

E infatti, perlomeno in parte, non sbagliava.

Frattanto il nostro filosofo, imbrattato di sterco e con il benevolo cane che lo protegge, va a lavarsi nel serbatoio d'acqua d'un vicino di casa che lo redarguisce, ma lui in quella situazione capisce l'antifona e fa orecchio da mercante, senza reagire.

Nota invece preoccupato che l'attenuarsi del puzzo demoralizza il suo salvatore, il quale sembra indeciso se restare o andarsene;

molto probabilmente è l'odore di cacca infantile ad attrarlo, per cui smette di sciacquarsi. Si avvicina al cane e gli fa annusare le mani e la testa ancora maleodoranti. L'animale entusiasta si mette a leccare il suo nuovo padrone. È quella puzza a generare un'amicizia che porta Arturo a elaborare nuove *aulenti* (profumate) teorie filosofiche:

> *Gli animali sono più di noi soddisfatti per il fatto di esistere; le piante lo sono anche di più; gli uomini lo sono secondo il loro grado di stupidità. Più sono stupidi e più sono soddisfatti di esistere.*

Poi rivolto alla domestica - preoccupata dai rivoluzionari in cerca di mobili per rinforzare le barricate - con indifferenza dice: «Questa dedizione totale propria degli animali è il vero motivo del piacere che mi dà la compagnia d'una creatura domestica come questo geniale quadrupede che chiamerò Argo. Il cane Argo rappresenta la fedeltà nei confronti del padrone e io voglio essere il suo padrone. Guai a te, donna di scarso intelletto, se tratterai il mio Argo con malagrazia.»

Intanto l'anziana domestica indica agli insorti - che s'erano intrufolati in casa per reperire mobili per le barricate - il divano su cui s'era accucciato il cane, e che non veniva mai usato; ma Arturo si pone davanti a difesa del suo bene prezioso - come il suo cane aveva fatto con lui - e accompagna i frementi rivoltosi in camera della serva indicando loro l'armadio e il letto da buttare dalla finestra.

«Tu, donna di scarsa sensibilità, aiuterai la rivolta dormendo per terra, sul tappeto!» esclama spalancando i battenti delle finestre.

La poveraccia evidenzia la sua disastrata schiena, ma imperterrito l'uomo è preso dalla sua enfasi teoretica.

«La pietà per gli animali è talmente legata alla bontà del carattere che si può a colpo sicuro sostenere che un uomo crudele verso gli animali non sarà mai un uomo buono. Lasciate il mio amorevole cane riposare, non toccate quel divano!» arringa.

I rivoltosi concordano nel ritenere meno faticoso buttare i mobili della domestica e lasciare il pesante divano al suo posto.

La poveraccia guarda smarrita e piangente il suo armadio e il suo letto sfasciarsi sulla strada, mentre gli insorti scendono precipitosamente a sistemare quei rottami sulla barricata. Arturo allora, a beneficio della serva, declama: «Mia cara donna di scarso intelletto! Ricorda sempre che l'uomo è un essere selvaggio e feroce. Appena viene tolto l'ordine legale e s'impone l'anarchia, l'uomo mostrerà quale esso è: una belva, che attende solo il momento propizio per scatenarsi.»

Ma la poveretta piange e non raccoglie quei concetti filosofici; secondo quel matto il duro pavimento su cui dovrà dormire sarebbe divenuto un materasso di morbida lana caprina. Pensa inoltre che la presenza di quel cane, avrebbe allontanato l'affettuoso gatto che tanto le faceva compagnia. *«Ah, non v'è rosa senza spine, ma vi sono parecchie spine senza rose»* mormora depressa e sfiduciata.

Arturo possiede un udito finissimo, pertanto raccoglie quella deprimente frase e si compiace.

«Volere il meno possibile e conoscere il più possibile è la massima che deve guidare la vita!» esclama, pregno di metafisicità.

«Sì, una vita da cani!» risponde la poveretta, ma poi, vedendo quel cane disteso su quel morbido divano e a cui prima era stato dato un osso gonfio di carne, aggiunge: «Però, come per gli uomini, non tutti i cani sono uguali.»

Si allontana verso la cucina per vedere se almeno hanno scorte di cibo per loro, perché ora con quegli spari, quel cane... Altro che filosofia! "La pancia, la pancia. Ecco ciò a cui si deve pensare maledetto filosofo, maledetto mondo crudele!"

Intanto, tra uno sparo e l'altro, Arturo si accorge che la sua mente sta partorendo pensieri filosofici sempre più innovativi e profondi. Sembra preso da un'esaltazione euforica quando entrando nel suo studio Argo scende dal morbido sofà per accucciarsi servilmente ai suoi piedi sotto alla mastodontica regale scrivania.

"Questo cane innocente è felice di avere un padrone par mio, uno che ama la scienza e la conoscenza, perché si può costantemente osservare che la fede e la scienza si mantengono come i due piatti d'una bilancia; quanto più l'uno s'innalza, tanto più l'altro s'abbassa, e per quanto mi riguarda, il piatto della mia fede si è svuotato. Ora devo caricare, ingrossare ancor più il piatto della mia conoscenza. Voglio ridurre questa bilancia a un rottame".

E questi pensieri lo estraniano completamente dalle schioppettate e dai mentecatti dediti a baciare banchi e crocifissi. Lui ora vuole giust'appunto fare una vita col cane. La *Vita da Cani...* "Che la facciano quegli illetterati imbecilli ribelli là fuori".

Gli austriaci dopo poco tempo ritornano e gli anni passano.

Arturo, riconosciuto fedele suddito dell'impero - infatti aveva pubblicamente fumato - viene assunto con un discreto stipendio dall'ateneo universitario milanese. Però alle sue lezioni partecipano pochissimi studenti, tutti preferiscono andare ad ascoltare il filosofo che Arturo sfacciatamente denigra e dentro di sé, odia. Comunque, come oggi s'usa dire: "Gode di solidi appoggi politici".

Ma intanto, con il passare degli anni, anche la politica cambia.

Cavour manovra segretamente e si allea con l'imperatore francese **Napoleone III**. L'Austria cade nel tranello teso da Cavour e, provocata, dichiara guerra al Regno dei Savoia. Sotto-sotto c'è chi informa che la Francia si sarebbe schierata a fianco di Re Vittorio Emanuele II, contro l'Austria.

«Tutti i giornalisti sono, per via del mestiere che fanno, degli allarmisti: è il loro modo di rendersi interessanti. Essi somigliano in ciò a dei cagnolini privi di senno che, appena sentono un rumore, si mettono ad abbaiare forte. Bisogna perciò badare ai loro squilli di allarme solo quel tanto che non guasti la digestione.»

Così dice l'esimio filosofo e professore universitario agli sparuti studenti che presenziano alle squallide lezioni di astrazioni teoretiche di cui si vanta, e così ribadisce anche nel suo ristorante. Ma come al solito non ne azzecca una; infatti nell'estate del 1859 l'Austria deve cedere la Lombardia al nascente Regno d'Italia.

E per Arturo l'ambivalente teoretica teoria cambia.

«Faremo fare a quel farabutto una *vita da cani*! Ma non come al cane che mangia al suo stesso tavolo» commentano i vecchi docenti ridiventati i veri baroni universitari. Arturo non ha alternative, è costretto a dimettersi.

«La politica è l'arte di impedire alla gente di immischiarsi in ciò che la riguarda. In futuro diverrà l'arte di costringere la gente a decidere su ciò che non capisce», dice al suo cane, che scodinzolando approva. E questa è una delle poche volte che lo fa.

«Le persone comuni tendono soltanto a passare il tempo, io caro il mio Argo... A non sprecarlo.»

Ovviamente qui, Argo pensoso, smette di scodinzolare.

Passeggiando con il cane e dileggiando quell'informe massa di passanti amaramente commenta: «*Ricorda! Amico mio, che se la qualità della società dipendesse dalla quantità, vivremo in un gran bel mondo: purtroppo invece, cento imbecilli messi insieme, non daranno mai un uomo intelligente quale Io sono.*»

Argo fa capire le sue necessità e allora Arturo si ferma per permettere al suo compagno di sollevare la zampa su un albero striminzito, perché quella è un'estate polverosa e senza pioggia.

"Vita da cani anche per i vegetali!" sospira.

Siamo nell'autunno del 1860 quando Arturo Sciopenaro aprendo il giornale, che al ristorante è gratis, s'imbatte in un articolo di critica letteraria. Viene attirato da un *reportage* con un nome che non gli suona nuovo; si sistema comodo sulla seggiola e legge:

ARTHUR SCHOPENHAUER
Trovato morto nella sua casa a Francoforte.

Qualche settimana fa a Francoforte sul Meno si è spento a 72 anni un celebre filosofo tedesco di nome Arthur Schopenhauer. Costui aveva previsto di campare fino ai cento anni, vista la vita sana che lui sosteneva di condurre; ma i bacilli che girano nell'aria non guardano in faccia a nessuno. Ora sembra che tutti, come si fa sempre quando uno muore, ne parlino bene; per il fatto che esiste una grande ipocrisia che trovo anche molto triste. Ma io non volevo e non voglio ca-

dere in questa trappola; per cui mi sono letto i suoi scritti e subito dopo sono andato fin su a Francoforte per parlare con chi veramente lo conosceva. Dopo questa indagine non mi sento, in coscienza, di aggregarmi ai commenti di alta considerazione che tutti gli tributano. Non condivido assolutamente gli elogi e le virtù che gli attribuiscono, perché il vangelo schopenhaueriano della rinuncia non è molto coerente né molto sincero. E neppure è sincera la sua dottrina, se ci è lecito giudicare dalla conduzione di vita dello Schopenhauer.

Abitualmente pranzava bene, in un buon ristorante; ebbe molti amori triviali, sensuali, ma non appassionati; era eccezionalmente litigioso e avaro fuori dal comune. Una volta lo annoiava una cucitrice di una certa età che stava chiacchierando con una amica fuori dalla porta del suo appartamento. Egli la gettò giù dalle scale, causandole lesioni permanenti. Ella ottenne una sentenza che lo costringeva a pagarle una certa somma (15 talleri) ogni trimestre finché viveva. Quando alla fine ella morì, dopo 20 anni, Schopenhauer annotò nel suo libro dei conti: – Obit anus, abit onus. (Vecchia morta, debito cessa).

È' difficile trovare nella sua vita prove di una qualunque virtù, tranne forse l'amore per il suo cane Atma, a cui lasciò una discreta somma perché venisse mantenuto con magnificenza. Non si può inoltre definire virtù quella che lo spinse fino al punto di opporsi alla vivisezione nell'interesse della scienza. Sotto tutti gli altri aspetti era un completo egoista. Difficile è credere che un uomo profondamente convinto della virtù dell'ascetismo e della rassegnazione non abbia mai fatto nessun tentativo di applicare nella pratica le sue convinzioni anche su se stesso.   *[...]*

L'articolo continua con ulteriori commenti negativi, ma Arturo è scioccato. Ritorna con la memoria alla sua infanzia, ritorna agli spezzoni di frasi che si scambiavano i suoi genitori.

Anche quel maledetto antipatico arrogante tedesco ti dovevi portare in questo salotto e ora ecco qui un altro bastardo da...

Questo aveva urlato suo padre. Successivamente, quasi subito, uno sparo, un colpo di pistola. E ora si domanda chi avesse premuto il grilletto. Sua madre non glielo dirà mai, ma lui vuole sapere. Non ha scelta. Deve andare a Francoforte.

Si organizza e con il cane fedele si mette in viaggio malgrado la brutta stagione. Una volta arrivato, visita immediatamente il cimitero dove avevano tumulato quel celebrato filosofo.

La tomba non porta orpelli, croci, immagini di nessun tipo. Solo una scritta incisa su marmo: **ARTHUR SCHOPENHAUER.**

Arturo, malgrado i suoi 50'anni, possiede ancora un udito finissimo. «... E quello dev'essere un figlio illegittimo di quel mefistofelico filosofo, guarda come gli assomiglia. Chissà che cosa...»

Si gira e in lontananza vede due anziane signore parlare tra di loro. Le richiama e minacciosamente chiede con voce tonante:

«Dove posso trovare qualche ritratto e avere informazioni su questo defunto?»

«Ci scusi signore, ma noi credevamo fosse un parente... Be', insomma, la rassomiglianza...»

«Dove posso trovare qualche ritratto e avere informazioni su questo morto?» ripete stizzito con voce ancor più alterata.

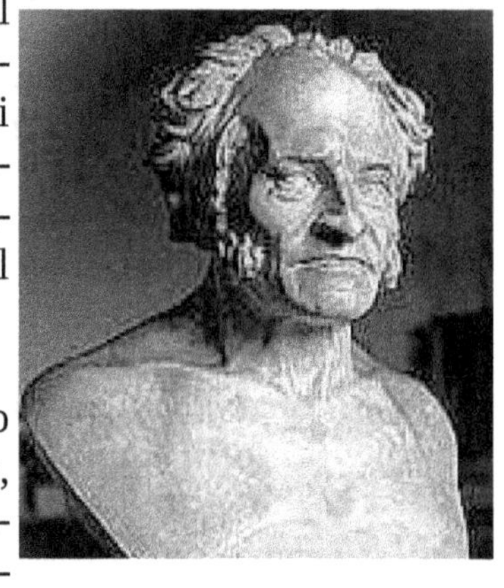

Allora le due donne, intimorite dal quel fare agitato, gli indicano il mausoleo dove sono raccolti gli scritti e i ritratti - uno recentissimo persino fotografico e un busto marmoreo scolpito da un'allieva e discepola - del celebrato *Arthur Schopenhauer*.
Arturo si precipita a quell'indirizzo.
A riceverlo c'è un giovane azzimato ben vestito, ben sbarbato, sorridente, ma con una faccia da ebete. Così almeno lo giudica Arturo consultandosi con il suo cane Argo.

Si presenta come Arturo Sciopenaro, italiano di Milano, nato nel 1810, figlio d'un industriale e una scrittrice napoletana. Chiede informazioni sulla vita di questo filosofo.

«Mio Dio!» esclama il giovane, «ma Schopenauer ha soggiornato proprio a Milano nel 1809 a 21 anni, per ragioni di studio. Fu ospitato per qualche settimana proprio dalla moglie scrittrice d'un ricco industriale lombardo. Lei a quell'epoca non era ancora nato, ma... Signore guardi lei stesso questo busto e giudichi se non le assomiglia. Mio Dio! Sembra proprio lui da giovane, sembra quasi un suo figlio, sì, mio Dio... Credo, sì Mio Dio, sì...»

«La smetta con questo mio dio, io non credo in nessun dio e da quanto mi è stato detto e ho visto sulla sua tomba, neanche *Schopenauer* ammetteva l'esistenza di un dio, perché se ci fosse stato un dio sarebbe stato un dio nefasto e perverso.»

«Certo, certo signore, ma lei avrebbe dovuto conoscere suo padre da vivo, o mio Dio!»

«La Smetta di definire costui mio padre! La smetta con quel dio.»

«Ma signore! Lei lo sa chi era quest'uomo? Magari io potessi dire che era mio padre, sia pur di nome diverso.»

«Giovanotto, io non amo essere scambiato per un bastardo.»

«Signore, ma che dice! Onore, onore, quale onore! Qualcuno potrebbe dire che suo padre non era bello: gli sciocchi avrebbero potuto definirlo anche piuttosto brutto. Ma appariva grandioso, se si capiva l'espressione della sua bellezza.

«Allora non si poteva staccare lo sguardo da lui, non ci si poteva sottrarre alla forza magnetica della sua affascinante personalità. E come parlava! Chi non l'ha mai sentito parlare non può farsene un'idea. Sapeva esprimere la più profonda serietà e la più grande bellezza; ogni argomento da lui trattato assumeva l'eleganza del discernimento; acquistava carattere e contenuto tramite la sua parola. Il suo modo di colloquiare dava un'impressione di classicità: certamente gli antichi saggi, esperti nell'arte della conversazione, avevano dialogato parimenti a *Schopenhauer*. In breve posso con certezza ribadire che la sua parola parlata era all'altezza di quella scritta; e il discepolo - quale io mi ritengo essere - pervicacemente non può sottrarsi all'incanto della suadente arte...»

«**Bastaaa!** Chiudi quella boccaccia, non voglio sentir altro», urla Arturo sommerso da tante ampollose parole.

«Argo! Che cosa ne pensi?»

«Prego?» protesta quell'esaltato plagiato discepolo.

«Non dico a te imbecille, parlo con il mio cane. Solo di lui mi fido.» Argo si alza, si avvicina stancamente a quello squinternato discepolo, lo affianca e solleva la zampa. «Argo! No. Non sprecare così il tuo prezioso nobile liquido, prendo atto del tuo desiderio.» Il cane riabbassa la zampa e scodinzolando infila la porta che dà sul cubitale portone stradale.

«Signore, se suo padre fosse qui in carne e ossa, lei non permetterebbe al suo cane di comportarsi in maniera così disdicevole.»

«Piccolo ritardato stupido mentecatto, se fossi certo che questo megalomane fosse veramente mio padre e fosse qui in carne e ossa, orbene, sputerei in quello spregevole muso ghignoso, che sta a indicare la canagliesca personalità di siffatto ignobile individuo.»

Senza aggiungere altro, con il fedele scodinzolante Argo, inforca l'uscita e si immerge nella mandria umana di quella fosca, fredda e umida città.

"Questo pazzo, con quel cane poco elegante, non può essere il figlio di *Arthur Schopenhauer*", pensa tremante e turbato il povero discepolo accarezzando quel busto marmoreo, quasi a volersi scusare di qualcosa che nemmeno immagina. "Chissà che *vita da cani* starà facendo per comportarsi così", presume continuando ad abbracciare quel marmo quasi fosse un'icona benedetta.

✹✹✹

Ad Arturo non resta che la madre per sapere la verità.

Le invia solo una secca domanda:

«Arthur Schopenauer è mio padre?»

Dopo qualche settimana, la risposta:

— Tuo nonno si chiamava Arturo, come te, ed era il padre di quello Sciopenaro deficiente, che tu chiamavi papà, e che si è sparato; ma tuo nonno era anche il vero padre di Arthur Schopenhauer, che è stato nostro ospite prima che tu nascessi. Quindi quei due erano fratelli. Avevano lo stesso padre, sia pur con due madri diverse.

Da me, quel bastardo di Arthur Schopenauer, ha ricevuto solo un paio di schiaffi dopo che mi aveva stuprata come una cameriera. Da quello stupro sei nato tu, di fatto bastardo come il tuo vero padre. Non mi chiedere altro, povero infelice, figlio di un maledetto ingannatore. Io sto bene dove sono e starei meglio se a Napoli non fosse transitato quell'infingardo di Garibaldi.

"Il senso dell'umorismo è la sola qualità divina dell'uomo", mi disse una volta Schopenhauer. Ma lui questa qualità non ce l'aveva; come non ce l'aveva quello che tu chiamavi padre, ma che in realtà era tuo zio, e come non ce l'hai tu. Io questa qualità l'ho trovata in colui che tu hai preso a calci e che invece avresti do-

P.S.
(Avevo torto quando ti dissi che meritavi una Vita da Cani?)

****

Una detonazione secca fa sussultare l'anziana domestica di Arturo Sciopenaro. Dallo studio fuoriesce un odore acre di polvere da sparo e gemiti cagneschi. La poveretta incomincia a chiamare, a chiedere aiuto, a sbraitare a squarciagola con tutte le sue forze.

Quando sfondano la porta vedono il cane acquattato ai piedi del suo padrone esanime con lì vicino la pistola fumante.

Nelle sue ultime volontà, Arturo lascia l'appartamento milanese alla fedele anziana domestica, un fondo per un magnificente mantenimento di Argo e il resto a beneficio delle madri o vedove dei caduti sulle barricate milanesi del 1848.

La sua tomba non ha orpelli, croci, immagini, ma solo un nome:

– ARTURO SCIOPENARO –

Il cane Argo sta per tutto il giorno accucciato su quella pietra accanto al suo egocentrico padrone.

«Il suo cane ha fatto una vita da signore, ma lui ha fatto: **una Vita da cani!***»* Questo è il commento che fa la gente indicando da lontano quell'arida tomba.

FINE (Vita da Cani.)

Personaggi

Arturo Sciopenaro.................Industriale fallito e saccente filosofo

Prima cameriera...................….......Servetta licenziosa e licenziata

Seconda camerie....Donna paziente, ma di stomachevole aspetto

Cucitrice.............................Donna presa a schiaffi, pugni e calci

Giudice con barba...............................Magistrato di sani principi

Ufficiale austriaco....................................Militare che offre sigari

Maresciallo Radetzk......Comandante militare a Milano nel 1848

Argo...Cane fedele di razza incerta

Arthur Schopenhauer.............................Misogino filosofo tedesco

Giovane sbarbato...................Custode del busto di Schopenhauer

Madre e patrigno di Arturo…..............Gaudenti emigrati a Napoli.

(3) GATTOCANE

Istinti sovrapposti

> **Questa vicenda, a cui nessuno darà titolo di storia se non di fanfaluca, mi è stata raccontata da un mio ex compagno di scuola: Gaetano Carlin, per anni poliziotto e poi investigatore privato**

Ovviamente anch'io, pur conoscendo la sobrietà del mio amico, non detti credito a quanto mi aveva favoleggiato, ma un giorno, porco cane, potei toccare con mano l'appunto favoleggiato...**Gattocane,** ma... Ma procediamo con ordine e lasciamo parlare Gaetano Carlin:

– Nel 1950, **Assunta Sparagnin** divenne la maestra d'una prima e anche seconda elementare, in una frazione di 600-700 abitanti nell'Alta Veronese.

Il parroco di quel paesino della Lessinia era un certo Don Olimpio Saragozza: per i parrocchiani, **Don Pio**, ma per i miscredenti soprannominato il Cimbro. (Aveva delle sembianze simili a molti residenti di etnia cimbra).

Questo prete cimbro di pio mostrava ben poco. Gli piaceva mangiare, bere e gozzovigliare, e, quand'era possibile, toccare le giovinette che non mostrassero le unghie: insomma, era proprio un gaudente godereccio.

Durante l'inverno, la stufa in chiesa l'accendeva un po' solo alla domenica, viceversa, sacrestia e canonica: tutti i giorni.

La irreprensibile Assunta Sparagnin, di appena vent'anni, il primo giorno di scuola arrivò dalla valle con la sua spartana Lambretta. Entrò in classe e assegnò i banchi alla ventina di ragazzini che le avevano affidato. Fece l'appello e iniziò a smaliziarli per capire con chi aveva a che fare. A metà mattinata, Don

Pio, il Cimbro, si infiltrò cameratescamente fra quelle quattro mura. Salutò la maestrina e la sollecitò a concedere una pausa ricreativa agli scolaretti.

Si presentò come Don Pio. La prese con solerzia sottobraccio spingendola a vedere di sfuggita la chiesa e da lì la sacrestia, dove sulla grande parete faceva bella mostra di sé una polverosa riproduzione di un quadro del Tiziano: *La discesa dello spirito santo.*

«Cara figliola, guarda la gioia che dispensa quella luce divina che penetra i cuori dei presenti intorno alla vergine che estasiata si abbandona allo spirito santo!» disse come ispirato Don Pio accompagnando le sue parole con ambiguo occhieggiare.

«Bello, molto bello, ma ora devo rientrare in classe» disse la maestrina staccandosi dalle mani untuose del prete.

«Eh, noi tutti dobbiamo pregare lo spirito santo affinché ci indichi la retta via da seguire», insistette Olimpio Saragozza, sempre con fare ispirato, ma soprattutto spiritato...

A novembre giunse il primo vero freddo, e la malcapitata Assunta smontava dalla sua scoppiettante motoretta intirizzita ; ma Don Pio, caritatevole, la sollecitava ad ammirare la discesa dello spirito santo, al caldo, dentro la sacrestia. Si industriava a riempire di legna la stufa e a indicare scientemente alla poveretta, tutta gelata, l'uscio dove all'interno amorevolmente la vergine si godeva il calore dello spirito santo. Insomma, come fu come non fu, la sventurata a fine novembre cedette ed entrò per gustarsi la calda luce divina.

Dopo continui ritardi, un paio di esuberanti ragazzini, ovviamente ripetenti, si arrischiarono a origliare per sentire che cosa facesse tutto quel tempo la maestrina dentro la sacrestia, oltre a scaldarsi.

Sentivano delle frasi sconnesse e anche dei guaiti, quasi fossero lamenti, intervallati da dei ringraziamenti allo spirito santo. Incuriositi, socchiusero impercettibilmente la porta e videro Don Pio spingere a tutta birra avanti indietro la maestrina.

«Senti la beatitudine dello spirito santo?» chiedeva.

«Sì, sì, sì... Ohhohhhohh che belo, che belo... Ohiohiohiohi, senti che belo, che belo, che grazia... Lo voglio, lo voglio, lo voglio tutto-tutto lo spirito santo.» E così via.

Gli spioni notarono la gonna della maestrina tirata su e le mutande tirate giù; stava piegata in avanti e si dimenava ondeggiando mentre da dietro veniva scossa dalla pancia di un Don Pio con la tonaca sbottonata e in preda a incontrollata agitazione.

Il cane da guardia poco prima corrotto con un pezzo di lardo, aveva finito di mangiare, per cui rinchiusero la porta e rientrarono in classe. Dopo un po' arrivava la maestrina trafelata, rossa e accaldata, pronta a iniziare spensieratamente la lezione.

Ovviamente il ripetersi di queste discese dello spirito santo non passarono inosservate, tanto che Don Pio Saragozza, nel bel mezzo d'una predica domenicale - durante la quale raccomandava ai parrocchiani di non commettere atti impuri, pena l'inferno -, venne interrotto da due buontemponi ladri di galline mezzi ubriachi, che lo misero in forte imbarazzo di fronte ai fedeli.

«Ehi, Cimbro! È il tuo trisavolo Napoleone che ti ha insegnato a cavalcare le maestrine?» sbottarono sghignazzando i due.

Tutti in chiesa scoppiarono a ridere, anche perché lui si vantava d'essere un pro-pro-pro, pronipote, di Napoleone e di una contessa successivamente sposata a uno squattrinato conte Saragozza.

Il parapiglia fu smorzato dall'intervento dei carabinieri, che allontanarono i due scapestrati pregiudicati, iniziatori della caciara. In fretta e furia la curia intervenne, spedendo Olimpio Saragozza ai servizi speciali e a fare esercizi spirituali: lo sostituirono con un vecchio prete ormai non più dedito a dispensare lo spirito santo.

A fine maggio la scuola chiuse e Assunta Sparagnin era già al quinto mese di gravidanza. Quelli erano tempi in cui una maternità, fuori dal matrimonio disonorava tutto il parentado, cosicché la famiglia s'ingegnò e finalmente un quarantenne, secondo o terzo cugino, alquanto grossolano e di bocca buona, accettò di sposare la panciuta maestrina. Costui si chiamava, **Pericle Zuffolin,** e possedeva una fattoria sulla destra del fiume Adige, nella Bassa campagna Veronese.

Alla sacralità della grazia divina ovviamente costui non dava credito, ma lasciava dire. «Te lo darò anch'io lo spirito santo!» le prometteva scodinzolandole intorno.

Ma questo Pericle, pur avendo un normale funzionamento del suo organo, era privo d'un testicolo, per cui non seminava.

Come fossero stati i rapporti tra i due, anche il mio amico Gaetano li ignorava, però, e qui anch'io rimasi sorpreso, mi rivelò il nome del nascituro figlio naturale del cimbro Don Olimpio, conte Saragozza. «*Leopoldo Zuffolin!*» esclamò soddisfatto Gaetano.

«Ma era quel nostro compagno di classe alle superiori, diventato vescovo, poi spretato, e poi diventato misteriosamente milionario?» chiesi io stupefatto da questa rivelazione.

«Certo, ed è adesso che viene il bello!»

Aguzzai le orecchie e stetti in curiosa attesa e Gaetano riprese:

– Alla nascita il frugoletto pesava cinque Kg, e aveva una folta chioma nera e una protuberanza... Be', lasciamo perdere.

(Che questo Leopoldo fosse ben fornito a scuola era risaputo).

Crescendo, il bambino ricalcava in modo indelebile la fisionomia dell Prete cimbro, suo padre naturale...

«E Pericle Zuffolin?» lo interruppi io.

«Il Pericle, che in fondo era una brava persona, lo trattò benevolmente, anzi lo volle istruito, per cui gli fece frequentare il nostro Istituto Tecnico di CANGAT dove c'era la specializzazione di Radiotecnica e Telecomunicazioni.»

(Devo chiarire che da studente Leopoldo Zuffolin

– Divenne il più giovane vescovo d'Italia, ma poi, chissà perché, buttò la veste alle ortiche e si diede al vizio del gioco. Puntava e vinceva somme astronomiche nei casinò, ma ciò che lo rese stramilionario fu una truffa a una banca inglese con la complicità del direttore d'una banca svizzera, che finì in galera. Io allora militavo in polizia e tali vicende le avevo indagate come poliziotto, ma ora, quello che a me interessa raccontarti è altro.

– Stanco dei suoi bagordi, a un certo punto questo nostro Leopoldo Zuffolin - dopo essere stato in cattivi rapporti con la madre **Assunta Sparagnin** a causa dell'abbandono della prestigiosa posizione ecclesiale - ritornò al nido materno nella fattoria che nel frattempo lui, con i soldi, aveva ristrutturato e ingrandita. Ma il suo vero interesse lo riponeva negli esperimenti con le onde elettromagnetiche. Teorizzò che tutto l'universo, compreso il mondo in cui viviamo, fosse influenzato da questi impulsi sconosciuti.

– La madre, che indipendentemente dal cognome era sparagnina di natura, vedeva negativamente lo sperpero economico del figlio impegnato a soddisfare la sua nuova passione. Oltretutto s'era accaparrato la enigmatica collaborazione d'un nostro vecchio compagno di scuola, tale, **Gaspare Polastrin**. –

Ma lasciamo la parola all'informato Gaetano:

– I due iniziarono a costruire macchine inaffidabili che gettavano nel panico gli occupanti della fattoria. Per quasi un anno massacrarono polli, faraone, anitre e pennuti selvatici usandoli a mo' di cavie per i loro esperimenti. Il risultato fu un'ecatombe. In quella casa si mangiavano solo pennuti in tutte le salse. Poi finalmente le cose migliorarono. Leopoldo era riuscito a convincere un fantasioso scienziato americano, **Joanin Imbriagon**, di origini venete, ad aiutarlo nella sua impresa. Costui mise un po' d'ordine negli esperimenti di quei due pazzi, per cui si evitarono le precedenti carneficine, ma poi lo scienziato "*Imbriagon*" dovette tornare in California dove teneva conferenze scientifiche coadiuvato da compiacenti danzatrici del ventre veneziane, dispensatrici di *tequila* messicana.

Intanto nell'azienda, i due, imperterriti, sottoponevano ai loro *test* asini, capre, mucche; Gaspare volle trattare pure le arrapate maiale.

Quelle povere bestie venivano sottoposte a bombardamenti elettromagnetici ad altissima frequenza che le facevano ululare per giorni interi a causa dei residui quantistici accumulati nel pelo.

Assunta, la madre, era disperata. Il padre Pericle, fortuna per lui, era già deceduto anni addietro.

In pratica lo scopo degli esperimenti consisteva nel far cambiare carattere all'animale bombardato; ma erano intenzionati a procedere oltre; volevano arrivare all'uomo.

S'illudevano che cambiando la nefasta, crudele e barbara natura umana, avrebbero reso il mondo di nuovo un giardino dell'Eden, dove ogni essere vivente era propenso ad amare: non più a odiare. Ma nel frattempo quelle povere bestie, anche se non facevano l'atroce fine dei polli, soffrivano le diaboliche pene dell'inferno e loro due erano alquanto distanti dall'agognato traguardo. Fu allora che il furfante Leopoldo si ricordò di aver conosciuto, nel passato, una focosa biologa russa in un casinò di Berlino. **Agniya Kaulin** era il nome di costei. (Italianizzato in un meno eclatante *Agrippina Caolin* e poi in **Pina Caolin**).

A Berlino questa biologa voleva verificare se le sembianze porno-divistiche di Leopoldo Zuffolin, mascherassero qualche interesse biologico. Naturalmente Leopoldo per la scienza era sempre bendisposto, per cui caritatevolmente agevolò con tutto se stesso gli studi scientifici con questa Agrippina. Soddisfatta dei risultati ottenuti con le sue penetranti ricerche, dopo un'infinità di impegnative sedute - stando sdraiata - lo abbandonò, deperito, al suo destino.

Leopoldo, in seguito a quelle logoranti sperimentazioni con la biologa *Agniya*, per mesi non volle più saperne di avere donne al disotto degli 80'anni a una distanza inferiore ai cinque metri. –

✳✳✳

Notai che effettivamente Gaetano sembrava a conoscenza di molti lati oscuri della vita di questo Zuffolin, ma lasciamolo continuare:

– In seguito a complicate ricerche, Leopoldo riuscì a rintracciare questa biologa naturalista a Milano. In quel periodo lei lavorava in un laboratorio di studi morfologici specializzato in ricerche sul DNA dei cinghiali. Lei sosteneva che il cinghiale non fosse altro che un miscuglio genetico di canide, mischiato al DNA di maiala. I colleghi di lavoro, in camice bianco, sostenevano l'infondatezza di questa teoria, in quanto per loro il cinghiale era nato prima del maiale, per cui la teoria della scienziata non reggeva. Leopoldo, dopo averle garantito vitto e alloggio, oltre a permetterle di approfondire ulteriormente le sue ricerche sulla resilienza maschile al travaglio spermatozoico, le assicurò che un suo collaboratore, certo Gaspare Polastrin, era un convinto assertore del cinghiale derivante dall'accoppiamento tra una maiala molto porca e un lupo allupato per la mancanza d'una lupa un po' zoccola. (*Ovviamente Gaspare Polastrin questa teoria sui cinghiali la sosteneva a spada tratta, tant'è vero che bombardava la maiale con impulsi quantistici lascivi per renderle porche*).

– Quando però la pretenziosa ricercatrice si presentò nel *ranch* assieme all'elegante assistente francese, **Fabien Culaten** - che oltre alla erre moscia esibiva anche un esagerato comportamento raffinato - Leopoldo non c'era, e Assunta Sparagnin, notando atteggiamenti equivoci nell'insolita coppia, prese a male parole soprattutto la scollacciata e scostumata biologa russa *Agniya Kaulin*, per poi sfogarsi pure con il mansueto e gentile *Fabien*, che la procace naturalista aveva italianizzato con molta eleganza in *Fabianetto* vista la forma accattivanti del suo culetto.

Fortunatamente l'arrivo del Polastrin acquietò le divergenze e gli animi delle due accalorate donne. Gaspare non si curò delle attenzioni che Fabianetto gli riservava, ma insisteva con la procace biologa cercando di convincerla che Polastrin lui lo era solo di cognome, perché in realtà discendeva da un progenitore *lupatoto*.

«Ma io non discendo da una progenie *toto-scrofa*» lo mise a tacere **Agniya Kaulin,** che a questo punto evidenziava le sue origini venete. Infatti già a Milano la conoscevano come *Pina Caolin*.

Il giorno dopo Leopoldo rientrò da Roma e portò in azienda allegria e rinnovato entusiasmo per le loro ricerche e i loro esperimenti. Anche Pina, la biologa, e Assunta, si riappacificarono: trovarono nello spirito santo un comune appassionato interesse. Gaspare, con l'aiuto del francese *Culaten*, portò notevoli miglioramenti ai macchinari elettronici; inoltre dalla California lo scienziato *Joanin Imbriagon* inviò, tramite *e mail*, dei disegni con indicato lo spessore e il posizionamento dei magneti preposti sia alla rilevazione che alla trasmissione di impulsi quantistici miscelati con onde elettromagnetiche stravaganti, a megagalattici indici di frequenza e infinitesimali potenze... –

A questo punto della narrazione non mi trattenni:

«Gaetano! Non mi prendere per i fondelli, qualcosa di elettronica ne capisco anch'io e questi discorsi non mi convincono.»

«Maledizione, ascolta! Se non avessi visto queste stramberie con i miei occhi, non ci crederei neppure io, ma ti...»

Avevo bisogno del suo aiuto per risolvere alcuni problemi di furti che continuavo a subire dentro casa, altrimenti l'avrei ben volentieri mandato a quel paese, ma...

E lasciamogli la parola:

– Questa che ti racconto ora non è per sentito dire perdio, ma l'ho sperimentata sui miei pantaloni! Dunque, Leopoldo aveva dei problemi con la polizia per via di alcune truffe che gli imputavano. Mi pregò d'aiutarlo, e io, visto che pagava bene e anticipatamente, accettai l'incarico.

– Dopo aver fatto chiudere positivamente un'inchiesta alla questura di Milano - in cui lui era il principale indagato - corsi alla fattoria per comunicargli verbalmente (I telefoni erano intercettati dai servizi segreti di mezzo mondo) l'esito positivo del mio operato e altre cosette scottanti opportunamente tenute nascoste perché... Be' hai capito.

Quando arrivai, la signora Assunta Sparagnin - che mi chiamava eufemisticamente "Caporale", avendole in precedenza raccomandato di non conferirmi il grado di Generale - mi elencò le nefandezze quotidianamente consumate in quel casolare.

«Caro Caporale, ho un cane Labrador che mi ha distrutto il giardino; ha sradicato tutte le pianticelle con fatica interrate, innaffiate, concimate e protette dai parassiti.»

«Ci metta una rete protettiva.»

«Ne ho fatta installare una alta quasi tre metri, ma quel farabutto la scavalca al pari di un gatto. E tenga presente che era una bestia tranquilla di quaranta chili, ma poi, una volta dentro, incomincia a raspare, a scavare con quelle zampe enormi, facendo buche nelle quali va a defecare, dopodiché, non contento, ricomincia a fare altre buche per ricoprire quelle ricolme di cacca gelatinosa.»

«Cara signora, non mi dica...»

«Eccome se glielo dico esimio Caporale, sono quei disgraziati con i loro esperimenti: mi stanno facendo impazzire!» disse allargando le braccia e fingendo di singhiozzare.

La lasciai in quello stato di disperazione per dirigermi nel laboratorio dove c'era Leopoldo. Costui, sapendo del mio arrivo, stava uscendo con un nordico gatto biondastro di sei o sette-otto chili.

«Ciao Leopoldo! A Milano è andato tutto bene», lo informai subito. «Ma è tuo questo gatto così grasso?» domandai divertito.

«No, è di Gaspare, lui lo chiama **Slandròn** perché è un po' canaglia e sporcaccione, ma di bocca buona; abbiamo appena finito di trattarlo; siamo curiosi di vedere come si comporterà.»

«Cosa intendi dire con: trattarlo?»

«Voglio dire innaffiato con impulsi canini studiati ed elaborati col raffinato assistente della mia preziosa biologa» chiarì.

Infatti dal laboratorio vidi uscire una bellissima procace donna in corto camice bianco, in pratica una minigonna. Io, intanto, pur non essendo un gran amante dei gatti, vedendo che questo non si strofinava, come fastidiosamente fanno i suoi simili, lasciandoti appiccicati ai pantaloni un'infinità di peli, mi azzardai a fargli una carezza.

«Noooo... Che cosa fa?!» sentii gridare dalla bonazza.

«E perché non dovrei accarez...» chiesi stupito smettendo di blandire il peloso grassone. Non feci in tempo a continuare la frase perché avvertii uno strano calore sulla caviglia. Era quel maledetto gatto *Slandròn* di Gaspare Polastrin che con la zampa sollevata, imitando i cani, mi stava innaffiando di pipì.

- In pratica il gatto pisciava come un cane e il *Labrador* della povera Assunta defecava come un felino. -

Tutti ridevano, compreso quel Fabianetto aiutante della Pina russa, che con una termo-sonda laser in mano controllava a distanza il comportamento del gattaccio, il quale scodinzolando si rivolgeva a zampe alzate verso Leopoldo per farsi accarezzare.

Imprecando mi recai nei gabinetti della fattoria notando che quel gatto scagottava robaccia puzzolente, ma non la seppelliva come i suoi simili. Giustificai il disagio della povera Assunta.

Alla sera in mutande, coperto solo da uno spolverino che mi lasciava scoperte le gambe pelose fin sopra al ginocchio, per farmi sbollire la rabbia mi concessero di cenare assieme a loro. Alla fine, sazio e ubriaco, mi fecero dormire chissà dove in quell'agglomerato pieno di aggeggi che per tutta notte mi ronzarono nelle orecchie. Al risveglio avevo un terribile mal di testa e a Leopoldo che mi chiedeva in che condizioni fossi, risposi malamente:

«Va al diavolo tu e tutte le tue stramberie. Invece di cambiare i cani in gatti cambia quel francese *Culaten* in un *Ciavador*!» gli vomitai in faccia sapendo l'impossibilità dell'impresa, però in quel momento lo volevo umiliare.

«Perbacco, lo sai che questa è un'ottima idea» commentò invece lui beffardamente.

Leopoldo era stanco delle debilitanti prestazioni con la biologa russa e la possibilità di contare su un aiuto lo galvanizzava.

Polastrin aveva tentato in tutti i modi di sedurla, ma lei, spudoratamente lo inibì informandolo che il suo appetito le faceva preferire cibi gustosi e sostanziosi, che gratificassero il palato e le riempissero lo stomaco. Gaspare c'era rimasto male: sottoposto com'era alle disinibite attenzioni di quel *Fabien Culaten*, sempre lì a toccare. Suppongo che se fossero davvero riusciti a rettificare il *Culaten* in un *Ciavador*, magari con buone dimensioni, Leopoldo avrebbe preso due piccioni con una fava, e infatti... –

Sentire queste incredibili stramberie mi divertiva, anche perché ricordavo Gaetano Carlin essere un ragazzo serio, con i piedi per terra. Ma quando è troppo è troppo.

«Gaetano, con l'età anziché diventare più posato ho l'impressione che tu stia diventando più balzano.»

«Parlo così con te perché ti conosco da una vita, altrimenti starei ben attento. Quando avrò tempo, voglio scrivere un libro su Leopoldo, però sono ancora indeciso» disse pensoso.

«Gaetano! Sei matto?» sbottai, «non vorrai sputtanare pubblicamente lui e tutti coloro che lo hanno frequentato, spero?»

«Non preoccuparti, tu non ci sarai e in ogni caso renderò questi personaggi più sobri. Sì, con te posso essere sincero, esternare la verità, ma un romanzo dev'essere romanzato e non veritiero; comunque ci penserò; per adesso devo continuare a lavorare per mangiare» disse stancamente.

Ma io oramai ero incuriosito da queste vicende e pur vedendo che il tempo passava e ancora non avevo avuto risposta al mio problema, feci cenno di proseguire, ma a Gaetano non scappava niente.

«Amico mio» bisbigliò, «fidarsi è bene, ma non fidarsi è meglio, ssst. Se a casa tua rubano anche con l'allarme inserito e senza forzare la serratura, fai l'elenco di chi sa dove metti le chiavi e conosce la password dell'allarme. Poi inventati qualche trucchetto per beccarli: senza farlo intendere... Sveglia maledizione!»

Mi guardò in un modo tale da farmi ricordare il gatto...

«Ok, grazie, provvederò. Tu intanto continua, dimmi come va a finire con i cani e gatti» arrischiai con fare deciso, credo!?

«Dunque, se non sbaglio, eravamo rimasti al *Fabien Culaten* da convertire in *Fabion Ciavador*» riprese tornando imprevedibile.

«Si, più o meno, ma sono curioso di conoscere la tua intesa con Leopoldo, Gaspare Polastrin e il suo gatto-cane *Slandròn*.»

E allora Gaetano fece mente locale e riprese a raccontare:

– Qualche mese dopo, dovetti recarmi nuovamente alla fattoria per far firmare alcuni documenti a Leopoldo e come al solito Assunta mi prese in disparte, ansiosa di mettermi al corrente delle ultime novità.

«Caporale!» mi rivelò, «lo sa che quel *Culaten* è diventato un ***Fabion Ciavador de primera calidad***?» E lo pronunciò proprio in uno spagnolo con cadenza veronese.

Io restai sbalordito da questa notizia, in quanto ciò che mesi prima avevo suggerito a Leopoldo lo ritenevo impossibile.

«Si caro mio, da quanto ho capito sembra che Gaspare si sia prestato a perpetuare i suoi istinti; si be', insomma, è risaputo: quel Polastrin è un gran *sporcaccion*. Ebbene, questi istinti sono stati memorizzati elettronicamente e travasati nel *Culaten*.»

Io ero allibito, ma Assunta, come ispirata, non si fermava. Godeva maledettamente a descrivermi tutto nei minimi particolari.

«Poi, da quanto qualcuno mi ha riferito, la biologa ha siringato il suo aiutante Fabianetto con degli ormoni di Leopoldo. E Leopoldo, non per vantarmi, ma come suol dirsi, è ben fornito.» Dovetti sedermi per non cadere, ma Assunta sembrava posseduta più che mai dallo spirito santo sperimentato sui monti veronesi.

«La figlia della nutrice di Leopoldo me l'ha confermato: "Quel *Fabien* potrebbe fare il bagnino a Riccione" mi ha detto tutta gongolante. Infatti quel raffinato francese ha messo su dei pettorali da pugile e pur mantenendo delle maniere gentili, ha uno sguardo luminescente, pungente e pure penetrante come lo spirito santo.»

E queste erano sue testuali parole; dopodiché passò alla biologa.

«La Pina lo controlla, sebbene, modestamente, preferisca di gran lunga il mio Leopoldo. Certo che se avessi qualche anno di meno sarei anch'io curiosa di verificare quel *Fabion Ciavador*. Bah, ma non è ancora detto perché a volte quel *Fabion* mi dà delle occhiate che... Ma lasciamo perdere. Gaspare invece, si è ritirato nel suo laboratorio con il suo gatto *Slandròn* a sperimentare incroci strani con altre gatte, ma va dicendo che le gatte sono tutte sterilizzate e insomma: non ci sono più le gatte d'una volta!»

Il sopraggiungere di Leopoldo e della sua biologa, venetizzata in *Pina Caolin*, interruppero le rivelazioni dell'accalorata Assunta: rinata al pensiero di nuove assunzioni di "*Spirito Santo.*"

Leopoldo pareva soddisfatto, da come raccontava, i suoi esperimenti procedevano a gonfie vele.

L'americano *Joanin Imbriagon* - considerato dalla biologa scienziato di livello internazionale - si era trattenuto qualche giorno in laboratorio e assieme al francese *Fabien Culaten*. Aveva apportato ulteriori modifiche ai marchingegni elettronici, Inoltre, con soddisfazione, confermava che la grappa distillata in fattoria poteva tener testa alla sua tequila. Per stare tranquillo volle assicurarsi anche del buon funzionamento della biologa che lui rispettosamente chiamava dottoressa. Leopoldo raccomandò alla *Caolin* di lasciarsi visitare in profondità: e loro s'erano capiti.

Joanin Imbriagon tornò in California con un'ottima opinione sia della Russia che dell'Italia. Ma questi sono particolari triviali ininfluenti, non devono portarci fuori strada. Era Gaspare Polastrin che io adesso volevo incrociare... –

Gaetano scrollò forte la testa a più riprese, ma poi ricominciò:

– Mi recai nel suo misero strampalato laboratorio. Mi accolse calorosamente e mi fece vedere l'alcova pronta per il suo gatto *Slandròn*. Mi disse che la naturalista biologa gli aveva suggerito di farlo incrociare con animali delle sue stesse dimensioni e con marcate tendenze canine, ma non feroci.

«Se vuoi ti presto la mia cagnetta prossima ad andare in calore», proposi, ma subito aggiunsi, «Gaspare! Mi raccomando, non voglio pastrocchi, la mia barboncina è sacra!»

«Farò controllare tutto dalla scienziata» mi assicurò.

Costei insisteva a dire che il cinghiale era un incrocio d'una maiala con un lupo. Io però avevo il dubbio che un lupo i maiali se li sbranasse. Gaspare allora mi spiegò: "La maiala dev'essere molto porca e il lupo molto allupato, ma non affamato".

Non ero tranquillo, comunque al momento giusto portai la mia cagnetta nell'alcova di Gaspare. *Slandròn* e la mia barboncina di nome *Laika*, in onore a quella russa dispersa nello spazio, si annusarono, ma *Slandròn* si limitava a giocare, senza evidenziare comportamenti d'altro genere. Mi tranquillizzai notando che la mia *Laika* non correva nessun pericolo, anzi era lei la più esuberante e anche intraprendente.

Lasciammo i due animali a divertirsi tranquilli, ma intanto Gaspare con il telefonino in mano confabulava con la biologa.

«Fra poco Pina con i suoi toccasana verrà qui. Lei è veramente russa e le piace il nome *Laika*. Se riesce a farli accoppiare dimostrerà a quei deficienti di colleghi milanesi che aveva ragione sui cinghiali» m'informò Gaspare alquanto eccitato.

«Gaetano, se riusciamo a creare il **Gattocane** lo brevettiamo e facciamo soldi a palate. Mettiamo in piedi una società noi due più *Agniya* che è sempre al verde, Leopoldo è già stramilionario e lo lasciamo fuori perché...» E blaterava, blaterava e io lasciavo dire. Tenevo invece d'occhio la mia barboncina per stare tranquillo.

«Mamma che bea sta cagneta oh, che bea, che bela, che bea. Ora le spruzzo questo *aerosol* afrodisiaco e alé!» esclamò con una leziosa cantilena, *Agniya*, giunta trafelata e tutta scollacciata.

Si piegò e prese *Laika* in braccio. Aveva gambe sinuose e finanche i fianchi e le tette e... Era veramente una Bonazza, e Gaspare posava sull'attenti. Anch'io mi stavo irrigidendo.

Lei si accorse dei nostri fremiti e ridendo disse: «Quello che inebria voi due sono i feromoni sessuali che ho spruzzato sulla cagnetta per stimolare *Slandròn*.»

Maledizione, non ero convintamente convinto che fossero proprio solo quei puzzolenti feromoni ad arrapare noi due.

«Niente paura!» ci rassicurò, «se proprio non resistete, be', ci sono sempre qua io.» E ammiccò.

Intanto aveva rimesso dentro l'alcova *Laika*.

Slandròn ragionava come un cane, ma fisicamente era pur sempre un gatto, la annusò, la guardò con occhi da innamorato e incominciò a leccarla. Lei non aveva bisogno di preliminari, scodinzolava e dimenava il culetto a mo' di un Fabianetto. *Slandròn*, bando alle ciance, la agguantò per la collottola facendola carambolare avanti e indietro e... E io, e Gaspare, languivamo.

«Vi do delle pasticche di bromuro; raffredderanno i vostri bollori» disse la biologa piegandosi per raccogliere la sua borsa.

«Non siamo reclute militari!» feci orgogliosamente notare io.

«Be' arrangiatevi, ma ricordate che l'aroma dei feromoni che avete aspirato vi terranno in tensione per parecchie ore» spiegò ridendo voluttuosamente.

«Alla nostra età più dura e meglio è» sibilò Gaspare, accaldato fors'anche più di me.

«Dovete rilassarvi, altrimenti ingrosserete la vescica e appunto alla vostra età può essere pericoloso» aggiunse lei.

Io mi appostai dietro di lei e le chiesi se alla nostra età facevamo così schifo; al che, impietosita, si premurò di permetterci uno strofinamento e un palpeggiamento che diede i suoi frutti... –

o)‾°↔‾°(o

Qui Gaetano s'interruppe perché il ricordo lo infiammava.

«Gaetano, maledizione. Sei un uomo sposato e ormai anziano; perdio, datti una calmata!» lo rimproverai.

«Tu parli perché quella biologa russa non l'hai mai vista né toccata, però ti assicuro che...»

Lo interruppi perché ero ansioso di sentire com'era andata a finire con quello sposalizio tra il gatto di Gaspare Polastrin e la cagnetta di Gaetano Carlin; Inoltre m'incuriosiva anche sapere se avessero costituito la società commerciale di genetica con la procace dottoressa russo-veneta.

«Lasciami respirare e bere qualcosa e poi te lo dirò, accidenti.»

Lo lasciai sgranchirsi le gambe e quando tornò era più agitato di prima, ma tutto emozionato, tremando, riprese a raccontare:

– Lasciammo la mia cagnetta aromatizzata e il gatto su di giri a... Diciamo giocare per tutta la notte. Io e Gaspare, dopo avere raffreddato i nostri spiriti bollenti - merito della dottoressa... e ci siamo capiti - decidemmo che se la cagnetta avesse partorito un misto di cane e gatto in piena salute, come il cinghiale della maiala porca e del lupo mannaro allupato, avremmo creato una nuova specie di animale, più che una nuova razza di cane o di gatto. Per questo dovevamo tenere nel massimo segreto il nostro operato. Alla fattoria qualcosa sapevano, ma non di questa tentata fecondazione: anche perché noi stessi, per adesso, non ne prevedevamo l'esito. La gestazione d'una cagna dura circa due mesi, come pure quella d'una gatta, però solo dopo una ventina di giorni si può capire se la femmina è stata inseminata.

Intanto noi tre concordavamo nel fondare una società di elettronica biomedicale che difendesse il segreto della nostra invenzione: come per la Coca Cola.

Gaspare e *Agniya* erano gli artefici dell'impresa, avevo messo solamente la cagnetta, ma loro erano squattrinati, per cui le spese iniziali per aprire la società ci accordammo fossero a mio carico; cosicché io sarei entrato come socio alla pari con loro due. Ma a quel punto occorreva aspettare ancora una ventina di giorni per sapere se la cagnetta era gravida e poi sperare nel parto. Date le circostanze, solo allora avremmo potuto capire se i nostri sforzi erano stati premiati, e, se sì, fondare la società.

Ora, perdio, sappiamo che la mia cagnetta è gravida. Un altro mese e sarà matura per il parto. Se tutto andrà bene, come spero, fra un paio di mesi avrò il **Gattocane**, porco cane!

Io già me l'immagino. Lo vedo. Di notte lo sogno. Mi appare il muso furbo e astuto da gatto di *Slandròn* su un bel corpo aggraziato e pelo soffice e morbido della mia *Laika*. Lo vedo guardarmi come fossi suo padre. Lo sento pigolare, quasi parlare e poi mi sveglio e resto con quest'ansia che... –

A questo punto vidi qualcosa che mai avrei supposto: Gaetano piangeva, versava grosse lacrime che gli bagnavano la camicia. Singhiozzava e tremava come un uomo mai dovrebbe fare.

«Gaetano! Perdio, stai su, non rattristarti più del dovuto. Se quanto hai detto è vero, una volta conclusa questa impresa, diventerai ricco e potrai elaborare ciò che vuoi, anche scrivere il romanzo su Leopoldo.»

Le mie parole un poco lo rasserenarono.

«Grazie per quanto mi dici, avevo proprio bisogno di sfogarmi con uno come te che sa ascoltare. Io non riesco più a dormire, mi sogno sempre questo meraviglioso Gattocane, figlio della mia cagnetta e pure figlio mio, sì proprio figlio mio, sì, sì.»

«Be', adesso non esagerare, vedrai, tutto andrà per il meglio.»

Ci salutammo e mi volle abbracciare.

Lo vidi avviarsi indeciso sulla direzione da prendere; alla fine raggiunse l'auto e partì zigzagando pericolosamente, provocando lo stridio di frenate e clacson di altre vetture.

Gaetano, seppi poi, finì in coma a causa di un ictus cerebrale. Nei rari momenti di annebbiato miglioramento, ripeteva frasi inconsulte su cani, gatti, ma soprattutto su Gatti-Cani e Lupi-Maiali. I medici erano scettici su una sua uscita da quello stato comatoso. Appena potei andai a trovarlo, ma ci rimasi male. Non mi riconobbe e nemmeno riconosceva sua moglie.

L'ultima volta l'ho visto, due settimane fa, ma anziché migliorare peggiorava. Una frase emergeva chiara:

Leopoldo maledetto.

"Ecco!" mi dissi, "ecco a chi devo rivolgermi per sapere se quello che Gaetano, quasi un anno prima, mi aveva con tanta passione raccontato era vero". Leopoldo, dai giorni della scuola, non lo avevo mai più rivisto, ma ora sentivo che dovevo qualcosa a Gaetano: mi imposi di incontrare Leopoldo e anche Gaspare Polastrin.

Sono qui, al cospetto dell'azienda agricola: CA' ZUFFOLIN.

Mi fanno entrare e vengo presentato alla signora Assunta, che gentilmente mi fa accomodare. Sapendo che sono un vecchio compagno di scuola di suo figlio e un amico di Gaetano, mi chiede subito sue notizie e ci rimane male quando la informo che non ci sono novità. Leopoldo e Gaspare, una volta raggiuntomi, perplessi mi salutano. Io senza tergiversare faccio capire subito il motivo della mia visita: «Gaetano aveva intenzione di scrivere un romanzo su di te» dico a Leopoldo per non perdere tempo.

«Vieni di là, staremo più comodi e non ci disturberà nessuno» mi dice indicando un salottino appartato.

«Quand'è che hai visto Gaetano l'ultima volta?» mi chiede Leopoldo dopo esserci seduti. Glielo dico.

«Io ero lì due d'ore prima di te e credo che mi abbia riconosciuto; sembrava contento.» Sta spudoratamente mentendo

Gaspare è lì seduto silenzioso e triste; questo non è da lui. «Se vieni in laboratorio ti mostro il gatto-cane» sibila all'improvviso il Polastrin facendo cenno di uscire.

Io salto dalla sedia e tutti e tre c'incamminiamo.

La fattoria è tenuta a pennello, non c'è niente fuori posto. Animali che razzolano in giro non ce ne sono, e se ci sono, sono allocati nelle stalle a un centinaio di metri dal cortile principale. Il laboratorio è immenso. All'interno vedo un ragazzo sorridente, ma poi si gira e riprende a manovrare sonde e manopole inquietanti. Mi dicono trattarsi di un tecnico elettronico di nome **Fabiano Caolin** che lavora per loro da qualche anno. Più in là c'è un'operatrice in camice bianco e mi viene presentata come biologa.

Si chiama **Ragna Kaula** ed è la compagna di Leopoldo; hanno una figlia e fra poco si sposeranno. Questa biologa è molto bella, ma sobria e di portamento elegante.

«Ma *Agniya Kaulin* dov'è?» chiedo sommessamente.

«Chiiì? Mai esistita», fa Leopoldo, e anche in quello che ti avrà raccontato Gaetano penso che di vero ci sia ben poco.

Sono allibito, noto che effettivamente l'esecrabile agglomerato pieno di gatti e cani scagottanti fattami da Gaetano è alquanto diverso da quanto sto vedendo. Mi accompagnano sul retro, nel magazzino dove c'è un ermetico armadio di notevoli dimensioni.

«Ecco cos'ha combinato Gaetano in mia assenza» dice Gaspare mentre con la mano blocca Leopoldo che stava schiavando la porta dell'armadio. «Ha tagliato la testa al mio povero gatto e se l'è portata a casa sua, e lì, l'ha innestata sul collo della sua cagnetta, a cui, a sua volta, aveva tagliato la testa. Ha bruciato i poveri resti superflui e nascostamente...» Apre l'armadio. «...E nascostamente ha imbalsamato quest'obbrobrio» conclude Gaspare Polastrin indicandomi un cane con la testa da gatto.

«Sei soddisfatto ora?» mi fa Leopoldo, poco distante.

Sono allibito. Gaetano mi aveva descritto quel Gattocane tale e quale al *peluche* che ho davanti.

«Toccalo, toccalo! Non morde e non miagola mica sai», mi fa Gaspare porgendomi quel pupazzo imbalsamato; ma non è né un pupazzo e nemmeno un *peluche*.

Timidamente allungo la mano e sento che il pelo le orecchie... È tutto autentico, soffice, come fosse vivo, ma non si muove, non respira, non miagola, non abbaia.

«Non è questo che noi stiamo studiando e ricercando qui dentro» dice Leopoldo indicando il laboratorio, «no, non è questo. Noi stiamo cercando di decodificare i segnali quantistici che le cellule e anche le molecole ricevono ed emettono. Questo potrebbe portare dei benefici enormi per la cura di molte malattie.»

«Io seleziono e controllo la biologia molecolare delle cellule e Fabianetto capta ogni infinitesimale segnale quantistico emesso» chiarisce *Ragna Kaula*, che nel frattempo s'era avvicinata.

«Gaetano, come al solito sospettoso, voleva indagare su quanto facevamo; senza preoccuparsi delle radiazioni ionizzanti che a volte noi mantenevamo attive durante le ore di riposo. Non so da quali e quante radiazioni sia stato investito, fatto sta che dopo una notte passata in fattoria, perché avinazzato, lo vidi cambiare i suoi soliti comportamenti. Si dimostrava allegro, ma poi improvvisamente diventava triste, funereo.»

È Leopoldo che parla con metodica freddezza, mentre Gaspare rimette il Gattocane imbalsamato al suo posto.

«Qui dentro», continua Leopoldo, «quando operiamo certi esperimenti con determinate cellule, tutto viene sterilizzato e l'aria filtrata. Gaetano quella notte era ubriaco. Probabilmente deve essersi infilato a curiosare durante qualche esperimento.»

«Ma perdio! Quando mi ha raccontato le vostre stramberie mi sembrava normale; alla fine era diventato un poco triste per via della sua cagnetta incinta» tengo a ribadire io con forza.

«Ma tu come fai a dire che le nostre sono stramberie?» protesta Gaspare piccato.

«Io non dico che sono stramberie, io dico che Gaetano le descriveva come fossero stramberie» faccio notare piccato anch'io.

«Gaetano un pomeriggio venne a casa mia e mi chiese perché non facessi bombardare il mio gattone, a cui tenevo molto, con degli impulsi canini per renderlo meno egoista. Io gli feci notare che la cosa non era così innocua: poteva essere pericolosa» dice Gaspare indicando una specie di loculo trasparente circondato da tuboli, piccole sonde, antenne sagomate e altri strani aggeggi elettromedicali.

«Fui costretto a uscire perché dovevo presenziare a una riunione di lavoro e lo lasciai solo con il gatto e la mia domestica. Quando tornai, erano tutti spariti, compreso il mio gatto, che si chiamava Scutri. La testa del mio gatto la ritrovai appicccicata al corpo della sua cagnetta, come ora la vedi. Quest'obbrobrio fu rinvenuto nel garage di Gaetano, dopo che a Gaetano era capitato quel che gli era capitato» spiega tristemente Gaspare.

«Credo siano stati dei frammenti quantistici di onde elettromagnetiche rilasciate da cellule di cinghiale a ridurlo in quello stato» puntualizza la biologa tedesca che Leopoldo vuole sposare.

Io mi guardo intorno e allungo il passo. Voglio uscire da quel virulento laboratorio all'apparenza lindo e austero. Loro mi seguono a pochi metri. Una volta fuori mi sento meglio, ma da quella linda prigione voglio andarmene, scappare.

«Leopoldo!» quasi urlo, «il romanzo che voleva scrivere Gaetano lo scriverò io.»

«Be', vedi di non sputtanarci» blatera schifosamente infastidito.

«È proprio quello che anch'io avevo raccomandato al povero Gaetano quando ancora ragionava; perché ragionava, vero, prima di farlo bere e spintonarlo dentro quella fucina di radiazioni!?»

«Guardi che nel laboratorio quando c'è qualcuno è sempre tutto spento», mi rassicura la bella e gentile biologa, «però, se le venisse voglia di curiosare quando non c'è nessuno, ci avverta.»

«Lo spero bene, bella signora», dico inforcando l'uscita.

Mi manca il fiato... «Però con l'infinità di cinghiali che ci sono in giro... Be', cercherò di stare un po' più attento di Gaetano» riesco comunque a rantolare prima di dileguarmi: ***senza salutare.***

***

FINE (Istinti sovrapposti: GATTOCANE)

Personaggi

Gaetano Carlin.............................Poliziotto investigatore privato

Don Olimpio Saragozza..........................Prete di dubbia moralità

Assunta Sparagnin.....................Maestra elementare di montagna

Pericle Zuffolin............................Possidente della Bassa Veronese

Leopoldo Zuffolin.......................................Personaggio equivoco

Gaspare Polastrin...............Enigmatico scienziato sperimentatore

Joanin Imbriagon.........................Gaudente scienziato americano

Agniya Kaulin.......................................Focosa biologa forse russa

Fabien Culaten......……………….........Assistente di Pina Caolin

Slandròn...Gatto canaglia e sporcaccione

Laika.................................…......Cagnetta simpatica e disponibile

Ca' Zuffolin.....................................Fattoria di Assunta Sparagnin

Fabiano Caolin.........…...................sorridente tecnico elettronico

Ragna Kaula....….........Biologa ambigua e di portamento elegante

(4) Il PUZZLE DELLA VITA

Fratelli flagelli

Leopoldo Manzotin, ecco come si chiamava quel vecchio scapestrato amico mio, che amava i gatti, Gramsci, *Lenin, Mao* e naturalmente *Fidel*.

Lo avessero chiamato Antonio, Palmiro, Enrico, Alessandro, o che so; Vladimiro, *Josef, Karl* o anche Achille, ma mai, mai, Leopoldo. Perdio, qui nel profondo Nordest italiano, Leopoldo *diventava Poldo,* ed egli odiava questo soprannome, ma niente poteva farci per cambiarlo. Da bambino lo chiamavano addirittura, **Poldin,** e lui schiumava di rabbia, ma piccolo e mingherlino com'era, non gli conveniva litigare. Era stata sua madre a volerlo chiamare Leopoldo, suo padre propendeva per Bruno, ma la moglie, che non riusciva a rimanere incinta, aveva ufficialmente fatto voto al frate Beato Leopoldo, poi fatto santo, che se fosse stato un maschio lo avrebbe chiamato Leopoldo, e con le sacre promesse non si scherzava: il parroco ne era testimone, e c'era l'inferno...

Da generazioni i Manzotin facevano i macellai e per una macelleria, Manzotin non suonava male; ma ora su un giornale nazionale leggevo: Manzotin: ritirato un lotto di carne in scatola per sospetta non conformità microbiologica. *Manzotin è un marchio con oltre 50'anni di storia nelle carni in scatola italiane; lanciato negli anni "60", dalla fusione di due grosse aziende... Dopo la nascita di questo nuovo marchio, il regno assoluto della Simmenthal vacillava, ma ora, con queste...* E l'articolo continuava negativamente sulle sorti della società Manzotin.

Io ero appena arrivato da Montrèal, la città capitale della provincia canadese del Quebec, e temevo che anche le macellerie dei Manzotin avessero risentito negativamente in conseguenza di questa notizia; pur sapendo che con quel marchio esse non centravano. Dopo la morte del padre Alfonso, detto Fonso, i fratelli Leopoldo e Bruno, per evidente conflitto caratteriale, si divisero; ognuno con la propria macelleria; ognuno in concorrenza con l'altro.

Uno l'aveva chiamata, MANZOTIN DA BRUNO, e stava nelle vicinanze della chiesa e dei giardini pubblici dove c'era quella paterna, l'altra, MANZOTIN PRIMA SCELTA, era di fronte al municipio, poco distante dalla vecchia sede del P.C.I. (Partito Comunista Italiano.)

Ognuno aveva la sua affezionata clientela, ma chi si vantava maggiormente del proprio cognome, uguale al marchio Manzotin, era Leopoldo, che tutti chiamavano *Poldo* e che, avrete capito, votava a sinistra. Ovviamente il fratello, di nome Bruno, era di destra e notoriamente democristiano; ma chiuso per bancarotta quel partito, ora forse votava per la lega o per Berlusconi - solo per indispettire il fratello, che al nome Berlusconi, avvampava. -

Frequentavano locali diversi, banche diverse, negozi diversi... e, nei rari frangenti in cui s'incontravano, s'irrigidivano facendo finta di non conoscersi. Insomma, non riuscivano a sopportarsi.

"Cani e gatti", diceva la gente.

Leopoldo, piccolo e segaligno, amava i gatti. Il fratello grande e grosso amava - inutile dirlo - i cani.

Io ero tornato dal Canada, dove vivevo oramai da 50'anni.

Prima di morire volevo rivedere le mie radici, il paesello dov'ero nato. Ma adesso lo trovavo completamente diverso da come l'avevo lasciato; Leopoldo Manzotin, però, lo riconobbi al primo sguardo.

«Ciao Poldin!» lo salutai giovialmente incontrandolo in piazza comunale, davanti al municipio.

«E ti chi sito? (E tu chi sei?)» disse spocchioso. Mi feci riconoscere. E allora, cambiò atteggiamento e mi abbracciò commosso.

La fisionomia del viso non era molto cambiata, quantunque fosse rimasto piccolo e avesse peggiorato la sua gobbetta giovanile.

- Come stai tu e tu come stai... Insomma, che cosa può uscire dalla bocca di due amici dopo 50'anni che non si vedono? -

«Rimani… Sempre?» chiese Poldin incapace di articolare.

«Leo», lo apostrofai ricordando la sua avversione per Poldo, **«Leo**, se tutto va bene, un mese.»

Quel Leo l'aveva rivitalizzato e commosso, cosicché mi trascinò dentro al bar dove tutti lo conoscevano.

«Guardate chi vi porto!» gridò perché tutti lo sentissero, *«un canadese vicentin come noantri che gha girà el mondo e che me ciama Leo, no Poldo come vualtri ignoranti magnagati.»*

Io rammentai le vecchie tradizioni alimentari venete. Il gatto, il riccio, le lumache chiocciole, i maschietti o porcellini d'india, venivano considerate pietanze prelibate dai buongustai; purtuttavia io una volta assaggiate preferivo dell'altro; ma quando non c'era altro da mangiare...

Stetti una buona mezzora con Leopoldo e i suoi compagni di partito prima di avviarmi verso la chiesa con il pericolante campanile altissimo.

La chiesa la ricordavo immensa, ma ora la vedevo piccola e alquanto miserevole; era evidente che non aveva più l'autorevolezza e l'afflusso di pubblico dei tempi andati...

«Ciao Bruno», salutai vedendo un omaccione vicino a un cagnone con orecchie dritte e di razza indefinibile.

Stava seduto su una panchina dei giardinetti antistanti la chiesa.

«Speta speta speta. Ma ti sito?!»

«Sì, sì, sono io. Mi trattengo un mese, dopo ritorno in Canada.»

Anche Bruno, il fratello più giovane di Leopoldo, mi trascinò dentro alla sua osteria. Soliti commenti gratificanti, solite domande, solite risposte, solite battute.

«Ho letto, e poco fa tuo fratello me l'ha confermato, che la carne in scatola Manzotin ha avuto dei problemi coi controlli sanitari. Questo vi danneggia come Manzotin?» chiesi.

«**A mi, par gnente**», rispose Bruno, che al solo sentir nominare il fratello si stava inviperendo. «**Zsé chealtro Gobeto, che se crede furbo che ghà sfruttà el nome Manzotin. Mi me ciamo Bruno e gò tirà via quel Manzotin zsa tanti anni fa.**»

Infatti fuori si leggeva solo: MACELLERIA DA BRUNO.

– Ora continuerò in un italiano, quando possibile, corretto, per non dover trascrivere quel dialetto vicentino difficile da decifrare per un forestiero –.

In pratica Bruno sosteneva che quel Poldo si illudeva di essere più furbo di lui, ma la furbizia è solo un'intelligenza che si prostituisce. Considerando che El Gobeto (così chiamava il fratello) non era certo intelligente, la sua furbizia era una baldracca non più adatta neanche per i casini di bassa lega del dopoguerra.

«Se questi sono i furbi, ebbene io mi vanto d'essere un fesso» sbottò ingurgitando un bicchiere di *spritz* macchiato col Campari.

«El Gobeto da piccolo mi ha ossessionato con il fatto che io gli avevo soffiato il nome. Poi non sopportava che nostro padre ogni tanto ci preparasse il gatto come lo sapeva cucinare lui.

«Leopoldo, smettila di cercare il gatto e vieni a mangiare lo spezzatino di coniglio con la polenta, chiamava mia madre. E lui testardo come un mulo non veniva, ma poi se lo mangiava pure lui il gatto fatto passare per coniglio.» Così Bruno raccontava.

«Eh si, all'epoca si sapeva cucinarlo a dovere il gatto», confermai io sia pur scetticamente.

«Eh, ma ai giorni nostri è tutto finito» sospirò. «Non ci sono più quei bei gattoni d'una volta. Ora sono tutti effeminati, nutriti a crocchette; se vedono un topo se la danno a zampe levate; no, non sono più buoni da mangiare, sono come i polli allevati in batteria. Sono molli e se li mangi, in bocca non hanno gusto. Vuoi mettere i gatti e i polli ruspanti d'una volta?» E si rianimava. Capii che il vero macellaio della famiglia Manzotin era lui, Bruno.

«Fintanto che godono di buona salute e mangiano di gusto e a sufficienza, le bestie sono felici; non come noi che abbiamo le tasse che non finiscono mai e... E ogni giorno sempre una nuova rottura di coglioni. No! Gli animali non bisogna mai farli soffrire.

Si devono macellare mentre dormono o guardano in giro, così non si accorgono di niente. Mio padre Alfonso chiamava il gatto ruspante nutrito a topi e gli diceva mostrandogli una bella salsicciotta: "Micio-micio, tò, vien qua, tò" e poi, Tuuunn! Un colpo secco sul naso con un bastone di ferro e patapum, il gatto stramazzava stecchito senza neanche dire miao...

«Così si deve fare con gli animali, mai farli spaventare. Invece guarda come faceva il gatto con il topo. Lo masticava un poco, lo rigirava, gli faceva intendere che poteva scappare, ma appena tentava di svignarsela lo riagguantava e ricominciava il suo crudele gioco. Il gatto è un autentico criminale assassino. Adesso i gatti hanno conquistato il benessere, sono ricchi, loro; e mangiano e dormono e si fanno accarezzare dai deficienti come El Gobeto e dalle femmine che sono peggio dei gatti. *Tì sparagna ch'el gato magna!* (Tu risparmia che poi il gatto mangia.) Dice il proverbio. E perché dice gatto e non cane, manzo, capra, maiale?»

Tutti sapevano la risposta, ma nessuno voleva togliergli la soddisfazione di lasciare a lui la parola.

«Perché il gatto è un farabutto ladro e birbante che si crede furbo come *El Gobeto!*» sbraitò contento.

Io dovevo andare, ma una volta fuori dall'osteria, Bruno mi prese per un braccio e chiamando *Guss*, il suo cane, disse: «Un giorno di questi, quando ho il negozio chiuso, ti porto su, sui colli qua dietro, verso Verona, con qualche amico a mangiare e bere qualcosa e a fare quattro chiacchiere in compagnia. Lassù tengo una capanna di legno con tutte le comodità e il cane può sfogarsi.»

Mi guardò e diede un buffetto sul collo del cane scodinzolante. «L'ho chiamato *Guss* perché se in circolazione c'è una cagna bona, lui non perdona: è un vero *Gussador!*» disse con fierezza.

Accettai di buon grado l'invito e ci salutammo.

Ovviamente a Leopoldo, mio coetaneo, avevo fatto la stessa promessa. «Ci troviamo con amici a mangiare all'osteria da **Toni Gato**, ma là solo pesce», aveva specificato.

✳✳✳

– Molte sono le cose che ora vorrei raccontare, perché le avevo orecchiate e qualcuna anche vissuta, ma cercherò di restare conciso sui miei due Manzotin, perché loro rappresentano le facce della mia giovinezza; ogni cosa detta da uno non corrispondeva mai a quella detta dall'altro; il mondo girava sempre nella stessa direzione, ma la morale che essi ne traevano era sistematicamente antitetica. Erano due classiche entità contrapposte. CANI E GATTI.

✱✱✱

Eravamo sui colli che ci congiungevano ai monti Lessini e faceva freddo; ma il cielo terso e il terreno asciutto garantivano una piacevole permanenza. Il capanno di Bruno Manzotin in realtà era una solida casettina ben tenuta. Essendo novembre accendemmo la stufa a legna e fuori anche il camino con focolare di pietra per fare una vera e propria grigliata. Eravamo in una valletta estesa pari a un campo sportivo e circondata da roveri, faggi e carpini. Si vedeva che *Guss* conosceva il posto e ne difendeva la territorialità pisciando e defecando tutt'intorno. Se all'interno passavano i cani dei cacciatori lui li scacciava, a meno che una volta annusati non risultassero essere femmine. Eravamo fuori stagione per gli amori canini, ma *Guss* non voleva smentire il suo nome.

I compari scaldavano l'acqua per la pasta fresca fatta in casa, preparavano il sugo con del macinato di maiale e mettevano linde tovaglie di carta sul massiccio tavolo di legno duro. Io, fuori, mi industriavo segando e spaccando legna per i due compagni che cucinavano. Come canadese, di legno me ne intendevo.

Bruno celebrava le costate di manzo *Sorana*, che stavano sulla griglia vicine alle fette di polenta, come migliori della carne di mucca *Chianina* che i toscani tanto declamavano. «È la frollatura che conta e i miei manzi...» E raccontava e si vantava.

Già prima di sederci a tavola, incominciammo con degli assaggi di salumi stagionati e formaggi piccanti, inumiditi da vino *Cabernet* invecchiato al punto giusto.

A fine pranzo, dal forno della stufa a legna uscì una torta di mele favolosa e dall'altra stanza comparvero bottiglie di grappa, e bottiglie di vino Recioto vivace, dolce, fatto con l'uva Garganega - lasciata maturare fino ad appassire - di quelle colline.

"Maledizione!" pensavo guardando i miei commensali, "se continua così io stanotte dormo qui". Infatti tutti bevevano e mangiavano senza remissione o reminiscenza alcuna. Chi avrebbe guidato in quelle condizioni di sera con il buio, su quelle stradine strette piene di curve, per tornare giù al paese?

«Niente paura!» borbottò Bruno alzando la tazzina del caffè

piena di grappa, siamo in cinque e tre di là e due di qua, se non ce la facciamo, stanotte dormiamo qui e ce la *contiamo*. Ognuno racconta la sua storia dei tempi andati. **Va Ben Guss**?» gridò forte.

Al che *Guss*, che sonnecchiava, si riscosse e corse diligentemente dal suo padrone, ma fu rimandato a cuccia.

Non eravamo ubriachi, ma eravamo in quella fase in cui i ricordi riemergevano dalle profondità della memoria colorati a nuovo. Anche le vicende più dolorose, come funerali, baruffe, arresti etc. divenivano motivo di sollazzo. Cosicché uno si offerse di narrare la vicenda capitata a un suo zio ai tempi di Mussolini. Questo zio finì in prigione a Soave (paese del veronese famoso per il vino,)

Incominciò riempiendosi il bicchiere di vin Recioto:

– Nessuno sapeva dove fosse andato a finire lui con il suo compagno, sicché il prete organizzò una serie di liturgie in favore degli scomparsi, ma il prete le sacre funzioni pretendeva gli fossero pagate, e qualche buonanima qualche lira la tirò fuori.

Mio zio a quel tempo non era ancora sposato e la fidanzata ormai trentenne era preoccupata, non voleva restare zitella.

Dissero che era partito di sera, al buio, con un amico spavaldo, un cane spavaldo, un sacco rinforzato di canapa, e una lanterna con poca candela per andare sulle colline boschive sopra Gambellara e Roncà a caccia di: *Porzeletti Rizzi*.

(I porzelletti rizzi sono dei porcospini, detti Ricci, che possono pesare fino a 800g. Si nutrono di topini, serpentelli, ma anche di ghiande. A quei tempi una volta catturati, venivano imprigionati in una caponara - usata per le galline e i pulcini - a mangiare foglie secche, e a spurgare; poi, ancora vivi, venivano immersi in una pentola d'acqua bollente per farli ammorbidire; tirati fuori e incuranti dei loro gemiti, venivano sgozzati, spellati dagli aculei con la tenaglia, quindi ripuliti dalle interiora e cucinati: se possibile, con sopra dell'arancia. Gli antichi Romani li allevavano e ne erano ghiotti.)

Il cane spavaldo era tornato a casa da solo, come la cavallina storna del *Pascoli*. Nessuno sapeva più niente dei due. L'unico a guadagnarci era il prete con la celebrazione delle messe. Furono organizzate ricerche su quei boschi, ma dei due, nessuna traccia. I famigliari erano restii a denunciare ai carabinieri la scomparsa di quei lazzaroni, perché sapevano che andare in giro di notte con il coltello in tasca, a quei tempi, era proibito dal fascismo.

Ma un giorno mio zio, tutto pimpante, tornò e raccontò per filo e per segno cos'era successo, ecco la sua versione dei fatti:

– *"La notte era andata bene. Avevamo il sacco pieno: una quindicina ne avevamo. Quando verso mattina uscimmo dal bosco, sulla strada c'erano due carabinieri terroni in bicicletta che ci aspettavano. Non potevamo più scappare perché ci avevano puntato il moschetto. Noi facemmo finta di niente e io di nascosto buttai il mio coltello nel fosso. Quando fummo vicini i carabinieri, sempre con il moschetto puntato, ci fecero alzare le mani e posare il sacco per terra. Loro parlavano la loro lingua terrona e non ci capivamo. Al mio amico trovarono il coltello a roncola in tasca e lo ammanettarono, il mio coltello lo riportò il cane, ma lo consegnò al mio amico. Io feci finta di niente e sembrò che funzionasse. Poi uno dei due fece il gesto di mettere la mano dentro al sacco per controllare la refurtiva. Io lo bloccai perché dissi che si sarebbe spinato perché c'erano bestioline velenose e cercai a gesti di farglielo capire, ma quello aveva tirato fuori la pistola e con la pistola non scherzava, per cui capii ch'era meglio lasciar fare e stare zitto e fermo.*

"Quel deficiente con la mano nel sacco si mise a sbraitare e a bestemmiare come un terrone, e si capiva che erano bestemmie terrone simili alle nostre, e prese a pedate il sacco mandando in fumo il nostro lavoro d'una notte. Sempre legati ci portarono a Soave. Quando fummo davanti al maresciallo qualcosa riuscimmo a spiegare, ma siccome non sapevamo né leggere né scrivere, e non avevamo documenti, ci sbatterono dentro. Fecero casino perché il carabiniere fesso con la mano ferita aveva paura che fossero velenose quelle spine spinose di riccio.

"Il giorno dopo il giudice ci interrogò. Fortunatamente un poco ci capimmo, ma siccome non avevamo documenti ci chiese nome cognome e indirizzo. Scrisse tutto e ci fece fare una croce sotto. Speravamo che qualcuno si facesse vivo, ma non venne nessuno a

trovarci. Io aiutavo a pulire la prigione e mangiavo con le guardie. Alla fine, visto che non portavo coltello, il giudice mi mise in libertà raccomandandomi d'informare anche i famigliari del mio compare di dove eravamo, ed eccomi qua", concluse. –

Successivamente si seppe che i soprannomi con cui erano conosciuti non corrispondevano ai loro veri nomi. e i carabinieri che chiedevano in paese di Luigi Collalto e Giacinto Fattori si sentivano rispondere che lì non abitava nessun Luigi Collalto e tanto meno Giacinto Fattori. Infatti Luigi Collalto era conosciuto come **Jijo Rizzotto** e Giacinto Fattori come, **Cin Taci**.

Ripensai anch'io a qualcosa di simile accaduto nel 1951, quando io non avevo ancora quattro anni. Il postino doveva recapitare un pacco spedito dall'America a un certo Antonio Celadon, che tutti conoscevano come **Toni Testina.**

Il postino chiedeva in contrada, ma nessuno sapeva chi fosse questo Antonio Celadon: dopo un mese si scoprì la verità.

Questo, a quei tempi succedeva nella contrada dove io ero nato.

«Legna ragazzi, che di notte fa freddo», disse Bruno versandosi e versando a tutti quel Recioto liquoroso e fruttato.

«La sapete quella del ***Mazzin*** (*mazzin era colui che macellava i maiali e poi ne insaccava la carne macinata facendo salsicce, cotechini, salami soppresse pancette. Inoltre selezionava le varie parti del maiale come la testa, il lardo, gli stinchi etc.*) che aveva giurato che lui non avrebbe mai mangiato, né assaggiato gatto, perché sapeva riconoscere l'odore?» chiese un altro compagnone di quella fantasmagorica brigata.

«Dai dai, racconta», sollecitai anch'io, sicché incominciò:

– Bruno lo sa che il gatto non fa rumore, ti striscia alle spalle come una faina e ruba peggio di un ladro furfante predatore. –

A queste osservazioni, Bruno, con ampio gesticolare, approvava, poi lo invitò a continuare sullo stesso tono.

– Ebbene, nei primi anni cinquanta, quando noi eravamo ancora bambini, in contrada tutti allevavano galline e qualcuno anche conigli o porcellini d'india.

Mio padre teneva una quarantina di conigli che d'estate nutrivamo con erba e d'inverno con fieno, foglie dure di verza e semo-

la di grano, come per le galline. Eravamo a dicembre, e mio padre che di conigli se ne intendeva, aveva un paio di covate di coniglietti freschi fatti da due belle coniglie pompate da quello che veniva selezionato come Coniglio da Razza: tenuto separato, ben nutrito e nel dovuto rispetto.

Alla sera, andando a controllare, si accorse che mancava un coniglietto appena nato. Si domandò dove potesse essere finito, ma poi pensò che forse aveva contato male. La sera dopo ne mancava uno e la sera dopo tre. Allora incominciò a preoccuparsi. Io gli dissi che avevo visto un gatto tigrato scuro forestiero che teneva d'occhio il casotto dov'erano i conigli, ma che quando mi sono avvicinato era scappato a tutta velocità e non riuscivo a prenderlo. Mio padre rinforzò il portoncino di legno e chiuse ogni buco visibile, ma la mattina dopo mancava un altro coniglietto e un altro era scorticato e perdeva sangue. Io stetti con la fionda fino a sera di guardia al pollaio dove c'erano i conigli, ma di giorno il gatto non si fece vedere. Mio padre dopo cena caricò il suo fucile a bacchetta e si appostò alla finestra.

Verso mattina sentimmo uno sparo.

Io corsi alla finestra della camera di sopra dove dormivo e feci in tempo a vedere mio padre con il gatto impallinato preso per le zampe posteriori e tenuto a testa in giù come un coniglio, che ancora dava qualche scatto di vitalità. Lui con la mano libera, dura come l'acciaio, dette un colpo di taglio sulla collottola del gatto che si acquietò definitivamente. Lo alzò e disse: tu mi hai mangiato i conigli e adesso io mangio te.

Gli tagliò la testa, lo scuoiò tagliandogli le punte delle zampe e alla fine senza pelle sembrava proprio un coniglio di quasi tre chili netti. Una volta lavato con acqua e aceto, fu seppellito e pressato nella neve ghiacciata e lasciato lì per quindici giorni a frollarsi. Quello era il momento giusto per essere cucinato. –

A questo punto del racconto Bruno intervenne soddisfatto: «Ecco come una volta si trattavano quei farabutti di gatti. Me lo ricordo tuo padre. *Muso duro e bareta fraccà.* (berretto ben calcato sulla fronte) Era sempre senza soldi e mi ricordo che mio padre, *Fonso*, scambiava qualche coniglio con qualche pezzo di manzo da brodo. Eh, quelli sì che erano tempi! Ma non fermarti, continua, spiega qua, al nostro scienziato canadese, amico del Gobeto, come si doveva cucinare *El Gato*.» Io non feci caso all'allusione fuori luogo sulla mia amicizia con il fratello, visto che ormai era l'alcol a parlare; semplicemente mi sistemai comodo ad ascoltare.

– Alla mattina mio padre ravvivò il focolare con solo qualche brace. Spezzettò quel gatto tenendolo a rosolare e nelle giunture dell'osso, con il coltello, tagliuzzava la carne. Lentamente l'umidità gocciolava giù, e con essa anche l'odore di selvatico. Dopo qualche ora di questo certosino lavoro, la polpa separata dall'osso, veniva messa nella teglia grande e cucinata piano sulla stufa. Alla sera erano stati invitati anche i miei zii a fare festa con il gatto da mangiare. Il profumo della carne ben cotta e aromatizzata si propagava tutt'intorno, cosicché il Mazzin, che abitava poco distante, tornando a casa dopo aver macellato e insaccato un maiale, bussò per malignare e curiosare. «State mangiando il gatto eh!» disse.

«Se per te è gatto per noi è coniglio, comunque visto che tu sai tutto, puoi assaggiare», recitò mio zio Tony, famoso per le sue stramberie. Mio padre più seriamente lo invitò a bere un goccio.

«Bah, di te mi fido», disse a mio padre, e si sedette.

Mia madre prese un piatto e con il filo tagliò una grossa fetta di polenta bella calda. «Calma calma Bijeta», motteggiò con la mano a mia madre che si chiamava Luigina, ma soprannominata Bijeta, «calma, che prima voglio annusare meglio e controllare.»

Ossi non ce n'erano, sembrava lepre in salmì. Mio padre, ch'era analfabeta perché quando doveva andare a scuola c'era la guerra, quella prima, non l'ultima, parlava poco ma sapeva ben raccontarla. «Era un coniglio da razza vecchio e allora l'ho fatto come fosse una lepre, perché intero sarebbe stato duro, invece così è bello tenero», disse quasi per caso, senza dare peso alle parole.

Il Mazzin, che si riteneva il più astuto della contrada, non aveva ancora capito che il modo più sicuro per essere presi per il naso è di credersi più furbi degli altri. Infatti si accomodò e si vantò d'essere sicuro che quello che stava mangiando, l'aveva annusato ed era sicuramente coniglio, non gatto.

*«**A me non la si fa!**» furono le sue ultime parole famose.*

Il giorno dopo, mio zio Tony già raccontava in giro che al Maz-

zin avevamo fatto mangiare gatto e così incominciarono le aperte prese in giro. E per tre anni il Mazzin, quando incontrava qualcuno della brigata del gatto, scantonava e digrignava i denti.

)|°⚍°|(

Il tempo passava veloce, come quando si sta bene, ma qualcuno dette segno di sbadigliare, cosicché Bruno con l'ennesimo bicchiere in mano, non ancora soddisfatto, volle spiegare a modo suo una considerazione, che lui definì *salomonica*, su cani e gatti.

«Adesso vi spiego come ragiona un cane.» Si piegò ad accarezzare il suo *Guss* che festosamente agitava la coda e con le zampe s'era appoggiato sulle sue ginocchia facendogli le feste.

«Il cane pensa che se noi gli vogliamo bene, gli diamo da mangiare, un rifugio caldo e asciutto e ci prendiamo cura di lui... **Noi**, per lui, dobbiamo essere degli **Dei,** e come tali dobbiamo essere trattati.»

Ciò detto, fece un gesto convenuto e il cane tornò a cuccia. Si sciacquò la bocca con un goccio di vino e riprese: «Il gatto invece pensa: "Ehi, questi qui mi danno da mangiare, mi vogliono bene, mi danno un rifugio caldo e morbido, mi coccolano, e si prendono cura di me. Eh sì, vuol proprio dire che, **Io sono un Dio!**»

Concluse questa frase scolando il vino e sbattendo stizzosamente la tazza vuota sul tavolo.

«Capite ora perché io non sopporto i **Gati e i Gobeti**?» Sbottò Bruno guardandosi intorno per gustarsi il consenso.

Io m'ero accorto che un paio di denti traballavano. Erano protesi avvitate su un impianto osseo, per cui mi ripromisi di evitare cibi solidi fino a che un dentista affidabile non me li avesse riassestati. Bruno non dette peso al mio problema rassicurandomi: «Domani andrai dal *Marangon* dove ogni tanto ci lavora anche mio figlio Luca. Mio figlio fa l'odontotecnico; neanche l'altro, Alcide, ha voluto fare il macellaio, vende occhiali e cura la vista in città. Dal *Marangon*, che viene dall'Australia e si chiama Giovanni ma lo chiamano **Giovi**, ci lavora perfino la figlia del Gobeto, che "El Gobeto" ha voluto chiamare *Nilde*, come quell'amante di Togliatti. Al figlio ha messo nome *Palmiro*, pensa tu!» sbuffò.

«Comunque il vino non lo devi mica masticare», disse allungandomi la bottiglia.

Avevo sonno, la testa mi girava e Bruno ormai era andato.

Un suo compagno, che io ricordavo vagamente, mi spiegò che in realtà il dentista si chiamava Castegnaro, ma siccome in paese tutti i Castegnaro di mestiere facevano i falegnami e siccome in dialetto un falegname veniva detto, Marangon, per associazione, Bruno, tra i fumi dell'alcol, definiva Marangon il Castegnaro che faceva il dentista e che come me veniva dall'estero, non dal Canada, ma dall'Australia.

Cristo Santo. La testa mi girava e mi adagiarono sopra un letto che avevano estratto dalla parete. Bruno ronfava su un lettino di fianco al mio e in mezzo, sul pavimento, c'era il cane di guardia.

Avevo caldo, ma fuori era freddo. Incominciai a sognare canguri australiani saltare come canguri veri, e mi girai.

Guss mi fissava con le orecchie dritte e un'espressione idiota come probabilmente avevo anch'io.

Nell'altra stanza barbagliava un lumicino. Mi alzai e per poco non caddi. Qualcuno mi sostenne e mi accompagnò vicino alla stufa dove una cuccuma di caffè si stava scaldando. Maledizione! Quello ci voleva.

«Fa' piano, che fuori ci sono i cinghiali», mormorò uno dei tre compari con una gigantesca fionda in mano e delle sfere zigrinate di acciaio al posto dei sassi.

«Ma Bruno dov'è?» chiesi sorseggiando un bicchiere di caffè

amaro. «Quello non lo svegli neanche con le cannonate, e fortuna che ha smesso di russare, e anche tu perdio non scherzavi» mi sembrò di capire. Ero completamente intontito.

«Ho bevuto e mangiato troppo, non sono più abituato a queste mattane» cercai di spiegare; mentre un altro armeggiava su una torcia militare a led molto potente.

«Diavolo, ma cosa state tramando?» domandai cercando di capire in che mondo fossi capitato.

«Senti questi grugniti? Sono tre o quattro cinghiali. Se riusciamo a non spaventarli si avvicineranno perché qui davanti abbiamo disseminato delle pannocchie di granoturco. Quando incominceranno a mangiarle saranno solo a pochi metri e con questa fionda che ci siamo costruiti e queste palle di acciaio, senza far tanto rumore, almeno uno lo atterriamo e poi lo sgozziamo. A pulirlo e a farlo a pezzi ci penserà Bruno domani quando si alzerà; domani non si ricorderà più di niente» mi spiegarono parlando piano.

E intanto Bruno dormiva e non si svegliò neppure quando il grugnire divenne furibondo per poi all'improvviso smorzarsi e cessare. Sembrava di assistere a quando tagliavano il gargarozzo al maiale e raccoglievano il sangue per farlo bollire e mangiarlo freddo a fettine bbrustolito con un poco di lardo sopra.

Il cinghiale non era mastodontico, ma sicuramente superava i settanta chili. Lo appesero a testa in giù all'esterno del camino e lo coprirono con un grosso telo di plastica impermeabile. Sotto alla testa ci misero una pentola per raccogliere il sangue residuo che usciva dalla gola squarciata dal coltello a punta tenuto saldamente in mano dal più forzuto della compagnia. *Guss* emetteva dei guaiti o dei latrati, non saprei dire se di paura o di spavalderia; ma era tenuto fermo per evitare che si mettesse a inseguire gli altri cinghiali che inferociti lo avrebbero potuto attaccare.

Però... però ricordo ancora che *Guss* non sembrava molto coraggioso, perché tendeva a rientrare vicino alla stufa.

Bruno poi avrebbe detto che a stanare i cinghiali era stato *Guss*. Tornai dentro e mi buttai sul letto sperando di dormire; all'alba sarebbero arrivati i cacciatori e a quel punto sarebbe stato impossibile sonnecchiare: i fucili non disponevano di silenziatore.

Maledizione! Ma era proprio quello il mondo in cui ero Nato?

Controllai con la lingua la mia protesi traballante e mi augurai
che quel Marangon australiano non saltasse come i canguri in-
travvisti nel mio sogno... O meglio, incubo notturno.

***

Il PUZZLE DELLA VITA

(Secondo tempo)

Il dentista australiano, era allegro, simpatico e saltellante come un canguro, ma aveva l'occhio e la delicatezza d'un gatto: questo avrei detto a Poldo. Con Bruno i gatti era preferibile evitarli. Avrei equiparato la bravura dell'australiano al suo cane *Gus con i* cinghiali. Ma usciamo dallo studio dentistico ed entriamo nella macelleria di Leopoldo: la distanza era poca, una decina di metri.

«Hai visto che cosa succede ad ascoltare el ***Molton?***» commentò Leopoldo dopo aver saputo delle mie disavventure.

(*Molton si dice d'una persona che no ghe riva, ovvero non dotato di un'intelligenza tale da potersi definire intelligenza.*)

A questo punto era chiaro che se Bruno soprannominava il fratello *El Gobeto*, lui, a sua volta, veniva ricambiato con: *Molton.*

«Insomma, Leo! Non dimenticare che siete consanguinei e che tua figlia Nilde va in perfetto accordo con il cugino Luca, figlio di Bruno» lo rimproverai bonariamente.

«Oddio, Luca non somiglia al Molton, somiglia alla madre; però l'altro, Alcide, l'oculista, con quel nome ridicolo, poveretto.»

«Neanche tu coi nomi sei andato leggero» feci notare.

«Nilde e Palmiro sono due bellissimi nomi, neanche da paragonare con Alcide. Meno male che il nome dell'altro figlio, Luca, lo ha deciso la madre.» Così si espresse Leopoldo consegnando delle fettine di manzo a una cliente che lo guardava storto.

Allora riemerse il Poldin commerciante. «Le donne sono meravigliose, molto meglio di certi Moltoni. Sforziamoci di capire i gatti, così capiremmo anche le donne. Perché noi potremmo considerarci civili nella misura in cui saremmo capaci di capire le donne» concluse ammiccando a quella signora, che continuava a guardarlo in cagnesco, sia pur bonariamente.

Lo lasciai al suo lavoro perché altri clienti stavano arrivando.

«Mi raccomando per Domenica» insistette Leopoldo prima che me ne andassi. - La domenica avevamo combinato il pranzo alla rinomata trattoria conosciuta come: ***Toni Gato.*** -

«Tranquillo, non mancherò», lo rassicurai.   [...]

A mezzogiorno ci mettemmo in moto e in una ventina di minuti raggiungemmo il ristorante, **Toni Gato**, sui Colli Berici: località ovviamente opposta a quella dove Bruno la settimana prima mi intratteneva con i suoi amici a tendere imboscate ai cinghiali.

Eravamo in parecchi, quasi tutti coetanei. Avevamo frequentato in varie classi la stessa scuola elementare, perciò ritrovavo quei vecchietti che al pari di me, per l'occasione, ritornavano bambini. C'erano anche delle ragazze (anziane signore) della nostra generazione che mai avrei immaginato di rincontrare dopo tanti anni.

Leopoldo a tavola mi sistemò vicino a un certo, **Alberto Stagnin,** che non sapevo chi fosse perché proveniente da una località diversa. Aveva frequentato le scuole di città e s'era laureato a Padova in ingegneria elettronica: il mio ramo.

Fu un piacere conoscerlo, ma una volta chiariti i nostri interessi lavorativi, ci ripromettemmo di non parlare più di informatica e di zittire i nostri *smartphone*.

«Ho incontrato casualmente Leopoldo una quarantina d'anni fa e da allora non ci siamo più persi di vista. Mi ha parlato spesso di te, ma mai avremmo immaginato d'incontrarti» mi spiegò Alberto Stagnin, per gli amici, Berto.

Non potevamo esimerci dal parlare del nostro comune conoscente che io consigliai di chiamare Leo, motivo per cui non ci potemmo nemmeno esimere dal commentare la rivalità dei due fratelli Manzotin. Fummo d'accordo nel ritenere inutile raccomandare a quei due tolleranza e buon senso; non avrebbero capito, accidenti! Trovassero un *modus vivendi* civile; ormai le loro obsolete macellerie avrebbero dovuto venderle: sperando di scovare degli acquirenti. Nessuno dei loro figli voleva intraprendere quell'attività in declino, e il futuro era in mano ai grossi centri commerciali; era quindi inutile, oltre che patetico, continuare quel ridicolo antagonismo.

«Con Bruno ho fatto una mangiata e bevuta micidiale, ma ho passato una notte d'inferno; in mezzo a cinghiali e con un cane definito instancabile segugio. In realtà a quell'animale piacciono le comodità» dissi dopo aver assaporato l'antipasto di pesce.

«E la gatta di Leo, l'hai vista?» ribatté Berto.

«Bah, no, ma mi ha fatto intendere che è intelligentissima, che sa dosare in modo perfetto dolcezza, timidezza, docilità, ma anche aggressività e spirito selvaggio.»

«Leo vede le cose come lui le vuol vedere, come del resto suo fratello Bruno, che io conosco solo di vista, ma mi basta. Dovresti vedere il menefreghismo di quella gatta; quando la chiama lei finge di non sentire, ma poco dopo si mette in moto: sembra voler far intendere che è stata lei a decidere il da farsi. Ma il colmo è che Leopoldo scambia questo comportamento per intelligenza: inutile fargli notare che è solamente lo spirito indipendente dei gatti...»

Un certo sommovimento interruppe la conversazione.

«E adesso spaghetti con frutti di mare e crostacei!» urlò Leopoldo a ché tutti sentissero. Il coro unanime d'approvazione lo caricò, e allora volle spiegare: «Io conoscevo il vecchio *Antonio* (Toni) che trattava questa trattoria come un oracolo e che mi diceva sempre:

> ***"Il gatto è l'unico animale che si prende cura della propria igiene. E lo fa dannatamente bene. Bene! Io faccio altrettanto con la mia trattoria. Tutto pulito voglio che sia, e mangiare poco ma di tutto, e pesce, pesce che dà calorie, ma non fa male e che piace anche ai gatti."***

Ora le sue due figlie sono addirittura più brave del padre, che volle chiamare questo ristorante col suo bel nome: **Toni Gato!**»

E cominciarono tutti a battere le mani e pure i piedi.
«Accidenti, cominciamo bene. A fine pranzo avremo le mani bollenti se questo è solo il principio», dissi a mia volta applaudendo.

«Con Poldo, pardon Leo, i gatti non mancano mai», commentò Berto facendo a sua volta intendere a Leo, poco distante, soddisfazione. Poi girandosi verso di me: «I gatti, le donne e i grandi criminali hanno questo in comune; essi rappresentano per noi, indifesi creduloni, un ideale inaccessibile e una capacità di amare se stessi che li rende pericolosamente attraenti agli occhi di chi ingenuamente non li sa valutare per quello che sono.» Io ascoltavo con attenzione, sia pur scetticamente, cosicché egli concluse: «Conviene, quindi, con la gente che per furbizia ascolta ogni cosa e parla poco, parlare ancor meno; e se si parla molto, dire poco.»

«Spero non ti riferisca al sottoscritto» osservai sorridendo.

«Figurati! Tu parli e quello che devi dire lo dici, sono i gatti, credo, che se potessero parlare non parlerebbero. Comunque teniamo sempre a mente che gli esseri feroci si divorano a vicenda e quelli mansueti a vicenda s'ingannano: questo è ciò che si chiama il corso del mondo. Per il resto, ognuno faccia come meglio crede» concluse in fretta per complimentarsi con la cameriera che gli serviva il piatto fumante di spaghetti allo scoglio.

«Chi ha capito il Puzzle della vita sono i gatti. Sono feroci con gli esseri mansueti e pavidi coi feroci; e se capiscono che qualcuno li vuole ingannare, loro per primi ingannano» osservai io, in paziente attesa che anche il mio piatto arrivasse.

«A proposito del puzzle della vita, se hai tempo, alla prima occasione ti faccio vedere una specie di puzzle che ha realizzato **Leo** qualche anno fa. Non avrei mai pensato che fosse così bravo. Ha messo insieme migliaia di pietruzze chiare e scure e quando me le ha presentate, be': "Bello, un vero *collage!*" ho detto. Allora vi ha colato sopra della resina trasparente rendendolo stabile. Me l'ha regalato sostenendo che è il Puzzle della Vita.»

Vedendomi mescolare voluttuosamente gli spaghetti, anche lui incominciò a ruotare la forchetta.

In un eloquente silenzio i piatti venivano svuotati e nessuno parlava. Tutti dimenavano le ganasce in un gioco stuzzicante e quando si manda giù, le parole non salgono su.

Lentamente, dopo l'appagamento di gola, riprese il dialogo.

«Una delle tante idiozie assurte a dignità proverbiale, e contro cui io mi batto, è l'opinione che i gatti siano falsi. I gatti non sono falsi, sono solo se stessi. Come se stessi lo sono i cani, i cavalli, gli asini, che vengono bistrattati, ma che per conto mio sono più intelligenti dei cavalli» disse Alberto dopo aver ripulito con cura il piatto dagli ultimi rimasugli di scampi e gamberoni.

«Dillo piano, perché se Leo ti sente dire che i cani sono onesti e veri, non lo fermi più», biascicai ridendo e posando il bicchiere di vino Chardonnay della Riviera Berica sul tavolo.

«Il giocare dei gattini, che da piccoli tanto ci faceva divertire, in realtà imita il comportamento della caccia», disse Berto indicandomi due micetti che inseguivano una pallina da ping pong.

«Io invece provo sempre una certa emozione quando osservo un gatto fissare qualcosa che io non riesco a vedere.»

«Lo sai perché non bisogna mai tagliare i baffi al gatto?»

«Bah, da piccolo sentivo dire che senza baffi i gatti non ci vedono», risposi incerto.

«Un fondo di verità c'è. Infatti i baffi costituiscono un ineguagliabile navigatore. Essi permettono al gatto di percepire la prossimità d'un ostacolo, o d'una preda, senza...»

«Il gatto non è in grado di mettere a fuoco gli oggetti da vicino e siccome non può portare gli occhiali, s'è inventato i baffi: è presbite al pari di noi che abbiamo una certa età.»

A intervenire così era Leopoldo, sbucato furtivamente come un gatto alle nostre spalle. «Ragazzi d'una volta, tutto bene? Ti piace questo posto?» chiese guardandomi.

Non potei esimermi dall'approvare quella trattoria e la scelta dei piatti a base di pesce: un controsenso per un macellaio.

«Aspetta e vedrai che grigliata di pesce, scampi, e aragoste» si vantò soddisfatto. «Io non porto gli amici a rompersi i denti e a ubriacarsi in mezzo ai cinghiali in compagnia del Molton e del suo cane deficiente. Qui i cani sono banditi, come i banditi farabutti scassinatori. Qui siamo moderni, dai ladri e dai banditi ci difendiamo con l'elettronica, e voi ne dovreste sapere qualcosa.»

Io e Alberto ci guardammo a bocca aperta; dopodiché: «Leo!» disse Alberto, e sottolineò nitidamente quel Leo, «Leo, noi parlavamo di gatti e del Puzzle della Vita. L'elettronica la lasciamo per i giorni feriali e oggi è domenica.»

«Ah, il Puzzle della Vita. Faglielo vedere!» disse Leopoldo con fare falsamente autoritario; era soddisfatto per essere stato chiamato Leo anche da Alberto.

L'aprirsi della cucina e l'apparire dei vassoi colmi di pesce con degli scampi sia crudi che cotti, fece correre Leopoldo al suo posto a tavola.

«A fine pranzo, se non ti dispiace, vieni a casa mia e ti faccio vedere il *Puzzle della Vita* che ha fatto Leopoldo» suggerì Berto, e vedendomi perplesso precisò: «Anche lui viene con noi.»

Questa volta i vassoi ci vennero posati davanti in contemporanea e in contemporanea incominciammo a lavorare con coltello, forchetta e poi con le mani.

Più tardi, con del limone, elimineremo ogni traccia di pesce.

La funzionale abitazione di Alberto non distava molto dal paese. Nel cortile stazionava un gatto pasciuto vicino a un cane *Labrador* il quale corse a far festa al suo padrone. Il gatto continuava a sonnecchiare, infischiandosene dei padroni. Ma Leopoldo tergiversava.

«Leo, vieni! Non preoccuparti per il cane, se ci sono io, sta' tranquillo, non ti fa niente» tentò di rassicurarlo Alberto.

Io mi avvicinai all'amico per ulteriormente tranquillizzarlo:

«Leo, i Labrador sono gli animali più mansueti e buoni che esistano, sopportano persino i dispetti dei bambini e come vedi non aggrediscono i gatti e neanche gli amici dei gatti.»

Leo, guardingo, scese dalla vettura e in fretta sgattaiolò in casa.

«È più forte di lui», osservò Alberto, «quando vede un cane, specie se grosso, s'irrigidisce come di fronte a suo fratello.»

«Esattamente come quando Bruno vede Leopoldo», dissi io.

- Salto i convenevoli coi famigliari di Alberto per descrivere: **il Puzzle della Vita** realizzato da Leopoldo. -

Eravamo tutti e tre davanti a un grande quadro fissato a una parete del salone principale della spaziosa casa di Alberto Stagnin. Vi era raffigurato un gatto, vagamente somigliante a Leopoldo, vicino a un uomo anziano che poteva essere Berto Stagnin somigliante ad *Albert Einstein*. Erano ambedue con la lingua di fuori come i bambini impertinenti; chi li guardava veniva sbeffeggiato.

«Leo! Ma che diavolo volevi mostrare con questo quadro?» chiesi incuriosito dal titolo: *Puzzle della Vita*.

«Questo non è un quadro. Se io sciolgo la resina tutti quei sassolini cadrebbero per terra e se uno volesse metterli in un ordine diverso, rappresenterebbero qualcos'altro. Questa è la vita, caro mio. Un secchio di sassolini che tu puoi disporre a tua volontà. Noi tutti siamo un ammasso informe di sassolini e questi sassolini ognuno li deve disporre come meglio crede. Quando muore ridiventa nuovamente un mucchio di sassolini dispersi qua e là. Ecco in cosa consiste la vita, nel sistemare dei pezzetti di pietra. Io li ho posizionati come più mi piaceva. Io sono un gatto e Berto un maestro di vita. Tutti e due facciamo le boccacce al mondo che in fin dei conti disfà ciò che noi costruiamo. Hai capito adesso... Scienziato!?»

Non sapevo che dire e Alberto non mi veniva incontro.

«Quanto tempo hai impiegato per posizionare tutte quelle pietruzze in quel modo, vorrei dire ambiguo?» chiesi.

«Ho impiegato il tempo che ci è voluto.»

«E quanto è durato il tempo che ci è voluto per illuderti di aver preso per i fondelli il mondo? Eh, brutto gattaccio!»

Leopoldo al sentirsi apostrofare "brutto gattaccio" incominciò a risentirsi, ma io non lasciai che si riprendesse.

«Io vedo un gatto con un nome sotto. Quel nome mi piace, ma quel gattaccio che si immagina furbo non mi piace. Einstein può farci le boccacce, non quella specie di indisponente borioso e supponente felino» insistetti.

Anche Alberto, credo, pur approvando quello che stavo dicendo, sembrava in evidente imbarazzo, ma io non mi sentivo imbarazzato. A questo punto volevo smontare quella boria che rendeva Leopoldo prigioniero di se stesso.

«Alberto, hai una tavola oppure un cartone bianco come quelli che usavamo nei tecnigrafi da disegno e un pennarello oppure un po' d'inchiostro scuro?» sollecitai.

«Ma che cavolo ti serve, cosa vuoi fare ora?» sbottò Leopoldo.

«Stai zitto! Guarda e qualcosa ti entrerà nella zucca. Una volta lo facevi, perdio, non te lo ricordi?» lo incalzai.

Era preso in contropiede, e come quando si gioca a calcio non sapeva più difendere la sua porta. Intanto Alberto arrivava con quanto avevo chiesto. Stesi il cartone sul tavolo, ne fissai i bordi, controllai il grosso pennarello e per delineare le proporzioni con l'unghia incisi dei solchi quasi invisibili sul foglio.

«Ma che cosa stai facendo?» continuava a chiedere *Poldin*.

Alberto imperterrito osservava. Mi imbrattai le punte delle dita con l'inchiostro e cercai... Alberto che intuiva le mie intenzioni, mi porse una serie di fazzolettini di carta.

«Gazie!» dissi, appostandomeli sulla mano sinistra mentre con la destra incominciavo a imbrattare il candido foglio.

Mentre con le dita strofinavo, il silenzio era assoluto. Nel momento in cui cominciarono a evidenziarsi i primi profili, avvertii dei brusii alle spalle. Quando portai gli ultimi ritocchi alla mia opera, Alberto, meravigliato, si complimentò. Anche Leopoldo non poté esimersi dal congratularsi per quella specie di acquerello fatto in pochi minuti: quando lui per il suo quadro aveva impiegato giorni e giorni se non anni per pensarlo.

«Devo mettere dei nomi?» chiesi.

«Non ritengo siano necessari i nomi, dovrebbe essere tutto chiaro lo stesso» rispose Alberto per un Leopoldo allibito.

«Le cose fatte male con il tempo si rovinano e alla fine si rompono. Cos'è che può riparare un rapporto sbagliato se non il buon senso e anche un poco di volersi bene. Credo che sia alla fine l'amore, con tutti i suoi incastri, a rendere il puzzle della vita sensato. Nessuno è perfetto, ma se uno riesce a decifrare i propri difetti, e riesce a mischiarli con quelli degli altri in un incastro compatibile, ebbene, allora e solo allora avrà composto il Puzzle della Vita; perché ricordiamoci sempre che un puzzle non si compone con pezzi della stessa forma, misura e colore.»

Leopoldo sembrava smarrito. Guardava quella specie di acquerello - buttato giù in tutta fretta - che faceva riflettere. Probabilmente percepiva una nuova lancinante realtà. Quel mansueto gatto, in cui s'immedesimava, non graffiava e non si ribellava all'abbraccio del cane: emblema del suo mai accettato fratello Bruno.

«L'incastro perfetto non si ottiene da subito, ma modellandosi l'un l'altro poco a poco. Perché raggiungerlo subito potrebbe anche essere una gran noia» dissi a un Leopoldo vittima d'uno stato confusionale che lo rendeva silenzioso come non mai. Ma al pari di un subacqueo che riemerge, prese fiato e sicurezza.

«Non tutti hanno l'istinto all'incastro perfetto che dici tu!» ruggì fissandomi con aria di sfida.

«Leo, non tutti gli incastri devono essere perfetti, a volte è sufficiente una sia pur minima aderenza» si intromise Alberto con fare malizioso fissando quel cane che si teneva stretto un pacifico gatto, quasi a volerlo proteggere.

«Leo, ci siamo lasciati da adolescenti, ci siamo ritrovati anziani - per non dire vecchi. Abbiamo perso l'entusiasmo della gioventù, ma dovremmo aver capito che i problemi di un puzzle sono molto simili ai problemi della vita e che la vita stessa è un puzzle. Metterla insieme è una disputa con noi stessi. Ormai in mano ci restano pochi frammenti, sistemiamoli nelle giuste caselle e poi, con calma, godiamoci la nostra impresa: se di impresa si può parlare.»

«Dammi questo disegno. Lo coprirò di pietruzze come quello di Alberto» disse allora Leopoldo.

«Fanne due. Alberto ti farà una fotocopia del disegno; io non voglio più imbrattarmi ulteriormente le mani; anzi ora vado a lavarmele.» E mi allontanai assieme ad Alberto che soddisfatto mi faceva strada verso il bagno.

«Credi che il fratello sia disposto ad avallare e condividere quel mosaico che sicuramente Leopoldo realizzerà?» fece scettico aprendomi la porta che io con le mani sporche avrei imbrattato.

«Domani andrò dal Dentista e parlerò con Luca, il figlio di Bruno, e poi con Nilde; la figlia di Leopoldo; poi andrò a trovare anche Bruno. Ritengo di avere degli argomenti validi per convincerlo ad appendere in bella vista quel cane e gatto riprodotto a mosaico. Fra una settimana dovrò partire, ho poco tempo, ma... La sai la storiella del Filosofo e del Teologo alla ricerca del gatto?»

«Quella del gatto nero in una stanza buia?» chiese Alberto.

«Sì, del gatto che non c'è, ma ora lasciami andare in bagno a pulire queste dita colorate e poi te la racconterò a modo mio.»

Mi feci dare del diluente per inchiostro e con pazienza ripulii la mano da quel nero mefistofelico, ma provvidenziale.

Alberto mi aspettava fuori.

«Leopoldo sta già calcolando la quantità di pietruzze necessarie per ricoprire quel disegno. Sembra risoluto, ma non troppo convinto», m'informò, e pur vedendomi ancora con le mani umide continuò: «Credo che il vero problema sarà convincere il fratello; quello ha la testa più dura della pietra che Leo dovrà fare a pezzettini per comporre quel puzzle di cane e gatto.»

Io ero ben cosciente di questo, ragion per cui...

«Il filosofo, caro mio, è colui che entra in una stanza buia e insiste a cercare un gatto nero che non c'è. Il teologo in quella stessa stanza buia dice che il gatto c'è e lui l'ha acchiappato, ma non te lo mostra, te lo racconta, te lo fa immaginare. Alla fine la gente darà ascolto più al teologo che non al filosofo. Con questo trucco i religiosi e i demagoghi ammaestrano i popoli come il domatore ammaestra gli animali al circo. Con un po' di fantasia, dice il filosofo, il teologo può convincere anche i saggi ad adorare l'asino perché nostro dio creatore: **La verità è che la verità è meglio inventarsela.** Noi con questi Manzotin dobbiamo comportarci come quel Teologo che regala certezze.»

Disponevo di pochi giorni per attuare ciò che mi ero proposto. Avevo capito che per riconciliare quei due Manzotin non servivano ragionevoli argomentazioni, ma bisognava creare condizioni idonee alla percezione della loro inconfutabilità. Dopo la mia lunga esperienza lavorativa, avevo capito che il segreto di un'educazione efficace è lasciare che l'allievo impari da sé. Inculcargli una conoscenza stereotipata può fuorviare il suo intelletto; infatti il modo migliore di persuadere consiste nel non persuadere, perché per imporre un'idea agli altri, bisogna far credere che quell'idea provenga da loro stessi. Dovevo altresì considerare che i macellai avevano una certa granulosità derivante dalla loro professione, ragion per cui...

La mattina dopo, consultando le notizie su internet, trovai un annuncio che scagionava la Manzotin dall'aver messo in vendita confezioni di carne in scatola con sospetta non conformità microbiologica. "L'esito delle analisi", riportava l'articolo, "ha dimostrato l'inconsistenza delle accuse e c'è da chiedersi se sia stata fatta una valutazione serena prima di lanciare l'allarme."

Questa rasserenante notizia avrebbe sicuramente fatto piacere ai due Manzotin, pertanto decisi di procedere anche con Bruno.

Con la scusa dei mie denti ballerini, andai dall'esperto e simpatico australiano sperando di incrociare Luca, il figlio di Bruno. Niente, comunque c'era Nilde, la figlia di Leopoldo. La misi al corrente delle mie intenzioni e la pregai di accordarsi anche con il cugino. Spiegai che c'è per tutti noi la possibilità di un cambiamento nella vita, che equivale più o meno a una seconda possibilità di nascere. Insistetti nel ribadire che sono proprio le persone più infelici quelle che più temono i cambiamenti, ma se l'uomo non evolve la sua opinione, diventa come acqua stagnante e alleva rettili veleniferi. È nella natura umana opporsi all'evoluzione, ma i cambiamenti sono inevitabili: bisogna correggerci prima d'essere costretti a farlo. Nilde fu d'accordo con le mie considera-zioni e s'impegnò a convincere anche il cugino Luca della loro fondatezza. Nel frattempo Leopoldo continuava il suo certosino lavoro sul mio acquerello .

Una mattina entrai nella macelleria di Bruno, che mi salutò ca-lorosamente e s'interessò ai miei denti. Lo rassicurai... «E allora ti regalo un tenero filetto di cinghiale» disse.

«No grazie!» risposi. Ci restò male.

«Io non mangio miscugli di cani, lupi e maiali», lo informai.

«Ho detto cinghiale; quello che hai visto catturare su da me quella notte, te lo sei scordato?» chiese con enfasi.

«Il cinghiale è il frutto dell'accoppiamento di un lupo allupato con una scrofa peripatetica. Il cane discende dal lupo e quindi...» lasciai intendere. «E poi alla mia età non voglio più mangiare car-ne o perlomeno mangiarne il meno possibile.»

«Sì, tu ascolti quelli che predicano che la carne fa male, ma hai mai visto una tigre dall'aspetto malato?»

«Io non sono una tigre e poi le tigri si stanno estinguendo e io non mi voglio estinguere. La carne di origine canina la lascio a te.»

Lo lasciai a bocca aperta e me ne andai.

Dopo qualche giorno m'imbarcai sull'aereo che mi avrebbe ri-portato a casa. A bordo rifiutai il panino con prosciutto.

- Qualche inversione di rotta incominciavo a farla anch'io. -

Una sera nel mio laboratorio scorrevo le email del giorno e vidi l'immagine d'una specie di mosaico dove un cane abbracciava un gatto. Sotto due semplici parole: "Missione compiuta!"

Più sotto ancora: **"Stammi bene! Alberto"**.

✱✱✱

FINE (Il Puzzle della Vita)

PERSONAGGI

Narratore...Anziano emigrato in Canada

Leopoldo Manzotin...................Macellaio mingherlino di sinistra

Bruno Manzotin...................Macellaio grande e grosso di destra

Guss..Cane seduttore

Jijo Rizzotto & Cin Taci......................Bracconieri finiti in galera

Gatto ladro....................................Gatto fatto passare per coniglio

Padre...Giustiziere di gatti ladri

Mazzin......................................Un furbo che non mangiava i gatti

Zio Tony...Famoso per le sue stramberie

Bijietta...Madre e donna di casa

Castegnaro....…….........Gioviale australiano definito Marangon

Nilde & Alcide...Cugini odontotecnici

Alberto Stagnin.............................Saggio Ingegnere elettronico

Gatta di Leopoldo...Gatta menefreghista

Toni Gato...............….……...Fondatore dell'omonima trattoria

(5) IL GATTO BIANCO

La bontà disarmata, incauta, inesperta e senza accorgimento, non è neppure bontà, è ingenuità stolta e provoca solo disastri.

– Era un animale di notevoli proporzioni e bellezza, tutto nero e dotato di un'intelligenza sbalorditiva. A tale proposito, mia moglie, incline in cuor suo alla superstizione, faceva continue allusioni alla inveterata credenza popolare che considera tutti i gatti neri streghe travestite...--

Claudio Scansagrane, che in realtà si chiamava **Claudio Scansacani**, leggeva con apprensione questo racconto perverso di *Egdar Allan Poe* intitolato: **Il Gatto nero**.

Il volumetto di racconti lo aveva comperato presso una bancarella di libri usati a poco prezzo. Conosceva quello scrittore solo per sentito dire e incuriosito ora voleva leggerlo. Nel retro copertina c'era una biografia dell'autore e Claudio era rimasto colpito da quella vita scapestrata e infelice. Lui, da Scansacani era stato soprannominato, Scansagrane, proprio perché cercava d'evitare ogni fastidiosa dimestichezza con informazioni che potenzialmente avrebbero potuto renderlo schiavo di comportamenti sconvenienti. Insomma, egli non voleva grane di nessun genere.

Era abulico, indolente, tanto da non voler nemmeno dar peso alle infedeltà della moglie **Messalina**; che a detta di tutti era ninfomane e copulava selvaggiamente con vigorosi macellai, idraulici, carpentieri che lei selezionava a seconda delle fugaci voglie giornaliere.

La casa era un cantiere sempre aperto. Ma Claudio nel suo studio ignorava i gridolini della moglie avvinghiata a quei nerboruti giovani operai, che oltre al conigliesco dimenarsi, menavano pure martellate a casaccio per coprire i guaiti di *Messalina*.

Quel nome aveva un poco insospettito Claudio prima di sposarla, ma la di lei madre gli aveva assicurato che in realtà si sarebbe dovuta chiamare *Ade-lina*. Però il prete l'aveva sconsigliata, perché *Ade* era un mitologico dio infernale; cosicché lei, che andava a Messa tutte le mattine, aveva optato per *Messa-Lina*.

Dopo se n'era pentita, ma ormai il guaio era fatto e la figlia moriva dalla voglia di non disattendere quel nome.

MessaLina aveva ridotto la casa peggio di una città dopo il passaggio dei vandali: la cucina era piena di ammaccature dovute a quelle mistificanti martellate. A volte anche i mobili venivano rovesciati e i rubinetti divelti. I muri risentivano di quegli strofinamenti, ma lei sosteneva che bisognava adeguarsi alla moda e il nostro Scansacani non voleva rogne, per cui si adeguava.

Il quarantenne Claudio, già pregustava la pensione. Era impiegato di concetto all'Ufficio del Catasto, ma la giornata per lui non era lunga a passare perché, tra un commento e l'altro, ogni tanto si misurava con qualche collega in combattute battaglie navali, ma principalmente si dilettava con le parole crociate. In oltre dieci anni di servizio non aveva mai chiesto un giorno di permesso o fatto assenze ingiustificate, neanche quando c'era sciopero: la dirigenza lo considerava un impiegato modello. Ed ora, in questo fine settimana, finalmente, poteva permettersi di isolarsi nel suo studio rifugio per finalmente leggere: **Egdar Allan Poe.**

La moglie MessaLina era fuori; dal falegname per consegnare le misure di alcuni infissi da riparare; poi doveva andare dal carpentiere e dall'idraulico perché i rubinetti erano stati scardinati; infine, se ce la faceva, aveva appuntamento con il macellaio per commissionargli delle particolari frattaglie per gatti.

Claudio, almeno per quella mattina, poteva stare tranquillo senza tutte quelle riparazioni, quei rumorosi miagolii della moglie e quelle devastanti martellate.

Leggendo il resoconto di questo sventurato scrittore, provava delle forti emozioni. In pratica la storia descriveva la confessione di un omicida condannato a morte.

– Questo esecrabile personaggio, pur sapendo di non essere creduto, voleva rivelare il suo delitto per sgravarsi la coscienza e condividere l'orrore con chi lo voleva ascoltare. Raccontava d'essere stato un uomo perbene (*come anche Claudio riteneva essere*) e di avere avuto una grande passione per gli animali, specialmente per i gatti neri. –

Claudio pensava che in fin dei conti anche lui, pur portando nel suo cognome, *Scansa-Cani*, amava i gatti: che a ben pensarci scansavano i cani, come lui scansava le rogne. Ma ora voleva concentrarsi nella lettura, e allora s'immedesimò in quest'uomo la cui moglie non perdeva occasione di portare a casa uccelli, pesci rossi, un bellissimo cane, conigli, una scimmietta e un gatto.

– Questo gatto, di nome Plutone, era un animale completamente nero ed era il preferito dall'uomo. La loro amicizia durò parecchi anni, nonostante il peggioramento del carattere dell'uomo. Infatti aveva incominciato a picchiare la moglie e a maltrattare gli animali, però manteneva un certo rispetto per il gatto.

Una sera però, dopo essere tornato a casa ubriaco fradicio, l'uomo notò che il gatto nero, Plutone, evitava la sua presenza. Inviperito lo agguantò in modo brutale e la bestia impaurita reagì graffiandolo: subito un demone s'impadronì di lui. Estrasse la lama di un temperino dal taschino e cavò un occhio al gatto nero.

Nei giorni successivi, il gatto lentamente guarì, ma fuggiva ogni volta che il padrone si avvicinava... –

Claudio Scansacani, detto **Scansagrane**, interruppe la lettura, respirava a fatica, ansimava e avvertiva i suoi battiti cardiaci accelerare oltremisura. Si diresse in cucina per bere dell'acqua, sennonché il rubinetto era divelto come pure quello del bagno. Non gli rimaneva che la tazza del *water-closet*, che fortunatamente si manteneva in efficienza: sia pur precaria.

Quei quattro passi e quel sorso d'acqua lo ritemprarono, cosicché pervicacemente tornò nel suo ufficio e riprese la lettura.

– Quest'uomo si mostrò afflitto per la menomazione fatta a quel povero gatto, ma ben presto lo svincolare di Plutone al minimo suo apparire, lo irritò in tal misura da fargli emergere una perversità che lo spinse a continuare l'offesa, tanto che una mattina lo trascinò in giardino e lo impiccò a un ramo. Poi, con gli occhi colmi di lacrime, si pentì del suo folle gesto, ma quella stessa notte si svegliò mentre tutta la casa era in fiamme; riuscì a stento a sfuggire al fuoco con la moglie e una domestica. A quel punto si abbandonò alla disperazione. Tutta l'abitazione era crollata, a parte un muro divisorio dove poggiava la testata del suo letto. Tutti si portarono su quel muro intatto e anche l'uomo incuriosito si avvicinò e notò la figura in bassorilievo di un gigantesco gatto nero con una corda al collo.

Per mesi e mesi non riuscì a liberarsi dal fantasma del felino e giunse persino a cercare un altro animale della stessa razza e colore per sostituirlo. Anche il secondo gatto attirò in breve l'odio del padrone, soprattutto quando s'accorse che all'animale mancava un occhio. Questo gli provocò una discesa verso un abisso di follia, tanto da portarlo a voler uccidere questo nuovo gatto nero parimenti al primo. La moglie si frappose per difendere il povero animale, ma l'uomo furibondo, la uccise.

Volendo nascondere l'omicidio, l'uomo murò il cadavere della consorte in cantina. Dopo qualche giorno, dei poliziotti perquisirono l'abitazione della donna scomparsa; il marito, nonostante non trovasse più il gatto nero, si sentiva tranquillo, tanto da permetter loro di perquisire, oltre alla casa, anche la cantina. I poliziotti la ispezionarono, ma non trovarono nulla. Però, nel momento in cui gli agenti stavano per andarsene, il protagonista, sicuro di sé, disse loro che quella dove lui viveva era una casa solida e ben costruita. Per dimostrare ciò, con un bastone diede un colpo sul muro nella cantina in corrispondenza a dove aveva sepolto la sua sposa. Subito si sentì un lamento provenire dal muro. I poliziotti allora abbatterono la parete e scoprirono la verità.

A emettere il gemito era stato il gatto nero guercio, che il protagonista senza accorgersi aveva murato vivo assieme alla moglie morta. Da qui ne conseguirà l'arresto e la condanna dell'uomo per il ritrovamento del cadavere.

∗∗∗

Claudio depose il libro e uscì in giardino a prendere un po' d'aria fresca, ma anche lì soffocava, laonde per cui scese in cantina, tre metri sotto terra, e si tolse la camicia. Oddio! Finalmente respirava.

Dopo qualche minuto di sventolio, s'accorse di avere freddo. Infatti tremava come un cane bagnato. Risalì in giardino e notò che l'acero lì di fronte aveva dei rami perfetti per appendervi un gatto. Anche in cantina c'era un vano, che, se murato, avrebbe potuto contenere uno o più cadaveri.

«Ma che diavolo sto pensando?» si chiese ad alta voce. «Quel racconto di *Egdar Allan Poe* mi sta scombussolando.»

Guardava quell'albero e gli sembrava di veder penzolare l'ombra nera di un gatto nero, ma fortunatamente fu distolto da quelle fosche visioni dal cinguettio della moglie MessaLina trafelata.

«Tesoro! Che cosa stai facendo qui fuori con questo freddo, vai dentro, altrimenti ti prendi un accidente.»

«Avevo caldo», si scusò Scansagrane.

«Ti sei preparato da mangiare?» insistette la moglie.

«No, non c'è acqua.»

«Ma insomma, lo sai che basta una martellata.»

«Non trovavo il martello.»

«Potevi usare un mestolo!»

«Avevo paura di romperlo.»

E qui la conversazione s'interruppe perché MessaLina aveva posato un trasportino per gatti ed era scesa nello scantinato a prendere un martello. Claudio sbirciò con prudenza attraverso le fessure della gabbia e all'interno vide un bel gatto bianco.

«Me l'ha regalato il macellaio e io lo regalo a te perché ti faccia compagnia quando io non ci sono. Si chiama Caronte.»

«Come il Caronte che traghetta le anime dei dannati negli inferi danteschi?»

«Ma che dici tesoro! Caronte, come, Caro-Te. Amore! Cerca di capirmi, accidenti, e non essere così pessimista. La vita è bella e ce la dobbiamo godere. Dai, forza, aiutami, che poi nel pomeriggio deve venire lo stagnino e l'idraulico a ripararmi i rubinetti.»

Il poveraccio non voleva rogne, per cui prese il trasportino con il gatto bianco Caronte ed entrò in casa. Effettivamente fuori era forse più freddo che non in cantina, ma la lettura di *Egdar Allan* Poe lo aveva accaldato. Fu riscosso dalle sue riflessioni da una terribile martellata menata contro il tubo che portava l'acqua al lavello della cucina.

Caronte, impaurito, si era acquattato dentro la sua casettina. Claudio se lo portò nel suo studiolo e con calma aperse la gabbia. Il gatto si rifiutava di uscire, cosicché dovette intervenire con la mano. Il gatto sbuffò e con la zampa respinse quella mano, ma non estrasse le unghie: dava l'impressione di voler giocare. Allora Claudio si fece coraggio e con maestria incominciò ad accarezzarlo. Lentamente riuscì a tirarlo fuori e sempre vezzeggiandolo si accomodò sulla sua poltrona tenendoselo in braccio.

Caronte incominciò a ronfare.

"È fatta!" pensò Claudio, "siamo diventati amici".

Rimase per qualche minuto con il gatto bianco sulle ginocchia, dopodiché lo posò sulla poltrona, ma il gatto impaurito dai rumori che provenivano dalla cucina, si rifugiò sotto alla scrivania. Claudio lo lasciò lì, tranquillo, perché doveva aiutare la moglie a preparare la tavola.

Pranzò con un bel barattolo di minestrone, una confezione di carne in scatola e dei sottaceti: pane non ce n'era, cosicché lo sostituì con delle gallette militari vecchie di anni. MessaLina disse che aveva già mangiato qualche cosa dal macellaio, ma che avrebbe preso il caffè in sua compagnia. Il marito, con la caffettiera in mano, si diresse verso il bagno per prelevare dal water-closet l'acqua, ma la moglie con una martellata la fece sgorgare dal rubinetto della cucina. Una volta riempito il serbatoio della caffettiera, con un'altra martellata la bloccò. Le prese elettriche erano fuori uso, frantumate, per cui Claudio non riusciva ad accendere la televisione. In quel silenzio allucinante udì il miagolio del povero gatto impaurito, ma anche affamato.

MessaLina si precipitò alla sua borsa e ne estrasse un cartoccio.

«Sono frattaglie per il gatto.»

«Grazie!» disse Claudio.

«Basteranno per almeno quattro giorni.»

«Guarda che lo spinotto del frigo non funziona.»

«Non preoccuparti, domattina passerà l'elettricista.»

«Ma lavora anche di domenica?»

«Sì, quando ci sono cose urgenti da sbrigare.»

Claudio, tranquillizzato da queste risposte, prese una ciotola e la riempì con dei bei pezzi di trippa che Caronte da lontano aveva già adocchiato. MessaLina volle accarezzarlo, ma il gatto bianco si svincolò correndo verso la ciotola.

«Stanotte queste frattaglie le lascerò fuori casa, al fresco.»

«A che ora arriva l'elettricista?»

«Bah, quando sarò pronta.»

«E quando sarai pronta?»

«Dipende da come passerò la notte.»

«Stasera è sabato e io sono pronto.»

«Se stanotte ti impegnerai, lo farò venire tardi.»

«Quanto tardi?»

«Boh, dipende da come mi sentirò, forse anche dopo pranzo.»

«Benissimo. Non ti deluderò.»

«Lo spero, altrimenti farò riparare il frigo prima di pranzo.»

Nel frattempo Caronte aveva ripulito la ciotola e si estraniava dal resto; desiderava solo stare tranquillo: parimenti al suo nuovo complice umano.

Si rifugiarono ambedue nello studio: L'uomo alla scrivania e il felino sulla poltrona.

Claudio riprese il libro di *Egdar Allan Poe* e svogliatamente si soffermò sul titolo di altri episodi.

- La maschera della morte rossa... I delitti della via Morgue... Il pozzo e il pendolo... Berenice, e qui si fermò: "Berenice, questo si che è un bel nome", pensò, "altro che Messalina" -.

Aveva letto anni addietro la biografia di Messalina e ne era rimasto intimorito, disgustato, ma la conclusione di quel dramma atroce lo commuoveva.

– Giovane e irrequieta, Messalina era stata costretta dall'allora imperatore Caligola, a sposare Claudio: balbuziente, zoppo e di trent'anni più vecchio di lei. All'uccisione di Caligola, Claudio fu proclamato imperatore ed ella divenne imperatrice, ma non amava la vita ritirata di corte; conduceva invece un'esistenza trasgressiva e sregolata. Di lei si raccontavano le storie più squallide; che avesse imposto al marito Claudio di ordinare a tutti i giovani e bei sudditi di soddisfare le sue voglie; che avesse avuto relazioni incestuose con i fratelli; che si prostituisse nottetempo nei bordelli dei bassifondi romani sotto il falso nome di *Licisca,* dove, completamente depilata, i capezzoli dorati, gli occhi segnati da una mistura di antimonio e nerofumo, si offrisse a marinai e gladiatori per qualche ora al giorno. Una volta sfidò in gara la più celebre prostituta dell'epoca e la vinse per avere avuto 25 rapporti completi con uomini diversi in 24 ore. Fu proclamata invincibile e, a detta di tutti, se pur stanca, ancora non era sazia di energumeni super dotati.

Ma il marito Claudio era infastidito da questi deprimenti comportamenti che lo screditavano di fronte al popolo, ragion per cui, senza far rumore, ne decretò la morte.

Allora Messalina intravvide la sua sorte; prese la spada e tremando se l'avvicinò alla gola e al petto, ma invano.

Fu trafitta dal colpo di un centurione suo carnefice e giustiziere.

Al marito Claudio, impegnato in un simposio, fu annunciato che Messalina era morta: senza precisare se di mano propria o altrui. L'imperatore non fece domande, non voleva rogne; chiese una coppa e continuò a banchettare. Anche nei giorni seguenti non diede alcun segno di gioia, di odio, di ira, di tristezza; insomma, scansava sistematicamente ogni nefasto sentimento – .

Il nostro Scansagrane, invece, riflettendo sul destino di quella donna - d'accordo un po' superficiale - ammazzata in così giovane età, si sentiva partecipe al dolore della di lei madre, che aveva raccolto quel corpo straziato, ma ora si concentrava anche sulle legittime ragioni di Claudio: del marito suo omonimo...

Infatti erano ricominciate quelle maledette martellate e Caronte spaventatissimo, era scappato dalla poltrona. I guaiti della moglie eguagliavano quelli d'una cagna in calore e al povero micio i guaiti cagneschi creavano apprensione.

«Caronte, sta' tranquillo! È solo l'idraulico che sta sistemando i tubi dell'acqua.» Ma quel povero felino non capiva.

Allora Claudio aprì la finestra del piano terra che dava sul retrogiardino e lo fece uscire; però anche lui incominciava a essere infastidito da tutto quel baccano: ma siccome non voleva rogne...

Purtroppo il racconto del gatto nero di *Egdar Allan Poe* gli era rimasto impresso, soprattutto perché la sua cantina aveva un vano nascosto e in giardino un albero con rami sporgenti che... E poi quella casa bruciata, brrr, che freddo! Anzi, che caldo.

"Lunedì andrò ad aumentare l'assicurazione sugli incendi della casa, non si sa mai. Un corto circuito, una fuga di gas, qualche piromane; di questi tempi non si può mai dire" rifletteva: lui non voleva rogne.

Era solo e sentiva la mancanza del suo compagno Caronte, ma quello che sentiva di più erano quei guaiti della moglie e quelle continue martellate, ma non interveniva, non voleva rogne.

Ma incominciava a innervosirsi, come di solito non gli accadeva; ritenne fosse la lettura di quel Gatto Nero a stressarlo; però ora, anche quei rumori...

Aprì la finestra, la scavalcò per andare a consolarsi con Caronte. Chiamò a labbra strette il gatto, ma di lui nessuna traccia. Girò l'angolo della casa e lo vide accovacciato sul ripiano di una finestra. Spiava all'interno e ringhiava.

Claudio pian piano si avvicinò, cosicché anch'egli vide Messa-Lina fare quello che lui non voleva facesse. Agguantò il gatto con stizza e gli ficcò un dito nell'occhio per impedirgli di vedere, ma ormai ambedue avevano visto e il povero Caronte ora non ringhiava più: miagolava in maniera straziante. Presentava una terrificante cavità orbitale maciullata grondante sangue.

«Cos'hai fatto, cattivo!» gridò la moglie uscita in *déshabillé*.

«Mamma mia, ha accecato quella povera bestia!» lo rimproverò il nerboruto idraulico nudo, con in mano un martello.

Claudio si prese il povero gatto in braccio e fuggì. Cercò di medicare l'occhio di quella candida bestiola che ora, con il pelo arrossato dal sangue, sembrava piangere in dignitoso silenzio.

«Purtroppo l'occhio è perso» sentenziò il veterinario.

Quella notte la passò nel suo studiolo raggomitolato sulla poltrona con il gatto stretto al cuore. Non si dava pace per la sua dabbenaggine. Però quello che aveva visto non lo poteva dimenticare: avrebbe preferito rimanere lui senza un occhio.

La domenica mattina fu svegliato all'alba dai gemiti goderecci di MessaLina e dalle martellate dell'elettricista. Fece finta di niente, ma un'ira funesta stava ingravidando la sua coscienza.

✱✱✱

Dopo qualche tempo la ferita di Caronte risultava cicatrizzata, ma l'occhio era perso. Le nottate del fine settimana passate a letto con la moglie divennero per Claudio un tormento, più che un piacere; e anche il gatto bianco, ai piedi del letto, soffriva in silenzio.

Allora l'indolente Scansacani prese una decisione che solo qualche mese prima per lui sarebbe stata inimmaginabile.

«Non voglio più garzoni, stagnini, facchini, idraulici, carpentieri, elettricisti, macellai, postini, dentro casa», disse alla moglie.

«Ma tesoro, come faremo con tutte le rotture che ci sono?»

«Faremo.»

«Faremo cosa?»

«Non faremo nulla.»

«Non capisco!»

«Capirai.»

Ma la povera MessaLina non capiva.

Caronte invece sembrava aver capito e così lei minacciò di amputargli la coda, oltre ad accecarlo completamente.

Claudio pian pianino incominciò a scaricare mattoni in cantina.

«Cosa ne fai di tutti questi mattoni?»

«Vedrai, vedrai.»

«Non capisco!»

«Capirai, capirai.»

Un sabato, MessaLina lo informò che nel pomeriggio sarebbe venuto il macellaio per aiutarla a preparare delle bistecche alla Tartara o *Steak Tartare*. Ovviamente avrebbero fatto rumore: dovevano sbattere la carne e mischiarla con il tuorlo d'uovo e...

«Non ti disturberemo, faremo piano», assicurò MessaLina.

«Non ti preoccupare, io non voglio grane.»

«Tu divertiti con il tuo gatto bianco.»

«Non preoccuparti per me.»

«Mi preoccupo perché ti vedo strano.»

«Io sono strano.»

«D'accordo, ma stai su, **Stai Sù**, perdio!»

«Sto su, per Dio.» Si permise anche lui quel *perdio* che non pronunciava mai per timor di Dio.

«Mi raccomando, non trattare male il mio amico macellaio che si è prestato tanto gentilmente ad aiutarmi: si chiama *Armand*.»

«Come l'Armando che te lo met...»

«Tesoro, non essere volgare.»

«Assolutamente no, anzi, vi farò assaggiare un liquorino con un infuso di erbe rilassanti e digestive che ho fatto con le mie mani.»

«Oh, amore! Sei meraviglioso.»

Armand era un omaccione grande e grosso, ma Claudio aveva provveduto a fornirsi di un carrello a tre assi, predisposto a superare finanche le scale, per cui non faticò più del dovuto a trasportarlo nel seminterrato. La moglie riuscì a caricarsela sulle spalle.

Al loro risveglio il muro era terminato. Quando si resero conto d'essere nudi e chiusi in quel loculo, pancia contro pancia, a nulla valsero le loro urla: erano legati mani e piedi. Claudio benevolmente li aveva sistemati frontalmente per agevolare un loro ulteriore ultimo accoppiamento, ma *Armand* non mostrava più il dinamismo dell'Armando che:"*Te lo metteva anche camminando*".

> *Caronte assisteva e ronfava.*
>
> *Memore del Gatto nero, Claudio s'era assicurato che il gatto bianco non rimanesse intrappolato in quel buco. "Egdar Allan Poe sarà stato un bravo scrittore, ma era troppo distratto" convenne alla fine Claudio Scansacani.*

IL GATTO BIANCO

(secondo tempo)

Pina era orgogliosa di poter accompagnarsi per i viali alberati della città con quel meraviglioso gatto bianco che aveva pettinato in modo tale da nascondere la cavità dell'occhio mancante.
Lei coltivava l'antica medioevale credenza che i gatti neri fossero la reincarnazione delle streghe e quelli bianchi delle fate.

Claudio Scansacani per alcune settimane dovette subire interrogatori e perquisizioni da parte degli organi inquirenti, ma ben presto le indagini cessarono e il caso venne chiuso: come chiuso era il buco dove aveva collocato i due ignobili sporcaccioni dopo averli frastornati e addormentati con il suo aromatico liquorino alle erbe.

Tutti sostenevano l'evidenza: MessaLina era fuggita con il suo amante e i due libertini s'erano imbarcati per le Americhe.

Lui non si mise a battere sui muri della cantina, anche se avrebbe potuto farlo; infatti subito dopo la loro tumulazione aveva verificato che i due amanti non si dimenassero e urlassero. Lui era molto preciso nelle sue cose; il muro che aveva edificato non presentava la minima fessura e l'aria non circolava perché aveva provveduto a resinare tutto l'interno della nicchia con una vernice plastificante usata nelle vasche di cemento per renderle impermeabili: non voleva rogne, lui.

Fece riassestare la casa e finalmente venne gratificato dal silenzio e dalla serenità che il suo bianco gatto guercio gli dispensava.

Passato qualche mese, s'accorse che per accudire quell'ariosa e spaziosa grande casa, abbisognava di una domestica discreta, che dimostrasse voglia di lavorare e capacità culinarie. Era stanco di tutto quell'ammasso di scatolame che da anni ingurgitava.

Mise un appropriato annuncio sul giornale e attese.

Immediatamente fioccarono offerte da ogni dove, ma lui non aveva fretta. Voleva fare le cose per bene, lui non voleva rogne.

Si consultò con un suo fidato collega d'ufficio, che spesso e volentieri gli suggeriva soluzioni per i suoi cruciverba, e alla fine scelse una gioviale donna di mezza età, che oltre all'italiano conosceva altre lingue slave e che aveva riscontrato brava nel suggerirgli termini astrusi, ma precisi, per le sue ricerche su *Google*.

Questa donna prescelta era di origine russa, o meglio, sovietica. Dai documenti risultava essere nata 36 anni prima in Lettonia, ma oltre alla lingua lettone parlava anche il russo, il tedesco, il serbo-croato, l'inglese e ovviamente l'italiano.

Il suo vero nome era ***Agniya Kaulin***, ma qui in alta Italia si faceva chiamare con un meno esotico e più nostrano: *Pina Caolin*. E così Pina Caolin entrò in quella casa, regno del gatto Caronte.

Per i primi tempi Pina tenne un comportamento irreprensibile: puntuale, efficiente, precisa e discreta. Claudio, che non voleva rogne, divenne più espansivo. Sentiva la vita sorridergli. Aveva ormai scordato la ninfomane moglie MessaLina e con il suo candido gatto trascorreva delle ore meravigliose.

Anche Pina si prendeva cura di quel bianco gatto guercio che ricambiava le sue attenzioni. Ovviamente s'era ben guardata dall'insistere sui motivi di quella menomazione all'occhio, avendo percepito il disagio di Claudio sull'argomento.

Una mattina Pina si presentò al lavoro trascinandosi un ragazzino delirante e un po' esaltato. Si scusò, ma disse che il fanciullo non poteva andare a scuola perché ammalato con la febbre. Claudio, bendisposto, l'autorizzò a tenere con sé il bambino finché non fosse guarito. Per non avere rogne non chiese chi fosse quel ragazzino che subito incominciò a giocare animosamente con Caronte.

Alla sera, quando tornò dall'ufficio catastale, Pina Caolin piangeva. Claudio non resisteva alle lacrime femminili e commosso chiese il motivo di quel pianto.

– Anche MessaLina, anni addietro, insisteva a ripetere piangendo che solo la vicinanza di lui avrebbe dato uno scopo alla sua vita. Fu così che commosso, dopo averla deflorata, Claudio la sposò. Ora non aveva alcuna intenzione di deflorare anche questa Pina, in quanto quella volta, con MessaLina, s'era poi accorto che sotto al letto c'era una gallina sgozzata con cui la donna si riforniva di sangue fresco da mettere sul lenzuolo candido, tanto da far apparire il loro rapporto carnale uno stupro crudele, e così mettere lo stupratore di fronte alle sue responsabilità.

In questo caso Claudio fu sollevato dal sapere che quel giovinetto era un figlio di Pina; il saperlo ovviamente lo tranquillizzò: Pina non era più deflorabile. Pina gli raccontò d'un tragico amore con un combattente bosniaco morto di stenti nella città martire di *Sarajevo*. Il suo angioletto era nato proprio lì, durante gli ultimi giorni dell'assedio e lei s'era salvata per miracolo, non essendoci ospedali in grado di assisterla durante il travagliatissimo parto. Gli descrisse quei tragici momenti in maniera così particolareggiata, tanto che Claudio piangendo non poté fare a meno di abbracciarla. L'abbraccio si prolungò perché lei voleva mimare i fremiti del suo bacino durante quegli eroici momenti di travaglio. Ma quei fremiti risvegliarono sull'arcata pubica di Claudio, gli assopiti genitali, sicché pure lui volle assecondare quei fremiti.

Terminarono stesi sul tappeto sotto al tavolo con Caronte che, avendo capito che non ce l'avevano con lui, ronfava tranquillamente sul suo morbido cuscino.

Il pianto si prolungò ulteriormente, cosicché i loro fremiti ripresero, ma il poveraccio, accorgendosi di non avere più lacrime, smise di fremere.

Quella sera Pina gli preparò un pranzetto coi fiocchi. Erano anni che il nostro eroe non gustava tali prelibatezze. Si trattava di un misto funghi di rara bontà: porcini sodi, sanissimi e ovuli freschi di stagione. Insomma questa Pina era proprio una brava cuoca.

Il figlio, a detta della madre, continuava a essere afflitto dalla febbre, pertanto era consigliabile lasciarlo a letto nella cameretta che Claudio gentilmente gli permetteva di occupare.

Finita la cena, ella voleva rientrare nel suo monolocale in cui con il figlio minorenne passava le sue notti insonni e tornare alla mattina per verificare se l'adorato tesoruccio fosse guarito. Claudio per quella notte le offrì di accasarsi lì. Il suo letto era grande, c'era spazio anche per il gatto Caronte. Pina, pur vergognandosi, accettò.

Una volta verificato lo stato di salute del figlio lei, pudicamente, s'infilò sotto le lenzuola accanto all'uomo che stava leggendo un nuovo racconto di *Egdar Allan Poe*. Purtroppo, una volta appoggiata la testa sul cuscino, non riuscì a trattenere le lacrime. Il pensiero delle condizioni del figlioletto la sconfortavano.

Claudio, al sentore di quel pianto, non riuscì a trattenersi e avendo riscontrato che qualche lacrima se la poteva permettere pure lui, prese a confortarla. I fremiti ripresero e la notte li vide vicendevolmente impegnati ad acquietarsi.

Furono gli strilli del bambino a costringere Pina ad alzarsi per scaldare la colazione per il figlio e naturalmente anche per il suo datore di lavoro, ormai a secco di lacrime.

«Ma come si chiama tuo figlio?»

«Lo abbiamo batezzato **Нероне**, che tradotto in italiano vuol dire Nerone.»

«Come l'imperatore Nerone che ammazzava i cristiani?»

«Sì, ma non era cattivo e poi mio figlio è cristiano.»

«Anch'io sono cristiano.»

«Signor Claudio, sono passati duemila anni da quell'epoca e...»

Stava ricominciando a piangere, ma il meschino, che non aveva più lacrime per sedare quei singhiozzi, ammise:

«Mi piace Nerone, è un nome discreto, meglio di Marrone.»

«Sa suonare la chitarra e cantare.»

«Be', ma adesso non ho voglia di sentir cantare.»

«Certo, mi scusi.»

«Non devi scusarti, sabato, se sarà ancora qui, lo ascolterò.»

«Grazie signor Claudio.»

«Be', ora puoi chiamarmi anche solo Claudio.»

«Grazie Claudio.»

Claudio si vestì per recarsi al lavoro. Stava aspettando una promozione e non voleva che sul suo cartellino risultassero ritardi.

Prima di uscire raccomandò:

«Pina, quei funghi che hai preparato erano squisiti, io sono goloso di funghi freschi.»

«Certamente non sono paragonabili a quelli conservati sotto vetro in salamoia che mangiavi prima.»

«Eh già. Cucinali ancora se li trovi a buon prezzo.»

«Andrò io stessa a raccoglierli nel bosco.»

«Oh brava, grazie, grazie!»

E dopo queste parole corse al suo importante ufficio catastale.

* * *

Claudio venne promosso al rango di *capufficio* e si propose d'essere un capo ufficio come si deve: e sotto molti aspetti ci riuscì. Tutti lo consideravano uno degli uomini più eruditi del catasto, ed egli insistette a ché i suoi subalterni si dedicassero con più impegno alle parole crociate. Le parole crociate dilatavano le menti, stimolavano la curiosità e di conseguenza la conoscenza.

Claudio stava vivendo un bellissimo periodo della sua vita; però aveva un neon: ogni sabato pomeriggio era costretto a sorbirsi Nerone. Costui, quindicenne in muta-voce, strimpellava su una chitarra, che non sapeva nemmeno accordare, delle note inventate e recitava e cantava delle strampalate frasi volgari come:

> **[Uh-uh-uh... *Stupido pagliaccio, che non sei altro / l'illusione ti pervade, e io mi accarezzo il cazzo. / Ah-ah-ah. Il tuo culo è come il mondo / tondo tondo e io lo sfondo./ Lusingato dai tuoi applausi ammazzo il gatto / e se assieme ci sbattiamo / sfondo pure il culo a chi lecchiamo./ Aoh-aoh. Sulla strada c'è una merda / puzza e fuma come fosse amica / ma io voglio solo la sua fica...]***

Pina difendeva quel figliuolo. Lo riteneva un portentoso poeta interprete di sofisticate e geniali canzoni *rap*; così permetteva a Nerone di bighellonare per casa anziché andare a scuola.

Per non avere rogne, Claudio mestamente sopportava: anche se avrebbe preferito tornare ai tempi in cui i ragazzi venivano educati a fior di bastonate. Ma lui non voleva grane e si adeguava alla sofisticata modernità. I *Rapper* occupavano le radio, i *social*, le copertine dei giornali e Claudio non recriminava, perché non voleva far piangere a dirotto quella madre tanto appassionata. Claudio più che altro amava la compagnia del suo gatto Caronte, anche se qualche lacrima, senza esagerare, ancora la versava.

Pina era orgogliosa di poter accompagnarsi per i viali alberati della città con quel meraviglioso

Al compimento del suo sedicesimo anno, Nerone Caolin fece la sua prima audizione musicale assieme a *rapper* persino più urlanti e dissacranti rispetto a lui. Tutti si ritenevano sicure promesse della musica e della poesia. La madre per ottenere quel ridicolo provino aveva dato fondo ai suoi miseri risparmi.

Ormai, agli occhi della gente, quell'impiegato di concetto era considerato un uomo sposato, con un figlio di nome Nerone. Lui non voleva rogne e lasciava credere.

La dirigenza del catasto, preoccupata, gli fece notare che per il suo buon nome e decoro dell'ufficio, sarebbe stato opportuno che regolarizzasse la sua posizione famigliare, visto che oramai della prima moglie MessaLina non si aveva più sentore.

E così Claudio, per non avere rogne, accettò quel matrimonio riparatore.

Pina saliva così al grado di signora, *Scansacani*, e s'accompagnava con il suo gatto bianco, vestita elegantemente e convinta di un avvenire tranquillo da condividere con il figlio Nerone.

Convinse l'adorato marito a stipulare un'assicurazione sulla vita a favore di Nerone, visto che la bella casa dove vivevano godeva già d'una polizza assicurativa contro gli incendi.

"Caro il mio adorato sovrano, non voglio che tu abbia a preoccuparti per il nostro futuro".

Claudio lasciava fare, lui non voleva grane. S'era stancato di tutti quei pianti della Moglie **Agniya Kaulin,** ora signora Scansacani, ma chi attualmente lo infastidiva maggiormente era quel fannullone buono a nulla e scansafatiche di Nerone.

Aveva da poco compiuto i 16'anni e già frequentava prostitute, travestiti e come si dice: *Dove trovava mollo, ammollava.*

Con la sua musica raggruppava intorno a sé la peggior feccia della città e con i suoi versi sempre più indecenti, ancor più peggiorava quella feccia, ma la madre, pur a volte rendendosi conto di certe esagerate oscenità, continuava a difenderlo.

Claudio, per non avere rogne, cercava di nascondere il suo disappunto, ma la moglie Pina se n'era accorta ed era preoccupata.

Per rasserenarlo gli consigliò di aumentare ulteriormente la polizza assicurativa sulla vita a favore dell'inesperto Nerone.

✳✳✳

Un giorno in ufficio un giovane impiegato ad alta voce chiedeva: «La moglie dell'imperatore Claudio? Nove lettere.»

«Messalina, accidenti. Studia figliuolo!» disse con noncuranza lo *Scansagrane*, spazientito da quella facile soluzione.

«Però ho una, 'A' iniziale, e due 'P' sulla quinta e sesta casella.»

«Agrippina!» suggerì un trasandato impiegato tenuto in scarsa considerazione perché spesso assente.

Claudio esterrefatto ci rimase male. Rivedeva quella sua dissoluta prima moglie a cui aveva fatto fare la meritata fine, ma ora veniva scosso da una nuova inquietudine e meditava sulla caducità della vita; sennonché, risentì quel solito incolto subalterno chiedere: «Agrippina a Mosca? Sei Lettere.» "Che cavolo vuol dire Agrippina a Mosca?" si domandava sconcertato dalla sua insipienza.

«**A g n i ya**!» sillabò il solito scialbo petulante assenteista.

Claudio con sorpresa notò che quello era il nome originale della sua attuale moglie, che dunque veniva tradotto in Agrippina, non in Pina. Questo lo rimise in apprensione perché quel Nerone...

Tornando a casa decise di approfondire la storia di quel Nerone e di quella Agrippina, ma quella sera a cena trovò delle pietanze così squisite da fargli mettere da parte la questione.

«Questi funghi li ho raccolti con le mie mani solo per te.»

«Nerone non cena con noi?»

«No, stasera tiene un concerto in quel teatro di prim'ordine!»

«In quella bisca d'infimo ordine, vorrai dire.»

«Mio signore, non essere così severo, in sua assenza i funghi rimarranno tutti per te.»

«Tu non ne mangi?»

«No grazie, questa sera sono triste.»

«Ti prego, non metterti a piangere perché sono stanco e dopo mangiato voglio consultare *Wikipedia*, l'enciclopedia.»

Ciò detto si dedicò alle sue leccornie e alla fine i funghi finirono ingurgitati con voluttuosa lascivia e senza lacrime.

Con Caronte si ritirò nel suo studio e su Wikipedia lesse:

> *– Il rapporto che legava Agrippina al figlio Nerone è storiograficamente controverso. Entrambi assetati di potere e avidi fino all'inverosimile, sembra siano stati legati persino da un rapporto incestuoso, fatto sufficiente di per sé a comprendere la personalità di entrambi. Il matricidio era, anche all'epoca, un crimine gravissimo. (…) I rapporti con il figlio s'erano ulteriormente deteriorati, anche a causa della gelosia di Poppea, nuova moglie di Nerone, entrata da subito in competizione con la suocera, con cui aveva instaurato un rapporto sempre più apertamente conflittuale…*

Fu nel 54 D.C. che l'imperatore Claudio morì avvelenato da Agrippina e Nerone venne eletto imperatore. Claudio morì improvvisamente, dopo aver mangiato un piatto di funghi letali, della specie, Amanita phalloides…

Il nostro impiegato modello avvertiva già da un po' dei fastidiosi disturbi intestinali, ma li riteneva sintomi di cattiva digestione e… Sudava: «***Che tipo di funghi erano quelli che ho mangiat...***»

Non finì la domanda perché il malessere divenne sempre più lacerante. Il gatto bianco Caronte appariva preoccupato.

«*Erano delle freschissime Amanita phalloides, sorelle delle Amanita casearea, gli ovuli che ti piacciono tant...*», gli sembrò di sentire come dall'oltretomba.

L'ambulanza che lo trasportò al pronto soccorso spense la sirena e rallentò: non valeva più la pena di correre tanto, Claudio era spirato tra atroci urla di dolore.

Chi probabilmente soffrì veramente quella morte fu Caronte.

Chi dette a vedere di soffrire - con pianti e grida preludio di un suicidio - fu Agrippina: la sconsolata vedova che tutti chiamavano bonariamente Pina.

Nerone si dimostrò infastidito e compose un brano *rap* che la madre gli impedì assolutamente di cantare in pubblico.

L'autopsia dimostrò che il povero Claudio aveva ingerito una quantità abnorme dei funghi venefici più micidiali: *le Amanita phalloides*. La disperata vedova confessò, tra un singhiozzo e l'altro, d'essere stata lei stessa, sconsideratamente, a mettere in tavola quei funghi, ma tenne a precisare che prima li aveva fatti assaggiare al gatto, il quale dopo averli golosamente ingurgitati e leccato anche la ciotola, non dava segni di malessere. Quei pianti strazianti convinsero i magistrati della buona fede della povera vedova e l'assolsero da ogni imputazione. Nerone poté così acquisire la favolosa assicurazione sulla vita del povero Patrigno sventuratamente deceduto; sennonché era la madre ad amministrare quell'immensa ricchezza e la richiesta di Nerone, che ne recriminava il possesso, rimase inascoltata: era minorenne. Mancava più o meno un anno al raggiungimento della maggiore età e per poter disporre liberamente del denaro egli doveva aspettare il suo diciottesimo compleanno.

Nel frattempo incrementava le sue dissolutezze. Con la sua chitarra male accordata s'esibiva nelle cantine più sordide, dove un pubblico, a cui offriva da bere, strepitava e urlando lo sollecitava a rendere le sue esibizioni più lascive.

Chi più si distingueva in questa corsa all'applauso era una bella maliarda con due seni incredibili da sesta misura. Ovviamente Nerone notò subito l'indemoniata fan, o meglio, furono le poppe di questa scostumata ragazza a rendergliela interessante. Improvvisò subito per lei dei brani poetici come:

> *– Ah-oh. Il tuo occhio è profondo / ma è il tuo culo che io sfondo. / ih-oh-oh. Se le tue tette sono tonde / io ci sguazzo se non ti offende /Boh-boh-boh. Mentre intanto nel tuo ano io mi affanno / apri pure le tue gambe / che il mio cazzo alza entrambe/ Eah-eahò... –*

Questa esuberante molto femminea femmina, si chiamava **Eulalia Torricelli.** Veniva da Forlì e viste le sue poppe, era confidenzialmente soprannominata: **Poppea.**

Ma Poppea non era solo procace, era anche intelligente, scaltra e consapevole dell'ascendente che aveva sul debosciato Nerone. Iniziò subito con l'allontanare chiunque mettesse un limite alla sua sfera d'influenza su Nerone; cosicché Agrippina, l'ambigua madre del divino poeta, fu esautorata da ogni autorità.

Nerone frenava Poppea dall'insultare la madre Pina, o più esattamente Agrippina, assicurandole che tra qualche mese sarebbe diventato maggiorenne e allora i soldi dell'assicurazione sulla vita del patrigno se li sarebbe pappati lui.

Ma al compimento dei 18'anni Nerone s'accorse che tutti i suoi denari erano stati investiti dalla madre in titoli obbligazionari con scadenze decennali. Solo la madre Pina poteva sbloccarli. Questo l'imbestialì e peggiorò il suo ignobile comportamento, tanto che una notte, in preda all'ira, esasperata dall'alcol e droghe pesanti, ritenne il gatto bianco Caronte responsabile delle sue disgrazie. Preso da un furibondo raptus omicida, agguantò il povero felino e l'impiccò a un ramo dell'acero in giardino. Assistette, declamando versi ignobili, alla terribile agonia di Caronte, il quale in tutti i modi cercava di divincolarsi, ma quel terribile cappio gli impediva perfino di esternare il suo straziante miagolio.

Alla mattina le struggenti lamentose urla della povera Agrippina commossero tutto il vicinato, escluso Nerone, il quale ancora preda dei suoi stravizi schifosamente russava.

A questo punto il dissidio tra madre e figlio si acuì.

Poppea, smaniosa di abbattere ogni intralcio all'eredità del suo amato, tanto disse e tanto fece, che alla fine Nerone compose nuovi brani musicali *rap* che stimolavano i suoi demoniaci fan a imbestialire sempre più i loro comportamenti.

> ***E vai bello! Oh oh. Chi mi stende la Lettona /
> non sarà di certo un mona / Ehò-ehò, ma avrà ri-
> conoscenza / da chi di lui non può far senza...***

Poppea, con circospezione, spiegava ai fans più fedeli, più violenti e crudeli, che con *Lettona* s'intendeva una donna di origini *Lettoni,* e che Nerone una volta incassati i sudati e onesti denari del mai dimenticato Claudio, avrebbe ben ricompensato chi avesse steso quell'insopportabile infausta e ingrata matrigna.

Agrippina, disperata per il comportamento del figlio, s'era rinchiusa in se stessa e passava le giornate in totale solitudine, piangendo davanti alla tomba del suo amatissimo marito: ma Claudio ormai non piangeva e non fremeva più alla vista delle sue lacrime, e neppure il gatto bianco Caronte le dava quella serenità che da vivo... Uno squillo del suo telefonino la distolse dai lugubri pensieri. Era Poppea la quale teneva a informare che quella sera Nerone avrebbe tenuto un concerto, nel suo solito rinomato teatro, con riprese televisive trasmesse in tutto il quartiere.

«Vuole che anche sua madre partecipi al suo trionfo.»

«Non vorrei essere di troppo.»

«Assolutamente no, vuole abbracciarti e fare pace.»

«Come devo vestirmi?»

«Mettiti sportiva, ma elegante.»

«Quanto elegante?»

«Elegante come la madre d'un grande artista!»

«Mi vestirò di rosso.»

«Perfetto! Un giovanile rosso sangue.»

«Sì, in fondo non sono poi così vecchia.»

«Certo, il rosso sangue ti dona moltissimo!»

Pina, rincuorata dalla premurosa telefonata, con la sua vetturetta corse a casa. Si lavò e si vestì di rosso per il prestigioso evento.

Soddisfatta del suo aspetto, si rimise in macchina per raggiungere la bisca dove Nerone s'esibiva. Stava guidando piano, quando vide carambolarle addosso da una via laterale un enorme fuoristrada. Allora accelerò bruscamente, subendo solo una strisciata sulla parte posteriore della carrozzeria. Dopo una leggera sbandata si fermò. Una moltitudine s'assembrò, ma Pina, una volta verificate le sue condizioni, invertì la marcia e si diresse verso casa.

Il grosso fuoristrada - che aveva mancato l'impatto con la vetturetta perché prevedeva una frenata - dopo avere sradicato un grosso lampione, veniva avvolto dalle fiamme e i due occupanti imprigionati tra le lamiere, rosolavano. All'arrivo dei pompieri e dell'ambulanza erano ridotti a due neri tizzoni fumanti.

Pina telefonò al figlio per rassicurarlo sulle sue condizioni, ma rispose Poppea: "L'eccelso cantautore non può essere disturbato, sta facendo dei gargarismi per riscaldare la sua regale voce."

Poppea convocò i compari dei due abbrustoliti e: «La Lettona ha ammazzato *Anaconda e Bababan*. Raggiungetela a casa e fate giustizia, il divino Nerone saprà ben ricompensarvi!»

«Non lo deluderemo, la sfonderemo!»

«La casa o la vecchia?»

«Sfonderemo la casa e la vecchia. Non preoccuparti Poppea.»

«Sìiiii… Trucidate la baldracca! Ma non rovinatela più di tanto, al divino Nerone non piace la merce rovinata.»

In realtà al deficiente Nerone non era stato detto niente. Solo durante il concerto qualcuno lo informò dell'incidente capitato alla madre e della morte di due suoi fan. Scosso dalla notizia, voleva improvvisare una poesia, ma non riusciva a raggiungere l'ispirazione. Lavorava attorno a due parole su cui costruire il componimento che doveva essere molto lirico: una parola era **stronzi** e l'altra **troia**, ma non volendo essere confuso con Troia, la città di Omero, era propenso a sostituire *Troia* con **Baldracca**.

Baldracca si prestava a meraviglia alla rima baciata e già pregustava:

> *"Ahà-ahà, ahà-ahà, ahà. / Brutta vacca e pur baldracca / ne-la baracca piena di cacca, in una sacca..."*

E mentre si esibiva, tra un brano *rap* e l'altro, si sforzava di infilare anche un romantico *"Stronzi"* nella sua nuova opera poetica.

Intanto a casa Agrippina controllava le escoriazioni riportate a causa di quei manigoldi e approvava la scelta del vestito color rosso sangue su cui non si notavano le macchie di sangue vero.

Decise di togliersi quel costoso vestito e di andare a letto; voleva piangere, ma le mancava il defunto marito che sapeva ricambiare i suoi fremiti di pianto. Anche Caronte le mancava...

Un fracasso tremendo la distolse dai suoi cupi pensieri, e dal salone vide una finestra sfondata e due energumeni tatuati con bicipiti gonfiati e coltelli e mazze da baseball, che con destrezza impostavano il codice sulla centralina che disinseriva l'allarme.

«Non ho niente in casa, i miei soldi sono depositati in banca.»

«Non vogliamo i tuoi soldi! Vogliamo te.»

«Ma io sono ormai anziana, potete trovare di meglio.»

Una sarcastica risata fece capire che quei due non erano interessati alla sua avvenenza e il suo pianto non li avrebbe fatti fremere.

«Se mi uccidete i miei denari andranno tutti a Nerone ed egli mi vendicherà.»

«Brutta baldracca! Lui ci ricompenserà, altro che vendicherà.»

Una risata ancora più beffarda le confermò che ormai per lei era finita, sicché in un ultimo anelito di dignità pronunciò una frase che avrebbe fatto lacrimare perfino il debosciato Nerone:

> *«Colpite questo ventre che ha generato quel*

Al funerale, Nerone - il cui vero nome era **Нероне Kaulin** - fingendosi disperato, versò secchiate di lacrime strazianti.

Poppea, in completo nero, sosteneva il fidanzato che ora, in possesso della considerevole eredità, l'avrebbe sposata.

Il feretro fu deposto vicino al mai dimenticato Claudio, morto avvelenato e al compianto gatto bianco, morto impiccato.

Nerone Kaulin, in un ultimo gesto di fasulla disperazione per quei suoi famigliari, si gettò sulla tomba della madre e poi sulla tomba del generoso patrigno, schivando il gatto, e in un supremo impeto di commozione stava per iniziare una sua improvvisazione poetica, sennonché la provvida Poppea lo distolse facendogli vedere l'orologio. «In banca ti aspettano», gli sussurrò.

Una volta liberatisi d'ogni ostacolo, Poppea e Nerone si sposarono con una cerimonia degna d'un imperatore. Neanche un anno dopo nacque una bambina con sul petto due maiuscole protuberanze come la madre. Ma proprio nel momento in cui tutto sembrava procedere meravigliosamente, la fortuna, per sua natura mutevole, cominciò a cambiare direzione: la bimba morì congelata ad appena quattro mesi. - In una fredda notte d'inverno, se l'erano dimenticata sotto all'acero, su cui il povero gatto Caronte era stato impiccato, mentre loro ubriachi e pieni di anfetamine se la spassavano assieme ad amici di infimo ordine .-

La situazione della coppia peggiorava di giorno in giorno. Nerone non riscuoteva più quel successo che secondo lui gli spettava di diritto ed era sempre più preda d'una forma di demenza che lo portava verso la paranoia: e i soldi che dissipava in vizi e stravizi cominciavano a scarseggiare.

Particolarmente triste fu la fine di Poppea al settimo mese di gravidanaza. Spirò miseramente in seguito a un calcio nel ventre datole da Nerone in un accesso d'ira. E allora altre disperate suppliche. Nerone sprofondava inesorabilmente nella totale rovina.

Una notte incendiò la casa, perché in un momento di lucidità ricordava l'assicurazione sugli incendi. Poco distante, con la sua maltrattata chitarra, celebrava quell'incendio come una rinascita imperiale della sua arte.

Ma l'indomani, a fuoco spento, i poliziotti scoprirono uno spettacolo agghiacciante.

In un muro della cantina salvato dalle fiamme, emergeva in bassorilievo l'immagine d'un gatto bianco senza un occhio e con un cappio al collo. Una zampa del gatto indicava una fessura. I poliziotti s'accorsero che da quella fessura usciva un fetore nauseabondo con un sibilo lamentoso. Scardinarono il muro e scoprirono i cadaveri mummificati di MessaLina e *Armand*, il macellaio.

Si precipitarono a interrogare Nerone, ma videro che stava scappando a folle velocità con la sua, *Bugatti super sport*.

Partirono all'inseguimento e lo trovarono avvolto dalle fiamme vicino alla sua vettura semidistrutta e ancora fumante.

Nerone invocava la morte, chiedeva che gli sparassero, ma i poliziotti, ligi al loro dovere, non volevano morti sulla coscienza, e così lo lasciarono pian piano rosolare, insensibili alle strazianti urla di dolore dello scapestrato infame personaggio.

Nessuno presenziò alle esequie e alla sepoltura del cadavere abbrustolito, sotterrato accanto al: "Gatto bianco".

***

FINE (Il gatto bianco)

PERSONAGGI

Claudio Scansacani.........................detto Claudio Scansagrane

Egdar Allan Poe............Scrittore ottocentesco di racconti horror

MessaLina..Moglie fedifraga

Plutone..Gatto nero senza un occhio

Caronte.................................Gatto bianco impiccato da Nerone

Elettricista, idraulico, postino etc...............Amanti di MessaLina

Armand......................................Virile macellaio grande e grosso

Agniya Kaulin....................................Seconda moglie di Claudio

Hepohe Kaulin...........................Figlio di Pina Agrippina Agniya

Nerone (Hepohe Kaulin)......Rapper crudele volgare e dissoluto

Eulalia Torricelli.........................Ragazza di Forlì detta Poppea

Anaconda e Bababan........................Babbei scriteriati assassini

Baldracca.............................Composizione poetica rap di Nerone

Poliziotti...............Ligi al regolamento non sparano ai disarmati

(6) ANIMALI DIFETTOSI

Si possono perdonare i difetti di un animale, non quelli di un cretino.

È opinione diffusa che gli asini abbiano le orecchie lunghe e ai bugiardi cresca il naso, come a Pinocchio; inoltre si dice che le bugie hanno le gambe corte.

Battista Abbaino avrebbe dovuto essere la persona meno bugiarda di questa terra. Aveva un nasino da *madame Butterfly*, delle orecchiette alla pugliese e delle gambe come trampoli.

Vivacchiava accompagnandosi con animali difettosi che a volte riusciva a vendere giust'appunto per le loro anomalie. I gatti che meglio piazzava erano quelli con tendenze omosessuali: erano più casalinghi delle gatte e molto più affettuosi. Purtroppo ci provavano con tutti, anche con cani e porci, tant'è che rimediavano delle brutte figure, oltre a delle profonde escoriazioni.

I cani che spopolavano erano i *bulldog* imborghesiti, simili ai mastini, ma di stazza minore. Questi cani vivevano di rendita; per cui amavano la vita comoda e defecavano in proporzione alle calorie che ingerivano: stando sdraiati limitavano i consumi, quindi... Questi cani erano considerati molto intelligenti, perché era noto che gli intelligenti di solito sono bruttini; ed effettivamente i mastini *bulldog* non si potevano definire esteticamente belli, però... Però erano d'un brutto che invogliava.

Battista da bravo venditore cavalcava il mercato, anzi lo spronava. Infatti i suoi cani difettosi li rendeva ineguagliabili per bruttezza e di conseguenza per intelligenza. Ai suoi cani infilava gli occhiali scuri, li faceva fumare, li ingessava qualche zampa, li raddrizzava e allungava le orecchie, li ossigenava, e quando aveva soldi li portava da uno sfaccendato parrucchiere disoccupato amico suo, per tinteggiarli e pettinarli nella maniera più alla moda. Però i suoi imbrogli a lungo andare venivano scoperti, e allora doveva riciclarsi, cambiare quartiere, o addirittura territorio.

Coltivava questi animali difettosi in un emporio che con la benevolenza d'un politico buontempone aveva messo su. Era una specie di Cottolengo, dove s'accoppiavano tra di loro scrofe molto porche con lupi mansueti, gatti con ratti, conigli con scoiattoli, galli con faraone, cani e gatti di tutte le razze tra di loro etc.

Il successo di questi esperimenti era pressoché nullo, ma ogni tanto usciva qualcosa di commercialmente interessante.

Il *bulldog*, con il corpo sagomato come un ippopotamo e la testa grossa da mastino, era il pezzo forte. Ma Battista, non contento, impreziosiva la sua creatura con un paio di occhiali con lenti progressive che per vedere costringevano l'animale ad alzare e abbassare la testa: donandogli così un aspetto dottorale. I suoi eruditi compratori erano fieri di passeggiare con il loro cane dottore per suscitare invidia negli altri passeggiatori e passeggiatrici con cani ben pettinati, ben vestiti, ben... Ma che restavano pur sempre cani ignoranti.

Battista consigliava ai suoi acquirenti di raccontare la storia di quel dottor *Younan Nowzaradan*, che sollecitava la sua paziente cliente con queste parole: «*Lei deve passeggiare, dimagrire, altrimenti non arriverà a pagare la terza rata della mia parcella!*»

A che pro fosse detto, non era dato sapersi. Per un po' questo gioco funzionò, ma poi i possessori di questi cani ippopotamo si scaltrirono cosicché il signor Abbaino dovette cambiare aria.

Ma chi era, da dove veniva questo Abbaino Battista?

Battista era di origine incerta. Era nato in un incerto anno in un incerto paese e abbandonato in un orfanotrofio altrettanto incerto. Era scappato da quell'orfanotrofio quando ancora non aveva cinque anni. Gironzolava furtivo fra le bancarelle dei mercatini rionali rubacchiando qua e là pezzi di formaggio, salamini, frutta...

Un giorno si sentì agguantare da un vigile urbano. «Brutto monello, restituisci subito quel pesce fritto che hai rubato al pescivendolo!» si sentì apostrofare con male maniere.

«Non è un pesce, è una sardina», disse il saccente mercante.

Il bambino non dava segno di capire e allora gli venne chiesto sempre urlando: «Come ti chiami?»

Il poverino capì ch'era meglio rispondere qualcosa.

«Boh! Bah bah ba...», bofonchiò.

«Battista!» completò il pescivendolo impietosito dal poveretto.

«E di cognome?» insistette il vigile.

Il ladruncolo aveva appena sentito il mercante - che a suo vedere la sapeva lunga - dire a una cliente di mettere a essiccare lo stoccafisso all'aria aperta, in alto, sulla finestrella, sull'abbaino della soffitta. «Dove, dove?» insisteva a chiedere l'anziana donna.

«Sull'abbaino, *abbaino, abbaino*, sbuffava il pescivendolo.

«***Abbaino, Abbaino!***» *pappagallò* il monello.

Il vigile urbano prese il megafono sul banco del pesce e:

> ***«Abbiamo trovato un bambino ladro e affamato, si pregano i genitori, signori ABBAINO, di venire a pagare e a riprenderselo. Il ladro si chiama Battista, Battista Abbaino, Battista...»***

Ma niente, nessuno si presentava.

«Sarà uno zingaro Rom orientale indiano», disse la signora dello stoccafisso dura d'orecchi.

«***Ma non vede che è biondo e slavato come uno slavo!***» le gridò il pescivendolo preoccupato per il suo megafono.

«Intanto tienilo tu», disse il vigile al pescivendolo, «io vado in municipio a telefonare a tutti gli uffici anagrafici regionali friulani, veneti e lombardi per rintracciare questi cazzo di Abbaino... La moglie del pescivendolo, di origini calabresi, guardò quel moccioso slavo e fece un gesto come a dire... Ma il vigile urbano, graduato, a sua volta la guardò e fece anche lui un gesto...

- Il veder comparire il blocchetto delle multe la acquietò -
Era risaputo che in regola al 100% non c'era nessuno.

Dopo tre mesi di attesa, signori Abbaino non se ne vedevano e la calabrese fremeva. Lei non era razzista, ma quel trovatello biondo e slavato, dentro casa non lo sopportava. Il marito, più tollerante, l'invitava ad avere pazienza; ma considerando che l'aveva sposata perché gli avevano assicurato che le calabresi erano donne molto esperte di pesce, gli conveniva assecondarla.

Aveva ereditato da uno zio compiacente quella pescheria qui a Trieste, e lui, che amava la montagna, s'era sposato con la calabrese proprio perché tutti erano concordi nel dire che costei era una gran appassionata di pesce: "Anche troppo!" si mormorava.

Quel trovatello le stava sempre appicciato perché voleva succhiarle i capezzoli; non la lasciava neanche quando lei aveva bisogno d'un po' di privacy coi pescatori che bonariamente le facevano vedere e gustare il loro pesce.

La situazione era insostenibile, ma quel solerte vigile urbano con il blocchetto delle multe sempre in mano, diceva di aspettare: prima o poi qualche Abbaino si sarebbe presentato.

La calabrese minacciò il marito di lasciarlo da solo in pescheria se non avesse provveduto a toglierle dai piedi quel moccioso ficcanaso. L'uomo, esasperato, prese un cartone e vi scrisse sopra:

me ciamo batista abaino
nacui il 24 de giugno 1870
no me ricordo dove ma
iuteme parchè gò fame

(*Mi chiamo Battista Abbaino, nacqui il 24 giugno 1970, non mi ricordo dove. Aiutatemi perché ho fame.*)

Caricò il ragazzino in macchina e di notte lo scaricò, con quel cartello appeso al collo, davanti a una chiesa di Soave, nel veronese. All'ingenua creatura raccomandò di attenderlo lì, immobile. Battista, alla mattina non voleva assolutamente seguire il prete verso l'orfanotrofio più vicino. Fu giocoforza necessario chiamare un forzuto carabiniere per trascinarlo via.

Il Prete volle lavarsi le mani con l'acqua santa battezzandolo seduta stante con il nome ufficiale di Battista Abbaino. Il Carabiniere, che lo aveva preso in consegna, era nativo di Ragusa e in municipio lo fece regolarizzare all'anagrafe come nato il 24\06\1970 a Vittoria: un grosso centro siciliano in provincia di Ragusa.

Qualche perplessità emerse guardando quell'infante biondastro, slavato; ma poi il ricordo di *Federico II di Svevia*, nordico aureo Re di Sicilia che ottocento anni prima aveva popolato il meridione coi suoi svevi dorati, convinse l'ufficiale dell'anagrafe a convalidare quell'atto di nascita.

Battista all'orfanotrofio di Verona faceva il diavolo a quattro, perché voleva tornare sulla scalinata della chiesa di Soave ad aspettare il pescivendolo, che lo avrebbe riportato a Trieste a succhiare i capezzoli dell'amata calabrese, che ormai considerava sua mamma…

Il 24 giugno si celebra la natività di San Giovanni Battista - di professione profeta battezzatore finito decollato - patrono dei trovatelli abbandonati. San Giovanni Battista Decollato è pure il protettore di tutte le Anime Decollate e... E il nostro Battista, quando lo venne a sapere, in quel giorno si metteva al collo una pesante sciarpa di lana: caldo o freddo che fosse. Cosicché a ogni compleanno compariva in pantaloncini corti, canotta di leggero tessuto sintetico e pesante sciarpa di lana a protezione del collo.

Venerdì 24 giugno 1988 Battista festeggiava il suo onomastico e anche il suo diciottesimo compleanno. Alla televisione il papa biondo polacco, Giovanni Paolo II, celebrava la S. Messa e recitava un'Omelia in onore di Giovanni il Battista:

> *"Cristo stesso ha detto di Giovanni il Battista che tra i nati di donna non è sorto uno più grande. Per questo anche la Chiesa ha riservato a questo Battista, grande messaggero di Dio, una venerazione particolare. Espressione di questa venerazione è la festa odierna..."*

Il nostro Battista, al sentire queste parole si commosse. Domandò se pure lui fosse un nato di donna, e un saccente compagno di collegio gli assicurò che tutti loro erano: "Nati di donna".

«...perché a volte mi dicono che io sono un figlio di mignotta» confidò lo sprovveduto Battista.

«Mignotta vuol dire: brava donna. Tu sei un figlio di brava donna!» lo tranquillizzò il prete del collegio.

«Fra qualche giorno dovrai lasciarci perché hai compiuto i 18'anni e allora entrerai nel mondo. Però devi cercare di vincere le tentazioni del demonio. Sta' lontano dalle buone donne, mi raccomando!» lo catechizzava il sopraggiunto direttore del collegio per orfani di Verona.

«Ma io non voglio lasciarvi!» li rassicurò l'infelice Battista.

«Maled... Tu **devi** lasciarci» farfugliò in modo, il più possibile pretesco, il prete che di quel trovatello ne aveva le scatole piene.

Cosicché una mattina, ai primi di luglio, Battista si trovò con una scarpa bucata a pestare una molliccia cacca di **mastino tibetano** al guinzaglio d'una, almeno da dietro, procace buona donna veronese. Alle sue rimostranze l'attraente veronese si girò.

"Maledizione che baffi che tiene", pensò Battista, "però i fianchi e le gambe non sono male, sono di buona donna".

«Oh, mamma mia, mi dispiace!» si scusò la donna baffuta.

Donna baffuta sempre piaciuta, aveva sentito dire Battista.

«Non importa, buona donna. Andrò in un bagno pubblico a pulirmi la scarpa e il piede perché ho la suola bucata», spiegò il malcapitato.

«Ebbene seguimi, siamo quasi arrivati. Sono io la guardiana dei bagni pubblici e oggi è il mio turno.»

Il ragazzo timoroso seguì la disinvolta guardiana, che senza remora alcuna se l'era preso sottobraccio provocando un ringhio da parte del mastino tibetano.

«Sta' tranquillo, non dar segni di nervosismo e baciami; vedrai che **Strassòn** ti accetterà e ti farà la pipì sulla gamba in segno d'amicizia. Io sono **Virginia**, ma non sono tanto virginia», sghignazzò.

«Sei una buona donna?»

«No, sono una ragazza bbona e anche una brava donna, ma adesso baciami. Devo mostrare al mio cane *strassòn* che sei mio amico, altrimenti ti morde: ha un caratteraccio!»

Ciò dicendo si prese Battista per le spalle e ordinò:

«Abbassati e apri la bocca.»

Battista ubbidiente, piegò le sue lunghe gambe e si prestò a questa prova di carattere; intanto sentiva sul suo petto premere il petto formoso di Virginia e contemporaneamente strusciare il suo peccaminoso affare contro il ventre della buona donna che invece diceva d'essere una brava donna, come sua madre mignotta.

«Oddio! Mi si sono staccati i baffi», disse Virginia entrando con le dita nella bocca di Battista che strabuzzava gli occhi perché quei baffi glieli aveva succhiati e li stava inghiottendo.

Il mastino tibetano li guardava perplesso. «*Strassòn*, questo è nostro amico, non morderlo!» lo rassicurò a gesti la sua padrona.

Il *Tibetan Mastiff*, gentilmente s'avvicinò a battista e gli innaffiò la gamba e il piede già imbrattato di cacca - che un poco s'era essiccata - facendogliela ridiventare gelatinosa.

Il povero Battista venne spinto dentro al bagno pubblico e senza neanche accorgersene si trovò nudo sotto a una doccia con Virginia che con una scopa di paglia, tipo strega, lo strofinava. Una volta levato lo sporco più grossolano, lo cosparse di detersivo per pavimenti e con una scopa elettrica rotante lo ripassò incurante degli spigoli e delle parti molli e delicate più esposte.

«Adesso risciacquati bene dappertutto... Sì, anche lì», sbraitò per superare il rumore dell'aggeggio elettrico che teneva in mano.

"Con quel nasino così piccolo non avrei mai detto che ce l'avesse così grosso" pensava.

Andò nel suo sgabuzzino a sistemarsi i baffi e a mettersi i suoi vestiti da lavoro quindi, una volta verificato che tutto fosse a posto, girò il cartello all'ingresso da "CHIUSO ad APERTO."

Entrarono due clienti male in arnese e lei con una strizzatina d'occhio tra il deciso e il ruffiano, indicò loro il cestino delle offerte. Costoro depositarono delle misere monetine rendendo oltremodo triste la brava donna, che invece d'un asciugamano pulito rifilò loro uno straccio sporco da pavimento.

«... e dopo esservi asciugati pulite bene per terra!» ordinò.

Fuori era caldo, ma quei bagni a qualche metro sotto il livello della strada, mantenevano una temperatura accettabile senza bisogno di climatizzatori, che consumavano e costavano.

Intanto Battista, nudo e bagnato, s'aggirava per i corridoi cercando i suoi vestiti da collegio, seguito come un'ombra dal mastino tibetano Strassòn, che con sguardo severo lo teneva d'occhio.

✱✱✱

– Il Tibetan Mastiff, che qui chiamiamo mastino tibetano, è specializzato nella protezione di monasteri, campi nomadi, e mandrie di bestiame nelle alte steppe del Tibet. La sua mole e il suo

temperamento permaloso, lo rendono un difensore inarrestabile, territoriale e fedele alla famiglia. Anche se non inutilmente aggressivo, non bisogna mai scordare che è stato un cane da guardia per millenni, e questo istinto non dev'essere sottovalutato. Però, se come Strassòn, che non si offende per il suo nome, viene amorevolmente allevato fuori dalle steppe montane tibetane, dimostra un carattere gentile unito al desiderio di ottenere l'approvazione del padrone.

I mastini tibetani sono dei cani potenti e ben costruiti, il cui aspetto, che è contemporaneamente maestoso e pieno di bontà, può comunque impressionare. Ma non dobbiamo lasciarci ingannare: il mastino tibetano ha assimilato la saggezza orientale e se non si arrabbia, il suo umore è molto stabile.

✱✱✱

Battista tutte queste cose sui mastini tibetani certo non le poteva sapere, sennonché stava imparando che defecavano e pisciavano come i muli che in collegio gli facevano accudire.

«Vatti a vestire, altrimenti mi spaventi il cane» disse Virginia a Battista, che teneva le mani incrociate sulle sue vergogne.

«Non trovo più i miei vestiti», rispose il poveretto.

Infatti tutto era finito nella cisterna degli stracci da bruciare perché ritenuti infetti.

«Va' a nasconderti da qualche parte. *Strassòn* ti porterà di ché vestirti... Va' dentro a un lucernario, no aspetta, corri in fondo al

144

corridoio, nell'ufficio della segretaria municipale che di solito arriva con un paio d'ore di ritardo; quello a quest'ora è sempre libero» ordinò impettita la donna baffuta senza lasciarlo replicare.

Intanto i clienti entravano e a seconda delle monete o banconote che depositavano nel vassoio venivano trattati.

Nascosta, c'era anche la tariffa **Senza Niente**, la quale stava a indicare che Virginia si levava tutto, compreso i baffi; in pratica restava *senza niente* e massaggiava, lasciandosi a sua volta massaggiare e anche esplorare, dal condiscendente ospite pagante. Ma questo lo faceva esclusivamente in assenza della severa segretaria municipale addetta al controllo degli incassi; infatti quei cespiti erano severamente proibiti nei bagni pubblici di Verona.

"Quante cose avrebbe dovuto imparare Battista!"

La segretaria quella mattina si presentò quasi in orario e Virginia impegnata a servire i clienti che depositavano sonanti monete, non fece in tempo ad avvertirla dell'intruso dentro all'ufficio.

Battista, vedendo aprirsi la porta e poi accendersi la luce, si aggrappò allo stipite del lucernario, ma questa operazione lo costrinse a levare le mani dalle sue vergogne anteriori. La perspicace segretaria cinquantenne, con gli occhiali da vista a lenti progressive, chiuse immediatamente la porta, alzò la testa per mettere a fuoco quel coso che ballonzolava lì davanti, attaccato a quell'addome piatto.

«Sei una buona donna?» sentì domandare.

«Fai tu! Non ho mai ammazzato nessuno», rispose togliendosi la camicetta. «Oggi fa caldo e nudi si sta meglio.»

«A me in collegio hanno detto che non devo cedere alle pericolose tentazioni delle buone donne!» si preoccupò di avvertire Battista; che alla vista di quella perspicace trasandata cinquantenne che si stava denudando, sentiva il suo impudico titubante organo. arrossire di vergogna e ignobilmente irrigidirsi.

«A me hanno sempre fatto capire che sono una pessima donna, per cui con me non corri nessun pericolo.» E spense la luce restando in penombra.

«Be', senza occhiali sei una brava donna, ma non tanto buona.»

«Aspetta che mi sdraio, con quelle gambe lunghe che hai non possiamo stare in piedi, io sono piccola... Però, seppur piccola, ce l'ho profonda e il tuo coso qua dentro starà bello comodo.»

«Lo devo rimettere dentro al lucernario?»

La perspicace segretaria un po' bruttina, anzi, brutta, non era disposta a perdersi quell'occasione. Quando mai si sarebbe potuta incamerare un *Toy boy* così nerboruto con quel nasino sopra e quel nasone sotto?

«Macché lucernario, vieni qui e lascia fare a me che ci so fare.»

«Ah, lei è proprio una brava donna, perché se fosse una buona donna commetterei peccato mortale.»

"Va al diavolo e sta' zitto!" voleva gridargli, ma si limitò a mettergli una mano sulla bocca per zittirlo e una su quel vergognoso coso così gonfio per assestarselo come meglio le aggradava. Battista si dimostrò attento e ubbidiente; eseguiva alla perfezione ogni comando della perspicace segretaria che intorno a mezzogiorno interruppe quegli esercizi perché doveva tornare alla portineria municipale a timbrare il cartellino e poi a pranzare.

E così Battista imparò in una sola mattinata ciò che molti non imparano nemmeno in una vita.

Anche *Strassòn*, che su comando di Virginia stava di guardia davanti alla porta dell'ufficio, sembrò approvare l'impegno di Battista. Infatti Battista si vide recapitare dei vestiti e delle scarpe su misura.

Virginia, ai clienti infuriati per gli indumenti che *Strassòn* aveva mischiato e rubato, indicò l'imbronciato mastino tibetano, e quelli immediatamente si rabbonirono, e se pur privi di pantaloni e scalzi, avvolti in uno straccio, infilarono l'uscita e sparirono.

Una volta vestito, Battista fu insediato assieme a *Strassòn* alla cassa per controllare se chi passava depositasse qualcosa nel vassoio delle offerte.

Virginia era impegnata con un facoltoso ospite in un: **senza niente.** Appena finito il suo estenuante lavoro aveva promesso a tutti una pausa pranzo, compreso il cagnone che dava segni di aver fame sul serio: visto il modo con cui adocchiava i polpacci d'un paffuto ignaro cliente sotto la doccia.

Battista fu interpellato da un gentilissimo e raffinato maschione con la erre moscia, che sventolandogli davanti una grossa banconota lo invitava a fare un **senza niente** in sua compagnia. Fortunatamente Virginia, tutta trafelata, ma con baffi ben incollati, anche se i capelli erano in disordine, smorzò quelle proposte informando che il ragazzo non era *senza niente*: il suo biondo e grazioso garzone qualcosa teneva, ma solo per lei.

Battista si consolò del mancato incasso con quattro panini e due aranciate. *Strassòn* si pappò un kg. di crocchette per cani e Virginia s'accontentò d'una birra e due toast. Al cameriere del bar, che aveva portato le ordinazioni, la brava donna anziché pagarlo disse di segnare: al momento opportuno avrebbe saldato il conto con degli appaganti *senza niente*.

Battista avrebbe voluto pagare, ma lui non teneva denaro e il centone che quel raffinato e generoso uomo gli voleva regalare per un *senza niente*, Virginia glielo aveva fatto sfumare.

Ahi, ahi, ahi, quante cose doveva ancora imparare Battista.

A una certa ora del tardo pomeriggio, Virginia andò a girare il cartello alla porta, mise *Strassòn* di guardia e sollecitò i ritardatari a muoversi: stava chiudendo.

Battista era stato messo a scopare per terra e a raccogliere gli accappatoi e gli asciugamani sporchi. Lei intanto controllava gli incassi della giornata e canticchiava pensando a come meglio utilizzare quel suo nuovo aiutante.

"Con Battista guadagnerò il doppio" si ripromise. "Lo ammaestrerò io come si deve. Se riuscirò a farlo entrare in sintonia con il cane il più sarà fatto. Con due cosi che mi difendono, i baffi li metterò solo quando lavoro, per smorzare i benestanti più focosi."

Lungo la strada che portava alla casupola di Virginia, Battista teneva *Strassòn* al guinzaglio per impratichirsi, e Virginia teneva a braccetto Battista per guidarlo. Gli spiegava che lui doveva proteggerla quando non indossava i baffi e doveva dire d'essere - voleva dire suo figlio, ma poi facendo un po' di conti optò per - un suo giovane cugino.

Spiegava che i baffi se li metteva solo quando riteneva di correre dei pericoli con gli uomini sporcaccioni e cattivi, ma oggi, visto che aveva un cugino alto e forte che la proteggeva, assieme a un cane valoroso, i baffi poteva tenerli in borsetta.

«Io non sono sporcaccione perché mi sono lavato e non sono neanche cattivo perché *Strassòn*... Guarda come mi guarda bene.»

«Tu devi andare d'accordo con lui, perché insieme fate una coppia veramente affiatata.»

«Io voglio andare d'accordo anche con te che adesso sei diventata mia cugina e non sei una buona donna.»

«Se fai il bravo, stasera ti insegnerò a scopare; devi imparare a scopare con garbatezza e con la resistenza di un maratoneta. Sono sicura che alla segretaria comunale piaccia essere tirata a lucido.»

«Ma ho già scopato i bagni tutto il pomeriggio!» si lamentò quel suo nuovo cugino. Virginia si fece una risata e pensò che quello era pongo da modellare, pongo tenero con cui giocavano i bambini.

«Adesso fermiamoci a mangiare qualcosa perché a me non piace cucinare» disse allegramente la procace femmina senza baffi.

«A me mi piace cucinare e dopo a me mi piace mangiare e credo che una brava donna sa anche cucinare.»

«Caro cugino, come parli? Io non sono una brava donna!»

«Io mi piacerebbe che mia cugina sia una brava donna.»

«Battista, guardami! Io sono tua cugina e sono una ragazza, una ragazza bbona, non una brava donna.»

«Hai ragione! Tu sei stata una ragazza e anch'io sono un ragazzo bbono, figlio di donna come Giovanni Battista.»

«Lascia perdere quell'antipatico guastafeste; *Salomè* ha fatto bene a fargli tagliare la testa. Dimmi invece che cosa sai cucinare e... Sai anche lavare i piatti?»

«Chi era *Salomè*?»

«*Salomè* era una ragazza *bbona* quasi come me, ma lei era di nobile famiglia, invece io di ignobile famiglia. E poi lei sapeva ballare veramente con senza niente.»

«Io so cucinare la pasta, fare risotti, minestrine e minestroni... Ah, so cucinare a puntino spezzatino spezzato e pesce intero, e in collegio lavavo piatti, bicchieri e cucchiai e forchette e anche le pentole. Però i coltelli li puliva la cuoca, perché io mi tagliavo e la cuoca non voleva che le sporcassi il vestito col mio sangue colorato.»

Virginia s'indirizzò al supermercato e riempì il carrello con ogni bendidio. Quella sera mangiarono a casa senza coltelli e anche il cane sulla porta, che dava sul giardino, mangiava incurante di tale mancanza.

Battista a fine cena, come faceva in collegio, lavò i piatti e poi, visto che c'era, lavò pure il cane con il detersivo per piatti.

Strassòn aveva un pelo lungo da cane montanaro, pertanto dovette asciugarlo usando il *phon* asciugacapelli a batteria ricaricabile della cugina, la quale stando seduta guardava la televisione e contemporaneamente leggeva o meglio, sbirciava, i titoli e le fotografie su un giornale di *gossip*.

Una volta sistemata l'abitazione Battista chiese:

«Posso andare a letto?»

«Certo, vieni con me che ti insegno a scopare come si deve.»

«Ma oggi ho già scopato tutti i corridoi dei bagni e anche il piazzale e le scale che scendono alle docce e ora sono stanco.»

«Sciocchino! A letto con me imparerai che si può scopare senza fare tanta fatica.»

Battista andò a prendere la scopa per portarsela a letto, ma la cugina disse che non serviva, e gliela fece rimettere a posto.

Battista continuava a imparare cose nuove.

Virginia si accorse che il ragazzo non era poi così sprovveduto come sembrava, qualcosa sapeva fare, ma soprattutto ciò che lo appassionava, lo imparava in fretta.

Alla mattina erano tutti pimpanti e pronti ad affrontare un altro giorno. Virginia non era una gran lavoratrice, preferiva delegare ad altri i lavori manuali più faticosi e fastidiosi, ma come organizzatrice era formidabile. In dieci minuti programmava il da farsi di una settimana. Era alla prima domenica del mese che lei preferiva lavorare; la giornata di riposo se la prendeva nei giorni feriali. Di domenica non aveva la segretaria municipale che indagava sugli incassi fuori rendiconto dei suoi **senza niente**, ma più che altro, alla prima domenica del mese i clienti avevano ancora quasi tutto lo stipendio da spendere, e lei, con i suoi s*enza niente*, guadagnava fior di quattrini; specie ora che Battista controllava il vassoio delle - per modo di dire - libere offerte assieme a *Strassòn*.

Al cugino aveva spiegato di rifiutare i senza niente che degli sporcaccioni potevano proporgli, perché altrimenti sarebbe finito all'inferno e il ragazzo, una volta messo al corrente di che cosa si trattava, l'assicurò che anche se fosse andato in paradiso, lui quei senza niente con uomini non li avrebbe mai fatti.

Strassòn vigilava.

Battista stava acquisendo uno speciale modo d'interloquire con quel cane ancora in fase di crescita: infatti contava solo due anni.

Quei grossi mastini tibetani non avevano fretta, la piena maturità la raggiungevano in prossimità dei quattro anni.

Strassòn non amava l'acqua, ma era estate, cosicché quando Battista gli faceva il bagno non protestava. L'acqua fresca lo ristorava perché in fin dei conti lui rimaneva pur sempre un cane di montagna e: "Con il cane di montagna la ditta ci guadagna!" sosteneva Virginia suggestionata dalla pubblicità.

Per *Strassòn* avere quel compagno così umano e caritatevole era meraviglioso: con Battista lui si prestava a tutto. Battista gli mostrava e faceva ripetere varie espressioni del muso e del corpo che provocavano risate in chi guardava.

All'inizio il cagnone sembrava offeso, ma poi, visto che anche il ragazzo rideva, *Strassòn* si adeguò ritenendo tale comportamento cosa giusta e conveniente: infatti alla fine veniva ricompensato con qualche crocchetta e gustosa caramella che aveva imparato ad apprezzare. Amava quelle dure da sgranocchiare, le gelatinose morbide e appiccicose le sputava in maniera maleducata: non c'era verso per convincerlo a inghiottirle.

Virginia, oltre ai notevoli incassi coi suoi **senza niente** - sempre più valorizzati - convinse Battista a esibirsi con *Strassòn* per monetizzare anche le loro *performance*. Dopo quegli spettacolini il vassoio si riempiva, in sintonia con lo stomaco del tibetano.

Battista perfezionava il suo modo di scopare, per cui la vivace segretaria chiudeva uno, due occhi, anzi si toglieva gli occhiali e non vedeva nemmeno i *senza niente* di Virginia. Alle volte, bonariamente, si prestava pure di domenica a controllare; tanto che la dirigenza, in segno di gratitudine, le conferì un consistente adeguamento di stipendio per il suo impegno lavorativo.

Battista era giovane e sempre disposto a compiacere quella segretaria perspicace che non guardava più Virginia con sospetto, ma invece, andando e venendo, le faceva l'occhiolino. Anche Virginia faceva l'occhiolino a Battista, il quale così allertato capiva l'esigenza di andare e venire per far venire la segretaria.

Virginia aveva fatto rivestire l'ufficio della segretaria in modo da insonorizzare i muri. Infatti costei alle volte ululava come un mastino tibetano femmina, cosicché *Strassòn* reagiva tentando di sfondare la porta: la natura in lui bussava e spingeva a più non posso.

Però sulla grata protettiva esterna del lucernario, nei momenti di vigoroso impegno ginnico della segretaria, si formavano dei gruppetti di sfaccendati incuriositi da quegli ululati. Virginia in quei frangenti giustificava i rumori inconsueti incolpando *strassòn*; e al cugino aveva ordinato di farlo ululare a comando per disorientare quei ficcanaso. Ma il cagnone, non avvezzo a ululare e poco ad abbaiare, una volta imparato, ci aveva preso gusto e spesso senza che gli fosse ordinato si metteva a ululare come un vero mastino tibetano, quale in fondo era: tanto da emulare i lupi mannari della steppa nelle lascive notti di luna piena.

Tale equivoco scenario a volte provocava dei fuggi fuggi anche di potenziali benestanti clienti da *senza niente*, e questo Virginia non se lo poteva permettere; oltretutto le chiacchiere maligne circolavano. Allora impose a Battista di far smettere *Strassòn* dall'ululare all'unisono con la focosa segretaria.

La segretaria sostenne l'incapacità di non esternare le vivaci sensazioni durante i suoi esercizi ginnici con Battista, al ché, Virginia, decise di insonorizzare completamente il lucernario chiudendolo con dei pannelli di polistirolo espanso e applicando un tubo con ventilatore per il ricircolo d'aria.

«E anche questa è fatta!» si disse soddisfatta constatando il ritorno alla positività dei suoi incassi.

✳✳✳

Il 24 giugno 1990 cadeva di domenica ed era una bellissima giornata d'inizio estate. In quella data Battista compiva vent'anni e oltre che compleanno, era anche il suo onomastico.

Virginia, complice la perspicace segretaria municipale, aveva organizzato una festicciola con pochi intimi dentro ai bagni pubblici, che risultavano chiusi al pubblico.

Il festeggiato, all'oscuro di tutto, s'era presentato con una sciarpa al collo come sempre faceva il 24 giugno. Ma in quel giorno la sciarpa la doveva portare in quanto la notte, passata dormendo in giardino assieme a *Strassòn,* aveva rimediato un terribile torcicollo; però si vergognava e non voleva darlo a vedere.

Tutti lo blandivano ed esibivano bottiglie e dessert dolcissimi per festeggiarlo. La perspicace segretaria indicava una mastodontica torta *tiramisù* con ricotta e venti candeline; ma non contenta,

151

con un ammiccante occhiolino che mal si intravvedeva dietro ai suoi spessi occhiali, invitava il festeggiato a soffiarci sopra. Battista ce la metteva tutta, ma quel maledetto torcicollo...

Virginia lo sollecitava a girarsi per ammirare la sua torta meringata alla frutta sopra all'armadietto dei profumi e saponi, ma Battista dovette ruotare il busto per vederla. Alla festa era stato invitato in via eccezionale pure un vigile urbano compiacente e un impiegato del catasto che Virginia in quell'occasione voleva omaggiare con un gratuito *senza niente* per i favori ricevuti. La perspicace segretaria s'era accompagnata con una collega a cui aveva promesso le mille e una notte con un *Toy boy* stupefacente - in tutti i sensi - qual era Battista, mentre lei, per questa volta, si sarebbe accontentata del mediocre vigile urbano rimediato alla gendarmeria municipale.

Strassòn, fuori, vigilava vicino a un cartello con su scritto:
– CHIUSO PER PULIZIE ESTIVE –
Passando di lì, un pimpante titolare d'una impresa di pulizie volle curiosare per vedere come lavorava la concorrenza. Si appostò sulla grata del lucernario più distante possibile dal mastino e tese le orecchie. Anche *Strassòn* tese le orecchie, tanto che incominciò a ululare come un lupo della steppa.

Il curioso imprenditore ebbe un tremito di terrore e immediatamente si raddrizzò, ma quel violento movimento scardinò l'intelaiatura della griglia facendolo precipitare dove l'impiegato del catasto stava massaggiando Virginia senza baffi e senza niente.

Il fracasso dello schiantarsi al suolo di quell'intruso provocò nel collo senza sciarpa di Battista - che per educazione nei confronti della collega della segretaria s'era tolto - un *cric & crac* che lo rese immobile e depauperato della sua concupiscenza. Anche la donna ebbe a lamentarsi dello scarso rendimento, perciò delusa da quella statica mollezza, decise di andarsene; sennonché nel corridoio incrociò quell'intruso spione malridotto che furtivamente cercava di defilarsi: era un mandrillo suo vicino di casa che con lei ci aveva anche provato. Costui si mise a inseguirla e una volta raggiuntala, visto che già era nuda, colse l'occasione per frizionarla e farsi frizionare le ammaccature rimediate nella caduta.

Battista, con il collo bloccato, rigido, cedette loro il posto e si spinse al tavolo per gratificarsi con una porzione di tiramisù. Nel frattempo la perspicace segretaria, insoddisfatta del vigile urbano, approfittò della pausa per mangiarsi una fetta di meringata fresca.

Notando Battista che si pappava il tiramisù gli ordinò: «Vai fuori e fai smettere quel cane che ulula e poi torna qui che voglio ululare anch'io.» Dopodiché rivolta al vigile in mutande ringhiò: «Tu rivestiti e vai a fare le multe, qui il tuo compito è finito.»

Evidentemente quel sonnacchioso somaro in divisa non l'aveva strofinata e lucidata come si deve.

Per consolarsi, oltre alla grossa fetta di meringata, s'era versata anche un bel calice di prosecco e poi ancora, e ancora...

Quando Battista rientrò con il rasserenato S*trassòn*, la lungimirante segretaria era al settimo cielo. Il settimo bicchiere l'aveva da poco ingurgitato e si apprestava a stappare una nuova bottiglia.

«Oddio che caldo», si lamentò, e nuovamente si denudò.

> *Lo scoppio della bottiglia fece irrigidire Strassòn, il quale vedendo la perspicace segretaria nuda e piegata per raccogliere il tappo caduto per terra, senza remora alcuna le fu sopra. La perspicace segretaria, inebriata, riteneva fosse Battista che le infilava quel coso robusto, e incurante di chi fosse, ma assecondandolo, incominciò a ondeggiare avanti indietro e poi a guaire e a ululare. Strassòn avvertì l'insolita situazione, ma sembrò non farci caso; la sua natura lo spingeva e lui, zelante, obbediva con sempre più entusiasmo, per cui al guaire della donna totalmente sbronza si aggiunse il suo ululare da sobrio mastino tibetano. A quel punto anche la sagace segretaria, sia pur ubriaca, si accorse di chi la stava possedendo, ma non si diede pena. «È meglio di quel somaro di vigile... Dai porco cane, non ti fermare!» ordinò tra un guaito e l'altro: infatti continuava a ululare anche più vigorosamente di Strassòn.*

Virginia permise all'impiegato del catasto di farle un ultimo profondo massaggio per poi precipitarsi a far smettere quegli ululati siberiani che stavano creando scompiglio nel quartiere.

Si sentì bussare e poi sbattere con spranghe e bastoni l'entrata; questione di secondi, e la porta cedette.

Un'autobotte con sirena dei pompieri accorreva sul posto a tutta velocità, seguita da un'ambulanza.

Tutti più o meno erano riusciti a rivestirsi, meno *Strassòn* e la perspicace segretaria che imperterrita ululava e menava avanti indietro il generoso deretano a beneficio del cagnone che gagliardamente la coadiuvava. I pompieri in pochi secondi azionarono gli idranti; srotolarono una manichetta e investirono *Strassòn* con un getto d'acqua a 12 atmosfere. Il povero cane fu sbattuto a metri di distanza e gli ululati cessarono. La perspicace segretaria vittima di quella bestiale aggressione venne immediatamente barellata e caricata sull'ambulanza, assieme a Battista che presentava sintomi mascellari d'immobilità sospetta. Il mastino tibetano fu messo a catena e all'arrivo del furgone accalappiacani, stipato a forza in uno stretto gabbiotto per cani bassotti.

Virginia recriminava, ma non c'era nulla da fare, il bestione violentatore doveva essere castrato. L'impiegato del catasto s'era imboscato e la collega della segretaria e il suo vicino di casa avevano indossato dei grembiuli da lavoro e con scope e stracci scopavano e pulivano bagni e docce e ogni tanto, furtivamente, l'un con l'altro si strofinavano per limitare il prurito che ancora li vivacizzava.

Alla perspicace segretaria, vittima di quell'orripilante rapporto contro natura col mastodontico mastino tibetano, non furono riscontrate lesioni esterne e stranamente neanche lesioni interne.

«*Quella donna è stata veramente fortunata; malgrado la sua età dispone di una mucosa interna elastica che le permetterebbe d'essere aggredita finanche da un facocero*», disse il dottore.

«Facocero?» chiese stupita l'infermiera.

«Si, è un sedentario cinghialone, di oltre duecento chili, endemico delle immense savane africane. Non vorrei che quella elastica donna andasse in Africa, perché se l'agguanta...»

«Dottore, non insista, ho capito!»

«Volevo solo dire che dispone di due zanne taglienti, in aggiunta a quello che pensa lei.»

«Dottore! Guardi che io mi guardo anche dai barboncini.»

«Stia tranquilla, i barboncini violentano solo le barboncine, non le infermiere. Ma ciò che non comprendo è come abbia fatto quel mastino a denudare e stuprare siffatta donna, oltretutto di pessimo aspetto. Credo dipenda dall'odore. Faremo qualche analisi.»

«Dottore, da quanto mi è dato sapere, quella donna s'era denudata da sola e ululava. Presumo siano stati quegli ululati a scatenare le pulsioni sessuali del cane.»

«Boh, potrebbe essere, anzi sarà sicuramente così e visto che ora sta bene, dimettiamola e non se ne parli più.»

Ritornata in sé, all'indomani la segretaria fu dimessa dall'ospedale dopo essere stata disinfettata e avere subito una lavanda gastrica per liberarla dall'alcol e dai dolci ingurgitati.»

Al povero Battista riscontrarono una lesione dovuta a uno strattone in avanti e indietro che dilatava i tessuti del collo al di là dei loro limiti. Gli fu applicato un collare che gli immobilizzava il collo e la testa, inoltre ricevette solenne assicurazione che non lo avrebbero decapitato. Battista era terrorizzato. Ripensava al racconto della figlia di *Erodiade, Salomè*, che danzò seminuda e piacque così tanto a *Erode*, tanto da prometterle, con giuramento, di darle tutto quello che avesse domandato. E lei, istigata dalla madre, disse: "Dammi su un vassoio dorato la testa sanguinante di Battista".

I medici capirono, e non infierirono con battute sferzanti. Il ragazzo era veramente spaventato. Sosteneva a spada tratta di non voler più celebrare e tanto meno festeggiare onomastici e compleanni. Virginia assicurò che al cugino avrebbe badato lei. Infatti aveva promesso che appena quel collare ortopedico gli fosse stato levato, lo avrebbe portato al mare per gozzovigliare al sole, abbronzasi e solidificare l'osso del collo.

✳✳✳

Ai primi d'agosto, un lunedì mattina, Virginia caricò sulla sua vetturetta a tre ruote il minimo indispensabile per la spiaggia e si diresse al vicino lago di Garda.

Il convalescente Battista l'aveva sistemato sul pianale posteriore abbracciato a *Strassòn*, perché nella cabina di guida le sue borse piene di suoi vestitini da mare, non lasciavano spazio ad altro.

Battista a malapena riusciva a sbirciare attraverso la sponda, perché il mastino tibetano tendeva a stargli sopra, ovviamente in senso protettivo. *Strassòn* era rimasto segregato dentro a un canile sanitario pubblico, dove avevano provveduto ad anestetizzarlo per operarlo e così renderlo innocuo. Virginia riuscì a farselo restituire solo dopo supplichevoli insistenti richieste.

«Vada tranquilla signora! Lo abbiamo sistemato noi per le feste; adesso non correrà più il rischio d'essere violentata» rassicurarono i veterinari ammiccando spudoratamente.

Lei voleva ribattere che a essere violata, senza danno, era stata una loro collega impiegata pubblica, ma, sia pur con Battista vicino, non voleva creare ostilità; al che loro sarcasticamente drammatizzarono:

«Ah! D'ora in poi non abbaierà più con quel vocione, ha fatto una vocina da *Chihuahua*, come i cantanti vaticani del settecento con le voci squillanti da donna!»

«Sì, i castrati, grazie.» E non si permise di aggiungere altro.

Ma ormai, quel ch'era stato era stato, e così anche Battista finalmente avrebbe visto l'immensità del mare, che qui chiamavano lago. Lui il mare lo ricordava vagamente; era dai tempi di Trieste e della calabrese - a cui da bambino succhiava i capezzoli - che non vedeva una distesa d'acqua degna di questo nome.

Ma Virginia non si perdeva d'animo, e dopo avere scacciato, con l'aiuto di *Strassòn* - che pur emettendo guaiti da *Chihuahua* manteneva intatto l'aspetto di mastino tibetano - gli intimoriti occupanti d'una spiaggetta angusta, stese per lei un comodo materassino gonfiabile e per Battista uno strofinaccio da cucina asciuga piatti in dotazione al *bungalow* appena occupato in quel villaggio turistico pubblicizzato a quattro stelle; senonché un cliente, evidentemente deluso, le stelle le aveva coperte con una luna piangente stilizzata.

Virginia fece indossare al cugino uno striminzito *slippino* di taglia 'S', e lo cosparse di crema trasparente *Glysolid* per mani screpolate. Lo sistemò sulla sabbia al sole costringendolo a pancia in giù, per nascondere quel vergognoso pacco che le mutandine - dimenticate ai bagni pubblici da un suo benestante, ma poco dotato cliente di *'senza niente'* - non contenevano.

Battista, predisposto all'ubbidienza, dopo quattro ore fermo in quella posizione, con il sole che lo investiva di raggi ultravioletti, incominciò ad arrossire e a diventare anch'egli violetto.

Sbavava e sullo strofinaccio malamente steso sulla sabbia sotto di lui, orinava bollente pipì; richiamava mosche, zanzare e rarissime formiche rosse, che gli animalisti dicevano a: "Rischio estinzione."

Anche il sedere, quasi completamente scoperto, era diventato preda di quelle voraci formiche rosse, che aggravavano il rossore provocato dai violacei raggi solari. Lui con la lingua di fuori non riusciva ad articolare parola e sognava la pescivendola a cui succhiava i capezzoli e che profumava di pesce. Ma l'odore che ora sentiva non sembrava di pesce marino, bensì di fogna terrestre.

All'ombra del solleone, s'era assopito il mansueto *Strassòn,* che aveva un solco lungo il muso, come una specie di sorriso.

Malgrado ciò si rese conto di avere tanta fame, ragion per cui fece un raffinato: **«Cai cai, cainnnn...»,** da castrato, cosicché Virginia dovette por rimedio all'incresciosa situazione.

Corse a prendere un tappeto di plastica, che un tedesco senza fissa dimora tentava di vendere ai bagnanti, e vi avvolse il martoriato Battista ridotto a salsiccia rossastra con varie violacee sfumature.

Da dei robusti, anzi grassi villeggianti, pretese delle braciole di maiale e le regalò al mastino tibetano. I poveracci non osarono protestare, vista la mole di *Strassòn,* che ormai aveva raggiunto la piena maturità e pesava quasi ottanta chili.

"Devo organizzarmi meglio" decise la spavalda ragazza *bbona.*

Si appiccicò i baffi, e con un suo accappatoio di ottima fattura, si diresse alla direzione del villaggio turistico per protestare sulle condizioni e sui spregevoli servizi offerti dal campeggio. Era inconcepibile che in un posto a quattro stelle, tra le montagne, il sole fosse così maleducato: dovevano provvedere...

Intanto Battista, che aveva un solco lungo viso che non somigliava certo a un sorriso, si liberò da quel tappeto urticante mettendosi a correre - creando interessati sguardi furtivi fra le villeggianti - verso *Strassòn*, che all'ombra dell'ultimo sole, s'era assopito dopo aver mangiato le braciole di maiale.

Battista abbracciò quel grosso cane mansueto tentando di ripararsi dall'attacco di mosce, zanzare e di vivacissime, seppur estinte, formiche rosse. *Strassòn*, ormai sazio, dopo aver mangiato qualche chilo di braciole, come una mamma caritatevole allargò le zampe offrendo rifugio nel suo petto di maschio materno. Intanto Virginia sopraggiungeva con insetticidi, creme emollienti, antisolari, biscotti per cani, gatti, topi e tonache per monache, preti, missionari, e...

E finalmente venne sera.

Battista aveva la schiena e il resto della parte posteriore del corpo ricoperta da scottature solari e increspature violacee; la pancia e tutta la parte davanti ricoperta di punture di mosche e zanzare, e i punti più delicati morsicati dalle mandibole delle ricercatissime formiche rosse, le più voraci.

La notte - sdraiato di fianco per meglio distribuire le sofferenze del suo corpo martoriato - la passò immobile sulla sua brandina a sognare Trieste con il suoi crinali carsici - bucherellati a mo' di gruviera - tanto amati dal suo amico pescivendolo. E poi la sua mamma calabrese a cui tanto piaceva il mare e ancor più i pesci, ma soprattutto gli permetteva di succhiarle i morbidi gonfi capezzoli.

Riviveva il dolore inflitto a quei suoi genitori tanto caritatevoli abbandonandoli. Quei genitori che gli offrivano tutte quelle lische e teste di pesce altrimenti destinate all'immondezzaio. Ah, che bello sarebbe poter tornare su quella scalinata davanti alla chiesa di Soave per ringraziare il pescivendolo che sicuramente disperato, lo starà ancora alacremente cercando.

I suoi compagni in quello striminzito monolocale dormivano, e Battista, non potendo girarsi, non capiva se chi russava era *Strassòn* o sua cugina. Il cane, dopo quell'intervento chirurgico, aveva cambiato tonalità; ora possedeva una vocina da ragazza *bbona* e anche quando russava sembrava una ragazza *bbona*. Ma *Strassòn* non russava. *Strassòn* sognava le distese, le foreste tibetane e sfoggiava un ché da tibetano, che lo faceva sembrare quasi umano.

Anche Battista si stava assopendo e
sul viso aveva una strana espressione
come di chi vede il paradiso.

FINE (Animali difettosi)

PERSONAGGI

Battista Abbaino.......Trovatello d'incerta balcanica provenienza

Pescivendolo.............................suggeritore di nomi e cognomi

Pescivendola.............................Calabrese amante del pesce

Direttore orfanotrofio....…..….......Prete che odia le buone donne

strassòn...................….….............mastino tibetano amorevole

Virginia...............…..............Donna coi baffi e molteplici qualità

Segretaria municipale...…...….......Cinquantenne di scarse attrattive

Salomè............................Ragazza bona di buona famiglia

Vigile municipale & impiegato catastale...…....….............Invitati

Curioso.......................Vigoroso imboscato opportunista

Pompieri.....................Lanciano acqua a 12 atmosfere sui cani

Dottore..Intenditore di facoceri

Infermiera..................................Pudica, ma informata

Veterinari......................Chirurghi poco rispettosi e ammiccanti

(7) IL GATTO DI LIGABUE

– Si ritiene che la convivenza tra il gatto e gli umani sia iniziata con l'agricoltura; quando si cominciò ad accumulare il grano. I gatti, allora, furono impiegati nei granai come cacciatori di topi. Nello stesso tempo, però, gli uomini prendevano i gatti che rubavano e gli scuoiavano per confezionarsi calde pellicce e poi cucinarseli dentro alle loro luride scarabocchiate caverne. --

Renzo Mattei *attraversava un periodaccio; era deluso dalla vita che gli riservava solo amarezze. La spettacolare ascesa politica lo aveva catapultato ai vertici del potere, e da lassù, inopinatamente, dispensava favori o rifiuti; ma poi era scivolato, e adesso, sconfitto, raccoglieva solo ingratitudine.*

D'accordo, per arrivare al vertice era stato costretto a sgomitare, ma chi c'era prima di lui meritava d'essere rottamato. Erano marpioni di vecchia data che non sapevano parlare al popolo; credevano che bastasse mostrarsi con cani, pecore e gatti, da baciare davanti alle telecamere, per avere il plauso e il voto della gente. Qualcuno, molto dotato intellettualmente, s'era addirittura impegnato a smacchiare il giaguaro, come se il giaguaro a cui faceva riferimento fosse un somaro macchiato e rincoglionito.

– La maggioranza dei votanti non sa valutare quello che la politica deve decidere, per cui basta dir loro quello che ad essi piace sentirsi dire e accarezzare un cagnolino innocente per farsi votare. Pertanto ai salariati aumenti di stipendio, agli scansafatiche un reddito di cittadinanza, agli industriali riduzione delle tasse, agli anziani pensioni più alte e quattordicesima, ai giovani diritto allo studio senza studiare, alle donne posti di comando e...

In pratica bisogna promettere tutto e il contrario di tutto; fondamentale è tener sempre presente il vecchio adagio: "*Franza o Spagna, basta che se magna*". –

Il nostro Renzino era convinto che chi sosteneva che il popolo ormai non esisteva più, era solo quel fastidioso e rugoso politico veneziano. Solo quel saccente barbuto e avvinazzato rompipalle - che ambiva definirsi filosofo - poteva sostenere una tale amenità.

"Il popolo non è più quella bella torta omogenea dei tempi andati, ma si è diviso in una molteplicità di pasticcini con sapori diversi", diceva a ogni occasione il logorroico, pretenzioso, superbo menagramo. "Oggi il popolo non è altro che un agglomerato di associazioni, parti, partiti e partitini, con opinioni e pretese differenti" continuava a ripetere l'antipatico, bizzarro, monotono, iettatore.

Ma lui, Renzo Mattei, aveva dimostrato che il popolo esisteva e che lui dal popolo si faceva seguire; mentre loro, divisi in movimenti, in partiti e partitini partitocratici, se ne fregavano della gente. Dentro ai loro covi e palazzi, furtivamente, si scambiavano le poltrone più comode e redditizie. Peccato che poi, al momento decisivo, quei deficienti di elettori ingrati avessero votato contro le sue riforme, dimenticando tutto il bene fatto per quel popolo bue, viscido e squamoso come un serpente infame.

E adesso anche la sua parte politica lo epigrafava come: *"Insignificante populista"*. Ma questo, anziché renderlo apatico e remissivo, acuiva la sua rabbia.

Fu con questo stato d'animo che decise di andare a visitare la mostra pittorica di Antonio Ligabue: **"Tormenti e Incanti".**

Era una rassegna monografica dedicata al famoso pittore ribelle, mal nato e mal vissuto, promossa da una fondazione che Renzino stesso aveva patrocinato e chiesto al Battistoni di finanziare.

Aggirandosi in quei meandri vedeva animali che distruggevano, calpestavano, massacravano quella natura maestosa che anch'egli, con tutto se stesso, si vantava di aver contribuito a far prosperare.

I granai che con immane fatica aveva riempito di cereali erano in pericolo. Si sentiva braccato da belve feroci e nello stesso tempo infastidito da insetti molesti e persino da schifosi roditori.

Sfilava così, in silenzio, davanti a una serie di dipinti del pittore Antonio Laccabue, che s'era fatto cambiare il cognome in **Ligabue** per dispregio verso il padre violento che odiava.

Intorno a lui vedeva mostri selvaggi ghignanti e minacciosi. Tigri, leopardi, gufi, falchi, gorilla e gatti crudeli, emergevano dalle tele. Le pennellate decise, secche, e i colori aggressivi, brillanti e graffianti, esaltavano le crude e bellicose tematiche affrontate dallo sfortunato pittore in perenne lotta per la sopravvivenza. Venivano rappresentati predatori nell'atto di cacciare e uccidere le loro prede. Era in quei colori vivi che s'intravedeva l'anima dell'artista alla perenne ricerca di un se stesso braccato e sfuggente.

Il disagio e l'angoscia d'una vita segnata dalla sofferenza s'esternava in un'arte che metteva in primo piano l'estenuante lotta per un riscatto verso la redenzione. L'osservatore veniva scaraventato in scene quantomai cruente; lotte tra animali in perenne conflitto tra di loro. Un conflitto totalmente differente da quello vellutato che Mattei viveva; questo era un conflitto in cui il predatore soggiogava e straziava la preda: non c'era partita alcuna.

Ligabue assaporava il dominio della realtà segnatamente agli oppressi senza religione o ideologia e che chiedevano di non essere catalogati in alcuna categoria sociale. L'affrancamento di massa è frutto della nefasta dottrina marxista. No, egli auspicava l'improvviso ribaltamento del tavolo da gioco, dimodoché il re si trasformasse in povero e il povero in trionfante re.

Il grande Renzo Mattei si sentiva immerso in quest'atmosfera in cui tutti cercavano di abbattersi a vicenda per esistere. Tremava nel vedere il maestoso leone, o l'impavido ghepardo, soccombere di fronte a falchi rapaci e a viscidi serpenti - equiparati ai suoi compagni di partito - che in una giungla piena di ragni e insetti, vigliaccamente prendevano coraggio, e come demoni spregevoli gli sputavano addosso veleno mortale.

Renzo Mattei, malgrado non fosse affatto un estimatore dei felini, era però attratto da un quadro che più volte era tornato ad ammirare. Questo quadro raffigurava un gatto con tra le fauci uno schifoso ratto ormai privo di vita. Più lo guardava e più era colpito dai colori utilizzati; come le magnifiche sfumature del cielo che facevano intendere d'essere al crepuscolo; ma sopratutto dallo sguardo dignitoso, fiero e luciferino del gatto, che senz'ombra di dubbio lasciava trasparire la soddisfazione per l'agognato bottino appena conquistato. E poi quel pelo gagliardo, morbido, variegato... Ebbene, più Renzo guardava estasiato quell'immagine, e più s'immedesimava nell'anima di chi lo aveva dipinto.

"Io sono un grande artista, la gente non mi comprende, ma un giorno i miei quadri costeranno tanti soldi e allora tutti capiranno chi veramente era: **Antonio Ligabue!"**

Questo era quanto Antonio Ligabue aveva fieramente detto poco prima di morire, quando tutti lo chiamavano "*El Mato*", e chi malauguratamente lo incontrava, scantonava.

Renzo Mattei si sentiva calamitato da quella sorta di felino operoso e coraggioso, che liberava i granai da quei topi schifosi capaci solo di mangiare ciò che gente laboriosa come lui aveva immagazzinato. Più contemplava quel gatto e più sentiva rinascere dentro di sé la voglia di combattere quella genia di esseri capaci solo di nascondersi e comparire solo quando il gatto dormiva. Ora udiva il campanello che reclamava il suo risveglio; doveva far piazza pulita, ripulire il granaio da quegli schifosi parassiti.

Gli tornava alla mente quel tizio che affermava: *"Non m'importa di che colore è il gatto, basta che mi prenda i topi!"*

Al popolo non interessa chi sei, al popolo interessa che tu prenda i topi. Ecco qual era la cosa che cercava il popolo, un gatto, un gatto in gamba come sicuramente lui riteneva essere. E guardando quel vivifico dipinto si rigenerava. Sentiva che le sue batterie si stavano ricaricando di nuova energia per illuminare un nuovo mitico orizzonte. Sentiva che...

«Signor Renzo Mattei, ti piace questo quadro?»

Il nostro eroe si girò incuriosito. Davanti a sé vedeva un inserviente con un naso mignon, due orecchiette pugliesi e due gambe simili a trampoli. Costui teneva una scopa di ruvida *grena* in mano e la faceva dondolare per dimostrare che la sapeva usare.

«Io odio i topi e di conseguenza amo i gatti. In politica si dice che il nemico dei miei nemici, è mio amico.»

«Io scaccio i topi con la mia scopa e ho votato per te, quindi sono tuo amico. Io sono un bravo scopatore.»

Renzo era incerto se dare ascolto a questo strano personaggio, ma in quel momento di autoesaltazione decise che in fin dei conti anche costui era un suo possibile elettore popolare, del popolo, e a lui non dispiaceva sentirsi dire che era un populista. Però di amici che lo tradivano ne aveva avuti troppi, per cui non era più propenso a reclutare amici, ma solo elettori: "Però, poveretto, lasciamolo credere" concesse.

«Come ti chiami carissimo?» chiese affabilmente, da vero politico di razza.

«Io mi chiamo Battista e sono orfano, ma non mi faccio tagliare la testa da nessuno perché sto sempre in guardia.»

"Oilalà, costui non è a posto con la capoccia, ma non mi sembra cattivo", pensò Renzo, e siccome anch'egli a volte non si sentiva del tutto a posto con la capoccia e oltretutto di carattere tendeva a simpatizzare; e siccome dopo settimane e mesi, oggi, guardando quel dipinto si sentiva carico, chiese: «Quanto costa questo quadro? Voglio comprarlo.»

«Non è in vendita. Però costa moltissimo e tu non sei ricco come il tuo compare politico Battistoni, peggio di Battista.»

«In politica non ci sono amici!»

«Be', ma si capisce che siete identici, sempre di nascosto, come gli amanti cornuti.»

Renzo si domandò da che cosa si capisse, ma ora gli interessava quel quadro. Maledizione, era vero. Lui non era ricco, anche se avrebbe potuto esserlo, ma non era necessario: un piatto di minestra avrebbe sempre trovato qualcuno disposto a darglielo, non sarebbe mai morto di fame; ma ora qualche fastidioso dubbio lo assaliva.

«Se sai qualcosa, se sai che lo vendono a buon prezzo, fammelo sapere» si raccomandò.

*«Se ti interessa, **Io**, oltre a scopare, vendo a prezzo di vendita animali di pregio: brutti, ma intelligenti. Se vuoi con pochi soldi ti vendo un gatto con gli stessi colori di pelo del quadro di Ligabue, ma meno feroce, come una gatta, ma che è un gatto.»*

«D'accordo d'accordo. Ti vanno bene 50 euro?»

«Certamente! Anche se erano 10. Se erano 100 anche meglio.»

Renzo cercò fra le piccole banconote dentro al suo borsellino e gliene diede una da cinque euro. Pensò che fosse inutile sprecare i soldi quando si potevano risparmiare. Quante volte l'aveva sussurrato all'orecchio del suo ministro delle finanze:

"Dire di dare, per avere!"

Battista scomparve per ricomparire quasi subito con un vecchio trasportino per gatti di paglia sfilacciata e sudicia.

«Ma questo gatto non ha il pelo uguale a quello del quadro!» si lamentò il nostro Renzino.

«Se mi dai il cinquantino che mi avevi promesso, domani te lo consegno con tutto il pelo come nel quadro e con un trasportino più elegante.»

"Questo sembra fesso, ma i suoi affari se li sa sbrigare", pensò il nostro accorto politico allungandogli un cinquantino.

«Domani mattina lo consegnerò alla portineria del tuo albergo e se ci sei, te lo darò a te in mano», disse Battista prima di dileguarsi con il gabbiotto di paglia sfilacciata come la sua scopa.

La mattina dopo Renzo Mattei stava facendo colazione, quando un cameriere ossequioso lo informò: «Onorevole!...»

«Non sono onorevole, sono un premier senatore, ma tu chiamami pure signor Mattei, con due T» si raccomandò.

«Signor Mattttei! Di là c'è un individuo alquanto stravagante che chiede di lei. Guardi che ha un qualcosa coperto da fogli di giornale e non sappiamo che cosa ci sia dentro. Il direttore è del parere di allertare l'antiterrorismo, teme un attentato.»

«Se costui è biondo, con un nasino e delle orecchiette pugliesi, lasciatelo passare... Ah, si chiama Battista e trasporta un gatto.»

Nel frattempo un'occhialuta sofisticata signora s'era confidenzialmente accomodata al tavolo del nostro eroe.

«Signora Alma, ha smarrito i suoi preziosi barboncini?»

«No, signor *matei*, assolutamente no. Il mio assistente, signor Furrrio, li sta accompagnando a fare i consueti bisognini.»

«Io ieri ho acquistato un gatto mangia ratti... Ah, guardi! Me lo stanno portando proprio ora.»

«Oddio, io odio i topi e non sopporto vedere un gatto con un topo in bocca; mamma mia che schifo!»

Battista aveva riconosciuto la famosa opinionista televisiva e ora politica di rango, *Alma De Castro*, per cui si sentì in dovere di spiegare: «Il Gatto del signor Mattei, che è mio amico gatto gay, è tenero e affettuoso come i gay. A lui non piacciono i ratti, a lui piacciono i gatti perché anche lui è un poco raffinato, quasi gay.»

La risata squillante della donna irritò il politico.

«Perdinci, spiegati meglio, perché io non sono gay e mi avevi assicurato che il gatto che ti ho comprato assomigliava al virile gatto di Ligabue!» sbottò Renzo guardando di traverso Battista.

Battista tolse la carta che ricopriva il trasportino e mostrò un gatto con gli stessi colori del gatto di Ligabue, ma con una tenera espressione, dolce, che poteva tranquillamente essere scambiata per ruffiana. Alma fu ammagliata da quel felino e voleva impossessarsene, ma Battista la bloccò. «Buona donna! Non accarezzarlo che fra qualche mese perché è appena stato dal parrucchiere.»

«Non chiamarmi buona donna, perché mi fa sentire una povera donna; io sono riconosciuta come un'importante senatrice.»

«A me mi sembri una buona donna e io non importuno le buone donne perché altrimenti vado all'inferno. A me piacciono le ragazze bbone come mia cugina emigrata anni fa non ricordo dove e mi piacciono anche le brave donne come te.»

Alma De Castro rimase interdetta e si girò verso il premier per avere lumi.

«Battista lavora nella galleria qui a Milano, accudisce la mostra di *Ligabue*», chiarì.

«Ma che cosa deve mostrare quel Ligabue sempre in giro tutte le notti a bere, a cantare, a scop...»

«Non intendo il cantante, ma il pittore "Antonio Ligabue", morto cinquant'anni fa» l'interruppe pazientemente il premier.

«Anch'io so scopare e allora tutti mi cercano, ma non canto.»

Alma a queste parole sembrò interessarsi al giovanotto un poco stagionato, ma tuttora bello sodo.

«Cosa intendi?» chiese ammiccando dietro agli spessi occhiali.

«Intendo che a me piace tenere pulito.»

«Conosci la Valcamonica?»

«Mai sentita nominare!» mentì Battista.

«Io in alta Valcamonica ho una profumeria, **Atelier del Buon Respiro**, e ho bisogno di qualcuno che me la tenga pulita; quando ti licenziano rivolgiti alla mia profumeria e se sarà il caso ti assumerò io personalmente.»

«Anche mia cugina mi aveva assunto quasi personalmente ed era una ragazza *bbona* come tu ora mi sembri una ragazza pressapoco abbastanza *bbona*.»

Intanto Renzo si teneva il gatto di Ligabue sulle ginocchia e notava che effettivamente quel micio era tinto nella stessa maniera dei capelli d'una donna e oltretutto non era completamente asciutto.

«Fra quanto potrà essere toccato?» s'intromise interrompendo l'imbarazzante dialogo tra la perspicace senatrice profumiera e Battista che sproloquiava.

«Anche tra un paio di minuti quasi primi. Non farlo accovacciare sulla tua camicia bianca perché te la macchierebbe di nero che è il colore più lungo da essiccare. Poi per anni non perderà più colore, ma solo il pelo, ma tu non smacchiarlo come fosse un giaguaro.»

Alma De Castro, divertita, gli porse un proprio biglietto da visita occhieggiandolo a mo' di... «Anch'io una volta avevo un grande amico cane tibetano castrato, si chiamava *Strassòn*, poverino», ammiccò Battista leggendo quel cartoncino.

E dopo l'ammiccamento si defilò.

«Ebbene sì, all'anagrafe il mio nome è Immacolata Castracani» sbottò malignamente fissando Renzo Mattei intento ad accarezzare il sonnacchioso felino raggomitolato sulla sedia.

«Comunque nel pomeriggio alla riunione di partito parlerò in tuo favore. Ti vedo rinfrancato. Quel gatto gay di Ligabue pare ti piaccia molto, ma tu ricorda che sei sposato: pensa ai tuoi figli.»

Era chiaro che la senatrice Alma De Castro alias, Immacolata Castracani, riteneva che quella mossa del gatto gay stesse a indicare l'intenzionalità del furbacchione di accalappiare i voti degli omosessuali, ma che camuffando la bestiola al pari del fiero gatto di Ligabue, avrebbe raccolto anche il plauso e i voti dei nerboruti maschietti mascolini, che tanto piacevano a lei.

L'ex premier non dette segni d'insofferenza.

"Chissà che cosa starà pensando questa maiala", pensava.

Per lui era vitale l'appoggio politico da parte di quella senatrice, che pur chiamandosi Castracani - che si accompagnava con un tizio di cognome Strozzagatti -, aveva raccolto un sacco di voti in tutta l'Alta Lombardia.

«Amabile raffinata e stimata amica mia, certo! Io tengo famiglia, ma se dovessi cedere a qualche debolezza, sarebbe un'affascinante donna come lei a traviarmi, non certo un Dolce Gabbano» mielò Renzo Mattei vezzeggiando il mansueto gatto di Ligabue ch'era saltato sul tavolo per mangiarsi le fettine di prosciutto crudo sopra al pane tostato.

«Posso?» arrischiò Alma De Castro facendo intendere che voleva accarezzare il micio ruffiano.

«Ci mancherebbe, faccia come se fosse suo.»

La senatrice perspicace controllò che il pelo non perdesse colore e se lo portò al seno baciandolo e coccolandolo maternamente. «Bricconcello, bricconcello peggio d'un bambino, sei anche tu un furbacchione come il tuo padrone?»

E lasciò la domanda in sospeso.

«Io amo chi ama ciò che io amo! E se il mio gatto, come si vede, la ama, io la amerò come il mio gatto.»

«I gatti sono dei lazzaroni, si fanno amare, ma non amano.»

«Come pure le gatte.»

La senatrice accennò a un'ambigua risatina e aprendo la finestra: «Devo abbandonare questo gatto quasi gatta, perché vedo arrivare il mio assistente con i miei immacolati cagnolini stanchi di passeggiare», disse.

«Chi mi appoggerà in questa nuova sfida politica, non avrà a pentirsene, io so distinguere chi mi sa valutare positivamente, perché io per primo quando sono stato...»

«Caro il mio futuro premier, pugno di ferro in guanto di velluto! Gatto ruffiano, ma pronto a graffiare. Mi raccomando, non farmi pentire della mia scelta. Oggi, caro Renzino, alla riunione di partito farò di te un beniamino della Valcamonica e della Lombardia tutta. Lascia fare a me.»

«Io so apprezzare e non dimentico, infatti...» E qui il nostro premier s'interruppe perché la perspicace senatrice si stava avviando verso i suoi barboncini e manco lo ascoltava.

Nel frattempo il gatto di Ligabue, ormai sazio, s'era raggomitolato sui suoi pantaloni scuri ronfando.

"Anche se perde il colore scuro, sui pantaloni non si noterà", pensò, e lo lasciò tranquillo a sonnecchiare.

✱✱✱

La riunione di partito del pomeriggio, si trasformò in un plebiscito per il nostro eroe. La senatrice, tornata sua sostenitrice, fece convogliare sul suo nome quasi tutti i voti dei partecipanti: Renzo Mattei sentiva che quel gatto di Ligabue promuoveva la sua riscossa. "Qualche giorno di riposo sulle montagne venete e poi a Venezia, sì a Venezia, da quel menagramo" programmò.

Voleva concedersi una pausa di riflessione ad Asiago e incontrare qualche oppositore che dopo il successo di Milano probabilmente avrebbe rivisto le sue posizioni; ma in ogni caso non era su quei monti che si decideva il suo futuro. A Venezia soggiornavano i veri nemici; qui, ad Asiago, si trattava di rabbonire le varie organizzazioni che chiedevano il passaggio del comune dal Veneto al Trentino: "Regione autonoma che offriva molti più vantaggi economici".

Asiago lo accolse con fredda cortesia, ma egli non se ne ebbe a male. Sapeva per esperienza che chi a colazione ti accarezza, a cena ti pugnala.

Con il suo ornamentale gatto di Ligabue, si fece vedere davanti alla Chiesa di S. Rocco e lungo il corso principale di Asiago. Qualcuno lo informò scherzosamente che Asiago, pur comprendendo delle vecchie comunità cimbre, faceva pur sempre parte della provincia di Vicenza, e i vicentini erano bollati come mangiatori di gatti. Ma si sapeva che il gatto, per essere appetibile, doveva mangiare topi e catturare anche uccellini, per cui il nostro Renzino con il gatto di Ligabue in braccio, teneva a chiarire: «Questo non è uno che mangia topi, mangia solo crocchette.»

«Sì, però ha il pelo simile a quelli d'una volta. E i gatti d'una volta, se uno li sapeva cucinare, erano una specialità.»

«Questo non è un gatto di una volta, è un micio moderno: si chiama Fabiano ed è un poco gay.»

«Ah ben, ciò! On gatto culatòn. Anca el nome zse giusto: a Fabiano ghe piase l'ano! Ah ah ahh...»

«Si ma una mia amica lo chiama Fabianetto!»

«Mejo ancora, ciò! A Fabianeto ghe piase el culeto. Ah ah ah ahh...»

Il nostro premier accennò a una stereotipata risata per dare soddisfazione al barista e valutò opportuno chiamare quel gatto: **Figa-ro**.

"Con quel preliminare, questi malati di omofobia non lo scambieranno più per un finocchio" suppose.

Passeggiando lungo il corso, occhieggiava le vetrine, ma più che altro il popolo, la gente. Vedeva signore altezzose vestite a festa e cameriere svogliate, facchini maleducati e signori affabili, monelli chiassosi, gatti...

«**Figaro, Figaro**!» chiamò. Il suo micio si stava allontanando.

«Oddio! Che nome volgare!» esclamarono delle signore bempensanti schifate guardando quel gatto di Ligabue che ci stava provando con una gattina spavalda.

«Belo sto nome!» esclamò in contrapposizione un borioso passante. *«Qua semo tutti par la figa!»*

Enzo Mattei avvertì una sorta di disagio. "Maledizione, qui il popolo è diviso a metà, devo rimediare" pensò.

Ma dal pensare al fare c'erano di mezzo le montagne; montagne che ancora portavano i segni della prima guerra mondiale: bastava osservare quell'ossario con migliaia di caduti, lì, in bella vista.

In suo provvidenziale aiuto venne una gentile popolana, titolare d'un negozietto di intimo per uomini, donne e bambini.

«Calma, la mia gatta è sterilizzata e i gatti non le fanno niente, l'annusano e poi girano al largo», spiegò alla piccola platea che si stava radunando.

«*Sì, ma cheo-lì sè on gato culatòn! Così gho sentìo dir*», disse un curioso spettatore.

«*Se ciama Fabianeto e ghe piase el culeto!*» aggiunse l'onnipresente buontempone in vena di facezie.

Nel frattempo il gatto di Ligabue, infastidito dallo strepito, smise le sue *avances* con la gattina e s'infilò dentro al negozio. La popolana preoccupata che non andasse a graffiare, o peggio ancora a defecare sulla sua mercanzia, guardò in malo modo il desolato Renzino, che così si vedeva sfuggire anche il voto di quell'unica donna del popolo, ma dio volle che quasi subito il gatto di Ligabue comparisse sulla soglia con un topone tra le fauci.

A quella vista ci fu un fuggi fuggi di signore bempensanti, grida di giubilo da parte del popolo e apprezzamento e richiesta di acquisto di qualche vero **Magnagati**.

«Facciamo cambio con la mia gatta?» gli propose la bottegaia.

«Neanche per sogno!» rispose piccato il Mattei.

«Le aggiungo un paio di mutande e una canottiera», insistette la bottegaia.

«Ma neanche se mi regalasse un pigiama!»

«Allora se mi lascia il suo gatto *Figarolo* in cambio della mia gatta che si chiama *Sbirulina*, di pigiami gliene regalo due» insistette la popolana.

«Il mio gatto non è un figarolo, si chiama Figaro, come il nobile barbiere di Siviglia, e non è in vendita.»

Renzo voleva chiudere quella squallida sterile trattativa perché aveva notato le signore bempensanti, che sia pur da lontano, approvavano l'operato del suo: "Gatto di Ligabue."

Renzo ritornava essere "MATTEI", e ancor più si convinceva che per conquistare il popolo non era importante la tendenza sessuale, il colore, il nome del gatto, ma importante era che sapesse acchiappare i topi. Ecco il criterio con il quale giudicava i gatti quel furbacchione di cinese oltretutto denigrato per quel miao... Ah, no, aspetta, aspetta, sì, sì. Ne sono sicuro:

"MAO TSE TUNG. Si chiamava!"

Richiamò il gatto di Ligabue che aveva battezzato Fabiano, Fabianetto, Figaro, ma il farabutto s'era imboscato nei giardini pubblici con il topo in bocca; non l'aveva masticato, ma solo redarguito e qualcuno, infastidito, si era preso la briga di buttare quel topo oramai più di là che di qua, dentro un cassonetto dell'immondizia.

Il gatto di Ligabue, ubbidiente, seguì il suo ritemprato buon amico il quale moriva dalla voglia di investigare su quel cinese, che sapeva prendere i topi.

_

C'erano pagine e pagine che raccontavano la lunga marcia di *Mao Tse Tung* per realizzare il sogno di libertà d'un popolo oppresso da un regime di politici corrotti. Questo, il nostro Renzo Mattei, tuttora lo riscontrava; intorno a sé aveva sorci, viscide serpi, ragni schifosi, traditori pennuti rapaci...

Renzo Mattei non era disposto a perdere tempo per leggere tutto quel guazzabuglio di parole, a lui servivano solo poche righe per capire il succo d'una questione. A lui non piaceva tagliare in quattro un capello, perché alla fine rimarresti sempre con dei capelli in mano e con magari le dita tagliate; no, a lui bastava un'occhiata e già quello che voleva sapere l'aveva capito.

In pratica quel Mao, che attualmente chiamavano **Mao Zedong**, con la scusa del comunismo aveva guidato un popolo intero verso il sole dell'avvenir. "**Il popolo, e solo il popolo, è la forza motrice che crea la storia del mondo**" scriveva nel suo libretto. Sosteneva che nel grande fiume della conoscenza tutto era relativo, perché nessuno, a parte lui, era in grado di affermare la verità assoluta. Non condivideva l'opinione secondo cui per essere morali le azioni dovevano portare giovamento agli altri. Egli giustamente riteneva, che le persone come lui, avevano il diritto di soddisfare appieno la propria natura, perché così facendo portavano allo scoperto le indicazioni morali più encomiabili per il popolo.

"Ovviamente nel mondo ci sono cose e persone apprezzabili, ma esistono perché io me ne serva!" sosteneva giustamente Mao. C'era anche una massima filosofica che il nostro eroe sentiva calzargli a pennello, e cioè: "**La sconfitta è la madre del successo, perché ogni insuccesso ci rende più cauti.**"

Oh mamma mia, che bello quel libricino, che insegnamenti stava raccogliendo. Accarezzò quel favoloso gatto di Ligabue, che ancora non aveva deciso come definitivamente chiamare, ma ora

173

sentiva, sì ne era sicuro… '*Mao*'. Ecco il nome perfetto.

Mentalmente si convinse che dopo aver subito uno scacco, come lui scelleratamente aveva subito, bisognava trarre una lezione e qualora ne valesse la pena, modificare le proprie strategie in modo da farle collimare con il consorzio umano circostante.

"Solo così si potrà trasformare lo scacco in un successo!"

Mao Zedong, a seconda delle convenienze, portò avanti numerose correnti di pensiero, ma in sostanza ne elaborò una propria, unica e imprescindibile, e tutti concordarono nel chiamarla **Maoismo**.

"Certo che questo Mao era alquanto pretenzioso" si disse per un attimo scettico il nostro Renzino. Il sonnecchiante gatto di Ligabue alzò la testa e lo guardò in un modo tale... In un modo tale da far ricordare a Renzo Mattei che Renzo Mattei era pur sempre, **Renzo Mattei,** perbacco!

Per riconoscenza diede a Mao delle crocchette pubblicizzate per animali di razza blasonata e come un lampo, anzi un doppio lampo, immaginò un suo libretto illuminato da una luce metafisica e a secondo dell'angolazione poteva essere definito: *Matteismo*, ma forse anche, **Renzismo**, certo! **I pensieri di Renzo Mattei!**

Per Giove, avrebbe fatto vedere lui ai veneziani se il popolo era un vassoio di pasticcini.

Il popolo, e solo il popolo, è la forza motrice che crea la storia di una nazione nel mondo. Renzino era sicuro che questa volta il popolo lo avrebbe capito, sostenuto, seguito.

In tale frangente enuncerà le sue direttive e di conseguenza il *Renzismo*, o *Matteismo*, risulterà trionfante parimenti alla nuova verità vincente sul fatiscente Maoismo.

Una complice occhiata del gatto di Ligabue, che a questo punto aveva definitivamente deciso di chiamare *Mao*, lo rese intraprendente. Sì, in fondo il Maoismo poteva fors'anche coesistere con il Matteismo. Ma forse era meglio chiamarlo Renzismo: **Renzismo?** Certo! Renzismo, suonava meglio.

Diede in consegna il gatto di Ligabue, che ora si chiamava Mao, a una servizievole cameriera e scese a cenare.

Aveva intorno a sé i notabili locali, che avendo sentore della riscossa del nostro eroe si preoccupavano di apparire disponibili alle sue istanze, qualora lui avesse ascoltato le loro. Renzo Mattei nutriva la certezza che quei tradizionali retrogradi montanari sarebbero stati sovrastati dalla sua cultura politica, e pertanto costretti a riconoscergli una superiore intelligenza e linea di condotta morale verso il potere. Per somma bontà si concedeva alle loro squallide richieste. Conveniva che sì... Sì, conveniva lasciare alla comunità decidere dove stare, ma faceva bonariamente notare che il popolo doveva essere spinto verso un obbiettivo comune. Il popolo non doveva dividersi, frantumarsi, doveva essere come una torta da spartire in fette paritarie e con lo stesso sapore per tutti.

Ma proprio in quel momento arrivava un incolto cameriere con un vassoio di dolcetti variegati nella dimensione e nel sapore.

«Io lo preferisco al cioccolato.»

«A me piace all'arancio.»

«Il migliore è quello enorme imbottito alla crema!»

«Sì, ma è senza vaniglia.»   […]

Renzo Mattei avrebbe voluto prendere quel vassoio di pasticcini e sbatterlo sulla capoccia di quei testoni ignoranti, ma...

«Signori! La divisione dà un risultato sempre più piccolo da quanto si vuole dividere.»

«Non è affatto vero. 10 diviso 0,5 dà 20, per Giove!»

Renzo fremeva. Moriva dalla voglia di far ingoiare a quella specie di saccente professore quell'assurda constatazione, ma si trattenne, ma non fino in fondo. «Egregio professore, se io taglio a metà la mia torta che cosa ottengo?»

«Ottiene sempre la stessa torta, ma in questo caso ne può mangiare metà lei e metà un suo amico. Il risultato è che adesso ad avere la pancia piena sarete in due, per Giove. Quindi si dimostra ancora una volta che la divisione aumenta e non diminuisce quello che si vuole ottenere.»

Gli altri della compagnia s'ingozzavano di pasticcini e di spumante insensibili alla disputa del *matei* - come loro senza riguardo lo chiamavano - con il saccente professore.

«Facciamo un brindisi a questo altopiano e alle nostre montagne che raccontano la storia patria d'un popolo che seppe, con il suo patriottico sangue, difenderlo dall'invasione delle nordiche orde barbariche» gridò Renzino alzando il calice di spumante.

Tutti lo guardarono come a dire: *"Ma che casso diselo sto chì?"*

Però, bislaccamente sollevarono i bicchieri e gesticolando un cin- cin, se li portarono alla bocca.

La cameriera che aveva in custodia il gatto di Ligabue entrò in sala dicendo ch'era tardi e doveva andare a dormire, per cui mise in braccio al Mattei quel micio sonnacchioso e se ne andò.

«Belo sto gato, ciò. El sé proprio come i gati de na volta», commentarono i conviviali banchettatori.

«Eh si!» si compiacque Renzino, «l'ho chiamato Mao, come il cinese Mao Zedong, che si disinteressava del colore dei gatti se poi prendevano i topi.»

«Eh si, abbiamo sentito dire che oggi il suo gatto ha preso un topo nella bottega della *Mutandara*.»

«Eh si, e tutti erano concordi che aveva fatto bene. Bisogna essere concordi sulle cose giuste, non dividerci: lo diceva anche Mao...»

«Guardi che a sostenere quel concetto sui gatti non è stato Mao, ma **Deng Xiaoping**, il successore e anche critico di Mao» si permise di far notare, a un Mattei stupito, il solito saccente professore specialista in divisioni.

«Be', ma lo spirito era sempre Maoista» cercò di controbattere il nostro leader, sennonché fu nuovamente smentito da quel maledetto bastian contrario che divideva.

«Niente affatto, perché Deng Xiaoping fu il pioniere della riforma economica cinese e l'artefice del passaggio dall'economia pianificata maoista, a un'economia aperta al mercato. Giacché al mondo siamo indifferentemente compaesani, che importanza ha il colore dei gatti se mi prendono i topi?... Questo era solito dire Deng Xiaoping a chi gli rimproverava l'abbandono delle direttive maoiste.»

Tutti si girarono verso il Mattei che voleva ribattere, sennonché aveva paura d'essere nuovamente smentito. E allora si impose di non demordere; doveva imporre il suo "Renzismo".

«L'importante non è chi lo dice; importate è capire che siamo tutti compaesani, per cui, sebbene unire un popolo non sia mai banale o semplice, è pur sempre edificante.»

Questa frase ottenne una certa approvazione da quei notabili ormai sazi di pasticcini e vino spumante, ma il saccente professore non mollava la presa. Renzo se ne accorse: avrebbe voluto strozzarlo, ma non fece in tempo a bloccarlo.

«Il nostro compianto compaesano **Mario**, grande uomo, grande scrittore e maestro di vita, sosteneva più o meno lo stesso concetto: all'epoca si trovava a 50 metri dal nemico russo, al di là del fiume *Don* e la nostra terra sembrava così lontana...»

Renzo si domandava chi cavolo fosse quel Mario. Non voleva perpetuare ulteriori figure da sprovveduto di fronte a quei montanari ignoranti. Ricordava un giornalista, con cui recentemente aveva anche conversato, di nome *Mario Luzzato Fegiz*, ma supponeva non fosse di Asiago e poi con i russi andava d'accordo... E a questo punto Mattei ricorse nuovamente al suo Renzismo, e cioè: menare il can per l'aia, anzi, il gatto sul tavolo e sviare l'attenzione.

«Eh, effettivamente Mario rimarrà sempre uno scrittore che nei nostri cuori imprimerà una spinta verso...» Visto che non riusciva ad aggiungere altro, fece un gesto di vibrante partecipazione per poi... «Eh si! Un genuino maestro di vita» concluse raccogliendo il plauso dei presenti, i quali incominciavano a bere caffè e grappa di montagna a 65 gradi di alcolicità.

Intanto, Mao, il gatto, era saltato su una sedia calda che un abbuffato banchettatore aveva lasciato per andare alla toilette, ma se ne scappò disgustato dai fetidi odori: Mao dimostrava d'essere un gatto pulito e non amante degli umani odori intestinali. Cercò asilo sulle ginocchia del nostro Mattei, che però doveva ascoltare il saccente professore che continuava la sua patetica esposizione. «... per non dimenticare quello che il nostro grande compaesano Mario una volta mi confidò: "Caro amico mio! Piuttosto d'una guerra, è meglio una profonda crisi che stravolga questo mondo, per metterlo sulla strada giusta, per far capire che non è più la finanza che deve spadroneggiare!"»

Su questo - ricordando il suo governo - Renzo era pienamente d'accordo. «Lavorare bisogna, lavorare se si vuole avere una vita meritoria; non mi stancherò mai di ripeterlo, perbacco!» arrischiò applicando il suo Renzismo.

Gli andò bene, ma non del tutto, perché il saccente professore, che non lo lasciava più nemmeno respirare, prendendolo per un braccio, con un alito impregnato di Grappa montanara, gli urlò: «Non abbandonerò mai il mio paese, le mie montagne per uno scranno in Parlamento. Non è il mio posto! Ecco caro giovanotto che cosa mi disse il nostro Mario quando gli offrirono una candidatura sicura al senato.»

E qui Mattei moriva dalla voglia di chiedere per quale lista o partito, ma tremava al pensiero di ulteriori domande che avrebbero reso manifesta la sua ignoranza. Lui non aveva la più pallida idea di chi fosse e cosa avesse fatto questo Mario. Per adesso sapeva che era uno scrittore (non di certo famoso) provinciale, considerato maestro di vita e che amava le montagne e odiava la politica. Oddio, aveva l'impressione d'essere mezzo ubriaco perché quelle folate grappose - emesse non solo dal professore - e simili a rutti temporaleschi, gli intorpidivano sia la vista che la mente.

Pensò che quel *"Toscanaccio"*, dedito a fotografare intimi appendicoli maschili e pelose o rasate vulve femminili, non avesse tutti i torti a definire i veneti avvinazzati già al primo mattino.

«...Primo Levi definì il nostro Mario uno dei più grandi scrittori italiani», continuava a farfugliare quel maledetto iettatore che non lo lasciava respirare, ma questa volta Renzino non sarebbe stato preso in castagna, Primo Levi di nome lo conosceva, ovvero, l'aveva sentito nominare; anche se gli sarebbe piaciuto incontrarlo quando era al potere. «Eh, Primo Levi... Grande scrittore, grande maestro di vita!» esclamò fingendo sicurezza; ma era in preda ai vapori alcolici e alla supponenza del suo sapere. «Oddio, grande scrittore sicuramente, maestro di vita forse non proprio, visto che si è suicidato nel lontano 1987, quando lei era bambino» disse quasi risentito quel maledetto saccente professore che Renzino sentiva di odiare sempre più, tanto che sbottò:

«**Centomila gavette di ghiaccio** è il romanzo di Primo Levi che ho letto e riletto più volte e che mi ha fatto riflettere sul significato della vita e sul valore...»

«Ma lei dev'essere ubriaco! Centomila gavette di ghiaccio lo ha scritto Giulio Bedeschi. Primo Levi scrisse: **Se questo è un uomo,** per Giove!»

Cosa gli suggeriva il suo Renzismo?

«Eh, Voi bevete vino e grappa a catinelle, mentre io con poco vado di traverso.»

«E allora non bere, per Giove!» rimproverò quel diabolico corvaccio che ora Renzo sentiva di odiare con tutto se stesso.

"Appena tornerò al potere questo qui lo farò licenziare ed espellere da qualsiasi partito o associazione e in qualche maniera lo farò incriminare per comportamento scorretto verso i suoi superiori". E fermo su questo determinato proposito andò a recuperare il suo Mao, che pacificamente ronfava su un divanetto d'angolo.

Discusse ancora un poco con quegli ebbri personaggi da operetta adottando però il suo sistematico sistema che stava migliorando - il Renzismo - e finalmente, in apparente buon'armonia, si ritirò in camera con il suo gatto e con la smania di smascherare quel maledetto **Mario** di Asiago, gran...

Il Gatto gli suggeriva di smetterla.

"I gatti hanno sempre ragione", si disse pensando al povero pittore Ligabue.

✳✳✳

Alle quattro del mattino Renzo si svegliò scosso da incubi che l'avevano fatto vergognare, gridare e piangere.

Il gatto infatti era sul - chi va là! -

Accese la luce e ripensò a quel sogno nefasto.

– Tornava ai suoi esami di stato, a quando non riusciva a trovare le corrette risposte ai quesiti che gli venivano posti. Aveva davanti quel malefico professore di Asiago ghignante che lo incalzava con domande platealmente facili come: "La terra è rotonda?" Ma lui era incerto, voleva gridare **"Sìii"**, ma temeva che la risposta potesse essere errata, pertanto cercava, cercava nelle tasche un foglietto che gli potesse suggerire la risposta esatta, ma non trovava niente, cosicché si levava la camicia sperando di trovare la risposta scritta sul petto. Peggio, tutto inutile. E quello spregevole, ignobile demone che lo sollecitava a rispondere; allora lui si sfilava anche i pantaloni per vedere se sulle gambe ci fosse la risposta.

Tutti esplosero in un'oscena risata allorché, togliendosi le

179

mutande, si contorse e roteò su se stesso nel tentativo di spiare se la risposta fosse scritta sulle sue chiappe. "Risposta esatta!" sentì urlare tra fischi, sghignazzi e applausi: "La terra e tonda come il tuo culo."

Oddio che vergogna. Sua madre piangeva, suo padre gli mostrava la cinghia dei pantaloni, sua moglie usciva vergognandosi...

– E aveva freddo –

Effettivamente, una volta sveglio, si accorse d'essere completamente scoperto e di notte in montagna, specie ad Asiago, faceva un freddo cane. Però quel sogno lo aveva messo in apprensione.

Rimise a posto le coperte, ma poi non volle più rimanere a letto, non voleva rischiare ulteriori incubi. Si mise la trapunta sulle spalle e accese il suo *PC portatile* augurandosi che ci fosse segnale.

Finalmente rintracciò quel fantomatico Mario, mito dell'altipiano, ma che gli aveva rovinato la serata.

Mario Rigoni Stern!

Ecco finalmente smascherato il colpevole.

Dopo due ore di approfondita lettura, sapeva tutto su questo scrittore che ritemprava l'orgoglio, ma intristiva lo spirito.

A questo punto il Mattei si sentiva pronto ad affrontare anche il filosofo veneziano, contrapponendogli a viso aperto questo deprimente poeta montanaro. E aveva indagato, a mo' di rinomato enciclopedista, su Primo Levi, tanto da imparare a memoria:

«Voi che vivete sicuri nelle vostre tiepide case, voi che trovate tornando a sera il cibo caldo e visi amici: considerate se questo è un uomo, che lavora nel fango, che non conosce pace, che lotta per mezzo pane, che muore per un sì o per un

Questo era il popolo, questa era la gente che lui avrebbe portato a superare le frontiere della desolazione. Queste misere esistenze, simili a quella del pittore Ligabue, egli le avrebbe redente. Avrebbe capovolto quel tavolo da gioco che era la politica, e il re lo avrebbe fatto diventare povero e *il Povero lo avrebbe fatto Re*; e malignamente pensava che il Veneziano lo avrebbe volentieri buttato in laguna in pasto ai famelici pesci gatto e ai schifosi ratti di fogna.

Non vedeva l'ora di recitarla quella poesia, con una dizione da grande attore; e così davanti allo specchio studiava la giusta postura ed espressione da tenere quando, di fronte a quel vacuo filosofo, l'avrebbe interpretata. Oddio, come mal sopportava quel menagramo, ma ora si stava preparando, non sarebbe più stato vittima di sogni nefasti; il suo sedere… No, neanche a sua moglie...

> *"Apelle senza controllo, inventa palle di pelle di pollo, e tutti i pesci salgono a galla, per sentir le palle di Apelle, che ci fan ridere a crepapelle".*

Questo scriveva a suo tempo quel filosofo criticone paragonandolo ad Apelle; cosicché gli elettori si convinsero che quanto Renzo Mattei profetizzava erano solamente fanfaronate.

All'alba si rimise a dormire e solo a mezzogiorno si destò. Il gatto stava raggomitolato sul fondo del letto, perché al tentativo d'infilarsi sotto le coperte, al caldo, lui l'aveva redarguito. «Qui non ci sono topi, perbacco!» Quell'animale difettoso veniva dalla scuola di Battista, e Battista gli aveva insegnato a essere ubbidiente al pari di un cane tibetano, non come un randagio gatto di strada.

Balthasar Kłossowski de Rola, in arte : **Balthus – il gatto del mediterraneo**

Salire ad Asiago era stata una gioia; rimanerci un tormento; scendere una liberazione: questo pensava Renzo Mattei. Più scendeva, e più s'alzava il suo umore. Intravvista Venezia, gli venne spontaneo canticchiare inizialmente piano e poi a squarciagola:

«Marieta, monta in gondoa che mi te porto al Lido. Mi no, che no' me fido, ti è massa un impostor. Cossa te disi cocoa perché, se in quel boscheto... ...Ti m'ha scrocà un baseto per pissegarme el cuor...

E tiche-tiche-ti, ti ghe disi "no" ma mi sò che te bate el cuore, e tiche-tiche-tà, anca lu lo sa che a Venessia l'amor se fa in gondoeta... in gondoeta... e tiche-tiche-ti ti-ghe disi s'e in gondoeta... in gondoeta l'amor se fa...

«... Eh sì, perbacco, in **gondoeta**, vero Mao?»

Ormai si percepiva, pur in quel turbinio di veicoli spaventoso, il profumo del mare, ma il gatto di Ligabue sonnecchiava senza curarsi di dar peso a quel cantante stonato come una campana.

Renzino aveva concordato con lo staff della sua segreteria di raggiungere Venezia in auto fino al limite di Piazzale Roma dopo aver percorso il lungo ponte della libertà. Lì avrebbe parcheggiato l'auto in incognito, dopodiché avrebbe attraversato il modernissimo e criticato P*onte della Costituzione* detto anche di *Calatrava* - che permetteva di oltrepassare a piedi il Canal Grande - e da lì un veloce motoscafo lo avrebbe sbarcato davanti al suo albergo.

Non era ancora ora di pranzo e l'incontro con gli iscritti a una corrente della sua area politica, era previsto per il pomeriggio. Quel maledetto saccente **Fosco Scacciarìn** lo aveva invitato al ristorante, ed egli non si poteva rifiutare, ma prima voleva rasserenarsi facendo quattro passi in centro assieme al suo gatto Mao.

Quel giorno Venezia non era sovraffollata di turisti e ci si poteva muovere, anche in piazza S. Marco, con disinvoltura. Il ristorante concordato con *Fosco Scacciarin* e tesserati, che ancora fra di loro si chiamavano "*Compagni*", era poco distante, per cui approfittò di questi pochi minuti per far vedere al Gatto di Ligabue la laguna con i suoi vaporetti, le sue gondole, i suoi motoscafi e tanti, tanti colombi. Mao, intimorito, si teneva stretto al petto del suo benefattore. Guardava con interesse solo i colombi, ma la folla intorno gli consigliava prudenza. Attaccare un colombo non sarebbe stato visto con favore e lui non amava essere giudicato un gatto incivile.

A Renzo venne alla memoria il quadro d'un pittore, di cui ovviamente non ricordava il nome, che rappresentava un uomo con la testa di gatto, che stando seduto faceva risalire dal mare i pesci che piroettando finivano nel piatto sopra al suo tavolo. Anch'egli avrebbe voluto possedere quella capacità.

Ma sicuramente con Mao vicino...

«E tutti i pesci vennero a galla per finire nel piatto del gatto che il pittore francese *Balthus* aveva dipinto per far contenti gli ingenui che ancora credevan nella potenza della... Della? Tu, caro Mattei, come finiresti la frase?»

Era quel vanitoso *Fosco Scacciarìn*, di nome e di fatto, che alle spalle interrompeva le fantasticherie del Gatto del Mediterraneo in cui il nostro Renzino s'era immedesimato.

«Nella potenza della magia, diresti tu; ma io invece dico: che ancora credevan al venessian conta-palle gran rompiballe. E tu sai benissimo a chi mi riferisco» gli venne spontaneo ribattere Mattei girandosi per verificare se quel dannato filosofo fosse proprio quel dannato filosofo, sempre a stigmatizzare.

Fosco Scacciarìn, di solito *fosco*, fece un sorriso beffardo, anzi ghignoso, ma poi con ipocrita affabilità chiese:

«Fatto buon viaggio?»

«Viaggio perfetto, arrivo perfetto! È il soggiorno in vostra compagnia che mi preoccupa.»

«Dannazione, che permaloso sei diventato.»

«Dannazione! Potresti essere un poco più collaborativo?»

«Caro Renzo Mattei, bisogna imparare da chi ci critica. La critica è sincera, la lode può essere interessata.»

«Io non pretendo lodi, io gradirei rispetto.»

Fosco Scacciarìn divenne serio e pensoso.

«Nella riunione del pomeriggio potresti ricevere anche dei consensi sperticati, ma non fidarti. Sono conseguenti alle notizie di Milano. L'appoggio della senatrice De Castro fa pensare. Io al posto tuo di quella non mi fiderei.»

«Dannazione, lo so che tu ti fideresti solo di coloro che mi vorrebbero al palo, ma non dimenticare che un certo seguito tra il popolo ce l'ho, eccome se ce l'ho.»

«Lascia stare il popolo che non esiste. Certe simpatie le potrai avere forse dalla gente che mira al centro. Se Fulvio Battistoni non ti aggredisce, qualcosa vorrà pur dire!»

«A Battistoni non conviene attaccarmi, lui conosce le mie unghie; sei tu che non le hai mai considerate. Tu credi, tu immagini quello che a te e ai tuoi compari fa comodo credere. La differenza sta tutta qui, nella tua supponenza trasformata in pseudo filosofia.»

Fosco accusò il colpo, ma si sforzò di non darlo a vedere.

«Non essere banale... Bello questo gatto! Dove l'hai preso?»

«Da un tizio di Milano che ha detto di essere mio amico, perché: "I nemici dei miei nemici sono miei amici". Avevamo dei nemici comuni, caro compagno diverso. In quel caso erano i topi.»

«Oggi al consiglio regionale di partito ti farò una critica costruttiva, ma ora voglio essere magnanimo con te e ti darò un consiglio da oppositore sincero.»

«Non ho bisogno della tua magnanimità, regalala ai tuoi compagni che fanno di tutto per distruggere quello che con fatica io ho cercato di costruire.»

Nel frattempo, beccandosi con solerzia, s'erano inoltrati in una stradina secondaria piena di vetrinette e Mao spavaldamente s'era precipitato a inseguire una gatta randagia, paffuta e procace. Fosco osservava quel gatto interessato alla gatta e non poté trattenersi: «Ma è vero che questo gatto è gay? Guarda che chi lo va dicendo è la senatrice De Castro, non io.»

«Ha importanza se prende i topi?»

«*Mao Tse Tung* diceva di No.»

«Questo gatto si chiama Mao, ma a pronunciare quella frase sui gatti fu **Deng Xiaoping.**»

«Ah, perbacco. Ne sei sicuro?»

Fosco Scacciarìn questa volta ci rimase male, ma si sforzava di non darlo a vedere, pur notando la fastidiosa sicurezza dell'interlocutore. Intanto il gatto di Ligabue, assieme alla gatta ben nutrita, divorava degli scarti di pesce che un pescivendolo aveva gettato sul bordo della stretta calle che portava al loro ristorante.

«Ad Asiago dovresti andarci anche tu, invece di ammuffire in questa tetra umidità» fece Renzino ritemprato dall'aver preso in castagna quel saccente personaggio: Fosco di nome e di fatto.

«Sai che cosa scriveva *Mario Rigoni Stern*, che tu certamente conosci?» Renzino non rispose alla provocazione, e allora Scacciarìn salì in cattedra.

«Come tu ben sai il suo romanzo più noto è, **Il sergente nella neve.** Orbene, in questo romanzo autobiografico, Rigoni Stern affermava: "*I russi erano dalla parte della ragione, e combattevano convinti di difendere la loro terra, la loro casa, le loro famiglie. I tedeschi d'altra parte erano convinti di combattere per il grande Reich. Noi non si combatteva né per Mussolini, né per il Re, si cercava solo di portare a casa la pelle*". Come vedi noi italiani...»

Mattei non lo lasciò continuare, perché sicuro di sé lo redarguì. «Infatti poi, quando tutti riconobbero la sua arte disse anche:

"Il momento culminante della mia vita non è stato quando ho vinto premi letterari, o scritto libri, ma quando la notte dal 15 al 16 sono partito da lì, sul Don, con 70 alpini e ho camminato verso occidente per arrivare a casa, e sono riuscito a sganciarmi dal mio caposaldo senza perdere un uomo, e riuscire a partire dalla prima linea organizzando lo sganciamento; quello è stato il capolavoro della mia vita!"»

Fosco Scacciarìn si fermò per guardare meglio in faccia il suo interlocutore. Lo riteneva uno spavaldo incolto ragazzaccio ambizioso con sempre voglia di mettersi in prima fila, ma ora era propenso a ricredersi, non completamente, ma Renzino non lasciò tempo al tempo. «Dopo avere subito uno scacco credo sia doveroso capire che: **La sconfitta è la madre del successo, perché ogni insuccesso ci rende più cauti.** Per cui se è il caso, bisogna modificare le proprie strategie in modo da farle corrispondere alle condizioni del mondo esterno. Solo così si potrà trasformare lo scacco in un successo. Ma prima che tu m'interrompa, voglio ancora aggiungere e sostenere che: **Il popolo, e solo il popolo, è la forza motrice che crea la storia di una nazione nel mondo»** concluse.

«Vorrai dire la società», lo corresse Fosco Scacciarìn, meno supponente rispetto a poco prima.

A questo punto il nostro eroe si fermò; indicò Mao che spavaldamente affrontava un enorme ratto di fogna cercando di rispedirlo da dov'era venuto, e fiero di quel comportamento, ritenne finalmente ci fossero le condizioni per declamare quella poesia di Primo Levi:

> *«Voi che vivete sicuri nelle vostre tiepide case,*
> *voi che trovate tornando a sera il cibo caldo e visi*
> *amici: considerate se questo è un uomo, che lavo-*
> *ra nel fango, che non conosce pace, che lotta per*
> *mezzo pane, che muore per un sì o per un no...*

Ebbene? Ebbene sì! Questo io intendo per popolo, queste sono le persone che io voglio emancipare da una miseria fatta di desolante solitudine; da una solitudine non di cent'anni, ma fatta da millenni di indifferenza.»

Mao aveva graffiato e ferito quel ratto facendolo eclissare dentro le fogne. Ancora vibrante per la battaglia sostenuta e vinta, ritornò verso il suo alleato umano e si rilassò. Anche Renzo Mattei si rilassò. Fosco Scacciarìn osservò stupefatto quel furbastro gatto del mediterraneo e non si trattenne. «Renzo, ho visto una vignetta in cui tu stavi su un palco investito dalla luce d'un faro che proiettava alle tue spalle un'ombra: sai che fisionomia aveva quell'ombra?»

«Un'ombra non ha sostanza e tanto meno fisionomia.»

«Ebbene, invece, quell'ombra era Fulvio Battistoni. Fa in modo che nessuno possa asserire che alle tue spalle c'è l'ombra di Fulvio Battistoni e allora andremo d'accordo; ma ora beviamoci un'ombra delle nostre e scordiamoci Battistoni: siamo arrivati.»

«Già, ho visto i tuoi cari valorosi compagni.»

«Se tu fossi più attento avresti notato che ultimamente ho ammonito più loro che te. Comunque quella notte tra il 15 e il 16 gennaio 1943, sul *Don*, la ritirata dell'armata militare in Russia, *Armir*, fu raccontata anche da altri scrittori e sicuramente tu lo sai! O no?»

"Già, io sono solo un trastullo da palcoscenico", voleva rispondere, ma... Meglio evitare; dell'*Armir* non ne sapeva nulla. Si avvicinò al bancone e si prese la sua ombra in segno di benemerenza. (in veneto ombra = bicchiere di vino)   [...]

A tavola incominciarono a parlare di Destra e di sinistra.

«Cari miei!» s'intromise Enzo Mattei, «la senatrice Alma De Castro sostiene che lei riceveva una carezza sulla chiappa sinistra e una coccola sulla chiappa destra, ma poi tutti s'infilavano al centro e da lì non li smuovevi se prima... Questo succede in politica, mi disse. Sì alla destra sì alla sinistra, ma poi... Il buco dove sistemarsi lo si trova al centro.»

«Renzo, con l'aria di montagna la tua recita ci guadagna!» osservò qualcuno, «ma non aspettarti il nostro appoggio. Però cercheremo d'essere più indulgenti nei tuoi confronti.»

"Indulgenti un c..." rifletteva il buon Mattei.

«La sapete quella del...» incominciò a raccontare qualcun altro, e qualcun altro ancora a replicare.

Il pranzo finì, e più tardi, alla riunione di partito, Renzo Mattei non fu trattato male come temeva. Non era certamente un trionfo, ma nemmeno una *debacle*.

Era solo l'inizio d'una lunga marcia, e viste le circostanze, come il sergente nella neve, doveva avere pazienza, coraggio e perseveranza se voleva portare a casa i molti, troppi, Antonio Ligabue che annaspavano nella palude...

Frattanto il gatto di Ligabue, raggomitolato, su una sedia appartata sembrava dormire, ma a ogni nota stonata raddrizzava le orecchie e dischiudeva gli occhi guardinghi e sospettosi.

FINE (Il gatto di Ligabue)

PERSONAGGI

(8) L'ARTE DI MENTIRE

«Ti dico la verità, io sono modesto e me ne vanto!»

Chi mente a se stesso e presta ascolto alle proprie menzogne, arriva al punto di non distinguere più la verità, né in se stesso, né intorno a sé. Certe persone mentono in modo tale che non si può credere nemmeno al contrario di quanto affermano.

Fra gli animali la menzogna non esiste: esiste la furbizia dettata dall'istinto di sopravvivenza. La natura non ha svelato loro alcune verità come la consapevolezza della vita e della morte. Cani e gatti sono veramente quello che sono.

Anche noi appena nati siamo quello che siamo; non proviamo vergogna a stare nudi e a defecare e pisciare come un cane o un qualsivoglia altro animale. Quando a una certa età incominciamo a elaborare qualche bugia, avvertiamo simultaneamente la necessità di nasconderci sotto accessori maliziosi, per cercare di apparire come vorremmo essere. Da ciò si deduce che è l'intelletto umano a costringerci alla finzione. Infatti i primitivi *Australopi-*

thecus circolavano nudi - ovviamente dove il clima lo permetteva - e non si nascondevano quando defecavano o facevano persino peggio. Per cui si deduce che, più il cervello recepisce queste azioni come indecenti e più il cervello favorisce, e a volte costringe alla simulazione.

Come il nostro corpo è vestito d'abiti, così il nostro spirito lo è di menzogne. I nostri discorsi, i nostri comportamenti, quasi sempre sono menzogneri, e solo sbirciando fra le pieghe del velo che li avvolge si può talvolta indovinare il nostro vero modo d'essere: come s'indovina attraverso gli abiti la figura del corpo.

Esistono uomini che prosperano in modo eccellente con scaltre menzogne di fronte a se stessi e al mondo; sono i politici e i piazzisti di livello, che sanno fare della menzogna una vera e propria arte. Costoro riescono a rendere una mela vivifica per la salute, oppure aspra e dannosa per lo stomaco. Tutto dipende dal loro interesse a vendertela: che sia più o meno benefica e stimoli il tuo benessere, a loro assolutamente non importa.

La menzogna più consueta è quella con cui si mente a se stessi; una volta convinti se stessi, tutto diventa più facile e non si ha remora alcuna a spacciarla, come un Mantra religioso incontestabile, ai poveracci che in buona fede vi prestano orecchio.

Tutto intorno a noi è un viavai di menzogne. Mentono le costituzioni, che garantiscono diritti: "A meno delle disposizioni di legge". Mentono i codici, che inventano finzioni giuridiche. Mentono governanti, diplomatici e spie, per ragion di Stato. Mentono gli avvocati, per ragion di diritto. Mentono i testimoni, pur giurando di dire nient'altro che la verità. Per far notizia o propaganda, i giornalisti amplificano o minimizzano le notizie. Mentono politici, preti e astrologi, per ingannare elettori, fedeli e clienti. Mentono produttori, pubblicitari e commercianti, per truffare i consumatori. Mentono genitori e insegnanti, raccontando favole e assurdità religiose inventate ai bambini. Mentono i bambini, per tacitare genitori e insegnanti. Mentono le donne, truccandosi per sembrare più belle. Mentono gli amici e i santi, per bontà. Mentono i nemici e i peccatori, per cattiveria. Mentono gli spiritosi, per divertimento. Mentono le persone cortesi, per buona educazione... Insomma, la menzogna regna sulla terra, e chi sempre mente, vergogna non sente.

Colui che ripeteva: "Ricorda che devi morire!" veniva fatto bastonare dal principe di turno. Infatti, purtroppo, la verità è amara, ecco perché bisogna edulcorarla con la menzogna. La menzogna è il dolcificante che rende appetibile anche la verità.

Ma ora lasciamo ai pensatori filosofi queste amare riflessioni e seguiamo i nostri due strampalati personaggi, che, in pieno agosto, per abbronzarsi sono stesi al sole ai margini d'una discarica abusiva lungo un fiumiciattolo del veronese.

Sono **Battista** e la sua pseudo cugina **Virginia**, che in questo torrido periodo estivo ha chiuso i bagni pubblici in città per scarsità di frequentatori paganti.

Battista è ben oltre i trent'anni e Virginia ne ha quindici di più. I massaggi *senza niente* non hanno più il successo dei tempi d'oro, quando Virginia si metteva i baffi e Battista teneva pulita la segretaria municipale, che ora è in pensione. Anche il mastino tibetano *Strassòn*, dopo anni di onorato servizio, era dignitosamente deceduto. Attualmente al suo posto hanno una specie di mastino *bulldog* a pelo corto, con un muso duro da delinquente incallito e un corpo flaccido da rinomato capo mafioso.

Battista, per riconoscenza, era propenso a chiamare Strassòn anche questo cane di razza pregiudicata, ma Virginia non voleva rimpianti. Arrivarono a un compromesso, lo chiamarono: ***Slandròn***.

Slandròn - con un muso da rospo gigantesco su un cranio da cinghiale - dei rospi ha la voracità e dei cinghiali la mania di raspare per terra. Ingurgita qualsiasi roba vagamente commestibile adatta alle sue fauci: tanto che già due volte erano stati costretti a portarlo dal veterinario per fargli estrarre dallo stomaco un gatto siamese di plastica e un salvadanaio a forma di maialino pieno di monetine. Avevano quindi deciso di tenere sempre a portata di mano delle crocchette per cani, ma così facendo *Slandròn* sta ingrassando in maniera abnorme e passa le ore a mangiare, dormire e riposare sdraiato al fresco in estate e al caldo in inverno.

Ora tutti e tre, venendo qui a scaricare rifiuti tossici, hanno scoperto questo paradiso e se lo vogliono godere.

«Questa era una *primavera-estate* senza zanzare!» esclama Battista menandosi un ceffone sulla fronte, dove staziona una grossa zanzara americana che gli stava succhiando il sangue.

«Ma se non ho mai visto tante zanzare come quest'estate», obbietta la cugina Virginia grattandosi una coscia arrossata dalle punture d'un plotone di zanzare tigre uscite dalla valigia d'un profugo veneziano, ma forse venezuelano.

«Io non parlavo di prima vera estate, ma di primavera estate, cioè di fine primavera e inizio estate, quando ancora le zanzare non c'erano. Infatti questa è stata una primavera estate senza zanzare.»

«Battista! Se continui a dire bugie finirai con un nasone lungo come Pinocchio» lo rimprovera la cugina.

«Io non dico bugie evidenti, ma bugie che posso sempre smentire. Tu hai capito: prima, vera, estate, non primavera estate.»

«Queste panzane lasciale dire a Fulvio Battistoni, che in quanto a mistificazioni la sa lunga.»

«Battistoni è un bel nome, non bello come Battista, ma è un bel nome. Ma Fulvio non mi piace, sembra il nome d'un cane con le pulci sulla pancia. Fulvio! Corri a prendere il bastone. Fulvio! Vieni qui che ti spruzzo la lozione contro i pidocchi, Fulvio...»

«Dobbiamo cambiare posto per prendere il sole, qui è troppo umido, questo fiume è in secca.»

«Sei una bugiarda, perché non è in secca: ci sono ancora delle profonde pozzanghere d'acqua morta.»

«Va' al diavolo! Io non sono una bugiarda», impreca la cugina dandosi uno schiaffo sul piede tra il penultimo e l'ultimo ditino: il punto più sensibile.

«Neanch'io sono un bugiardo.»

«E allora vorrà dire che l'unico bugiardo resterà Fulvio Battistoni e noi solo dei cretini creduloni» sbuffa la cugina.

«*Lasorella* va dicendo che il Battistoni non può mentire perché ha giurato sui figli, ma non ha detto sui figli di chi.»

«La sorella di chi?»

«*Carmen*!»

«La sorella di Carmen?»

Battista infastidito dalle zanzare che lo aggrediscono, non si preoccupa di specificare, ma raccoglie il suo asciuga piatti su cui è sdraiato e schiaffeggiandosi si dirige verso la vetturetta -APE- a tre ruote della cugina, che sveltamente lo segue.

«Battista, con te è difficile parlare. Tendi a menare il *'can per l'aia'* e a me non piacciono i cani sull'aia.»

«Neanche al nostro cane piacciono le aie, preferisce raspare nei cortili.»

«Fallo salire sull'Ape e andiamocene da qui.»

«La puntura d'una zanzara è meno dolorosa della puntura d'una vespa, ma la tua Ape non punge.»

Virginia si chiude ermeticamente nella piccola cabina del furgoncino a tre ruote lasciando il pianale esterno allungato a Battista il quale fa salire anche il cane *Slandròn;* che in quel luogo malfamato stava rintanato all'ombra sotto ad arbusti abusivi lì posizionati per mimetizzare immondizia tossica intrisa di acido puzzolente.

Rientrano sfigurati dalle scottature corrosive e dalle punture di zanzare extracomunitarie emigrate in Italia clandestinamente.

«Vi vedo bene!» esclama mentendo un vicino di casa vestito di tutto punto per la discoteca.

«Sei tu che fai schifo!» ribatte nervosamente Virginia.

«Sei molto elegante e pulito» corregge Battista.

«Grazie Battista. Tua cugina è una stronza.»

«E tu sei un vecchio cafone che passa il tempo a menarsi l'uccello, anzi l'uccellino e a imburrarsi il buco del culo!» esplode Virginia, preda di fameliche zanzare richiamate da questo conoscente che nervosamente ribatte: «A te il mio uccello non lo farò più vedere! Lo farò toccare solo al mio amato Battista.»

Battista scuote con decisione la testa. «Io sono uno che mi piace gli uccelli solo come la passera che mi fa venire» specifica.

«Battista, devo andare! Comunque io non sono un vecchio cafone e pure io ti farei venire.»

«Battista, stai zitto e non dare ascolto a quel pervertito» dice la cugina appena il conoscente è fuori portata di voce.

«Cugina, quello che gli hai detto non è del tutto vero: tu dici sempre bugie.»

«D'accordo, dico sempre bugie, ma tu sta' sereno: io a te dico sempre la verità.»

«Allora se dici sempre bugie, io non sto sereno, perché vuol dire che quando mi dici che dici la verità è una bugia.»

«Battista, smettiamola e prepara da mangiare e massaggiami un poco il fondo schiena, mentre io mi gratto davanti.» Battista incomincia a massaggiarle le chiappe, ma lei cambia idea.

«Prima facciamoci una doccia tutti e due insieme con *Slandròn*, così risparmiamo acqua e detersivo.»

«*Slandròn*! Scendi dall'Ape e vieni a lavarti come ha detto mia cugina» ordina Battista, ma è costretto a scaricarlo dal furgoncino di peso e a pedate costringerlo dentro al bagno.

Una volta rimessosi in sesto, Battista accende il televisorino e il fornello, recuperati al campeggio, e prepara la cena.

«I politici s'interessano della gente come le pulci dei cani», dice stizzita la cugina guardando *Slandròn* con un occhio severo e con l'altro lo schermo televisivo. Nello stesso tempo si spennella le unghie dei piedi pieni di punture zanzaresche.

«Battistoni ha detto che deve vincere l'amore sull'odio.»

«Battistoni è uno che te lo mette con *savoir faire*, ma te lo mette e non te lo cava più.»

«Cosa vuol dire **savuarfer**?» chiede Battista.

«Vuol dire creanza, accortezza in francese, e a me piace il francese parlato come i francesi e le francesi che lo sanno parlare.»

«Ogni volta che sbugiardiamo qualcosa a qualcuno significa che riconosciamo la sua superiorità. C'è creanza nella menzogna. Lo ha detto Battistoni che ci ama e vuol dire che ci considera superiori a lui stesso che ci ama.»

«L'unica cosa di buono che ha fatto Battistoni è stato di aver portato iella agli americani facendo crollare le torri gemelle a New York e così far aumentare il prezzo dell'oro. Un altro chilo e poi io me ne vado all'estero e tu Battista puoi andare a Trieste a trovare i tuoi genitori pescivendoli che hai detto che ti amavano tanto come Battistoni che ti vuole tanto bene», dice tutto d'un fiato Virginia indaffarata sulle unghie dei piedi.

«Ma io voglio bene anche a te che sei la mia unica cugina e mi fai dormire con te e ora sei anche pulita.»

«E allora Battista, ricorda che amare vuol dire permettere alle persone a cui si vuole bene di fare quello che vogliono fare, senza pretesa di soddisfazioni: come con *Slandròn*.»

«Ma io voglio darti tante soddisfazioni.»

«Battista, tu qui hai messo radici. Io qui soffoco e quel Battistoni con tutti quei Battistini che gli leccano il sedere non lo sopporto più. Ma tu non preoccuparti, ti lascio il cane, la casa, il furgoncino e il giardino dove ho sepolto 99 Kg. d'oro che sta andando su di prezzo e che *Slandròn* non riesce a masticare.»

«Ma tutto quell'oro è pesante da trasportare.»

«Un altro chilo e siamo a cento. Io me ne prendo ottanta e venti li lascio a te. Con venti puoi permetterti una bella vita con *Slandròn* e non dovrai più scopare le ville dei ricchi.»

«Ma a me mi piace scopare!»

«Battista va' al diavolo e metti in tavola che poi voglio ascoltare Battistoni davanti alla porta della Vespa senza ruote.»

Battista versa diligentemente il minestrone e taglia un melone che aveva seminato nel giardino e lo dispone vicino al cartoccio di prosciutto crudo ch'era riuscito a elemosinare davanti al supermercato balbettando: "*Ta ta ta tan-ta, fa fa fa fa-me...*"

Virginia mangia di malumore e rimugina con sempre più intensità quella raccomandazione che poco tempo prima un benestante dotato cliente le aveva suggerito durante un massaggio *senza niente*: "Rimettiti i baffi, ti donano, e così mi indurisco con più facilità!"

"Maledizione, se i baffi mi donano... È inutile nasconderselo, gli anni passano" pensa. "Con 80 Kg. d'oro al di là del S. Gottardo posso fare la signora. Là nessuno mi conosce e non chiederanno l'origine dell'oro. In compagnia del camionista che ancora apprezza i miei massaggi *senza niente*, andrò fino a Basilea dove imparerò a parlare il francese come *Catherine Deneuve* che mi piace tanto e che un poco mi assomiglia quando sono senza baffi. A Basilea mi farò chiamare *Virginie*: **Virginie Borjià".**

«Buono questo prosciutto?» la risveglia Battista.

«Molto buono. Il maiale con cui l'hanno fatto sarà stato ben nutrito, come *Slandròn*.»

«Ci avranno messo anche qualche asino; dicono che l'asino è molto saporito da mangiare, ma ecco Battistoni.»

In religioso silenzio s'apprestano a seguire Fulvio Battistoni alla televisione, presentato da un '*Bruno Vespa*' ossigenato che si crede un dio Greco sceso a fottersi gli umani con: *Savuar fer.*

Ma chi è, da dove viene questo famigerato Fulvio Battistoni?

Le prime avvisaglie della sua esistenza le incomincia a dare alla fine degli anni settanta, quando l'Italia è in una fase di crescita disordinata, senza rispetto per alcun principio etico e la menzogna più che nei discorsi, è nelle cose.

Nei dintorni di Milano, ad *Abbagliate*, nella sua villa antica appena acquistata, il nostro personaggio si concede per la prima volta a essere intervistato. Il parco esterno di questa

villa incute rispetto e ammirazione. È stata battezzata '*Villa Castamagna*', e l'interno è lussuosamente arredata; saloni uno dopo l'altro; estensioni inimmaginabili di moquette; sculture che girano su se stesse; pelle, mogano e palissandro. Al centro di tutto questo, un ometto con un faccino tondo da bambino, senza una ruga, e un nasetto da bambolina. Veste classico, grandi sartorie, ed emana un leggero profumo maschio al limone.

Malgrado il suo aspetto curato e i suoi modini gentili, espleta un'esplosione di idee da far invidia a un organizzatore di fiere, congressi e festini. Il suo nome è: **Fulvio Battistoni.**

Un milanese purosangue che vale miliardi. Ha fatto costruire smisurati centri residenziali. Un Re Mida che trasforma in oro i mattoni che si guarda bene dal toccare. Le sue mani devono essere sempre pulite, tutto intorno a lui dev'essere immacolato. A villa *Castamagna* ha fatto togliere qualsiasi immagine di nudità per non offendere la religiosissima madre e le caste persone che lo circondano.

Si accomoda con garbo sulla poltrona d'epoca vicino al caminetto e spiega, con un sorriso ironico solo a metà, come tutto a metà è il suo atteggiamento - per essere pronto a spostarsi sul lato che più gli conviene -, d'essere allergico alle fotografie per via dei rapimenti. Che nessuno lo riconosca a Milano, come pure nei due conglomerati urbani che ha realizzato, facendosi pagare le case dagli acquirenti prima di consegnargliele e guadagnando così anche gli interessi, lo rende tranquillo e soddisfatto. All'intervistatore racconta la sua vita felice senza apparenti pudori.

Viene dalla media borghesia. - Successivamente, in altre occasioni, gli farà comodo dire che aveva patito la fame, fatto i lavori più umili e abitato con la sua famiglia in un freddo appartamento di 39,99 mq. ed era felice. -

Il papà, direttore di banca, alla fine del liceo non gli dà più la paghetta e allora lui non si dispera, ma mentre studia legge, lavora indefessamente in vari modi per guadagnarsi da vivere. Suona *Gershwin* e canta canzoni francesi alle feste studentesche. Vende, a prezzi stracciati, tesi di laurea ed eleganti riproduzioni della Maja vestida. Se poi gli studenti la denudano, rendendola Maja Desnuda, egli disapprova.

Ma questi non sono i soli suoi impegni. Tra un trenta e lode e l'altro, allieta le vacanze degli annoiati croceristi esibendosi - con un suo fraterno amico pianista - in romantiche interpretazioni di canzoni d'amore transalpine al termine degli spettacoli serali: per infondere amore nelle coppie indecise sul da farsi. Il suo successo è riconosciuto da tutti coloro che sanno amare, ma non dai mariti furiosi per i tradimenti delle loro consorti; ragion per cui si trasforma in venditore di elettrodomestici.

Le sue indubbie capacità lo portano in brevissimo tempo a diventare venditore capo e poi direttore commerciale. "Frigoriferi agli esquimesi!" il suo motto.

Dopo la tesi di laurea sulla pubblicità - ovviamente il massimo dei voti + lode - dà inizio alla sua vera attività entrando in due importanti imprese di costruzioni. A venticinque anni crea il suo primo complesso di case intorno alla piazza di una chiesa - molto frequentata anche dai suoi famigliari - un po' fuori Milano.

Il successo di questa per lui modesta operazione, gli procura il plauso del mondo benpensante cattolico e politico. Ma ecco la fortunatissima impresa che gli permette la costruzione di mille appartamenti che vanno a ruba. Sulla carta sono abitazioni destinate al ceto medio basso, ma i colori di gusto e il luccichio delle sovrastrutture le fanno subito salire di prezzo, come fossero regge imperiali. «Ma con un qualche piccolo sacrificio supplementare, finanche le classi meno abbienti se le potranno permettere!»

Questo è il suo commento alle recriminazioni dei soliti invidiosi malpensanti.

A questo punto, senza essere sollecitato dal giornalista che lo sta intervistando, preso dal piacere di raccontare va nel difficile.

«In questo contesto di macro urbanistica, di architettura corale, è la positività insita nel mio carattere a emergere: ***natura non facit saltus!*»** sillaba come fosse un dettame di fede.

«E già, la natura non fa salti; l'oro resta oro seppur a volte non luccica come dovrebbe, ma alla fine non può rimanere nascosto, deve uscir fuori e farsi ammirare» lo lusinga il furbo intervistatore. "Con gli ipocriti imbroglioni non faccio sconti, li voglio smascherare" pensa l'accorto onesto giornalista.

Infatti Fulvio Battistoni sa resistere a tutto, fuorché alle sviolinate ruffiane, e allora si scioglie e rivela i suoi sogni più nascosti. Vorrebbe essere ricercato dal mondo intero per progettare città e tutti dovrebbero invocare Battistoni per espandere nuovi quartieri come qui a Milano, dove ha da poco ultimato il suo capolavoro di città nella città: ***Milano Cara***.

Parla di quest'enorme quartiere residenziale di centomila presenze, come fosse una bellissima donna che adora. Una donna completa d'ogni bellezza, e che soddisfa ogni più recondito desiderio. Dire che gli abitanti di Milano Cara sono soddisfatti è dir poco.

«Non fanno passare occasione per manifestarmi la loro eterna gratitudine!» esclama felice guardandosi riflesso su una vetrina di un mobile antico e assestandosi la cravatta.

Racconta di leggere moltissimo, specie le novità di architettura e urbanistica; ogni tanto anche qualche *bestseller* per distrarsi, ma ciò che rilegge spesso è: *L'utopia di Tommaso Moro*.

Libellus vere aureus [...] Elenca il lungo titolo latino per poi spiegare al superficiale giornalista e agli ignari - non certo per colpa loro - lettori di quella rivista, che si tratta di un romanzo cinquecentesco in cui è descritto un viaggio immaginario in una fittizia repubblica popolata da una società ideale. In Utopia si ha il progetto di una città liberale, e vengono coinvolti argomenti come la filosofia, la politica, il collettivismo, l'economia, l'etica e poi, specificatamente ammette: «Su questo testo io vorrei scrivere un saggio per renderlo attuale ai giovani italiani privi di paradigmatici ideali.»

Non lascia tempo all'intervistatore di esprimere opinioni sul suo operato, in quanto lui si ritiene l'antitesi del volgare palazzinaro; si ritiene un progressista cattolico praticante, che vota da sempre per il partito dei cattolici, ma ci tiene a ribadire: «Se l'urbanistica è quella che si contratta tra costruttori e potere politico, la mia allora non è urbanistica.»

L'intervistatore annota scrupolosamente quanto gli viene detto, ma poi fa notare cosa gli altri dicono di Fulvio Battistoni.

– Lo considerano uno dei maggiori speculatori edilizi del nostro tempo che, valendosi di grosse protezioni vaticane e bancarie, vende le case e prende i soldi ancor prima di costruirle, lucrando in proprio miliardi di interessi. Si è legato prima con la base del partito cattolico al potere per poi prendere come punto di riferimento i socialisti arrembanti di **Piumino Strazzi**, capo indiscusso del moderato partito socialista, che a Milano ha imposto un sindaco di suo gradimento. E così viene contraddetta la sua avversione nei confronti dell'urbanistica come compromesso tra politici e costruttori. Battistoni ha creato e poi sciolto una miriade di società, con soci di tutte le risme, a seconda delle sue opportunità. Con una società compera a 500 Lit. il mq. immensi terreni agricoli. Non passa molto e quei terreni nel nuovo piano regolatore comunale diventano edificabili, per cui da 500 il prezzo sale a 5.000. Naturalmente la società che vende e incassa un plusvalore di 4500 lire si scioglie come neve al sole, lasciando solo una felpata liquidità. Nella società che acquista a 5.000 lire, Battistoni figura in bella vista, ma in realtà a lui quei terreni erano costati 500 lire, ma non per le banche finanziatrici a cui ufficialmente viene presentato un valore decuplicato. Successivamente si fa pagare in anticipo etc. –

Ma qui il Battistoni interrompe con un sorriso bonario e astuto il giornalista facendogli presente che nei suoi programmi ha la creazione di una televisione privata connessa a qualche importante giornale. Ammiccando, ma con eleganza, fa intendere che i giornalisti perspicaci, che guardano al bene dell'Italia, saranno i primi a essere presi in considerazione. A tal scopo fa diversi nomi di personaggi dello spettacolo e dell'informazione famosi - come l'insuperabile re del quiz **Michele Bonanotte** - che già hanno dato la loro adesione al suo progetto di televisione innovativa.

«Troppi sono oggi i fattori ansiogeni» dice. «No no, la mia sarà una TV ottimista.»

Fa intendere che lo stesso ministro delle poste e telecomunicazioni approva questo suo progetto.

Battistoni prega di credere che lui aveva anche pensato di fondare un circolo di cultura diretto da un depresso scrittore inventore di sagaci aforismi: **Alberto Supervaso**. La sua idea era quella di creare un movimento interpartitico puntando sui giovani, ma purtroppo il superbo Alberto Supervaso riteneva i giovani dei cretini che miravano solo alla grana, alla gnocca e al disimpegno assoluto. Ovviamente Fulvio Battistoni era dispiaciuto per quest'insuccesso, essendo lui dedito anima e corpo a promuovere la cultura evidenziandone tutte le angolazioni.

Poi abbandona completamente l'argomento cultura dicendo che in questo clima di disimpegno culturale vorrebbe diventare presidente della squadra di calcio cittadina, **MisoMilan**, ma la paura della pubblicità lo trattiene. Invece sua massima aspirazione sarebbe quella di candidarsi al parlamento europeo per suggerire ai disattenti parlamentari il valore della cultura condivisa: allo scopo di creare lo sviluppo di una comunità sempre più unita verso una democrazia che sviluppi nella società i concetti di amore e solidarietà. Ma ora ci tiene soprattutto a coltivare al meglio la sua figura di padre cercando di avere frequenti contatti con i suoi figlioletti, a cui raccomanda di acquisire più nozioni possibili. Quello che deplora è che dalla scuola di adesso sia stato escluso il nozionismo: a lui le nozioni in qualsiasi campo hanno giovato moltissimo.

Raccomanda a tutti di praticare l'amore, che vincerà sempre sull'odio, perché gli invidiosi comunisti non sono al potere.

L'intervistatore prende gli ultimi appunti, ma prima di salutare e congedarsi, un collaboratore del Battistoni si fa avanti e gli porge un pacchettino regalo.

«E non dimentichi mai che noi siamo per il progresso e il benessere di tutti coloro che amano l'Italia» dice costui con enfasi.

Battistoni sorride a metà facendo intendere che lui sapeva, ma anche non sapeva di quest'omaggio, che potrebbe essere frainteso. Il giornalista non può che ringraziare e allontanandosi non vede l'ora di lasciare quel parco enorme per aprire il pacchetto e controllare che cosa gli hanno rifilato.

Un: ROLEX SEA-DWELLER 4000 impermeabile fino a 1220 mt. di profondità! Un oggetto di inestimabile valore, un sogno imprevedibile per quel giovane cronista innamorato del mare.

L'anno dopo, su TV-Milàn, questo solerte intervistatore compare come cronista sportivo. Ancora tre anni e su Canale Mio, dà inizio a un programma di *gossip e scheck* comici di bassissimo livello, ma di altissimo gradimento. Prima d'entrare in studio, Battistoni provvede a farlo pettinare, vestire nella maniera che al povero ex giornalista meno piace, ma nell'unica volta che vuol fare di testa sua, l'audience crolla. Da lì in poi decide che i gusti e le idee di Battistoni erano, sono e saranno, per sempre, anche le sue.

Il successo è assicurato.

✱✱✱

Per il nostro povero Battista, gli anni fino al 1988 - anno in cui incontra Virginia coi baffi - furono scanditi dagli orari del collegio per orfanelli dove l'avevano confinato. Anche Virginia, prima di avere in gestione i bagni pubblici, dovette adattarsi ai lavori più umili: rifiutando saggiamente di degradarsi sconsideratamente nella prostituzione di basso livello.

L'acquisto del mastino tibetano Strassòn e l'incontro con Battista, danno una svolta positiva alla sua vita. Fino ad allora aveva messo insieme solo 800 grammi d'oro, ma da lì in poi gli affari prosperano, e visto che gli incassi denunciati al fisco sono un centesimo di quegli effettivi, l'oro cresce; e poi lei è molto economa, come pure Battista. I suoi *senza niente*, con il tacito consenso della segretaria municipale - che Battista provvede a tener pulita scopandola parecchie volte al giorno - ingrossano gli incassi. Inoltre Battista, coi suoi spettacolini assieme al cane castrato *Strassòn*, porta ulteriori guadagni non soggetti a tassazione.

Ma agli inizi degli anni duemila le contrattazioni stanno lentamente scemando. *Strassòn* ha un'età avanzata per un cane della sua stazza e Virginia deve stare attenta, perché la vecchia segretaria municipale è andata in pensione ed è stata sostituita da una casta sposina legatissima al marito, che la tiene pulitissima.

Una notte del 2004, Virginia raggruppa 80 Kg. di lingotti d'oro e li carica sul camion di un fidato camionista che la porta fino a Basilea. Con la complice assistenza di un raffinato banchiere sen-

203

za scrupoli, vende il suo oro evitando problemi fiscali; dopodiché acquista una villa, con enorme giardino.

Virginia in questa città cosmopolita si trova a meraviglia. In breve tempo parla francese come *Catherine Deneuve* e scandisce anche dei monosillabi in tedesco. Purtroppo nel 2006 facendo la spesa in un negozio di frutta e verdura, viene colpita alla nuca da una grossa patata lanciata da un inserviente pazzo, figlio di nazisti. Fortunatamente dopo pochi giorni d'ospedale viene dimessa, sennonché, ancor prima d'avere debellato il doloroso torcicollo, il suo raffinato amico banchiere viene arrestato. È accusato di aver minacciato di morte un suo subalterno - *Lucas Bauer* - qualora non avesse sgraffignato centinaia di milioni a una banca inglese. Indagando la polizia scopre che il capobanda responsabile di quella truffa è un certo **Marcel Tetragon.** Costui era il vero destinatario della patata che dal fruttivendolo era finita sulla nuca di Virginia. Caso volle che lei, prima d'essere colpita, avesse confidenzialmente parlato in francese con il *Tetragon,* tanto da consigliare a questo efferato bandito di comprare delle ciliege di stagione. Inoltre il banchiere, messo alle strette, confessa, fra le tante malefatte, di aver smerciato il suo oro a degli armatori testimoni di Genova. Fortunatamente la vittima del raffinato banchiere, *Lucas Bauer,* la scagiona da ogni responsabilità facendo ricadere tutte le nefandezze sul suo raffinato superiore.

Da quanto traspare, i due si odiano con fanatico livore.

Una volta superato questo brutto periodo, Virginia, felice per l'esito elettorale italiano che aveva escluso dalla guida di governo l'odiato Fulvio Battistoni, è quasi propensa a fare una capatina in Italia per vedere che cosa stesse combinando il suo giovane cugino Battista. Ma poi molteplici impegni la costringono a desistere.

Il multiforme Battista, dopo la partenza di Virginia, si consolò abbastanza in fretta prestando la sua manodopera a vari imprese di Pulizia. Ogni tanto scopava anche in proprio, ma ciò che più lo preoccupava era *Slandròn.* Quel cane, grasso all'inverosimile, creava eccessiva curiosità allorché la gente lo vedeva comodamente sdraiato sulla carriola: *Slandròn* di camminare non ne voleva sapere. L'unica cosa che lo faceva spontaneamente scendere da quella carriola era la vista d'un gatto, specie se di Peluche.

Un giorno alcuni ragazzini e ragazzine si divertivano guardando un piccolo gatto peloso a motore che cantava e ballava. *Slandròn*, con foga inaudita, saltò giù dalla carriola, fece a pezzi e ingurgitò quel giocattolo a batteria provocando il panico dei piccini.

Battista fu diffidato dalle forze dell'ordine dal circolare con quel cane così vivace e vorace. Allora fu costretto a ingessare le zampe posteriori di *Slandròn* per evitare improvvide corse. Ciò facendo s'accorse che prendendolo per le zampe ingessate - alla maniera dei manici di carriola - il cane con le zampe anteriori zampettava per non raschiare sull'asfalto il suo grazioso muso da rospo.

La vista del povero cane spinto da quello stagionato giovinastro male in arnese, impietosiva a tal punto i passanti, tanto da invogliarli a metter mano al borsellino e depositare qualche banconota nel collare dello sfortunato cane e una volta riempito il collare, anche nelle ampie tasche vuote del suo miserabile padrone. A questo punto Battista decise di lasciar perdere la sua scopa e il suo oro, per dedicarsi invece a perfezionare questa nuova redditizia attività. Si stava convincendo che lui la pensava come la cugina: la gente doveva imparare a darsi da fare, senza aspettare la provvidenza. (*Aiutati che il ciel t'aiuta!*) Bah!

✻✻✻

Ma ora torniamo indietro, a Battistoni, che dopo l'esperienza in campo edilizio, amplia il proprio raggio d'azione nel settore della comunicazione e dei media.

Quando Battista ha circa dieci anni, Battistoni compra TV-Milàn dagli incapaci fondatori, che non sanno fare programmi popolari graditi ai carnali telespettatori. Si tratta di una televisione operante nella zona residenziale di Milano Cara. A tale televisione due anni dopo viene dato il nome di **Canale Mio,** e assume la forma di rete televisiva a livello nazionale, comprendente più emittenti. Per il suo canale televisivo Battistoni acquista, nel 1980, i diritti televisivi di eventi calcistici tra nazionali sudamericane ed europee, compresa quella italiana, solitamente trasmessi dalle reti RAI. Per tali eventi, nonostante gli iniziali pareri sfavorevoli da parte di alcuni ministri del governo, ottiene dalla RAI l'uso del satellite e la diretta per la trasmissione in Lombardia, mentre nel resto d'Italia le trasmissioni avvengono utilizzando un consorzio di trasmettitori locali, come se fosse un'unica emittente nazionale. (Metodo sfruttato anche in seguito allo scopo di aggirare il divieto di trasmissione nazionale, ancora vigente per le concessioni private). Anche la pubblicità viene messa in onda in contemporanea in tutta Italia.

Battistoni raggruppa tutte queste attività in una S.P.A. denominata: **Soldinvest**. Tramite questa nuova società - che lui con parenti e amici conniventi controlla totalmente - si allarga impadronendosi di altre due televisioni concorrenti e stabilendo di fatto un vero e proprio duopolio televisivo con la televisione di stato, la RAI.

Grazie a una spregiudicata campagna acquisti, Battistoni arruola nella sua Soldinvest, oltre al *Bonanotte*, anche divi e dive popolari. Allora alcuni pretori oscurano le reti Soldinvest per violazione della legge che proibiva alle reti private di trasmettere su scala nazionale. Ma l'azione giudiziaria viene congelata dopo pochi giorni dal governo guidato da ***Piumino Strazzi***, che con un mefistofelico decreto legge, legalizza in via provvisoria, provvisoria solo pro-forma, le reti di Battistoni.

Il gruppo Soldinvest riesce perciò - seppur con strumenti non legali per la legislazione di quell'epoca - a spezzare l'allora monopolio televisivo RAI. Riconoscente, durante tutti gli anni ottanta e fino al 1992, Battistoni sosterrà sui network, con spot elettorali gratuiti, i socialisti moderati dell'amico Piumino Strazzi. Nel frattempo, godendo dell'appoggio di Piumino, Fulvio si fa coraggio ed esce dal suo guscio. Avverte le attrazioni del mondo, e vista la sua propensione ad amare, in mezzo a tutte quelle ballerine e vallette arrembanti, concede con generosità, senza risparmiarsi, il suo calore. Ciò lo costringe a un sofferto divorzio, che dopo anni d'attesa gli permette di sposare una bellissima donna, tale **Veranda Oro**, che lui ha sedotto con le armi del suo fascino virile e con scarpe a doppio tacco interno ed esterno, che gli fanno guadagnare 12 cm. in altezza, toccando così il tanto agognato metro e settanta.

Nel 1990, alla celebrazione del matrimonio tra Veranda Oro e Fulvio Battistoni, il testimone di nozze per lo sposo è proprio il suo fraterno amico *Piumino Strazzi*. Come ulteriore testimonianza della vicinanza di Battistoni allo Strazzi, va ricordato lo spot televisivo di ben 15,87 minuti per la campagna elettorale del 1992, nel quale compare lo stesso Battistoni vicino a un pianoforte. Dopo una canzone romantica francese, commentando l'esperienza dei governi presieduti da Piumino Strazzi, dichiara commosso e con le lacrime agli occhi:

> *«...ma c'è un altro aspetto che mi sembra importante, ed è quello della grande credibile onestà politica di quel governo. La grande credibilità politica sul piano internazionale, che è - per chi da imprenditore lavoratore quale io sono, opera sui mercati internazionali - qualcosa che è necessario per poter svolgere un'azione positiva in ambienti anche politici, sempre molto difficili per noi imprenditori lavoratori italiani, e qualche volta addirittura ostili; ma alla fine è sempre l'amore che vince sull'odio.»*

Altre sviolinate di personaggi televisivi di successo incorniciati da eleganti Majorette con seni prospicienti e natiche sode pudicamente fatte più immaginare che intravvedere, conclude lo spot.

Per giorni e giorni gli italiani assistono a questo bailamme pubblicitario. A conti fatti i risultati elettorali non si discostano molto dai precedenti. In pratica rimane una frammentazione che impedisce una chiara governabilità, ma ciò che più interessa a Fulvio e al suo compare Piumino è aver tenuto gli odiati comunisti, causa d'ogni male, fuori dalla porta.

Però nel frattempo dalla giungla della magistratura escono mastini milanesi, maremmani, napoletani e lupi alquanto più determinati del povero mastino tibetano castrato di Virginia e Battista.

È l'avvento di quel tornado politico giudiziario denominato **Mani pulite:** un nome che Battistoni, esperto pubblicitario, apprezza.

Ciò che però lo terrorizza sono le conseguenze. Sembra d'essere nell'aldilà, con un S. Di Pietro che seleziona i buoni dai cattivi. Piumino Strazzi scappa in Africa inseguito da un mandato d'arresto. Si rifugia in una modesta casetta con giardino e una vasca di acqua piovana che viene malignamente pubblicizzata come: "lussuosa piscina". Circola voce che lo Strazzi abbia rubato miliardi: imboscati parte in Alaska e parte sotterrati in una necropoli turca.

Battistoni tende a minimizzare, ma sente che l'ondata di sdegno che sale dal paese potrebbe - e a un certo punto visti i sondaggi ne è convinto - portare gli odiati comunisti al potere.

Infatti costoro, che dopo la caduta del muro di Berlino e la fine dell'Unione Sovietica hanno levato la parola Comunista dal loro simbolo, non vengono toccati dalla magistratura. Battistoni inventa il termine, *Toghe rosse*, per denigrare i magistrati ringhiosi, ma indulgenti coi comunisti; però la gente appoggia l'operato dei *bulldog* giudiziari. S'effettuano arresti preventivi carcerando senza prima essere processati imprenditori, dirigenti di enti pubblici, contabili amministratori di partiti...

Qualcuno si suicida in carcere, ma nessuno ci fa caso. Tutti gridano: "*Alla Bastiglia! Alla Bastiglia!*"

In questo clima Battistoni si trova disorientato. Si aggrega alla folla ululante dicendo che ci vuole un profondo rinnovamento politico, una pulizia che elimini il marcio della vecchia classe dirigente. (che in verità a lui andava benissimo).

Fra i democratici progressisti, principalmente ex comunisti, si forma un'alleanza di sinistra formata da collaudati politici che nessun magistrato è riuscito a indagare e men che meno a incriminare. A capo di questa, **Gioiosa macchina da guerra,** c'è un ex comunista di vecchia data: ***Patroclo Paperotto***. Un nome e un destino da **Occhetto.**

Battistoni, attento ai sondaggi, trema, ma esteriormente mostra sicurezza e si fa vedere in giro sempre più bonario e sorridente. L'acquisizione di tutte quelle televisioni e società editoriali e assicurative [...] lo vedono esposto con migliaia di miliardi di debiti. Aveva seminato, ma adesso la grandine potrebbe portargli via il raccolto. Un avvento delle odiate sinistre comuniste per lui vorrebbe dire azzerare buona parte dei suoi contratti pubblicitari, in quanto quegli invidiosi, incapaci, incolti e ingordi comunisti, (Quel che è mio è mio, quel che è tuo è nostro) avrebbero impedito alle sue televisioni di trasmettere a livello nazionale come l'amico Piumino Strazzi, ora in esilio, gli aveva permesso di fare. Oddio!... La rovina.

Battistoni si organizza, e, coadiuvato dai suoi più stretti collaboratori e personalità che odiano e temono i comunisti, decide di creare un nuovo partito politico, e di quotare in borsa una nuova società, Amaset, in cui far confluire i suoi media: salvaguardando così la sua Soldinvest. Battistoni può contare su milioni di tifosi del suo MisoMilan: squadra di calcio vincente con fior di campioni ben pagati che gli procurano lustro e consenso. Dispone di giornali, di amici giornalisti, ma ha una masnada di mastini che vorrebbero sbranarlo. Passa ore frenetiche al telefono, nottate a convincere chi gli interessa a sostenere il suo progetto. Incarica un suo fedelissimo collaboratore, che poi finirà in galera per mafia, a fondare un nuovo movimento politico senza le vecchie sovrastrutture delle confederazioni storiche: un partito tutto suo, come la squadra di calcio.

I nemici da fermare fuori dalle mura del palazzo sono i comunisti. In ogni occasione elenca i misfatti dei comunisti nel mondo. Quando s'accorge che qualche personaggio famoso perde il consenso del pubblico, approfitta subito per bollarlo di comunismo. Comunista è la parola maggiormente usata. La usa indiscriminatamente contro chiunque intralci i suoi programmi. I topi sono comunisti, come le mosche, le zanzare, le cimici etc. Nello stesso tempo copre di regali e lecca il sedere a tutti coloro che gli dimostrano attaccamento, compresi agnellini, cani e gatti. (La gente ama gli animali mansueti).

Per la fine di marzo del 1994 vengono indette nuove elezioni anticipate chieste a gran voce dalle opposizioni di sinistra sicure - con la gioiosa macchina da guerra di Patroclo Paperotto - di entrare, per la prima volta in Italia, nella stanza dei bottoni.

Battistoni organizza le sue truppe e affronta il singolar tenzone.

Il partito dell'amore che vince sull'odio lo chiama: **Alé Italia.**

Si prepara un discorso con farina del suo sacco, ma per avere la certezza di fare colpo sull'elettorato, chiede il parere a persone fidate. Sceglie uno scenografo e un regista di successo popolare e registra quella chiacchierata parecchie volte, fino a ottenere la versione che dal punto di vista pubblicitario risulta più convincente.

Una volta selezionata la stesura appropriata, quel nastro viene distribuito a tutte le televisioni, anche straniere. La novità suscita interesse tra il pubblico e raccoglie ascolti inaspettati; ovviamente le reti RAI non si dissociano e lo trasmettono. Audience non olet.

— L'Italia è il Paese che amo. Qui ho le mie radici, le mie speranze, i miei orizzonti. Qui ho imparato, dal mio onesto padre e dalla mia sobria vita, il mestiere di imprenditore operaio. Qui ho appreso la passione per la libertà. Ho scelto di scendere in campo e di occuparmi della cosa pubblica

perché non voglio vivere in un Paese illiberale, governato da forze immature e da uomini legati a doppio filo a un passato politicamente ed economicamente fallimentare. [...]

Nel discorso, Battistoni dice d'essersi dimesso da ogni carica sociale del gruppo da lui fondato, per il bene di tutti, rinunciando al ruolo di editore e di imprenditore per così mettere la sua smisurata esperienza e l'intero universo del suo impegno a: totale *disposizione di una partita in cui credo con assoluta convinzione e con la più grande fermezza.* Dice che la classe politica nazionale è superata e travolta dai fatti e dalle inchieste giudiziarie e i vecchi governanti sono stati: *artefici del debito pubblico e del sistema di finanziamento illegale dei partiti, lasciando un Paese indebitato, impreparato e incerto nel momento difficile del rinnovamento e del passaggio a una nuova Repubblica.*

Nel discorso Battistoni porta alle stelle il suo nuovo schieramento politico, **Alè Italia**, dicendo di scendere in campo in quanto sogna: *una società libera, di donne e di uomini onesti, dove non ci sia la paura, dove al posto dell'invidia sociale e dell'odio di classe stiano la generosità, la dedizione, la solidarietà, l'amore per il lavoro, la tolleranza e il rispetto per la vita.*

- Alè Italia *non è come l'ennesimo partito fazioso, che nasce per dividere, ma una forza che nasce invece con l'obiettivo opposto; quello di unire, per dare finalmente all'Italia una maggioranza e un governo all'altezza delle esigenze più profondamente sentite dalla gente onesta, dando alla gente una forza politica fatta di uomini totalmente nuovi, offrendo alla nazione un programma di governo fatto solo di impegni concreti e comprensibili. Noi vogliamo rinnovare la società italiana, noi vogliamo dare sostegno e fiducia a chi crea occupazione e benessere, noi vogliamo accettare e vincere le grandi sfide produttive e tecnologiche dell'Europa e del mondo moderno...*

E in conclusione esorta i cittadini a costruire: *insieme per noi e per i nostri figli, un nuovo miracolo italiano...* **Alé Italia!**

Questo discorso provocò negli italiani un senso di fastidio, ma nel contempo, trovandoselo continuamente in tutti i programmi televisivi, lentamente qualcosa si mosse. Battistoni, quale esperto pubblicitario, sapeva che far vedere un simbolo un colore etc. in continuazione, provocava una ripulsa iniziale che nella notte generava dei sogni. *Sigmud Freud* sosteneva che questi sogni erano desideri nascosti. - Prosperità, amore, solidarietà, libertà, onestà, riduzione delle tasse - Tutto ciò ripetuto all'infinito...

Prima delle elezioni Battistoni ideò due fondamentali alleanze; una con il partito nazionalista di destra, *"Il Polo degli audaci"*; e una con il partito del nord *"Il Polo dei bempensanti"*: il dirompente movimento che auspicava lo smembramento dell'Italia.

L'altro candidato, Patroclo Paperotto (di nome e di fatto), fidandosi di sondaggi farlocchi cantava vittoria. Era sicuro di vincere le elezioni con il suo cartello, e di portare il partito comunista al potere in Italia. Purtroppo per lui le elezioni furono un successo della coalizione di Fulvio Battistoni. (**ETTORE uccide PATROCLO e ACHILLE piange**)

Il Presidente della repubblica, *Akbar Super Gigi Acaro*, uomo integerrimo, fautore d'un integralismo cattolico d'altri tempi - aveva schiaffeggiato una donna perché assisteva in piena estate alla Messa con le braccia scoperte - fu costretto, in base alla costituzione, a conferire all'odiato Fulvio Battistoni la formazione del

nuovo governo. Presto fatto, diventato Presidente del consiglio, il nostro eroe si mise all'opera, ma Super Gigi Acaro, manovrando sottobanco, convinse gli alleati del nord a levare la fiducia all'esecutivo appena ce ne fossero state le condizioni. Indubbiamente il nostro Fulvio partiva con buoni propositi, però ancora doveva rendersi conto che la politica era come la fattoria degli animali descritta nel fantasioso romanzo di *George Orwell*.

A comandare e a godersela erano i maiali. Cani, gatti, bovini, capre e somari in quella fattoria non avevano vita facile e le volpi come Battistoni venivano tenute fuori.

L'Acaro maiale, aveva convinto il montone **Umberton Scavalcafossi,** a togliere la fiducia a un immorale Battistoni in cambio di prebende e avanzamenti di carriera.

Infatti, dopo pochi mesi, il governo perse la maggioranza parlamentare e dovette dimettersi.

Qualcuno festeggiò, qualcuno bestemmiò, qualcuno se ne fregò; qualcuno dalle varie procure della repubblica intensificò la spedizione di avvisi di garanzia al povero Battistoni. Ma costui di povero aveva solo la convenienza a farlo credere: come nella fiaba dei fratelli *Grimm. - Lui povero, aveva generosamente dato ospitalità a un mendicante più povero di lui, ma che in realtà era un angelo che lo fece diventare ricco -*

Battistoni diede a intendere d'essere disperato per quell'umiliazione; ma in realtà gli andava benissimo visto che gli odiati comunisti erano fuori le mura; i mastini giudiziari li teneva a bada coi suoi gladiatori avvocati; ma cosa fondamentale: era dentro quella fattoria. Lui era una volpe che imparava in fretta e con quei maestri in poco tempo si trasformò in un volpone, ovvero: maiale di peso.

La caduta di Battistoni a fine 1994, fu accolta da Virginia con soddisfazione; Battista invece ne fu rammaricato. Gli incassi ai bagni pubblici veleggiavano con il vento in poppa, per cui la fanfaluca della riduzione di tasse promessa da Battistoni, a Virginia non interessava: il reddito al fisco lei non lo dichiarava.

I suoi massaggi, *senza niente*, andavano a ruba; inoltre pensava che la società bacchettona agognata dal Presidente della repubblica *Akbar Super Gigi Acaro* legittimava i suoi prezzi, perché se in giro tutte le ragazze *bbone* avessero imitato le vallette ballerine di Battistoni, la sua merce avrebbe perso valore, e allora ben vengano i moralisti presidenziali della buoncostume.

Battista, al contrario, soffriva nel vedere che in giro quel simpaticone di Fulvio con la testa un poco pelata, veniva vituperato e svillaneggiato. Si domandava dove fossero andati a finire tutti quei milioni di italiani che l'avevano votato se adesso nessuno ammetteva d'essere stato 'battistoniano'.

Ai bagni pubblici, oltre a lui, solo il mastino tibetano castrato *Strassòn* e la segretaria comunale condividevano frementi le sofferenze del martire Battistoni. Comunque per loro i commerci proseguivano bene anche senza quell'infingardo, il quale, pur appiedato, tramite le emittenti televisive e i giornali di proprietà, i suoi guadagni li incentivava lo stesso.

Malgrado le continue instabilità di governo, per Virginia tutto procedeva a gonfie vele, ma ora, a fine millennio, sentiva che quel maledetto bassotto si sarebbe rifatto. Quel maiale smussava ogni spigolo e oliava ogni ruota con il suo untuoso sorriso: infatti lui si dichiarava unto dal Signore. E così i suoi ingranaggi giravano a meraviglia, mentre le ruote dentate dei nemici sembravano ingrippate da sabbia granulosa.

I preti all'antica lo snobbavano; circolava infatti voce che non conducesse una vita morigerata conforme a quanto egli pubblicamente sosteneva. Infatti certe notti, pare si dedicasse a un vizio che lui non voleva smettere, smettere mai.

Certe notti, tra luci soffuse, zanzare e sudato sudore, aveva sempre qualche amica che lo asciugava e gli disinfettava le punture di zanzara. Senonché, malgrado le sue carnali concupiscenze, osservava con terrore l'inarrestabile diradarsi dei suoi capelli che atterravano nei piatti dei capi di stato perfino nelle cene ufficiali.

Durante una crociera, in cui diede libero sfogo al suo generoso altruismo, s'accorse che dopo una sua visita alle cucine, a tavola molti si lamentavano perché inghiottivano dei fastidiosi peli che rimanevano incagliati nell'esofago.

- Infatti Fulvio si era fatto crescere i capelli sulla collottola come la principessa sulla torre, cosicché li poteva arzigogolare sul cranio per nascondere la pelata; ma purtroppo in quel mare, in quella salsedine, quei riccioli lunghissimi si spezzettavano volando come *virus* nefasti dove meno ti saresti aspettato. -

Intervenne drasticamente imponendo al personale addetto alle cucine di incapsulare le loro fulve capigliature sotto turbanti che dessero un tocco orientale all'ambiente, e lui stesso provvide a mettersi una nera bandana, come un redivivo *Sandokan*.

Però non sopportava restare solo con la moglie che disapprovava la sua esuberanza, anche se a volte si castigava pensando: "Chi s'accontenta gode... Sì, ma... così così". No, lui certe notti si sentiva padrone di se stesso, cosa che di giorno doveva limitare. E allora certe notti bussava alla porta di qualcuna ch'era esuberante quanto lui e se era fortunato, lei lo teneva fra le sue tette come una mamma un po' porca, ma lui in quelle notti ci dava dentro fino a farsi male: *"Fino a quando ce n'è"*.

Così sosteneva quel *Ligabue:* menestrello di successo.

C'era poco da fare, non riusciva a stare solo e calmo in quelle notti lì; s'accontentava, ma doveva darci dentro fino a quando le sue miracolose pillole glielo permettevano. Certe notti era un poco più allegro, d'accordo, pure ingordo, ma anche un po' ingenuo e tanto coglione, sì tanto coglione. Ma volente o nolente quelle notti erano proprio quel vizio che non riusciva a smettere, smettere mai.

✳✳✳

Gli anni del potere li dedicò al mondo intero. La sua presenza accanto ai capi di stato di qualsivoglia nazione lo inorgogliva. Nel frattempo all'estero l'Italia appariva come il paese dei balocchi: Pinocchio e Lucignolo prosperavano.

Fulvio fece ***cuccù*** a una grossa personalità politica, che si mise a ridere allorché seppe che tra amici la definiva ***Culona***. Alla prima occasione favorevole, senza ritegno, definì colui che così l'aveva definita: **"Un tappo di sughero che sta sempre a galla come gli st..."** Ma si fermò in tempo. Comunque dopo questa *boutade*, in un vertice europeo, quando le fu chiesto se riteneva l'Italia di Battistoni capace di mantenere gli impegni presi, girandosi verso il premier francese, ***Sempresì***, non riuscì a trattenere un infido sorriso notando che Sempresì sghignazzava.

A Basilea, *Virginie Borjià* - così adesso si faceva chiamare la cugina di Battista - dopo i brutti momenti passati per colpa di *Marcel Tetragon* e del direttore di banca che l'aveva sbugiardata, riconosceva *Lucas Bauer* meritevole del suo affetto per averla scagionata dalle accuse di quel banchiere traditore e frocio.

Quel servile *Lucas Bauer* le ricordava il suo Battista, e così, visto che nessuna banca lo voleva più assumere, per riconoscenza lo ingaggiò lei come floricoltore nell'enorme *parterre* della sua casa a Basilea. *Lucas Bauer* era digiuno di giardinaggio, ma Virginia con pazienza lo smaliziò e in poco tempo *Lucas* divenne un provetto coltivatore e un discreto scopatore. Virginia aveva supe-

214

rato la cinquantina e non possedeva più la vigoria dei suoi *"senza niente"*, ma *Lucas Bauer*, in aggiunta ai fiori, si era impegnato a coltivare anche le parti molli un poco cadenti della sua benestante ninfa plebea; cosicché indorava i suoi massaggi con un tocco penetrante che lei non disdegnava, e orgogliosamente *Lucas* ne andava fiero.

Pensava alle umiliazioni che la suocera gli aveva fatto patire e ai rifiuti a cui la moglie a letto lo aveva sottoposto, ma attualmente era felice. Finalmente c'era chi lo sapeva comprendere e apprezzare. Stava rivivendo le sensazioni di sicurezza che solo *Marcel Tetragon*, gran custode della tana malefica, riusciva a dispensare.

Il vivaio di Virginia oramai era un vanto per tutta la città, cosicché la municipalità, in occasione della visita a Basilea del premier italiano, scelse i fiori del suo giardino da presentare e donare a Battistoni; che Battistoni fosse un amante del verde e che sapesse difenderlo dai parassiti era risaputo finanche dalle cimici.

Quale circostanza migliore, pensavano i notabili di Basilea, dimostrare che la Svizzera sapeva coltivare piante e fiori!?

Alla cerimonia di benvenuto il sindaco incominciò la presentazione chiamando una bellissima ragazza bionda con un mazzo di rose nere, un mazzo di rose rosse e uno di rose bianche.

«Oh, rose, che belle, sì, Rosa bionda proprio bella e bona» commentò il premier occhieggiando i fianchi e le tette della ragazza.

«Ed ecco l'azalea!» continuò tutto pimpante il notabile.

«Oh, bella Azalea e bona, bona» mormorava approvando platealmente con la testa. L'esibizione continuò con ragazze sempre più flessuose e succinte, tanto da fargli strabuzzare gli occhi.

«Ed ecco l'ortensia!»

«Oh, Ortensia è proprio bona.» Fulvio occhieggiò la ragazza con le ortensie, ammiccando spudoratamente per farle capire che era lei la prescelta, ma il sindaco imperterrito continuava:

«E per finire, ecco la meraviglia delle meraviglie, **Orchideaaa!**»

Battistoni si girò per ammirare... Ma vide comparire Virginia, appesantita dagli anni e oltretutto con un'ombreggiatura di baffi veri e un fondo tinta che la anneriva.

«Orcodio!» gridò impietrito dal cambio di inquadratura.

Virginia, inviperita, s'avvicinò lanciò il vaso di orchidee contro la mandibola di Battistoni sulla quale dei denti avvitati, costosissimi, finirono con lo scardinargli l'osso mascellare.

In Italia la cosa fece scalpore, anche perché in Italia, specie al Nord, quell'orco-dio, equivaleva a una bestemmia.

Ovviamente il nostro eroe giurò che mai in vita sua aveva bestemmiato e in ogni caso alla sua esclamazione di stupore mancava la P. Oltretutto che cosa avrebbe dovuto dire un *Arma-dio* o peggio ancora un poveretto che si fosse chiamato *Arca-dio*?!...

Virginia fu presa in consegna dai gendarmi che sotto sotto parteggiavano per lei, ma non volevano darlo a vedere. Furono consultati eruditi accademici per sviscerare il significato della parola che aveva fatto imbestialire in quel modo Virginia. Un autorevole esponente della *Crusca,* riconosciuto come massimo conoscitore dei vari idiomi italiani e non solo, confermò che quell'**orco-dio,** detto in quella maniera, e con quell'accento, senz'ombra di dubbio, era una bestemmia che una pia donna non poteva tollerare.

Virginia fu scarcerata e quando tornò a casa, *Lucas* le fece vedere un carico di piante grasse pregiate regalatole da Battistoni. Allegato c'era un biglietto di scuse che lei volle tenere come cimelio a memoria della sua vittoria. Le piante voleva mandarle al macero, ma *Lucas* volle interrarle, perché - come ex bancario - sui soldi non ci sputava, come del resto neanche Virginia.

Quei vegetali divennero il vanto di Basilea e Fulvio dovette ammettere, specie con se stesso, che forse quell'esclamazione era stata improvvida e fuori luogo.

Virginia si augurò che quell'incidente determinasse l'inizio delle disgrazie dell'antipatico lazzarone, infatti...

Roma, maggio 2009.

Vestito blu, cravatta blu a *pois* bianchi e una cartellina bene in vista, Fulvio Battistoni si presenta così nello studio Rai di *Porta Bene,* per la registrazione della trasmissione. Alle sue spalle un fermo immagine dal titolo emblematico: ADESSO PARLO IO

Sulla vicenda della crisi coniugale, il premier spiega che quello che è successo non si sarebbe verificato se la stampa avesse riportato le cose correttamente.

«I comunisti maligni e invidiosi non riescono ad accettare la mia popolarità al 90% e, visto anche lo stato in cui sono ridotti, hanno incominciato ad attaccare la mia persona con calunnie che non possono assolutamente essere vere.»

L'intervistatore, per dare un minimo di credibilità alla trasmissione obbietta: «Ma sua moglie nell'annunciare la decisione di separarsi ha detto che non sopporta l'idea che il marito frequenti delle minorenni.»

«Io con le minorenni? Menzognaaa!» esclama agitando la cartellina come a voler scacciare una nefasta mosca comunista.

Quando l'ho incontrata quella ragazza aveva 18'anni; proprio quel giorno festeggiava il suo compleanno, per cui non era minorenne.»

Il Vespone imbarazzato scuote la testa.

«Io, a mia moglie Veranda, voglio un bene dell'anima, e sul rapporto con lei non voglio aggiungere altro» dice Fulvio con gli occhi lucidi; poi, simulando un Lazzaro che risorge dalla tomba, esplode: «Chi come me è impegnato in gravi funzioni pubbliche per la magnificenza dell'Italia, non può sopportare un rapporto coniugale infangato da accuse su di lui e non riconosciute come menzogne.»

Continua spiegando che la sua profonda onestà intellettuale lo costringe ad accettare quel divorzio perché la fiducia è venuta a mancare. Solo se la sua consorte dichiarasse pubblicamente che è incorsa in un clamoroso errore, il divorzio sarebbe evitato, anche se lui insiste a dire di volerle: «...un bene dell'anima.» E quindi per quanto riguarda il divorzio: «...è doveroso non parlarne.»

Tergiversando e amabilmente schivando altre domande, passa a descrivere il suo splendido rapporto con i figli che adora e dai quali è riamato nella maniera più totale.

«Credo, compatibilmente ai miei moltissimi gravosi impegni di Presidente del Consiglio, di essere un padre assolutamente straordinario e amatissimo dai miei figli» dice a fine intervista.

Ma le perturbazioni, oltre al settore famigliare, invadono anche il versante politico. I suoi alleati cominciano a defilarsi.

Pier Nando Bordelli si sgancia dalla maggioranza di governo; però è solo un'inconsistente nuvoletta *fantozziana*. Ciò che crea imbarazzo e confusione politica è la lite con, **Gianfalso Sottile,** che però, malgrado raggruppi un buon numero di parlamentari, non riesce a mettere in minoranza la compagine governativa.

- Anche se le sue sono ambizioni da maialone, resta pur sempre un maialino, e di fronte ai Maialoni veri... -

Le Toghe rosse non demordono e inseguono la volpe favoriti dalle sciocchezze che la volpe stessa commette. Iniziano così indagini sulle cene galanti con signorine di incerta moralità, ma di pessima reputazione; finisce sui giornali persino il nome del magnate egiziano, **Magnaciok** zio d'una nervosa minorenne.

L'economia è fuori controllo e il ministro delle finanze, **Giuliano Tramonti,** non gli rivolge più la parola. Alla fine le continue imboscate parlamentari e il discredito internazionale, costringono Fulvio Battistoni alle dimissioni.

Il Presidente della repubblica, **Giorgio Del Lago** - maggiore esponente comunista ancora in circolazione - richiama da Ascona **Mariotto Ortigara,** che si stava gustando un risotto, e che in Europa è benvisto. Costui arriva boccon bocconi, e facendo anche piangere una sua ministra, annuncia: sangue, sudore e lacrime. Nessuno che conta ha il coraggio di contraddirlo. Solo qualche salvietta e dei comici che non fanno ridere non lo appoggiano; ma questi sono solo delle comparse da avanspettacolo che non compromettono la recita della tragicomica commedia.

Fulvio Battistoni fa buon viso a cattiva sorte. Vota compatto assieme agli odiati comunisti, guidati da **Dionigi Smacchiacani,** tutti i provvedimenti che lui aveva giurato di non approvare mai, nemmeno sotto tortura. Ma ha i mastini giudiziari sui polpacci, per cui si mostra arrendevole e collaborativo. Emula il nuovo Presidente del consiglio in carica, *Mariotto Ortigara*, baciando cani e gatti, caprette e asinelli... Ma purtroppo anche questo governo di emergenza formato da saccenti professori più dediti a insegnare, che a imparare, ha le ore contate e a fine 2012 le camere vengono sciolte.

Le elezioni politiche per il rinnovo dei due rami del Parlamento italiano si tengono domenica 24 e lunedì 25 febbraio 2013. Battistoni subisce una batosta, però arranca ma non molla. Non va meglio per il suo antagonista di sinistra, *Dionigi Smacchiacani,* che lo voleva smacchiare come un giaguaro. Nel frattempo la compagnia di comici che non fa ridere, se la ride.

Lo Smacchiacani convoca i comici per tentare di fare un governo con loro, e questa volta si sghignazza davvero. Dionigi viene sbeffeggiato e deve rinunciare all'incarico di formare il governo.

Il presidente *Giorgio Del Lago* convoca un moderato più di centro che di sinistra, **Beccafico Lessa,** e lo incarica di allestire una *governance* con l'appoggio di Battistoni, che non aspettava altro.

Sembra fatta, ma tre mesi dopo Fulvio viene condannato in via definitiva a quattro anni (di cui tre condonati dall'indulto) per frode fiscale: mal che vada, per ragioni di età sconterà la pena con l'affidamento in prova ai servizi sociali.

Anche Dionigi Smacchiacani viene scalzato dalla guida del suo partito - che ormai di comunista conserva ben poco - da un giovane pimpante e arrembante **Renzo Mattei,** che raccomanda a tutti di stare sereni.

Battistoni, malgrado la condanna, sa che fintanto rimane onorevole nessuno lo può toccare, per cui, pratico di mestiere, fa un patto di non belligeranza col Mattei subendo, senza farci caso, l'onta di doversi recare come un maialino qualunque nella sede del partito di Mattei. Combinano insieme il Patto dell'arcobaleno, in base al quale ogni decisione importante dovrebbe essere concordata.

Battistoni è convinto di aver imbrigliato quel porcellino da latte che lui affettuosamente chiama Enzino, ma, l'amaro per lui, gran simulatore… Beh, fidarsi è bene, ma non fidarsi sarebbe meglio.

La tempra dell'uomo non veniva messa in discussione, ma due delle sue caratteristiche principali, entrambe irrazionali: il sentimento d'essere immortale e la paura di finire in povertà, venivano intaccate. Le aggressioni che subiva pungevano questi poli che pur si contraddicevano. Per trovare un momento altrettanto critico nella vicenda del Battistoni, bisognava risalire a vent'anni prima, quando aveva 4 mila miliardi di lire di debiti e la magistratura alle costole. All'epoca uscì da quella che sembrava un'inevitabile bancarotta con la duplice mossa della fondazione di *Alé Italia* e la quotazione in borsa di *Amaset*. Ma ora le condizioni erano diverse e il suo *MisoMilan*, non vinceva più, ma generava solo passività. Non gli restava che lasciarsi trasportare dalla mareggiata.

Quella Culona gattamorta diceva che era un tappo, ebbene, tanto valeva comportarsi da tappo.

"Il sughero prima o poi torna sempre a galla".

✳✳✳

Battista seguiva le vicissitudini b*attistoniane* assieme al suo fedele *Slandròn*, che non lo abbandonava mai, visto lo stato delle zampe posteriori ingessate. Con il cane in quelle condizioni guadagnava a sufficienza esibendosi solo qualche ora al giorno. Però la povera bestia era vecchia e una mattina Battista la trovò arrostita sopra la sofisticata futuristica brandina costruita su misura.

Fu preso dal rimorso per avere regolato il termostato troppo alto e in preda al dolore incominciò a minacciare con un bastone i passanti squattrinati. Costoro lo segnalarono alle autorità giudiziarie le quali lo costrinsero a fare una perizia psichiatrica il cui responso fu:

1) Confusione con tempi o luoghi.

2) Ridotta o scarsa capacità di giudizio.

3) Difficoltà a capire le immagini visive e i rapporti spaziali.

4) Perdita di memoria che sconvolgeva la vita quotidiana.

[...]

In pratica i luminari che lo avevano analizzato furono concordi nel dichiararlo vittima del: **Morbo di Alzheimer.**

Battista giurò di non avere mai subito malegrazie dal morbo del signor *Alzheimer*, perché in vita sua non lo aveva mai conosciuto né frequentato; anche sua cugina lo poteva confermare. Però queste affermazioni convinsero ancor più gli inquisitori nella loro diagnosi. Compilarono una cartella clinica e lo spedirono in una casa di cura per anziani. - Battista contava quarant'anni. -

La cugina a Basilea si crogiolava *Lucas Bauer e* riteneva che Battista fosse a Trieste dai pescivendoli che lo amavano.

I primi tempi in quel ricovero per nonnetti strampalati furono laceranti, ma poi trovò una scopa e si mise a scopare con destrezza. Scopa oggi, scopa domani, gli infermieri capirono che Battista era utile, perché evitava loro quella fastidiosa incombenza.

Dopo qualche mese dal suo arrivo, la casa di riposo non aveva un filo di polvere sui tavoli o pagliuzza per terra. Appena qualcuno lasciava cadere qualcosa, Battista lo redarguiva e raccoglieva. Ma adesso aspettava inquieto il suo onomastico e compleanno: 44 anni. Controllava ogni minima anomalia, preoccupato: temeva per il suo collo. Rammentava terrorizzato il Battista decollato, tanto più quella mattina in cui notava un viavai insolito. Uno sfaccendato inserviente sostenne che avevano ingaggiato un nuovo aiutante in prova, sennonché un ben informato dirigente disse che si trattava d'un pregiudicato condannato ai lavori forzati. Battista corse immediatamente a proteggersi il collo con la nuova protezione rinforzata di cuoio, pur non essendo il suo onomastico. In quel posto di matti, temeva qualsivoglia novità, ragion per cui si premuniva.

"La prudenza non è mai troppa!" pensava.

Intanto il temibile pregiudicato prendeva confidenza con la grande struttura. Seppe d'essere assegnato al padiglione dei malati di *Alzheimer*, per cui si fece dare l'elenco dei ricoverati.

Il primo della lista risultava: *Abbaino Battista* nato il 24 giugno 1970 a Vittoria, in Sicilia.

L'ignoto temibile collaboratore espresse immediatamente le sue perplessità per la giovane età dell'*Abbaino*.

«Presidente!» lo rassicurò il direttore della clinica, «costui è inoffensivo, ciononòdimeno è il mattoide più svitato che abbiamo.»

Quando questo nuovo assistente entrò nel padiglione *Alzheimer*, Battista stava accucciato in ultima fila temendo il contagio di quel pericoloso criminale.

«Cari fratelli e amici», esordì allegramente il diabolico pregiudicato, «sì, cari fratelli, per quasi un anno, una volta alla settimana io verrò a portarvi il mio amore e a rendervi felici.»

Il direttore, che gli stava appresso, sottovoce gli sussurrò:

«Presidente, questi qui, più che con le parole, bidogna prenderli con il frustino riposto nello sgabuzzino.»

Dal fondo una mano si alzò.

«Cosa vuoi Abbaino, vai a scopare vai, vai.» E ciò dicendo il direttore faceva platealmente il gesto di scopare il pavimento.

Il nuovo assistente pregiudicato, impietosito dall'espressione di Battista, cercò di rincuorarlo. «Vai, vai ragazzo mio, anche a me piace scopare.»

«Ma tu sei Fulvio Battistoni e se ti do una chiave a te piace anche chiavare, diceva sempre mia cugina Virginia che andava matta per le orchidee.»

Battistoni, al sentire nominare quel fiore, ebbe un brivido alla schiena, ma non lo dette a vedere.

«Tua cugina è prosperosa e con del pelo sotto al naso?»

«Noo! I baffi sono finti, mia cugina è una ragazza bbona come Salomè, ma è di ignobile famiglia.»

Tranquillizzato, il criminale condannato, congedò il direttore e indossò un grembiule adatto al suo ruolo di assistente.

Con una paletta di tela segnalò - come un vigile urbano anni 50 - ai suoi assistiti come e dove disporsi.

Battista lo guardava perplesso facendogli notare che con quello sventolio sollevava polvere destinata a posarsi sull'arredamento.

«Agita piano la banderuola, qui non siamo sordi.»

Al che lo spregiudicato (pregiudicato) prese a raccontare una delle sue esilaranti barzellette sui presuntuosi duri d'orecchio.

«*"Un chilo di formaggio grana padano!"* urla al droghiere un cliente. "Non gridare in questa maniera, non sono mica sordo" risponde piccato il droghiere; poi incerto chiede: "lo vuoi crudo o cotto; affettato grosso o fine?"»

«Be' se intendi dirmi che io non capisco niente, hai sbagliato indirizzo, perché io ho imparato da te a dire bugie convenienti» fece   Battista rilassandosi ed esibendo un sorriso leggiadro.

Battistoni dovette convenire che quel Battista, con quella striscia di cuoio attorcigliata al collo, certamente non era affetto dal morbo di *Alzheimer*, ma tenne questa considerazione per sé. In mezzo a quei deprimenti personaggi, costui sembrava l'unico in grado di capirlo e divertirlo.

«Io non racconto barzellette come i soliti cretini. Io uso raccontare storielle divertenti per far capire dei concetti. Ogni mia fanfaluca contiene una morale» tenne a sottolineare Fulvio.

«Tu sei equiparabile a quel tenente che alle tasse si dichiarava nulla-tenente, o quel pittore che sosteneva di dipingere: nudi femminili anche di uomini.»

«A me gli uomini non piacciono.»

«Non è vero, perché mia cugina diceva che a te piaceva leccare il culo agli uomini che ti facevano comodo.»

«In senso metaforico!»

«Lo credo bene, non sono mica scemo. Guarda che io ho sempre votato per te assieme al mio cane *Strassòn* e all'impiegata municipale che tenevo pulita.»

«Era tanto sporca?»

«Bah, di solito la scopavo due tre volte al giorno.»

Dopo questi sconclusionati discorsi, Battistoni era contento. Finalmente aveva trovato un personaggio autentico come i cani *Strassòn* e *Slandròn* da costui celebrati.

Per dimostrare la sua buona volontà, Fulvio incominciò a strofinare gli stipiti delle porte, a fare una giravolta per divertire una vispa vecchietta, a canticchiare una canzone romantica francese... E il tempo volava. Alla fine promise a Battista, per la prossima visita, di portargli un cane da compagnia.

«A me piacciono i cani difettosi, sono più facili da capire.»

«Qua dentro non ti lasceranno tenere cani di nessun genere senza il mio consenso.»

«Ma quanto dovrò ancora stare qua dentro?»

«Quando finirò di scontare la mia pena, ti farò uscire.»

«Quando mi fai uscire io forse ti do 20 Kg. d'oro zecchino come tua moglie Veranda Oro che non ti capisce.»

«Quella non mi capisce, ma in quanto a oro non la frega nessuno, né cani né gatti.»

«Ti saluto e la prossima volta portami un cane perché io amo tanto i cani difettosi stile capre somare.»

All'uscita Battistoni era euforico e accettò di fare anche qualche dichiarazione alla stampa; dichiarò d'essere felice di poter rendersi utile alla società; promise inoltre che avrebbe fatto del volontariato oltre a quanto la condanna gli imponeva.

La settimana dopo, di lunedì mattina, puntuale, Fulvio Battistoni si presentò con un cagnolino grazioso: all'anagrafe **Dodò**. Battista, non troppo entusiasta, notò che Dodò aveva molti vizi, non era un cane difettoso, ma era un cane vizioso.

«Ai cani bisogna insegnare a ubbidire, e allora loro ti ubbidiscono se tu li metti in castigo quando disubbidiscono. Una brava persona deve vergognarsi davanti a un cane se non ha fatto il proprio dovere, ma se non ha fatto il proprio dovere anche il cane deve vergognarsi davanti al suo padrone: intendo il dovere di cane.»

Battistoni garantiva che: Lungi da lui ogni vergogna, perché aveva sempre fatto il suo dovere di cittadino onesto, di marito fedele e di padre... Ma Battista non gli dava retta.

«I cani non nascondono niente, se hanno fame lo dicono, come pure se gli scappa. Ma bisogna stare attenti con i cani, perché loro non sono capaci di menarla. Loro fanno le cose, se anche non vanno bene, con onestà. Per te andrebbe meglio un gatto e una volpe come a Pinocchio», consigliò.

Fulvio da perplesso divenne curioso, al che Battista gli raccontò la storiella del cane da caccia con un olfatto eccezionale.

«Allora facciamo che tu sei ospite nel castello di un conte» inizia a raccontare. «Durante la colazione in giardino, il conte ti racconta meraviglie sul fiuto del suo cane da caccia. "Lasciati annusare le mani e al mio comando il mio cane tornerà con la cosa che tu hai toccato per ultima" dice. Tu sei perplesso, ma non dai fiducia alle meraviglie di quel cane. Il cane ti annusa le mani e parte come un razzo verso il castello; dopo qualche minuto torna con le mutandine della contessa... Ti piace questa fanfaluca?»

«Se la contessa è giovane e bella, mi piace moltissimo!»

«Al conte non di certo, per cui stai in guardia se non vuoi passare anche tu la vita qua dentro.»

Maledizione! Battistoni sentiva che quel Battista avrebbe allietato il suo soggiorno in quella deprimente casa di cura.

Prese la scopa e imparò a scopare il pavimento, come si deve.

Istruì il suo Dodò, come si deve.

Si ripromise di far dimettere quello strampalato giovinastro da quel posto appena fosse stato dimesso pure lui.

Se veramente costui nascondeva tutto quell'oro sepolto nell'orto della casa veronese, avrebbe provveduto a creargli una riserva di animali difettosi per imbonirlo. Doveva però stare attento a quella strana cugina che neanche Battista sapeva dove abitasse, perché quella passione per le Orchidee lo metteva in apprensione. E per tranquillizzarsi si accarezzava la restaurata mascella.

Pensava ai tradimenti dei suoi amici politici, in specie a quel nuovo arrembante porcellino che lui aveva sottovalutato. Renzo Mattei, si chiamava quel discolo che aveva voluto fare di testa sua nella nomina del Presidente della repubblica. A lui quel **Sergio Mattonella** non dispiaceva, era rilassante e conciliava il sonno, ma avrebbero dovuto ufficializzarla insieme quella scelta. Prima o poi a quel Mattei avrebbe ricambiato lo sgarbo. Ma attualmente a preoccuparlo non erano più i comunisti; chi lo preoccupava davvero erano quei farabutti dei gruppi televisivi concorrenti intenzionati a farlo fuori. Inoltre doveva assolutamente liberarsi di quella squadra di calcio mangiasoldi divenuta oramai perfino dannosa alla sua immagine politica. Ma in politica doveva bloccare gli allievi di quel comico che sapeva far ridere solo i polli, ma era bravissimo a far piangere chi voleva il bene dell'Italia. Quelli erano adatti a interpretare tragedie, altro che rilassanti e divertenti commedie...

Ogni tanto andava con il pensiero a Battista, l'unico amico che forse aveva avuto in vita sua, e sperava che possedesse veramente quei venti chili d'oro che vantava... "Di questi tempi, non si può mai dire", pensava il benevolo, eppur caustico, **Fulvio Battistoni**.

FINE

PERSONAGGI

Battista...…....….........Personaggio cardine
Virginia.....................Cugina economa appassionata di orchidee
Slandròn...................................Cane a pelo corto pigro e vorace
Fulvio Battistoni....................Genio della menzogna convincente
Piumino Strazzi.........................Capo indiscusso quasi socialista
Alberto Supervaso.…........Scrittore depresso inventore di aforismi
Intervistatore....................Conduttore disimpegnato e subacqueo
Marcel Tetragon....……...…Misterioso truffatore (vedi Leopoldo)
Lucas Bauer.....…….…….…….…….…….......Ex bancario da rivalutare
Veranda Oro.................................Bellissima moglie di Battistoni
Patroclo Paperotto.........Capo della gioiosa macchina da guerra
Akbar Super Gigi Acaro.........................Politico tutto di un pezzo
Gian Falso Sottile.............….........Politico poco franco e poco fine
Mariotto Monticelli.…............Integerrimo castigamatti di Ascona
Giorgio Del Lago.......Maggiore esponente politico ex comunista
Dionigi Smacchiacani.....Politico che ama smacchiare i giaguari
Renzo Mattei.......Politico emergente che raccomanda la serenità
Dodò...Cagnolino viziato

(9) LA GATTA LUCREZIA

«Perché non accetti il marito che ti renderà principessa?» urlarono all'unisono il padre e il fratello della poveretta.

«Perché i miei mariti sono malcapitati!» rispose Lucrezia.

Quasi quaranta di febbre, e con la febbre non si scherza.

Mi rifugiai sotto le coperte e diedi tassativi ordini a ché nessuno mi venisse a consolare per il mio attacco di virus influenzali.

La solitudine per molti è deprimente e per alcuni addirittura tragica. Coloro che sono abituati a vivere di simboli e convenzioni, nel momento in cui restano isolati da quelle luci fasulle, non riescono a sopportare se stessi: non hanno niente a cui rivolgersi. Al contrario io stavo bene anche con la febbre che mi tormentava; la preferivo al dover sottostare a tutte quelle fastidiose ipocrite dimostrazioni di auguri: Buon natale! Buon anno nuovo! Tanta felicità! [...] Oddio che strazio. Decisi che per i prossimi anni non avrei più fatto l'albero con le palle, le luci; risposto agli illusori auspici; insomma, mi sarei dato malato, seppur in ottima salute.

Ora mentalmente potevo finalmente rifugiarmi, assieme ai miei personaggi, in quell'isola tutta mia, in quell'isola che non c'è. L'isola c'era, eccome se c'era, però con i maledetti virus che mi impedivano di respirare, l'isola sembrava spazzata da una bufera che impediva qualsiasi escursione. Mi ripromisi pazienza.

Dall'oblò vedevo un mare burrascoso colpire con mareggiate violente le palme, le capanne, ma dentro quel rifugio, in quella specie di nave, una fanciulla giocava, parlava e rideva con una gattina intelligente.

«Mio padre è diventato Papa e io sto tornando dalle nuove Indie in compagnia di Cristoforo Colombo e della mia amica Lucrezia. Tutti saranno contenti quando mi vedranno», disse canta-miagolando non so se la gattina o la fanciulla.

«Ma tu chi sei?» chiesi confuso e tremante.

«Io sono Lucrezia, la figlia del papa.»

«Ma i papi non sono gatti e se non sono gatti non possono avere figli» la corressi tra un ondeggiamento e l'altro.

«Tu vieni dal futuro. Qui è ottobre del 1492 e a Roma mio padre Rodrigo, diventato "Papa Alessandro VI", se la sta godendo fra le cosce delle sue amanti, coadiuvato dai miei fratellastri.»

Maledizione non riuscivo a connettere, poi all'improvviso mi comparve quella brutta genia: *I Borgia.*

– Rodrigo Borgia ascese ai più alti ranghi della Chiesa cattolica quando lo zio, il potente Cardinale Alonso de Borja, divenne papa con il nome di Callisto o Callifugo quinto o sesto. Il Rodrigo assunse un vastissimo potere in seno alla Curia, venendo eletto il 1° settembre del 1457 vice cancelliere di Santa Romana Chiesa. In seguito, dal 1484 fino alla sua elezione a pontefice nel 1492, il Borgia fu estremamente attivo nel governo della Chiesa di Roma. Era avido, infido, viscido, perfido e naturalmente godeva di pessima reputazione, ma intorno a lui bazzicavano capre, somari e maiali bavosi, che lui sapeva ben pascere. Le sue schifose abitudini venivano sottaciute allorquando gli interessi di potere lo richiedevano.

All'indomani della morte di Sistino quarto o quinto - ma forse Sisto sesto suona meglio - il Borgia mercanteggiò con gli altri prelati e con i vari signori della penisola italiana, la sua ascesa al papato. Al Conclave parteciparono solo 23 cardinali perché molti erano assenti giustificati per ragioni di salute: suppongo fossero influenzati. Nella notte tra il 10 e l'11 agosto, in seguito a trattative simoniache, il cardinale Rodrigo Borgia riuscì ove aveva fallito otto anni prima. Fu fatto papa il 26 agosto 1492 con il nome di Alessandro VI.

Il contesto storico è completato dalla riconquista della Penisola Iberica per mano dei sovrani *Fernando quartultimo d'Aragona* e *Isolina Cicciolina di Castiglia,* mentre la scoperta dell'America (12 ottobre 1492) sarebbe stata comunicata al mondo solo tre mesi dopo l'elezione del Borgia. –

Questo vaneggiavo tra una mareggiata e l'altra.

Si stava facendo buio, ma Lucrezia aveva una candela che illuminava la sua amabile gatta con la quale chiacchierava. Interruppe per un attimo il blaterare con la compagna, e guardandomi annoiata disse: «Bernardino di Betto, detto il **Pinturicchio**, ha lasciato in Vaticano parecchi ritratti di noi Borgia. Procurateli! Tu puoi tutto, non come quando io vivevo i miei tempi oscuri.»

Si girò verso la gatta e mi tolse la parola.

Io dalla febbre ondeggiavo; ciononostante mi ripromisi, appena possibile, di rintracciare quei ritratti del Pinturicchio.

Alla mattina ebbi l'impressione che il virus stesse ancora dormendo, per cui lasciai detto che mi procurassero del latte caldo e delle immagini del Pinturicchio. Volevo il latte per la gatta e informazioni sul Pinturicchio per verificare se quanto Lucrezia sosteneva...

La nave sembrava stabile, ma il vento spazzava l'isola peggio di un barbiere con in mano un asciuga capelli elettrico. La fanciulla dava l'impressione di sonnecchiare, ma in realtà rimuginava.

«Domani io sbarco e rientro nei panni di Lucrezia Borgia. Il Pinturicchio mi ha dipinto in molte pose. Alcune fanno schifo, però qualcuna mi piace.»

«Se hai pazienza tra poco mi porteranno le immagini del Pinturicchio, così mi indicherai dove sei raffigurata meglio.»

«La mia opinione non conta nulla» disse.

Mi appisolai in un continuo viavai d'immagini e sensazioni moleste dovute al *virus* che si era risvegliato.

La mattina dopo, una voce sinuosa mi riportò in quel mondo.

«Questa sono io!»

Alzai la testa, e una giovane donna agghindata come una regina dall'alto guardava con occhio altezzoso e sprezzante una folla di bavosi ossequiosi prelati che invocavano la sua discesa.

«Ti lascio gatta Lucrezia; è la mia *alter ego,* e ti terrà compagnia» sillabò prima di abbandonare la nostra cabina terapeutica.

Accarezzai quella gatta che mi si era accoccolata in grembo.

«Andremo d'accordo» mi sembrò di tradurre dal suo miagolio.

Rimasto solo le regalai metà del latte che mi avevano portato il giorno prima. La pelosa morbida creatura, misteriosamente svanì.

Consultai le riviste con le immagini di un certo Pinturicchio, ma dei Borgia nessuna traccia. Venivano osannate le imprese di un Piero calciatore e di una squadra oltremodo antipatica...

Credo che la cerchia delle mie conoscenze non si possa definire molto acculturata; ciononostante avevo pur sempre la riapparsa gatta Lucrezia, e se riuscivo a sbarcare sull'isola, avrei sicuramente riesumato un mondo parallelo sconosciuto ai più.

La gatta ronfava beata e favoriva la mia rinascita.

Al settimo giorno, finalmente, il vascello smise di ondeggiare e io prudentemente scesi. Mi diressi verso un abbronzato pescatore che all'apparenza mi accolse benevolmente.

«Bella quella gatta, quando va in calore la convoleremo a nozze con il mio gatto Valentino.» Feci mente locale e mi comparve quel bastardo di Cesare Borgia.

– Cesare Borgia era **Il Valentino**, perché aveva ottenuto dal re Luigi LXVI (sessantaseiesimo?), il ducato di *Valentinois*. –

«La mia gatta è ancora una gattina, non voglio che venga violentata da gattacci di dubbia moralità.»

«Lucrezia è una delle più perverse femmine del Rinascimento. Unica figlia femmina del maiale Rodrigo Borgia; nasce già sotto il segno del peccato e conosce bambina le lusinghe del sesso. È più volte vittima di abusi da parte del padre e del fratello Cesare, suo amante, suo mentore succhia-sangue, sua dannazione. E non è facile sottrarsi all'attrazione perversa del lusso, della vita facile, della spregiudicatezza di corte. Quando si ha un padre come Rodrigo che spende le sue giornate tra feste e banchetti, all'insegna di rapporti spinti all'eccesso dal vizio, la casta verecondia è impossibile.» Chi così malignava dietro di me era una vecchia ubriacona sdentata.

La gattina Lucrezia che tenevo in petto, tremava.

Intervenne a proposito il pescatore: forse il figlio della vecchia. «Negli ultimi anni di vita Lucrezia vivrà una profonda crisi religiosa e si farà terziaria francescana. Se per un certo periodo era vissuta da peccatrice, sicuramente morì da santa redenta.»

«Comunque io non voglio che la mia Lucrezia abbia a patire le violenze incestuose dei suoi parenti o di gatti fedifraghi» tenni a ribadire. «Grazie!» mormorò la mia gattina. E mi si strinse ancor più al petto.

La vecchia però non mollava e irosamente alzando le mani al cielo gridò: «I cronisti del tempo definivano Lucrezia Borgia la più gran puttana che ci fosse in Roma, e un ambasciatore umbro, degno di fiducia, la descriverà come colei che portava il gonfalone delle puttane!»

Il pescatore impietosito dai lamenti della gatta, cercò di addolcire la pillola riferendo che molto probabilmente quei cronisti vivevano lontani da Roma e riferivano voci popolari contrarie ai Borgia; cosicché le succitate testimonianze scaturivano da fonti inattendibili. Comunque, anche se effettivamente Lucrezia coltivava un orto botanico con erbe velenose, «non è detto che gli avvelenamenti di amanti e nemici di famiglia fossero tutti opera sua.»

«Lucrezia e Cesare erano i figli bastardi prediletti del Papa. Insieme formavano la trinità diabolica che regnò per undici anni sul trono pontificio; come una parodia sacrilega della Trinità celeste: padre, figlio e spirito santo, ma qui lo spirito non era santo, bensì demoniaco.» La maledetta vecchiaccia sbuffava, sbavava e non la voleva smettere.

Il pescatore la scaraventò nella melma e sollevò dal fango il suo ombroso gatto Valentino, fratellastro di Lucrezia, e accarezzandolo, senza averne gratificazione, prese a raccontare: «Cesare, per assicurarsi l'acquisizione di nuovi possedimenti, dovette spesso compiere congiure contro nemici militari e politici (*come i Lupini, Orsini, Volpini...*). Tutto ciò lo faceva senza il minimo scrupolo, dato che contava su se stesso e sull'appoggio del padre Alessandro VI e dei suoi amici cardinali. Ma accadeva che in certi casi, come quello con protagonisti gli Agnelli e i Vitelli, fosse proprio lui stesso il bersaglio scelto dai suoi antagonisti.»

La vecchia caprona razzolando nel lurido pantano impietosamente sparlava: «È sempre stata la sorellastra ad avvelenargli le amanti e a indicargli i veri suoi nemici. Le serpi non le vedi, ma le senti quando ti pungono. Il vecchio papa maiale grugniva, ma non aveva più la freschezza e l'autorità dei tempi andati. Era Lucrezia la letale diabolica artefice di quegli avvenimenti.»

La gatta fece capire che non era vero e nascose la testa, come uno struzzo, sotto alla mia ascella sudata e maleodorante.

Il pescatore diede un calcio all'antipatico gatto Valentino e sputò in faccia alla vecchia, forse sua madre; poi, dopo essersi ben scatarrato, ricominciò a raccontare: «Preoccupato per la crescente ambizione del Borgia, *Vitellozzo Vitellone*, suo compagno in molte imprese di conquista, incominciò a temere per i propri domini. Per questo, nell'ottobre 1502, si recò nel castello di Mangione e insieme a Claudio Buglioni, Nicoletto Orsamando, Lucianotto Castrabue, Pandolfo Pandolfini, Oliverotto Smidollato e il Duca Calmo Calmazzo, ordì una congiura contro il Valentino.

«Malato di sifilide, Vitellozzo Vitellone con gli altri congiurati incominciò ad agire; entrò in Urbino, innalzò la forca e impiccò tutti i funzionari di Cesare Borgia; poi combatté le truppe nemiche nella battaglia di Tagliagozzo, da lui quasi pareggiata. Lì venne fatto prigioniero Luca Barbone, detto il Barbarossa (pur essendo sempre sbarbato a pennello), sodale con il Valentino.

«Ma poi Nicoletto Orsamando si accordò con il Borgia e allora anche Vitellozzo Vitellone e gli altri condottieri - più di nome che di fatto - si adeguarono alla richiesta di pace del Valentino.

«Nella notte del 31 dicembre 1502, Vitellozzo Vitellone, Oliverotto Smidollato etc. […], furono invitati da Cesare a un banchetto a Senzagallia, durante il quale vennero strangolati da Michelotto Caramella. Vitellozzo, però, prima di morire invocò il perdono e volle essere ucciso con una lama benedetta da papa Alessandro VI. Luca Barbarossa – romanaccio di pessime frequentazioni - allontanandosi, fece intendere al sifilitico Vitellozzo di attendere la benedizione della lama e al Caramella di non strangolarlo.

«Nell'attesa, generosamente Cesare gli riempiva la coppa con vino avvelenato, promettendogli la grazia divina del papa e la susseguente ascesa al cielo. Erano tutti felici e contenti, compreso Vitellozzo, che in preda ai fumi dell'alcol e del veleno, intonava a squarciagola allegre litanie funebri in dialetto latino.

«Lo scrittore d'origine veneta, Nicola Macchiavelin, teneva in alta considerazione il Valentino e lo paragonava a un Principe sublime. Raccontò queste gesta come eroiche, ma in realtà la buona riuscita fu dovuta solo a Lucrezia, che amava alla follia Cesare.»

Io detti una stretta a Lucrezia per averne conferma, ma la gatta rimase chiusa nel suo torpore.

«È lei, era lei la responsabile di tutto!» strillò la vecchia asciugandosi gli sputacchi dal muso incartapecorito.

Il pescatore le assestò due pedate che la mandarono a razzolare su un terreno divenuto sassoso e la zittirono.

«Il Valentino poté allora imbarcarsi nelle campagne di conquista del Centro Italia. Con notevole audacia e sfrontatezza il giovane Borgia conquistò in successione, prima il Pesarese, le spiagge sempre affollate di Rimini, Cesenatico e Riccione; ovviamente non si lasciò scappare Fragranza, Torbino e Senzagallia.

«Nell'ottobre 1502 si ha il primo incontro di Cesare Borgia - che al fine di creare un forte Stato nell'Italia centrale stava facendo una campagna militare contro i miserabili signori locali - con il saccente Nicola Macchiavelin, che continuava a tenerlo in simpatia. Gli raccontò dettagliatamente come nel gennaio di due anni prima aveva fatto cadere a cannonate la rocca di Forlim-

popoli. **«Caterina Sforza**, detta la Stitica, fu fatta prigioniera e rinchiusa in Castel dell'Angelo. Cesare Borgia, allo scopo di convincerla a firmare una resa da poter ostentare ai suoi nemici, minacciò di ucciderle il figlioletto imberbe, ma lei sollevando la gonna mostrò la sua vulva incolta e pelosissima: fece così intendere che possedeva la macchinetta per fare altri figli. Cesare raccontava ammirato questa vicenda, ma nello stesso tempo faceva notare l'incuria di quella vulva indecentemente esposta, e, nauseato dal ricordo, sputava in una sputacchiera di pregiata fattura.»

Il pescatore guardava schifato la vecchia, forse sua madre, ma poi rivolto alla mia micetta aggiunse: «Lucrezia teneva molto alle sue parti intime; le manteneva pulite, ben oliate e profumate. Però il gesto coraggioso di Caterina la stitica aveva impressionato Cesare Borgia. Insomma, aveva capito con chi aveva a che fare.»

Io ascoltavo queste debilitanti vicende sgomento e febbricitante. Avrei voluto abbandonare quella squallida compagnia, ma la curiosità mi vinse. «Che io sappia dopo la morte di papa Alessandro VI nel 1503, per Cesare arrivarono tempi, quantomeno cupi.»

«Fu Lucrezia a confezionare la tisana velenosa che spedì quel papa all'inferno!» s'intromise la vecchia massaggiandosi il deretano dove aveva incassato le pedate con gli zoccoli ferrati.

Il pescatore si levò uno zoccolo ferrato e lo sbatté con forza sulla testa scarmigliata di forse sua madre.

«Maledizione, vuoi smetterla di calunniare!» urlò impaurendo gatto Valentino e terrorizzando gatta Lucrezia rannicchiata sotto la mia nauseabonda cavità ascellare.

«Cesare, gravemente infettato dal cosiddetto mal francese, morì nella notte tra l'11 e il 12 marzo 1507 a 32 anni durante l'assedio di *Aller-au-Diablasse* in Francia. Cadde in un'imboscata mentre s'era appartato per fare i suoi bisogni. Gli assalitori rubarono al Borgia l'armatura e i vestiti e l'abbandonarono seminudo sul terreno. Il cadavere - insozzato dei suoi stessi escrementi - fu rinvenuto trafitto da centoventitré colpi di picca. Dopo solenni funerali, la salma ripulita dalle feci, fu deposta in un sepolcro di marmo nella Chiesa di Santa Maria, alla destra dell'altare maggiore. In fin dei conti Cesare Borgia era pur sempre un Cardinale di S. Romana Chiesa.»

«E Lucrezia? Come reagì a questa morte?» volli sapere.

«Lucrezia era disperata, ma si consolò con un fraticello di aspetto gradevole che le curava l'orto botanico; purtroppo costui confuse gli ingredienti d'una tisana che lo portò al camposanto. Ella si donò allora allo spirito santo, rappresentato da un poeta pittore che le rasserenava lo spirito penetrandola in profondità; ma anche questo sfortunato menestrello scivolò nel fiume a prima sera. La mattina fu rinvenuto con un pugnale infilato nel cuore spezzato.»

Maledizione, altro non volli sapere. Mi allontanai e mi accorsi che non ero su un'isola, ma ero su una collina piena di fiori e di alberi da frutta.

Vidi una meravigliosa mela rossa e ingolosito la stavo per addentare, ma Gatta Lucrezia mi fermò.

«È la mela del peccato, mangia una pera», mi sembrò di capire.

Non volevo buttare quel frutto meraviglioso, ma nello stesso tempo non volevo peccare. Decisi di regalare quella grossa mela al pescatore, che a sua volta generosamente la diede alla megera, forse sua madre - gran peccatrice - che si grattava un enorme bitorzolo fra i sudici grigi capelli.

La vecchia senza denti non ce la faceva a morsicarla, cosicché io estrassi il mio coltellino svizzero e gliela sbucciai e affettai.

Mi ringraziò a modo suo maledicendo tutti i Borgia e voracemente inghiottì quella mela succosa.

All'improvviso la vecchia incominciò a denudarsi, mostrando una pelle liscia e vellutata. I lineamenti diventavano quelli d'una giovinetta ai primi albori. Il Pescatore, invece, rinsecchiva a vista d'occhio mentre seminudo si strofinava su quella ninfosa fata luminescente. Tempo un aleatorio amplesso e il pescatore cadde morto stecchito.

«Hai visto il mio potere?» disse la Ninfa plebea splendente nella sua nudità.

«Io da nuda ero molto meglio di lei», ritenni forse capire dal miagolio di gatta Lucrezia.

«Io sono la Ninfa abitatrice e padrona di questi boschi, tu eri solo una sgualdrinella senza costrutto», rinfacciò la Ninfa rivolta alla mia gattina impaurita. «Tu eri solo capace di *orgasmare* senza ritegno con cani e porci. Solo un principe di nobili natali, di nobili sentimenti e dopo aver fatto una balsamica doccia, potrà invece cogliere la perla preziosa che io conservo dentro di me.»

Io guardavo quella vecchia trasformata in nuda vestale e poco lontano quel rozzo pescatore ormai ridotto a scheletro: infatti vermi e formiche nere se lo stavano divorando. Perle non ne vedevo.

«Io ho pessimi natali e pessimi sentimenti; inoltre sono giorni che non mi faccio una doccia» mi sentii in dovere di informare notando il pescatore ora invaso anche dalle voraci formiche rosse.

«Tu sei stato gentile con me, mi hai generosamente tagliato la mela, e io questo non lo dimentico», mormorò lussuriosamente quella Ninfa plebea.

«Andiamocene da qui» suggerì saggiamente gatta Lucrezia sempre avvinghiata al mio petto.

«Questa *canopea* (chioma delle piante) è mia e io posso fare ciò che voglio» ammoniva la Ninfa plebea rinsecchendo a vista d'occhio.

«Quando mi passerà la febbre ti farò avere un'altra mela del peccato, e allora cercheremo di trovare una soluzione che non mi riduca come quel pescatore e che possa mantenere anche te in condizioni accettabili» dissi allontanandomi in fretta.

Stava diventando una arpia sempre più laida.

«Quella Lucrezia ti porterà alla rovina!» strillò minacciosa la megera grattandosi il bernoccolo che le stava rispuntando in testa.

***

Il sole all'orizzonte spariva e io ancora non avevo trovato un rifugio per la notte. [...]

Accesi la luce e sul comodino vidi le riviste del Pinturicchio e una tazza di latte caldo. Mi infilai una compressa in bocca e la inghiottii. Chiamai Lucrezia per spartire quel latte, ma Lucrezia non c'era. Cascavo dal sonno, per cui decisi di dormire.

Durante la notte gatta Lucrezia si accomodò sul mio collo e ci scambiammo reciproco calore.

In prima mattina mi alzai per andare a bere una spremuta d'arancio, e Lucrezia non si mosse.

Più tardi la radio automaticamente si accese. Tutti facevano auguri in modo stomachevole. Qualcuno diceva di donare felicità gratis a *quintalate*; poco dopo qualcuno, più generoso, ne regalava tonnellate; senonché arrivava il ruffiano ancor più ruffiano, che non si rivolgeva agli altri, no, lui si rivolgeva soltanto a te, che ero me...

Misi a tacere quei miserabili e cercai di entrare nel mondo di Lucrezia, che fortunatamente non dispensava false promesse.

- Benedetti gatti, solo quando necessitate dell'indispensabile vi mostrate affettuosi -

Perfetto! Decisi di imitarli.

Ritrovai Lucrezia sotto un porticato beatamente stesa sul fieno. Appena mi vide sollevò le zampette anteriori e io la presi in braccio. Ronfava a più non posso e si strofinava con la leggiadria d'un corpo molle su una porcellana di Sassonia. Era evidente che aveva fame. Mi guardai intorno, ma non vidi né topi né uccellini. Sarei voluto tornare indietro a chiedere del latte, ma Lucrezia mi fece capire di prendere una mela del peccato e di sbucciarla e tagliarla come avevo fatto precedentemente.

Alla vista della mela fatta a pezzettini, comparve da dietro il fienile la vecchiaccia allupata, con la bavosa bocca aperta.

Quella mattina la febbre mi lasciava in pace, però non volevo fare la fine del pescatore ormai ridotto a lucido scheletro. Bloccai con decisione la megera che sbavava ed entrai in quella fattoria alla ricerca d'un mantello vellutato e pulito. Le diedi la mela e con il mantello stetti pronto a coprire le nudità di quella vogliosa Ninfa plebea origine di peccato.

«Non avere paura, tu sei stato gentile con me e non farai la fine dei Borgia e di quel volgare pescatore loro discendente.»

«Ninfa dei miei sogni, io non sono un principe, sono pieno di virus malintenzionati e sudo sudore *maleolente*; oltretutto con la febbre è sconsigliabile accostarmi alla doccia, quindi non posso ambire a penetrare in te per cogliere la tua perla preziosa.»

«Mio salvatore, la mia anima è vegetale, ma le mie passioni sono animali. Soddisfa le mie esigenze carnali, senza cogliermi come un fiore. Un fiore colto senza rispetto, appassisce.»

«Ninfa bellissima, tu procuraci qualcosa da mangiare e io innaffierò la tua anima vegetale e soddisferò le tue passioni carnali.»

Cavolo! Quella si era tolta il mantello e saltellava nuda e giuliva fra l'erbetta tal quale una leggiadra *Vispa Teresa*. Ma Lucrezia reclamava cibo e anch'io qualche biscotto non l'avrei disdegnato.

All'improvviso prese il volo. Aveva due ali trasparenti paragonabili a quelle di una fata incantatrice rubacuori.

Dopo poco tornò con un uccellino tra le mani e una confezione di biscotti bucaneve ancora sigillata sotto all'ala.

Uno schiocco di labbra e comparve un tavolo. Lucrezia con balzo felino catturò lo spaurito volatile e senza remora alcuna si appartò per mangiarselo sputando le piume indigeste.

«Vuoi latte o caffè?» poetò con voce divina stendendo un'immacolata tovaglia. Non avevo molta fame, ma qualcosa dovevo pur inghiottire, oltre a quelle pasticche antivirali.

Lasciai il mio letto e mi ritrovai nel verde boschivo.

«Non ho molta fame e sono alquanto debole» feci intendere alla ninfa alata che mi stuzzicava svolazzandomi intorno.

«Ho appeso a quell'albero una giara di nivea acqua di fonte che monderà la tua vergogna. Dopo una aulente doccia il tuo puteolente (fetido) aroma di umano sudato scomparirà. E allora tu mi coglierai mangiando meco la mela taumaturgica, e io ti accoglierò nella mia anima vegetale. Tu mi farai carnalmente tua e io dimorerò teco; in questo verde cinereo tu diverrai il mio arboscello preferito!»

Cercai con lo sguardo gatta Lucrezia che si stava liberando dalle piume indigeste e che - come tutti i gatti - dopo mangiato non voleva essere disturbata. Però questi biscotti non mi sembravano saporiti come quelli che comperavo dal fornaio sotto casa mia. E poi questa ninfa nuda che vogliosamente mi svolazzava intorno... Maledizione, un albero era bello, ma ero convinto che non fosse altrettanto divertente diventare un tronco immobile. Io amavo viaggiare, ballare, saltare, muovermi! Altro che arboscello.

«Levati questo pigiama e aggrappati a me. Ti pulirò e spalmerò su di te il succo vegetale che cancella le ordinarie indecenze.»

La gatta non si curava di me, ma io tremavo al pensiero di essere trasformato in un verticale legno indifeso; pensavo a tutti quei cani che con la zampa più o meno sollevata orinano e... Ma cavolo, ero nudo e avevo freddo. La ninfa avvertì il mio disagio e mi artigliò con la sua calda concupiscenza. Io tremavo nella mia laida nudità, ma lei mi sussurrava parole lascive che nemmeno la mia prima ben pagata innamorata aveva mai detto. Cinguettava allo stesso modo di quelle femmine da erotico contatto telefonico.

Mi circuiva con sussurri sempre più *sexy* e si dedicava a purificare e vivificare le mie parti intime maleodoranti. Sperai in Lucrezia, ma lei sonnecchiava sazia e indifferente.

L'acqua era tiepida e la ninfa ora provvvedeva a mondare con grazia anche le mie parti meno intime: come i miei piedi sudati.

Maledizione, piegata, in quella posizione... Mi stava rendendo ipercalorico. Aveva promesso che non mi avrebbe ridotto come il pescatore, ma l'albero sul quale stava incastonato il secchio pieno di immacolata acqua di fonte, mettendosi una grossa foglia davanti all'interstizio vocale mi sussurrò: «Diverrai pure tu simile a tutti noi. Entrerai a far parte del suo *harem*. Siamo un sottogenere di anime *Manga, (personaggi da fumetto giapponese di scarsa rilevanza*) in cui lei, protagonista, si trova circondata da membri di sesso opposto. Se riesci a invertire il senso, sarai tu il protagonista maschile a raccogliere nel tuo harem una moltitudine di ninfe sempre disposte a soddisfare i tuoi più intimi desideri.»

La mia Ninfa plebea, con un colpo d'ala spazzò via la foglia da quell'orifizio sussurrante, e con uno sputo oleoso lo sigillò.

«Come vedi tu sei il mio signore pulito a cui io donerò la mia perla preziosa» mi sussurrò sdraiandosi sotto di me.

Un caldo passionale vento smorzò ogni mia residua ritrosia, e stavo quasi per varcare quella soglia che mi avrebbe condotto alla dannazione perpetua ma... Ecco! Lucrezia, ancor più seducente della regina sbarcata e acclamata con tutti gli onori, mi soccorse.

«Strega maledetta!» urlò. «Non farai soccombere alle tue voglie questo debole essere spocchioso e condiscendente. Torna alla tua forma naturale, la mela del peccato nessuno più te la spezzetterà.»

Io mi rimisi in piedi e vergognosamente cercai degli slip; ma niente trovando, presi la gatta sonnacchiosa e me la sistemai sulle mie virili vergogne; ma l'ingrata non sembrò gradire quella sia pur purificata posizione e miagolando si ribellò.

«Anima *Manga*, debosciato personaggio da fumetto, esci da questo mondo e ricerca i tuoi cardini radicati tra la gente civile» disse la regina Lucrezia, degnandomi di uno sguardo schifato.

Intanto la bellissima Ninfa plebea, come una gemma spezzata, rinsecchiva e tornava a essere la vecchia megera con due bitorzoli in testa: la regina Lucrezia con il suo scettro regale le aveva assestato un'ulteriore bastonatura.

La misteriosa regina, com'era comparsa, così era scomparsa.

«Borgia maledetti!» imprecò la vecchiaccia, «maledetti, maledetti, siete la mia rovina, ma prima o poi vi distruggerò!»

Io non riuscivo a trovare il mio pigiama, ma di fronte a quella vecchia bavosa non provavo più né voglie né vergogna; però sentivo un tintinnio sospetto. Corsi alla cascina e raccattai un mantello di pregevole fattura degno di un nobile pretendente al trono.

«Oh, mio principe tanto atteso, mangiamo la *Mela* del peccato e torniamo a godere», mi invogliò la megera, ma io con un bastone nodoso le appioppai una bastonata al di sopra delle mie forze. Intanto altre nude ninfe svolazzanti arrivavano, e cinguettando si offrivano al mio *harem*.

"Basta! Devo uscire da questa babilonia", mi dissi. Un bel respiro e mi ritrovai nel mio bagno avvolto in un caldo e morbido accappatoio. Chiamai Lucrezia, ma Lucrezia non c'era, e io per adesso non avevo nessuna voglia di tornare da quella vecchia e da quelle equivoche ninfe svolazzanti. Guardai fuori e vidi una colonna di fumo che saliva da un rogo minaccioso.

«Stanno bruciando la Befana!» disse qualcuno.

✳✳✳

«L'Epifania è la più bella festa che ci sia perché tutte le feste si porta via!»* esclama giulivo *Battista vedendomi comparire nel suo magazzino di Animali difettosi.

Io vorrei raccontargli i miei bagordi festaioli con i Borgia, ma desisto. Battista è uno con i piedi per terra che non ama i bagordi, le feste e credo nemmeno i Borgia. Battista non si cambia mai d'abito di domenica, né a Pasqua né a Natale, e ti saluta sempre come fosse un giorno qualunque: escluso quand'è il suo compleanno.

«Battista!» supplico, «raccontami tutto sui **Borgia**.»

«Bah, mia cugina diceva che i Borgia non erano molto diversi dagli attuali politici, a parte le abitudini. Si, ma vedi, tutto oggi è cambiato. Allora viaggiavano a piedi e in carrozza, oggi in automobile e aereo.»

«Però si dice che costoro avvelenassero i nemici.»

«Va be', oggi i politici se ne dicono di tutti i colori che è come se si avvelenassero. Battistoni diceva che Rosa Bindiborgiona...»

«Chi? Quella che assomiglia a una botte piena, ma ubriaca con...»

«Sì, proprio quella! Be', per avvelenarla diceva che era più bella che intelligente.»

Accidenti, se lascio Battista dilungarsi in queste baggianate non ottengo quello che m'interessa.

«Battista, io devo trovare una gatta Lucrezia del 1492.»

«È difettosa?»

«È perfetta.»

«Allora qui non la trovi. Mia cugina forse ne ha sentito parlare. A mia cugina non scappa niente dei Borgia.»

- Sono secoli che non vedo quella sua equivoca cugina -

«Tua cugina è sempre quella d'una volta?»

«Certo, si chiama Virginia, ma non è molto virginia.»

«Questo lo so, ma sì, insomma, è invecchiata bene?»

«Ha 15 anni più di me.»

«Ma tu quanti anni hai?»

«Io **NACUI IL 24 GIUGNO 1970** e fra poco compio 48 anni e

243

devo stare attento al collo, perché al Battista, la Salomè, ha fatto tagliare la testa.»

«D'accordo, me l'hai già raccontato; io non lascerò che ti taglino la testa, te l'ho già promesso. Cosicché tua cugina ha 63 anni?»

«Non esagerare, 63 li compirà fra tre mesi.»

«E se li porta bene?»

«Mia cugina era una ragazza bbona!»

«Però una volta si metteva i baffi.»

«Solo quando lavorava, per non sembrare troppo bbona.»

«Che tu sappia l'hai mai vista volare come una libellula, con le ali cangianti che cambiano colore con la luce riflessa?»

«Ma che cavolo dici! Mia cugina è una ragazza bbona che faceva volare gli altri, ma lei girava con l'APE.»

«Volava come un'ape?»

«Tu dici di capire, ma a volte ho l'impressione che non capisci.»

«Ho sentito dire che si trova a Basilea.»

«Non lo so. A Basilea coltiva orchidee. Il mio amico Fulvio Battistoni ha detto che a Basilea non ci metterà più piede.»

«Perché?»

«Boh! Si è messo in testa che a lui le orchidee rovinano i denti, fanno venire la piorrea e poi la cariatide.»

Faccio un rapido calcolo; a 62-63 primavere una donna oggigiorno, se ben conservata... Però nel 1492 una donna al cinquantesimo autunno la buttavano nell'immondizia: nel secchio dell'umido.

Questa Virginia sa tutto dei Borgia: ciò significa che non c'entra con quella vecchiaccia, e poi le *Ninfe*, le *Fate alate*, sono figure d'altri tempi. Però costei coltiva piante esotiche come la Ninfa plebea che ancora di notte mi compare minacciosa in sogno. Eppure l'ho bastonata a dovere, ma quella ha sette vite, peggio dei gatti e delle gatte: forse non l'ho bastonata abbastanza. "Devo recarmi a Basilea a parlare con questa ambigua Virginia" pensai.

«Battista, ho deciso. Voglio andare a trovare tua cugina a Basilea; devo riferirle qualcosa da parte tua?»

«Salutamela e dille che io sono sempre suo cugino e che ogni qualche volta penso a lei. Però adesso ho da fare e non penso a lei. Ci penserò fra qualche minuto del prossimo anno.»

Decido di riferire che Battista non l'ha mai scordata e che saltuariamente pensa a lei e ai suoi spogliarelli. "No, dirò capelli, mi sembra meno volgare: manterrò intatta la sua aulica verecondia".

//₀([*]ᴊ[*])₀\\

«Buon giorno signore. Sono *Lucas Bauer*, il maggiordomo della signora *Virginie*, la padrona di questo meraviglioso *Eden*.»

«Hai per caso fatto anche il pescatore?»

«Mai superata la riva del fiume Reno; l'acqua mi mette apprensione e il pesce viscido mi provoca conati di vomito.»

«Perfetto! Posso parlare con la Ninfa plebea?»

«Scusi signore, ma non capisco.»

«Si-si, hai ragione. Intendo la bellissima fatata signora *Virginie Borjià*, custode e padrona di questo paradiso dove le mele non contengono il vermicello del peccato.»

«Chi devo annunciare Signore?»

Lucas Bauer era spaesato e malgrado la sua innata ossequiosità, guardandomi mostrava un'evidente perplessità.

Da dietro un cespuglio di arbusti tropicali una signora, non proprio ben tenuta, ma ben nutrita, fece la sua comparsa.

«A lei piacciono le orchidee signore?»

«Io adoro le orchidee!» risposi affettuosamente alla domanda della mia incantevole - si fa per dire - Ninfa plebea.

«Be', in questo caso spostiamoci al caldo, non è ancora primavera e io non sono più così giovane e così calorica.»

La seguii e mi trovai seduto su un comodo divano con la mia ricercata ninfa a pochi centimetri. Profumava di fiori, ma quando si chinò per offrirmi un bicchierino di *Vermouth* chinato miscelato con Crema marsala, risentii quello stantio odore di donna dei vecchi bagni pubblici veronesi.

«Ah, che bei tempi allorché, senza niente, si gustava la generosa natura!» esclamai, sbottonandomi un po’.

«Ti ricordi ancora di me?»

«E come potrei scordare le tue carezze; come potrei scordare i tuoi occhi; come potrei scordare la tue mani; come potrei scordare le tue movenze; come potrei scordare...»

«Ti ho sempre fatto prezzi di favore» tagliò corto lei.

«Virginia non sei cambiata!» mi permisi d'osservare.

«Oddio, un poco sono cambiata» si schernì.

«Ma non per me!» esclamai, fingendomi estasiato.

«Va be', un poco sei cambiato anche tu», mormorò caustica.

«Il mio cuore pulsa sempre quando ti vedo.»

«È forse un po' più in giù che attualmente qualcosa non pulsa più», sogghignò lei senza alcun pudore.

Io non potei trattenere una risatina che mi smorzò quel poco di titubante erezione che con fatica ero riuscito a procurarmi.

«Virginia! Creatura dei miei sogni. Io tuttora cammino abbastanza bene, ma se per raggiungerti dovessi cimentarmi con sentieri impervi, non demorderei; mi aiuterei con un bastone e parimenti ai gentiluomini dei bei tempi andati, ti raggiungerei.»

«Certo che hai perso il pelo, ma non il vizio!» esclamò allegramente. «No, tu il vizio non lo perderai mai. Erano anni che non sentivo discorsi così divertenti; sono proprio contenta di averti incontrato, ma per favore non dire che mi hai cercata per la mia avvenenza: non sono completamente rimbambita: non ti crederei.»

Capii che mi conveniva smetterla con le facezie, per cui la ragguardai sui miei incontri virali con i Borgia, sui miei rapporti intimi con la Ninfa plebea e sull'abbandono di gatta Lucrezia .

«Certo che tu di fantasia ne hai da vendere» commentò.

«Virginia! Io alloggio in un bellissimo albergo poco lontano da qui e per me sarebbe un onore invitarti a cena e poi...»

«E poi cosa?» m'interruppe ammiccando e ridendo.

«Be', fai tu, tutto quello che vuoi.»

«Io non voglio niente, sei tu che muori dalla voglia di entrare in quel mondo rinascimentale o sbaglio?»

«Mio immenso tesoro», le dissi mordicchiandole l'orecchio alquanto viscido, «tesoro! Io pendo dalle tue labbra.»

«Oddio, adesso lasciami finire alcuni lavori con il mio lavorante, fammi fare una profumata doccia e poi si vedrà.»

«A stasera, mia dolce Fata, a dopo la tua aulente toletta.

✳✳✳

Puntuale bussai a quella porta dei miei sogni e *Lucas Bauer*, accigliato, mi aprì. Teneva uno strapazzato *negligé*, pronto ad asciugare la Ninfa bagnata appena fosse uscita dalla doccia.

Io strappai da quelle mani volgari quel mantello fatato, rifilai uno sguardo eloquente a quello sprovveduto babbeo, e mi appostai in dolce attesa dell'aulente fata balsanica.

«*Lucasss...*! Sto arrivando», sentii gridare con mala grazia.

Come un principe ossequioso mi precipitai a coprire e purificare quelle nudità non proprio vellutate; ma in quel momento pensai che un principe deve capire che: "Il fine giustifica i mezzi!"

«Oddio, mi fai vergognare!» ella abilmente tentò di far credere.

Io le mondavo i seni cadenti, penzolanti fino all'ombelico. Li tenevo sollevati indicando lo specchio - alquanto appannato - e le facevo notare come si mantenevano sodi ed eretti. Con delicatezza le asciugavo i capelli, che abbisognavano d'una nuova tinteggiatura, e come se niente fosse, le palpeggiavo la zona puberale mal depilata, avvizzita e alquanto rinsecchita.

Lei gradiva queste principesche attenzioni e con esperta maestria ricambiava rinvigorendo il mio mansueto organo.

«Pensavo peggio», commentò rilassandosi e dandosi da fare con più destrezza nell'asciugarsi e rivestirsi.

A tavola la trattai in un modo tale da farle dimenticare le sue disdicevoli origini; volevo che diventasse una nuova Ninfa Lucrezia, con tutti i suoi pregi e senza difetti.

«La storia è storia, ma la leggenda non muore mai. Io di cognome faccio **Borgia**, Virginia Borgia, ma qui a Basilea: *Virginie Borjià*. Mia nonna mi raccontava delle traversie, dei trionfi e delle sconfitte della nostra dinastia. Lucrezia, la mia progenitrice, era donna di sani principi, sennonché viveva in mezzo a dei demoni lussuriosi.»

«La gatta Lucrezia questo me l'ha fatto capire» osservai con discrezione.

«La vera Lucrezia Borgia è cresciuta e vissuta per molto tempo nell'ambito di quella famiglia emblema della politica più crudele unita allo sfarzo e alla dissolutezza. A soli tredici anni - e già avvezza al sesso più sfrenato - venne data in sposa a Giovanni Sforza. Un matrimonio di breve durata e fatto a fini politici.

«Il secondo matrimonio di Lucrezia, voluto dal padre e dal fratello, fu quello con Alfonso D'Aragona: anche in questo caso, però, le infruttuose convenienze di potere convinsero i Borgia che non fosse utile farlo andare avanti; cosicché Alfonso fu spietatamente ucciso da Cesare. In questo caso Lucrezia era davvero innamorata del marito e soffrì moltissimo per tale perdita.

[...]

Io riscontravo che più o meno queste notizie già le avevo acqui-
site nel mio delirare: ora volevo sapere della gatta Lucrezia.

*«... **Si** racconta che a un suo innamorato Lucrezia re-galò una ciocca dei suoi do-rati biondi capelli, e la leg-genda vuole che questa ciocca di riccioli splendenti si mantenga in perfette con-dizioni proprio grazie a Lu-crezia, che nella notte della morte di Gesù sulla croce, tornerebbe al museo dove sono custoditi, per prender-sene cura personalmente. In pratica li farebbe risorge-re come nostro signore.»*

"Dio mio! Ecco ciò che ambivo sapere".

«Mia aulente e soave Ninfa dei miei angelici sogni, questo io
voglio fare per te. Parimenti a Lucrezia con i suoi capelli, ti farò
risorgere, ti ridarò quella linfa...»

«Macché linfa, fammi un bel massaggio; alla linfa lubrificante
provvederò io.»

Quello che potevo tirar fuori l'avevo tirato fuori, ora mi sembrava giusto ricambiare con qualcosa da mettere dentro.

«Prendine due di pillole, perché io sono ben Lubrificata» si raccomandò. Io mostrai una faccia falsamente risentita, ma convenni
con me stesso che di pillole ne avrei prese tre.

0(°⌣°)0

La mattina dopo ero distrutto, ma felice.

Oltre ai complimenti di Virginia, ottenni anche il nome del museo dove appostarmi per sorprendere Lucrezia nell'atto di luci-

dare e pettinare i suoi capelli dorati.

Consultai il calendario, poi nel dubbio della notte in cui Gesù tirava le cuoia sulla croce, decisi di vegliare nelle tenebre per tutta la settimana pasquale.

Nell'attesa della Pasqua, i giorni non passavano mai.

Battista mi procurò un trasportino per gatti di lusso.

Lui attualmente s'accompagnava con un cane cinese senza denti. Diceva che questo gli evitava la rogna di mettergli la museruola; lo lasciava blaterare come un buddista monaco tibetano ed era alla ricerca d'un cinese che conoscesse quello strano dialetto.

C'era da dire che questo sdentato animale, battezzato **Cinciòn**, quando parlava sputacchiava a metri di distanza, per cui io gli consigliai di renderlo muto tranciandogli la lingua. Ma un cinese padovano, che sbavava peggio del cane, fece intendere che l'animale parlava il nobile dialetto cinese - **Zhongguohua putonghuahau -,** che però nessuno conosceva. Battista gli regalò un rospo, che sputava più di un rospo, e stabilì che non bisognava ma fidarsi dei loquaci cinesi padovani.   [...]

Da due notti, assonnato e nascosto nei pressi del museo, tenevo d'occhio possibili fantasmi e gatti sospetti senza successo.

Da informazioni - di cui non mi fidavo - era il venerdì la giornata di passione; però non volevo correre rischi.

Ero armato e tenevo pronto il trasportino per gatti con dentro una confezione di *Kitekat* pronta all'uso.

Il giovedì notte mi ero ormai impratichito, e per tenermi sveglio mi concessi quattro chiacchiere con qualche nottambulo stralunato. Verso mattina vidi un gattaccio più nero del peccato originale e con la testa grossa quanto un cocomero, aggirarsi furtivo intorno ai battenti della finestra che dava al salone dov'era custodita la ciocca dorata di Lucrezia.

Mi precipitai per agguantarlo. Costui, resosi conto d'essere stato identificato, estrasse la sua spada affilata e minacciosamente me la puntò al petto. «In guardia marrano», blaterò, «in guardia! Il Valentino non ti teme.»

«Io cercai la rivoltella che tenevo infilata nei pantaloni, ma vi trovai solo la fibbia plastificata della cinghia elastica dei pantaloni. Non per questo arretrai, ma vedendo lì appresso un segnale di sosta vietata, mi affrettai a sradicare quel solido palo metallico per infierire su quel *draculiano* Cesare Borgia succhia-sangue.

Emanavo un'energia che anche il mio nemico sembrava recepire; infatti vigliaccamente ripiegava. Io presi la rincorsa e lo colpii mandandolo a carambolare sopra un terrapieno a lato del museo. Lo raggiunsi e minacciosamente gli feci capire che con un'altra palata l'avrei reso cadavere.

«Volevo solo dare il mio annuale saluto alla mia amata sorella» disse frignando.

«A tua sorella provvederò io! Non le hai forse succhiato sangue a sufficienza da viva?»

«Che cosa dici bifolco zotico impenitente! Qual è il tuo sapere, ma ancor più il tuo capire la passione che ci legava?»

«Zotico bifolco lo dici al maiale schifoso che ha inseminato la tua sfortunata madre!»

E ciò dicendo agguantai la sua spada gli assestai centoventidue fendenti che posero fine alla sua miserevole vampiresca esistenza.

Rimisi a posto il segnale stradale insanguinato facendo presente a tre automobilisti che erano in sosta vietata.

Ormai il sole alto nel cielo terso mi suggeriva di tornarmene in albergo a dormire.

«Vandali! Vandali infami!» sentii urlare dal terrapieno, «guardate in che condizione hanno ridotto questo povero gatto. Centoventitré colpi di picca gli hanno inflitto mentre espletava i suoi bisogni.»

Avrei voluto spiegare a quegli zotici ignoranti che quello era un sanguinario principe rinascimentale, ma ritenni più saggio fingermi anch'io uno zotico inferocito che reclamava tolleranza zero.

«Era suo quel povero gatto?» chiese uno sprovveduto protettore degli animali notando il mio trasportino.

«No, quel gatto insozzato non è mio. Io sto aspettando una gattina pulita che mi hanno promesso per domani mattina» risposi.

«Io ucciderei tutti quelli che maltrattano gli animali.»

Io pensavo al mio prato dissestato dai cinghiali notturni e...

«Eh sì, ha proprio ragione» dissi, scimmiottando i politici.

"Un voto guadagnato senza fatica", pensavo avvicinandomi al mio comodo letto.

La sera dopo doveva essere quella giusta. Non sapevo l'ora esatta in cui Gesù Cristo aveva emesso l'ultimo respiro e oltretutto c'era sempre il problema del fuso orario e dell'ora legale. Non mi rimaneva che aguzzare tutti i miei sensi e rimanere in attesa.

Alle tre di mattina sentii un miagolio che già conoscevo. Mi girai e a pochi passi vidi la mia gattina tanto agognata. La presi, la baciai e la sollevai verso il cielo a mo' di trofeo.

«Quando apriranno il museo ti accompagnerò a lucidare i tuoi riccioli dorati, ora è ancora presto e in giro circola gente poco raccomandabile.   Comunque non temere, il tuo fratellastro non ti darà più fastidio» le mormorai aprendo la scatoletta di carne e facendola accomodare nell'elegante trasportino. Lei non dava peso al mio servile comportamento, ma badava solo a mangiare. Voracemente ingurgitò quel cibo prelibato, leccò i rimasugli rimasti, con la zampa si pulì la bocca, si stirò senza ritegno e alla fine s'appisolò.

Si sa che i gatti dormono anche 18 ore al giorno, però speravo che Lucrezia, dopo l'amabile incontro, mostrasse con più calore la sua felicità. Niente, dormiva, e sentendosi protetta dentro al lussuoso trasportino, non si preoccupava del trambusto a cui io ero sottoposto. Fra poco avrebbero aperto il museo, pertanto volevo aiutarla a mettere in opera il suo tradizionale dovere annuale; però a pensarci bene, forse la resurrezione sarebbe dovuta avvenire alla domenica di Pasqua. Nel dubbio tergiversai e la conseguenza fu: "Lasciamola dormire".

Per scrupolo m'interessai degli orari. Purtroppo la domenica di Pasqua il museo sarebbe rimasto chiuso, inoltre era proibito l'ingresso agli animali.

«Ammettiamo solo i cani al guinzaglio e con museruola.»

Al mio disappunto lo scrupoloso guardiano spiegò: «I gatti sono ladri e toccano dappertutto.»

«Il mio non è un gatto, è una gatta» precisai.

«Peggio! Le gatte sono più ladre dei gatti.»

Me ne andai amareggiato da quelle deprimenti informazioni.

Il sabato pomeriggio il museo era affollato e piovigginava. Con un ingombrante impermeabile entrai confuso tra i visitatori. Una volta davanti alla teca contenente i capelli dorati di Lucrezia, liberai dal mio petto la gatta onde permetterle di fare la sua opera di manutenzione. Con l'impermeabile semiaperto nascosi il mio tentativo di scardinare la teca. Perfetto! La ciocca dorata era lì, lì, a portata di mano; ma l'interesse della gatta era rivolto a un uccellino impagliato poco distante. Con un balzo felino si lanciò su quella preda senza tener conto che a protezione c'era una solida cappa trasparente. Gatta Lucrezia si scontrò con quella cappa ed ebbe la peggio. Cadde, si rialzò, e se la diede a zampe levate, ma le telecamere avevano ripreso tutto.

Due energumeni mi trascinarono nell'ufficio del direttore imbestialito. Nel frattempo anche la gatta era stata presa e imballata con del nastro adesivo rinforzato.

Non mi restava che dire la verità.

«Quella preziosa ciocca di capelli viene mantenuta integra e incontaminata da un parrucchiere di specchiate qualità!» sbraitò il capo della sorveglianza guardandomi con odio.

Io non vedevo vie di scampo.

«Lei è pazzo!» infierì impietosamente il direttore del museo.

«No, non sono pazzo. Sono solo un credulone» cercai di difendermi, ma ottenni solo il loro biasimo.

«Faccia una consistente donazione alla galleria, e sparisca con la gatta!» sibilò il direttore sottolineando: *"Consistente"*.

«Se fosse per me la denuncerei, la farei imprigionare e butterei la chiave» disse rabbiosamente l'addetto alla sorveglianza.

Lucrezia, tristissima, si permise di fare un leggero miagolio.

Uno pseudo-magazziniere estrasse un nuovo rotolo di nastro adesivo e la ammutolì.

«Passeremo una pessima Pasqua», dissi mettendo sul tavolo tutte la banconote che subdolamente custodivo nel portafogli.

«Se ne vada e non si faccia più vedere!» ribadì il direttore occhieggiando i soldi che avevo sborsato senza chiedere fattura.

«In galera starebbe peggio!» urlò lo pseudo-magazziniere infilandomi la gatta imballata dentro l'impermeabile.

Mi fecero uscire da una porticina di servizio, evitandomi la classica pedata da fumetto.

Diedi fondo alla mia carta di credito e in qualche modo superai quella maledetta Pasqua e Pasquetta, assieme all'indolente gatta che pensava solo a mangiare, defecare e dormire.

✳✳✳

«Battista! Che cosa pensi di questa gatta?»

Battista è perplesso e non mi degna di attenzione. Sta recitando, al suo cane **Cinciòn,** dei versi tibetani trascritti da un antichissimo libro dialettale di Mandarini del primo secolo, che ha comprato da un vicentino di carnagione olivastra.

Per evitare d'essere sputacchiato, ha steccato il collo del cane, costringendo la testa a stare girata ad angolo retto.

«Battista!» insisto, «se mi dici la tua opinione su questa gatta, ti prometto di occuparmi del tuo cane. Conosco un direttore di museo che sicuramente conosce chi conosce il linguaggio dei Mandarini tibetani del primo secolo.»

Battista infastidito mi guarda, e mosso a compassione promette: «Lasciamela qualche giorno, poi ti farò sapere.»

«I Mandarini tibetani del primo secolo non erano molto amichevoli, si calunniavano peggio dei nostri politici» dico.

«Battistoni mi ha fornito un elenco di calunnie sottintese da tradurre. Devo trovare un traduttore discendente dagli antichi Mandarini tibetani del primo secolo.»

Allora mi sbottono con quel retrogrado che a mala pena sa leggere e scrivere. «Battista, lascia perdere. Oggigiorno c'è internet. Registriamo un discorso di *Cinciòn* e lo mettiamo in rete. Vedrai che qualche Mandarino risponderà.»

Sentendo quanto gli propongo, sembra riacquistare interesse anche per i miei problemi.

«Credo che la tua gatta sia un poco difettosa. I gatti sono ladri quando sono perfetti, ma la tua gatta oltre che ladra è curiosa e farabutta come una vespa curiosa sempre a curiosare.»

«Le vespe sono curiose?»

«Le vespe non sono curiose, ma se una Vespa a due ruote viene assemblata come un'Ape a tre ruote, allora tutti s'incuriosiscono.»

Sono a bocca aperta, non riesco a capire che cosa Battista intenda con i suoi strampalati ragionamenti.

«Se mi registri un discorso di *Cinciòn* e lo metti in rete, io psicoanalizzo la tua gatta difettosa e ti farò sapere» promette.

Corro in macchina a prendere il mio registratore digitale e mi

253

apposto fuori portata dagli sputacchi di quel cane sdentato.

Dopo un'ora di silenzio assoluto arriva un cliente sardo che si rivolge a Battista nel suo strano idioma di Sardegna. *Cinciòn* incomincia e non la finisce più di blaterare e sputacchiare.

Il cliente, originario del *Gennargentu,* riesce a farsi dire da *Cinciòn:* «Sono nato nell'alta Lessinia veronese e sono cimbro.»

Parla il dialetto sardo perché un pastore di *Supramonte,* condannato al soggiorno obbligato in Lessinia, gli aveva sradicato i denti per non essere morsicato; però *Cinciòn* non è cinese: è cimbro! Battista ha molte conoscenze fra i cimbri, per cui soddisfatto regala al cliente sardo una pecora con la testa da mucca, che muggisce come un toro che non fa latte perché ha i capezzoli sulla gobba.

Io guardo la mia gatta Lucrezia che annusa e tocca dappertutto. Poi s'addormenta abbracciata a un gatto gay. Ha un criceto sul pelo della pancia, una penna di civetta in testa e due rotoli di salsiccette per conigli carnivori penzolanti sul collo.

«Tu devi far capire a questa gatta che: *se tu dai una cosa a me, poi io do una cosa a te.* Hai capito?»

«No!» dico sbuffando.

«Ti credevo più intelligente.»

«Battista, non è questione d'intelligenza, ma di esperienza.»

«Vuol dire che quando lei ti chiede qualcosa, anche tu le chiedi qualcosa.»

«Perdio, non sono diventato intelligente all'improvviso, spiegati meglio: tu hai più esperienza di me in queste faccende.»

«Anche più intelligenza.»

«Sicuramente!»

Battista è soddisfatto delle mie ammissioni e pazientemente mi spiega: «Un gatto non ha mai voglia di lavorare. È convinto che tutto gli sia dovuto. Qual è la cosa che ti piacerebbe che questa gatta facesse e non facesse in cambio del cibo che le piace?»

Perdio, ho sempre sognato di posseder un cane da tartufi, ma il pensiero di accudirlo, e poi... - In tenera età ero stato morso da un bassotto e adesso quando vedo un cane lo tengo a distanza. -

«Io vorrei che mi scovasse i tartufi!» esplodo aspettandomi una solenne esilarante sganasciata.

«Ottima scelta.»

«Ma è roba per cani non per gatti», cerco di giustificarmi.

«La tua non è una gatta perfetta.»

«Ma è pur sempre una gatta.»

«È una gatta difettosa!» insiste.

Maledizione, Battista mi stava rendendo felice.

«Ma sei sicuro che ai gatti difettosi piacciano i tartufi?»

«Mi dispiace ripeterlo, ma tu non sei molto intelligente.»

«Manco d'esperienza.»

«Tu dai delle crocchette saporite per gatti quando la gatta ti scova un tartufo. Sicuramente a lei i tartufi non piacciono, ma... Insomma, hai capito che cosa vuol dire: se tu dai una cosa a me poi io do...»

Accidenti, finalmente ho capito. Desidererei abbracciare Battista, ma mi trattengo. Non voglio che si monti la testa.

«Battista, quasi quasi ti regalo il mio registratore in cambio dei tuoi consigli.»

«Dovrei passare ore e ore per renderti più intelligente, ma credo che sarebbe tempo sprecato, per cui tieniti pure il registratore.»

Mancava solo qualche mese all'inizio della raccolta tartufi.

Mi rivolsi a un fanatico cercatore di questi tuberi che con una decina di cani faceva strage sui Colli Euganei, Colli Berici e Lessinia. Dove passava lui non rimanevano che vecchi tuberi marcescenti di ciclamino, orchidea, dalia... Dalia ovviamente selvatica.

«Hai qualche tartufo conservato o surgelato da vendermi?»

«I tartufi non vanno surgelati come i gelati, vanno conservati sotto vuoto in vaso arieggiato» mi rispose con supponenza. Poi con alterigia: «Li vuoi interi o tagliati, surgelati sotto aceto?» domandò dubbioso. «Li voglio interi. Devo fare una cena tra amici con la mia gatta» mi arrischiai a informare.

«I tartufi non amano i gatti, perché i gatti non amano i tartufi.»

«La mia gatta è difettosa, ma i miei amici sono normali.»

«Allora ti venderò quegli più aromatici.»

«Grazie! Sono proprio quegli aromatici che mi servono.»

«Comunque, grazie o non grazie, voglio essere pagato.»

«Ci mancherebbe!»

Tornai a casa con i miei tartufi profumati e misi gatta Lucrezia a dieta. A inizio giugno Lucrezia mangiava solo se riusciva a individuare un anemico odore di tartufo.

Mi appostai per spiare gli itinerari del tartufaio.

Una mattina all'alba lo incrociai, e la mia gatta si mise in posizione di combattimento vedendo i cani spavaldi.

«Dove vai a quest'ora con un gatto nel bosco?»

«Ha fatto indigestione e ricerca dell'erba intestinale. E tu, con i tartufi, come andiamo?» feci muovendomi con indifferenza.

«Poca roba, tra una settimana qualcosa maturerà, e io incomincerò a raccogliere. Se tutto va bene quest'anno farò buoni prezzi!» «Speriamo!» dissi acquietando la gatta che avvertendo aroma di tartufo pretendeva i suoi croccantini.

Lasciai che quel borioso se ne andasse. Presi in braccio la gatta e me la strinsi al petto. Lei fece finta di commuoversi, ma in realtà aspettava solo qualche saporita crocchetta.

«Fra una settimana faremo sul serio» dissi guardandola sgranocchiare il suo meritato salario.

A fine stagione, quintali di tartufi stipavano l'enorme congelatore di Battista pronti per essere macinati, inscatolati, essiccati... I prezzi erano aumentati perché il *Boss*, cercatore di tartufi, aveva fatto sapere che la stagione era un disastro, non si trovava niente.

A Battista i tartufi non piacevano, ma i soldi si. Spartimmo gli utili e finalmente anch'io vidi il mio conto corrente rimettersi dalla endemica timidezza che lo faceva sempre arrossire.

✳✳✳

FINE   (La Gatta Lucrezia)

PERSONAGGI

Narratore............   ....Personaggio cardine alquanto svagato

Lucrezia Borgia.......................................Mutevole apparizione

Rodrigo Borgia................................Papa libidinoso e farabutto

Pinturicchio...........................Pittore conosciuto come calciatore

Pescatore..........Ambiguo narratore finito in pasto alle formiche

Duca Valentino...Cesare Borgia

Vecchia ubriacona sdentata.....................................Ninfa plebea

Vitellozzo Vitellone............. Amava gorgheggiare litanie funebri

Caterina Sforza..............................Signora stitica e poco curata

Battista...Vecchia conoscenza

Virginia Borgia..........Floricoltrice svizzera detta Virginie Borjià

Lucas Bauer.........................Ex bancario promosso maggiordomo

Cinciòn...Cane sdentato e sputacchioso

Direttore di museo...................…….…....collezionista di banconote

Cliente sardo...................................Originario del Gennargentu

Cercatore di tartufi...Vanesio e presuntuoso

(10) IL CANE DI TROIA

«Perché le statue maschili dell'antica Grecia hanno dei genitali così piccoli?» chiese Zefferino, vergognoso e a bassa voce, al professore.

«Perché i Greci associavano i peni piccoli e non eretti con la moderazione, che era una delle virtù principali dell'idea del maschio dell'epoca. C'era una differenza tra presunti ideali (Eroi, Dei, Atleti) e i satiri. Infatti questi ultimi non erano modelli ideali perché dediti alle piacevolezze della lussuria e dell'alcol, e si trascinavano senza nessun interesse per la filosofia. Dunque i peni piccoli indicavano grande rispetto per l'eroe scolpito: che generalmente era un imbecille. Pertanto un enorme pene su Paride non sarebbe dispiaciuto alla spartana troiana e Troiona, Elena.»

Zefferino Trombatori era un uomo paffuto e mansueto e non possedeva certo la linea affusolata e le movenze da torero che il suo cognome avrebbe potuto lasciar intendere.

Inutilmente s'era dato da fare per modificare **Trombatori in Trombadori**; in fondo si trattava solo di cambiare una T con una D. Niente da fare. Quel Trombatori era inciso in un granitico burocratico documento: neanche la dinamite l'avrebbe scalfito.

Appena diplomato, Perito Tecnico Agroalimentare, era entrato alle poste, e dopo anni di vita morigerata - dedita al lavoro e al soddisfacimento dei suoi tanti *Carneade, chi era costui?* - finalmente s'era concesso un tour della Turchia con una comitiva di italiani.

Il viaggio includeva *Istanbul, Ankara e Cappadocia* con le sue millenarie città ipogee (*che significa città sepolte*). Ora, come prima tappa, stavano visitando gli scavi dell'antica **Troia**, oggi *Truva*. L'antica città sacra - **ILIO** nell'antichità - si ergeva in una posizione favorevole: stazionava all'imbocco dell'angusto stretto dei Dardanelli (Ellesponto), per cui da quelle sponde poteva controllare il traffico marittimo e richiedere dazi salati alle navi di passaggio.

All'ingresso del sito archeologico i turisti vennero accolti dalla ridicola ricostruzione del famoso cavallo di legno che secondo Omero permise ai Greci di conquistare l'inespugnabile città. Su quel manufatto di legno stazionavano degli sfaccendati nullatenenti, infilati dentro **Pepli** femminile stazzonati, che a ogni consistente andirivieni di turisti intonavano in coro i lamentosi guaiti delle vedove Troiane bisognose di offerte da depositare nell'apposito il cesto.

La guida turistica, che pretendeva essere chiamata, *Professore*, prima d'inoltrarsi all'interno dei reperti storici veri e propri, sbrigativamente, quasi con fastidio, radunò come capre la ventina di italiani che aveva in consegna; fece l'appello e, soppesandoli con fare disgustato, tuonò: «Per ragioni di ossequioso conformismo sono costretto a ricordarvi brevemente le stupidaggini di Omero riprese e gonfiate secoli dopo dal romanaccio ruffiano Virgilio, che era quel sapientone presuntuoso accompagnatore portaborse nella Commedia del superbone Alighiero.»

«Alighiero Noschese?» chiese una profumata bionda signora.

Il professore la guardò con fastidio. «Intendo **Dante Alighieri**, quello della Divina Commedia. Lo sanno anche i bambini deficienti!» specificò infastidito da quella domanda.

«Io non sono una bambina deficiente!» sbuffò a sua volta la stagionata intraprendente profumata e anche occhialuta turista.

«*Eu entendi isso*. Questo l'avevo capito.» miagolò il professore - con una cantilenante inflessione *brasileira* - mimando un baciamano.

«Lei è un maleducato!» sibilò l'elegante profumata signora alzando la mano con il dito medio in evidenza.

«E lei una rompiballe! (*ella es una rompepelotas*) E se non la smette sarò costretto a farla allontanare.»

«La signora Alma De Castro non è una rompipalle, è stata una senatrice italiana di primaria importanza, eletta in Valcamonica, dove possiede l'Atelier del Buon Respiro!» intervenne il suo cavalier servente, che teneva un barboncino al guinzaglio.»

«Maledizione! Dovevo immaginarlo, ammorba l'aria a Km. di distanza.»

Qualche componente di quella rocambolesca comitiva, annusandola, sembrava condividere, per cui il professore divenne spavaldo.

«Senatrice non lo è più? È stata trombata?» chiese beffardamente. Arieggiò i polmoni e guardando il cielo come a chiedere venia: «In Italia ci sono elezioni ogni 15 giorni, quindi è più facile essere trombati che eletti» commentò sghignazzando quella guida turistica di nazionalità incerta, ma sicuramente di etnia bizantino saracena e accento portoghese, o meglio brasiliano e un po' genovese.

«Vorrei farle notare che se dovessero ritrarla scolpito da Greco antico, lei apparirebbe con un pene enorme», s'intromise Zefferino Trombatori per difendere l'aromatica signora e mortificare quello pseudo professore che riteneva un volgare *Satiro*.

«Io non ho bisogno d'essere scolpito, perché un pene grosso ce l'ho già: vuole verificare?» disse facendo ondeggiare il bacino.

«Si vergogni!» esclamò irosamente Zefferino arrossendo.

«Lei con quel cognome se ne dovrebbe intendere di trombati», sghignazzò, «sì, è proprio lei, *Trombatore*, che dovrebbe scusarsi con l'ex senatrice trombata e vergognarsi del suo volgare cognome che porta sfiga universale non solo ai tori, ma anche a chi ha la disgrazia di...»

Zefferino, sia pur di indole mansueta e paffutello di aspetto, stava per agguantare al collo quella schifosa guida turistica, ma alcune guardie in uniforme da parata militare intervennero e minacciosamente costrinsero tutti alla calma.

«Posso continuare?» riprese beffardo il professore vagliando i suoi interlocutori. Nessuno più fiatò.

«Ribadisco che quanto ora dirò sono ridicolaggini raccontate da un certo Omero; il quale altro non era che uno stitico menestrello occhialuto; un cieco daltonico che mendicava stando appoggiato agli angoli dei muri dove i Greci importanti con i loro miseri pistolini - più insignificanti del clitoride femminile -, per non bagnarsi facevano pipì accucciati come donnicciole.   [...]

«Insomma, Omero era uno zotico, che come i nostri saccenti pedagoghi le sparava sempre più grosse.» E qui si fermò per rimboccarsi le maniche e scolarsi un barattolo di birra.

«Dopo un assedio durato decenni alla città di Troia, i Greci - già allora imbroglioni truffatori - misero in pratica una messinscena ideata da **Odisseo**, che si credeva intelligente perché protetto dalla dea Atena. Fingendo di abbandonare l'impresa e di tornare a casa, lasciarono sulla spiaggia uno scalcagnato cavallo di legno con dentro i più scalmanati attaccabrighe Achei, tra cui lo stesso Odisseo: il quale si vantava essere - Re - d'una miserevole isoletta di pastori morti di fame chiamata *Itaca* e di avere in moglie Penelope imparentata con i regnanti di Sparta. Il giovane ballerino scansafatiche greco **Simone,** smise di ballare sulla spiaggia agitandosi e pavoneggiandosi sbattendo in aria le mani, ma si lasciò convincere dal sindaco di Troia, Priamo, a spiegare che il cavallo era stato lasciato per placare l'ira di Atena, offesa per la profanazione del suo tempio compiuta dall'idiota sbadato Odisseo, soprannominato Ulisse. Tale dono avrebbe dovuto restare dov'era per proteggere il ritorno dei Greci, ed era stato costruito in dimensioni tali da impedire ai finanzieri Troiani di rubarselo, portandoselo dentro le mura della città.

«Nonostante gli ammonimenti del prete spia *Laooconte* - buttato frettolosamente in pasto ai serpenti marini - i Troiani scardinarono le porte *Skaiai* per far entrare il cavallo in città e celebrare la loro vittoria. Viceversa firmarono così la loro condanna, dato che nottetempo i furfanti predoni Greci uscirono dal cassone di legno, sgozzarono gli alcolizzati troiani e ridussero in cenere la città.»

Tutti lo ascoltavano evidenziando un malcelato scetticismo. Qualcuno aveva necessità di orinare, ma dopo quelle parole su Omero e sui pistolini greci, per decoro si tratteneva.

«C'è da dire che la iettatrice Cassandra...» e qui il professore spudoratamente si toccò, «sì, quella menagrama, alla nascita di Paride lo identificò come causa della distruzione della città; profezia non creduta dai genitori Priamo ed Ecuba, ma confermata da *Enasarco* - interprete di sogni e protettore degli agenti di commercio - che costrinse i sovrani a buttare il piccolo dal roccioso monte Ida. Paride però aveva un gran culo e probabilmente anche un grosso uccello - a detta della spartana Elena - e si salvò; cosicché quando divenne adulto tornò a Troia per partecipare ai giochi. Paride era uno a cui piaceva giocare, trombare, ma a guerreggiare mandava gli altri.»

Tutti gli prestavano orecchio evidenziando imbarazzo, ma ciò lasciò indifferente il professore che sfrontatamente continuò:

«I Troiani li potevi paragonare alle guardie di finanza che ti sequestrano tutto, anche le pillole azzurre di arsenico per topi. Elena era una pasticca dall'aspetto attraente come il Viagra, ma in realtà Paride aveva rubato solo dell'arsenico. Lei che cosa ne pensa emerita senatrice trombata, su Paride che trombava molto meglio del *Trombatori*, ed Elena che portava sfiga?»

«Io dico che lei pillole di viagra ne dovrebbe inghiottire a palate e se io potessi una di arsenico gliela aggiungerei.»

Il professore scoppiò in una grillina risata, contagiosa come un catarroso colpo di tosse, e indicò i gabinetti.

Gli animi surriscaldati si stavano raffreddando e il pensiero di poter finalmente andare al WC mise tutti d'umore più accettabile. Il panciuto Zefferino, dopo aver sfogato la sua impellenza vescicale, venne ringraziato dalla senatrice Alma De Castro per la solidarietà mostrata nei suoi confronti durante la disputa con la volgare guida turistica. Gli presentò il suo assistente signor Furio e il cagnolino Toto; gli disse che possedeva un altro barboncino di nome Totò, ma che essendo troppo vivace, l'aveva lasciato in Valcamonica nel suo *Atelier* del Buon Respiro.

Il trio convenne nel voler conoscere la vera storia tramandata da Omero senza i ridicoli commenti da osteria di quello pseudo professore levantino, che già di mattina si scolava litri di birra. A pranzo avrebbero protestato con gli organizzatori di quel viaggio per la scellerata scelta di un simile sfacciato ubriacone. Ma adesso erano tutti ansiosi di vedere l'antica **ILIO**, detta poi, Troia.

Camminavano in quella desolazione domandandosi dove si trovasse la favoleggiata Troia riportata alla luce da sotto sette strati di casupole sovrapposte. I turisti che con emozione s'aspettavano di vedere la Città con le possenti mura, si trovarono invece in mezzo a sassi disposti in modo tale da far intendere qualche strada e qualche piccolo tempio. Per terra ogni tanto s'intravvedeva qualche sorcio in cerca di briciole, qualche gatto a caccia di sorci, qualche misera decrepita colonna di dimensioni irrisorie come...

Nessuno parlava: neanche il professore che scolava una bottiglia di bevanda schiumosa e assaporava anche la delusione dei suoi assistiti. Tutti si guardavano in faccia esterrefatti auspicando spiegazioni che il pedagogo, guardingo, era ben lontano dal dare.

Alla fine un educato turista di Agrigento, che s'accompagnava con un raffinato coetaneo di Bolzano, indicando in lontananza una vetusta riproduzione di latta del famoso cavallo di legno adatto a un luna park, con proprietà di linguaggio, si sentì in dovere d'informare: «Da studi recenti sembrerebbe che il manufatto realizzato dai Greci atto a penetrare nelle mura di Troia, non sia stato letteralmente un cavallo (in greco *hippos),* bensì un tipo di nave fenicia che veniva abitualmente chiamata *Hippos,* appunto. Sarebbe come se per noi si dicesse Vettura: potrebbe essere intesa sia come automobile, sia come carrozza ferroviaria.»

Un applauso ruppe il silenzio. Era il professore, che gettando la bottiglia vuota in una crepa del terreno da dove un grosso sorcio origliava, si complimentava con il raffinato turista agrigentino esperto di Greco antico, di autoveicoli e di treni.

«In realtà a scardinare la porta delle mura di Troia non fu né un cavallo, né una nave e tanto meno un vagone ferroviario, ma i Troiani stessi. Il cavallo di Troia è solo una baggianata che faceva comodo al romanaccio Virgilio per vendere libri. Ciò che invece esisteva e ancora esiste veramente è: **Il cane di Troia!** Più tardi, al momento opportuno ve lo chiarirò» promise.

«Più tardi lei sarà completamente sbronzo e oltre a scambiare i cavalli per cani, scambierà anche i cani per gatti e i gatti per topi.»

«Sgradevole femmina, l'unica cosa che io potrei scambiare è la suo belva con una pecora, ma per ora non vedo spuntare capezzoli pecorini su quel povero... **Cagnolino di Troia!?**» E l'esuberante guida turistica, agli occhi della femmina si mostrò come un ghignante guerriero seminudo.

«Lei è un maleducato e pure ignorante! Altro che professore. A pranzo provvederemo a farla licenziare.»

«Ah, se qualcuno non lo sapesse, vi informo che io sono l'azionista di maggioranza di questa società, *International Travel*: che qui in Turchia si chiama *Uluslararası Seyahat* e in Italia, **Viaggi Internazionali.** Inoltre tengo a far sapere che sono geometra, ma sono anche insignito con tre recenti lauree *ad honorem* di una Università Poliedrica situata in un'antica necropoli in Cappadocia centrale. Oltretutto ho scritto, nell'antica lingua *Eragon degli Elfi*, parecchi libri su abitudini, caratteri e nomi di cani ed eroi della mitologia Elfica; purtroppo nemmeno i più sapienti li leggono perché non conoscono l'antica lingua **Eragon** che appena avrò tempo tradurrò.»

Il curioso Zefferino moriva dalla voglia di chiedere: "Come fa lei a conoscere l'antica lingua Eragon?!"

Se nessuno la conosceva poteva inventarsi qualsiasi castroneria: ma guardandosi intorno anch'egli era annichilito, al pari dei compagni. Troia consisteva in quattro sassi; il cavallo era una giostra da luna park e ora saltava fuori che, baro destino, quel pazzo era il padrone del loro futuro di gitanti.

La depressione debilitava anche i più propensi alla caciara, cosicché il professore decise di cambiare personaggio. Al pari di un attore, che sul palco pavoneggia la sua immagine, smise i panni dell'esecrabile antipatico - che tanto bene impersonava - per indossare gli stracci del volenteroso perbenista; ma in questa nuova veste, malgrado i suoi sforzi, credibili rimanevano solo gli stracci.

«Egregi signori! Scusate se finora sono stato brusco. Volevo semplicemente mettervi nell'umore dei Troiani assediati.»

«Mi scusi, ma che cosa intende dire con questo?» si permise di chiedere il serio e raffinato giovane turista bolzanino, che s'accompagnava con l'altrettanto raffinato amico agrigentino.

«I Troiani avevano sempre tra i piedi questi maledetti Greci che volevano indietro Elena. Ma Elena s'era affezionata a Paride e non sopportava il marito Menelao perché lo trovava brutto e...»

«Con il pistolino piccolino come nelle statue?» lo interruppe un solerte turista - con il naso e le orecchie piccole, ma delle sproporzionate lunghe gambe - che non aveva perso la sua vivacità.

«Certamente caro *Abbaino*, vedo che incominciamo a capirci» disse il professore in tono professionale incominciando a ingurgitare birra greca di sconosciuta importazione.

Ora tutti sembravano essere veramente nello stato d'animo dei Troiani accerchiati: non rimaneva che rassegnarsi e ascoltare.

«Nella mitologia ellenica molti comportamenti umani, che attualmente appaiono blasfemi, se rapportati al grado culturale dell'epoca diventano naturali. La schiavitù era ammessa, l'omosessualità conclamata veniva intesa e praticata nella maniera più confacente alle loro necessità, stesso dicasi per la religione, etc..»

«Fra un millennio ai nostri posteri noi sembreremo, e lei in particolare, molto più barbari e primitivi che non i Troiani a noi» si permise di sottolineare il paffuto Zefferino, per evidenziare il suo livello intellettivo e la sua antipatia per quel volgare satiro.

«Fra mille anni, caro polposo *toreador, matador de paones*, i nostri posteri saranno macchine pensanti strutturalmente ben diverse da noi; ma se permettete ora passo a descrivervi i personaggi immortalati nell'Iliade e nell'Odissea.»

«Possiamo sederci? Io sono stanca di stare in piedi; così anche lei potrà diventare un *toro seduto* che si pavoneggia davanti al toreador» disse esausta la senatrice trombata.

«Ma certo! Mettiamoci all'ombra, vicino a quelle mura antiche» rispose il professore cercando di mascherare la rabbia per l'allusione al toro seduto e al Trombatori ammazza pavoni.

Una volta sistemati su quei sassi, estrasse un'altra birra greca dalla sua borsa; con un nervoso colpo di *karatè* fece volare il tappo e dopo aver sbuffato come un cavallo pazzo la tracannò schiumando per poi pulirsi la bocca con i bordi bagnati di sudore della lurida camicia. Lanciò la bottiglia in un cestino di rifiuti poco distante, ovviamente non centrandolo, dopodiché ricominciò a narrare:

«Iniziamo con l'iracondo Achille, figlio del reuccio Peleo, (da qui deriva il *Pelide Achille*) e d'una specie di dea: "Teti".

«Costui è il protagonista dell'Iliade ed è quasi invulnerabile, ha infatti solo un punto debole, il tallone. Achille fu infatti immerso nelle acque dello Stige dalla madre Teti la quale lo reggeva solamente per il tallone, mentre il resto del corpo rimaneva immerso.»

«Questa Teti, sarà anche stata una dea, ma era anche una gran deficiente; doveva tenerlo per i capelli, così per male che andasse sarebbe rimasto calvo, ma salvo!» esclamò una smaliziata signora alquanto flessuosa, impegnata a risollevare il morale alla depressa ex senatrice profumata.

«Brava signora *Virginie*! Lei è una vera *Borjià*, ma la gente la salva, non l'avvelena» commentò il professore bonariamente.

«Io avveleno solo i pidocchi parassiti e i grilli talpa che infestano il mio orto vivaio in Svizzera» rispose seccamente Virginia.

Il sapientone ci restò male, ma subito si riprese. Si pulì il grugno dalla schiuma gocciolante con la solita camicia sempre più lercia, e ricominciò a narrare, sforzandosi di apparire cattedratico:

«Nell'antichità, all'adolescente - detto **eromenos** (amato) - nella prima fase di pubertà e acuto sfogo ormonale, era permesso accompagnarsi con un maschio più anziano detto **erastes** (amante). A 18 anni l'*eromenos* doveva però abbandonare l'*erastes* e prender moglie per metter su famiglia. Mi sembra evidente che l'*erastes*, a caccia di giovinetti, fosse un belle chiappe voglioso di uccelli. È da considerare che gli infuocati *eromenos*, a quell'età infilavano capre, pecore, mucche, scrofe... Ovvio che se trovavano un belle chiappe, con sommo piacere lo soddisfacevano. Però, se poi con l'età non s'indirizzavano verso la femmina, a loro volta si trasformavano in *erastes*. Ebbene, Achille era un giovane *eromenos* che sodomizzava con passione il suo meno giovane *erastes*, che era Patroclo. Ma al momento in cui Ettore uccise Patroclo, l'amico aveva superato da tempo i 18'anni, per cui si può supporre che i due si scambiassero i ruoli: anche Achille vantava delle chiappe sagomate a pennello.

«Achille era talmente innamorato del suo Patroclo, tanto da aver prolungato questo legame affettivo ed effettivo oltre la norma. Ecco allora la disperazione alla morte di Patroclo, il cui strapazzato cadavere fu conteso dai due schieramenti in una lotta furiosa che si concluse proprio con l'arrivo dell'irato Achille, che all'urlo di: **Patroclooo! Patrocloooooo!** Mise in fuga i Troiani terrorizzati.

«Achille, sconvolto dal dolore, dopo avere sgozzato Ettore - l'assassino di Patroclo - e organizzato i giochi funebri in onore del suo amante, riprese a combattere, e per consolarsi si era procurato degli *eromenos*, ai quali offriva le sue solide, ma non per questo meno ben sagomate chiappe. Circolava voce, infatti, che Achille si concedesse, in modo sbracato, agli aitanti giovani taurini *Bacigaculus* e *Amaculus*. Poi una freccia avvelenata al tallone, scoccata da Paride, mise fine alle ciarle maligne dei ficcanaso Achei.»

Tutti avevano preso atto delle vicende poco edificanti dei due sporcaccioni morti prematuramente e a bassa voce spettegolavano; intanto il professore si sbrodolava con un'altra birra ormai tiepida.

«Ma Patroclo chi era?» domandò Zefferino sollecitato dall'agrigentino e dal bolzanino molto interessati a queste vicende.

«Un attimo, un po' di pazienza e palpeggeremo pure Patroclo: che tanto fa arrapare il virile rubicondo toreador. Poi alé, a mangiare.»

Zefferino alla spregevole insinuazione voleva ribattere, ma dopo tanti sottintesi ignorati allo sportello delle poste, si contenne; e poi non voleva imbarazzare i due amici con cui stava famigliarizzando.

«Il primo indizio che abbiamo del loro rapporto amoroso, ci arriva dalla madre di Achille», continuava intanto la irritante guida.

«Le donne su certe cose sono molto più accorte di voi uomini» intervenne l'ex senatrice che si stava riprendendo.

«Sono d'accordo con lei, mia profumata signora, ma ora mi lasci finire, noi abbiamo fame.»

I consensi gestuali misero sprint al professore che riprese: «L'Iliade è piena di eroi sodomiti che avevano un amante maschile, perciò Achille, teneramente innamorato del suo Patroclo, non destava meraviglia. Patroclo era flessuoso, condiscendente, carino, delicato, raffinato, gentile, e comprensivo. Diverso dagli altri eroi la cui unica virtù era la forza bruta, finanche nei fisici rapporti affettivi. Infatti nel campo greco, tra gli Achei, la flatulenza silenziosa dovuta alla dilatazione anale, imperversava.»

Non diede spazio a commenti boccacceschi e velocemente riprese. «Figlio di **Menezio** e di **Stenele**, il nostro raffinato eroe già da anni se la faceva con il giovane Achille. Partirono insieme per la guerra e Achille divenuto forte e combattivo, vegliava su di lui. Ma quando Achille - offeso dal re di Micene Agamennone che gli aveva rubato la serva badante **Briseide** - si rifiutò di continuare a combattere contro i Troiani, Patroclo indossò l'armatura dell'amato e *scese in campo* al suo posto: per imprimere coraggio agli Achei. Provocò scompiglio e terrore nelle file nemiche, ma venne indebolito dal dio Apollo e poi ferito da un cretino di nome Eufurbo. Ettore, scambiandolo per l'odiato Pelide Achille, si precipitò sul poveraccio e lo fece a pezzi.

«L'arrivo del vero Achille impedì di darlo in pasto ai cani molossi impiegati in battaglia, perché contrariamente a quanto viene favoleggiato da Omero nell'Iliade, cavalli ce n'erano pochissimi. I carri sgangherati che perdevano le ruote erano spinti da molossi che tiravano come muli e mangiavano cibi scaduti d'ogni genere, a differenza degli schizzinosi cavalli.»

«Io in Italia ho un amico di nome Fulvio Battistoni che anche lui è *sceso in campo* e anch'io me ne intendo di cani molossi. Una volta, assieme a mia cugina, avevo un mastino tibetano castrato di nome *Strassòn* che mi voleva bene come Patroclo ad Achille» tenne a informare Battista Abbaino, che sentiva la mancanza dei suoi animali difettosi; ma il professore colse al balzo l'informazione.

«Ex senatrice Immacolata Castracani, addirittura con i mastini tibetani se la prendeva? Non le bastavano i piccoli barboncini?»

«Senti, marocchino dei miei stivali, o la smetti di fare il cretino spiritoso, oppure ti garantisco che questa tua compagnia di viaggi la farò pigolare come un pulcino anziché ruggire come un leone!»

«Be', visto che abbiamo fatto amicizia, ti assicuro che le tue resteranno solo intenzioni, perché i testicoli della mia compagnia sono di acciaio inossidabile.»

«Una fiamma ossidrica liquefa senza fatica pure l'acciaio.»

Il professore rifece quella sua tossica specie di risata dicendo:

«Temibile fiammante Castracani, mi sto divertendo, e quando mi diverto mi aumenta l'appetito. Signori!... Tutti a tavola.»

«Speriamo che non ci servano il Cane di Troia al forno» commentò sommessamente Zefferino, Perito Agroalimentare.

«*Trombador de pavos*, non ti lamentare, in Spagna mangeresti i testicoli di toro al forno e a Vicenza i gatti allo spiedo; qui non fare storie, ingozza quello che trovi nel piatto e ringrazia» lo rimproverò stizzito il professore provvisto di un orecchio molto fine.

«E tu datti una regolata con il bicchiere», fece Alma De Castro.

«Io il bicchiere neanche lo tocco, bevo a garganella» ghignò l'acuto orecchiante pavoneggiandosi al pari di un guerriero acheo.

«Speriamo che si lavi e si cambi quella camicia, perché così sembra un cannibale. Sicuramente a pranzo mangerà delle bisunte braciolone di maiale fregandosene dei mussulmani» commentò a bassa voce il raffinato turista agrigentino rivolto al suo delicato compagno bolzanino, ma stando ben attento a che nessuno origliasse.

>‚(*\.../*)‚<

Fortunatamente al ristorante il professore si aggregò ad altri operatori turistici, cosicché la comitiva di italiani non fu più obbligata a misurare le parole.

A tavola Alma De Castro estrasse il suo *smartphone* e lo diede all'erudito mansueto esperto postale Zefferino pregandolo di contattare l'ufficio informazioni del senato perché voleva avere informazioni, e, se possibile, immagini della compagnia turistica in cui s'erano imbarcati. Quel professore l'impensieriva.

Durante il pranzo Abbaino Battista raccontò aneddoti di Fulvio Battistoni. Alma era molto interessata al Battistoni, anche più dell'arte di scopare con destrezza che il servizievole Battista le aveva in precedenza illustrato, ma la cugina lo reclamava, e Battista, come suo solito alla cugina ubbidiva. Erano anni che non si vedevano e Virginia, ormai anziana e appesantita dalla nordica cucina di Basilea, era ansiosa di passare qualche giorno con il cugino, lontana dalle casalinghe fastidiose incombenze quotidiane.

Furio accudiva Toto con brio e passione. Era unanimemente riconosciuto quale legittimo accompagnatore di Alma De Castro, tanto che in albergo condivideva la stessa camera e, quando Toto lo permetteva, poteva persino strofinarsi con l'esuberante ed elegante compagna. Purtroppo l'astigmatismo di Alma andava peggiorando e lui con pazienza l'informava sui colori che lei confondeva; tanto che il rosso a volte lo vedeva verde oppure blu, ma anche nero. Ora, a fine pranzo, la rassicurava su quel professore che lei aveva l'impressione fosse nientemeno che il maligno teatrante genovese Beppe Grillo, responsabile della sua batosta elettorale.

«Tesoro mio, Grillo è genovese, invece questo qui è turco», le spiegava pazientemente il suo *Furino*.

«Però quando parla ha un'inflessione portoghese che assomiglia alla cantilena genovese» insisteva lei.

«Ma Grillo attualmente starà facendo spettacoli comici chissà dove. I genovesi sono attaccatissimi ai soldi.»

«Furino mio, ricorda che il grillo frinisce più ruffianamente della cicala. Non sta mai zitto, s'infila dappertutto e quando meno te l'aspetti salta fuori e non riesci a schiacciarlo, perché fa dei salti... E poi, e poi c'è il più bastardo grillo talpa, che vive sotto terra come una talpa, e risulta molto più dannoso perché si nutre delle radici delle piante e le trancia. Furino mio caro, costui ha tre lauree rilasciate sottoterra: questo a me fa pensare.»

Furio controllò attentamente la fisionomia del professore e forse, suggestionato da quei discorsi, dovette ammettere che qualche similitudine con il Grillo - che faceva ridere i polli e piangere i politici - ce l'aveva. Ma tutti quei capelli dov'erano, e la barbetta?

Ormai avevano finito di ingozzarsi con le solite pietanze da crociera turistica e il paffuto Zefferino informava che quella guida si chiamava **Kriket Aptal.** Effettivamente risultava essere l'azionista di maggioranza della compagnia di viaggi *International Travel e* anche la foto ne confermava l'identità. Delle lauree prese sottoterra, in Cappadocia, niente si sapeva.

«Ha una voce come *Strassòn*, il mastino tibetano castrato» osservò Battista intromettendosi nella erudita discussione.

«L'ho sempre detto io che quel maledetto Grillo ha una voce da castrato!» sbottò Alma De Castro, «sì, da castrato, come questo ignobile turco della malora.»

«Alma, tu sei suggestionata dai risultati elettorali. Se ti fossi presentata con gli scagnozzi di Grillo saresti stata eletta» disse la sua nuova amica Virginia; la quale a differenza del cugino tendeva a simpatizzare più per le novità, che non per il vecchio Battistoni.

«Qualora si fosse messa con Battistoni sarebbe stata eletta anche di più» la contraddisse Battista.

«Con la cricca di quel maledetto Grillo non mi sarei mai candidata, perché non lo sopportavo e attualmente non sopporto neanche questo turco; che ha un accento genovese che non mi piace.»

«Ma cara Alma, la nostra guida non è Beppe Grillo, questo turco si chiama, **Aptal Kriket** e non centra nulla con Grillo», la rassicurò Furio, che appaiato all'erudito Zefferino consultava internet.

«Eppure questa voce da castrato mi ricorda proprio quel maledetto Grillo» insisteva Alma, ritoccandosi le sopracciglia tatuate.

«Però effettivamente questo *Aptal Kriket* ha una cantilena portoghese. Infatti Google riporta che costui ha soggiornato in Brasile per quattro anni» informò il paffuto Zefferino con lo *smartphone* sotto al naso. «Sì, è stato in Brasile dove parlano il portoghese. Faceva la guida nella foresta amazzonica agli ambientalisti che sabotavano i tagliatori d'alberi e aiutavano gli *Indios* a lanciare frecce avvelenate contro i contadini che s'insediavano nella foresta. Era ricercato dalla polizia, per cui clandestinamente scappò per non finire in galera. Magari l'avessero acchiappato», sospirò.

✸✸✸

Bevvero il caffè alla turca e si ritrovarono con la bocca invasa dai fondacci amari del fondo tazza, ma la guida li stava radunando e loro velocemente si riportarono fra le rovine di Troia sputando tra i rovi già segnati quei fondi granulosi di caffè difficili da inghiottire.

Il professore esibiva una faccia arrossata, sudata e non si asciugava. In quel pomeriggio infocato il sole sparava raggi micidiali, peggio delle frecce troiane. Nessuno aveva più voglia di battagliare, una tregua si imponeva. Sedettero sotto una specie di gazebo giallastro, aperto e barcollante: Alma, daltonica, insisteva a dire fosse nero. ***Kriket Aptal,*** inzuppato d'oleoso puzzolente birroso sudore, riprese a raccontare dei guerrieri Achei e Troiani impegnati in quelle sanguinose battaglie intorno alle mura di Troia.

«Agamennone! Chi era costui? Era un "Testa di cazzo" ambizioso proclamatosi capo supremo. Litigava con tutti ed era sempre in battaglia con il suo carro trainato da dei bastardi cani bassotti ladri e farabutti come lui. Era fratello del Menelao cornuto re di Sparta, e aveva accettato d'aiutare il fratello solo per fare bottino. Quando tornò a casa a mani vuote, fu ucciso della moglie *Clitemnestra* e dal cugino *Egisto* che in sua assenza se la scopava.»

Rabbiosamente stappò e si scolò una bottiglietta di brandy a 44 gradi di temperatura mentre Battista illustrava il modo corretto di scopare. *Kriket Aptal* emise un rutto corroborante e impose al rompiscatole di smetterla. Ora toccava a Menelao...

«... impersonava il cornuto marito della baldracca Elena ed era fratello invidioso di Agamennone. Era re di Sparta essendo sposato con Elena figlia del vero re assassinato. Anziché ringraziare Paride per averlo liberato da quella fedifraga mangia c..., s'incaponì a voler vendicare l'affronto e a provocare la guerra. Era malvisto dagli Dei che lo ostacolarono facendo venire una terribile dissenteria ai suoi cani, i quali anziché trainare il suo carro contro Paride che scappava, lo fecero cadere per poi scagottarlo.»

Sotto quel gazebo il caldo era insopportabile, e allora un inserviente accese un grosso ventilatore. Però il rumore era tale che bisognava gridare per farsi sentire. Il professore fece portare caraffe

273

d'acqua minerale con ghiaccio e lui per primo se ne scolò una, sbavando schifosamente. Zefferino, nel dubbio sulla potabilità di quell'acqua dentro caraffe sporche e con insetti galleggianti, ovviò mettendosi in bocca mentine rinfrescanti alla menta. Così fecero quasi tutti, ma *Virginie* con il suo ventaglio liberò una caraffa da mosche, mosconi e zanzare, dopodiché bevve quell'acqua ancora fresca offrendola anche a Battista che non se la sentiva di rifiutare. A voce alta *Kriket* le fece notare che quello che non strangola ingrassa. Lei lo guardò infastidita per il maligno riferimento alla sua taglia XXL. Avrebbe voluto ribattere, ma lo lasciò continuare.

«Odisseo, detto poi Ulisse, era un imbecille che si credeva furbo. Andava di qua e di là sbagliando sempre direzione, tanto che per tornare a casa, a Itaca, impiegò altri vent'anni. S'era perso gironzolando sotto le cinte murarie di Troia e lì incrociò un cane a cui offerse un osso carnoso. Quel cane affettuoso era il cane di Elena, il quale per agevolare gli incontri lo omaggiava con delle chiavi. L'imbecille non sapeva che farsene di quelle chiavi, sennonché, in un pomeriggio afoso, quando tutti sonnecchiavano, casualmente s'accorse che con quelle chiavi poteva aprire le porticine secondarie della città e raggomitolarsi all'interno per dormire al fresco assieme al cane della sgualdrina. Verso sera sentì che gli Achei lo chiamavano. Uscì tranquillamente dalla porticina e gli Achei rimasero allibiti. Chiaro che con quelle chiavi si poteva entrare di notte, spalancare dall'interno la mastodontica porta Skaiai e conquistare finalmente Troia. Altro che cavallo, fu il cane di Elena a permettere ai Greci di distruggere e incendiare quelle quattro casupole, ma siccome Elena era una zoccola, cioè una troia, una volta diventata anche troiana... Insomma ecco spiegato il mistero del ***Cane di Troia!***»

Il frastuono del ventilatore aveva impedito di capire le ultime parole, ma Battista, sia pur con le orecchie piccole, possedeva un udito finissimo, cosicché riferì ad alta voce la faccenda del Cane di Troia. Ma ambiva conoscere la razza di quel quadrupede difettoso. «La razza non me l'hanno detta, però penso fosse un bastardo difettoso come quello lì», sbottò il professore - reduce dall'aver svuotato una nuova bottiglietta di Brandy a 43° gradi centigradi e un'altra caraffa d'acqua fresca a 44° - indicando Toto, il barboncino appisolato in braccio alla sua padrona. Furio scrollandola, tentò di informarla. Alma stranamente non reagì come si sarebbe aspettato.

«Ho fatto un sogno» blaterò, «devo riflettere, ma a questo schifoso gliela farò pagar cara» disse piano, e il ronzio del ventilatore impedì a Furio di intendere per cui la lasciò vaneggiare.

«Ora tocca ai Troiani Ettore e Paride», continuava il professore.

«Ettore era figlio di Priamo, re di Troia, e fratello di Paride. Aveva sposato Andromaca, dalla quale ebbe un figlio: *Astianatte*. Ettore ra coraggioso, combatteva per la patria e per il proprio conto in banca. Uccise Patroclo e molti altri deficienti Achei ma, alla sua morte venne orrendamente sfregiato dal frocio Achille. Apparve in sogno a Enea la notte della distruzione di Troia, per esortarlo a fuggire e andare a popolare la periferia di Roma gremita di romanacci come Virgilio e il marchese Del Grillo.»

Nessuno più lo ascoltava, ma imperterrito *Kriket Aptal* beveva, sudava, e blaterava.

«Paride, anch'esso figlio di Priamo, fu la vera causa della guerra avendo rapito Elena, figlia del vecchio re di Sparta assassinato. Si scontrò con il nuovo re e marito cornuto Menelao, dimostrandosi vile e ignobile. Alla fine però, fu proprio lui a infilzare una freccia nel tallone di Achille: la sua mira lasciava a desiderare, in quanto il bersaglio che ambiva colpire era il centro chiappe del rivale.»

Si fermò a sghignazzare e poi, disgustato, riprese: «Di Elena non voglio più parlare perché era una Troiona e del cane ho già detto.» Tutti sonnecchiavano e qualcuno russava. Lui tracannò un altro *brandy* per poi dirigersi barcollando fra i cespugli delle rovine di Troia a svuotare la vescica dentro una lucida tanica d'acciaio inox.

«Perché non fai la pipì sull'albero come il mio cane cinese difettoso *Cinciòn*?»

Kriket Aptal si girò e vide Battista che lo osservava stupito.

«Con il motore che in Cappadocia i miei scienziati stanno studiando, un aereo potrebbe volare per mille Km. con un litro del carburante insito in questa tanica, ma fatto portentoso, è che si potrà creare energia elettrica: milioni di miliardi di *megawatt*. Si tratta di piscio miscelato con sputacchio di ubriaco.» Ciò dicendo incominciò a scaracchiare dentro la luccicante tanica.

Battista avrebbe voluto informarlo che a Verona quel carburante finiva a ettolitri nella tazza dei bagni, ma notava in quell'instabile pseudo scienziato qualcosa di difettoso: stette zitto e si allontanò.

Ubriaco fradicio, boccon bocconi, al tramonto il grillo raggiunse la sua camera e anche i turisti accaldati non si trattennero molto; l'indomani mattina sarebbero partiti per restare tre giorni a *Istanbul*.

Per il proseguo del viaggio il professore venne sostituito da una guida turistica vera. Fu loro detto che *Kriket Aptal* lo avrebbero ritrovato dopo *Ankara*, in Cappadocia. Con lui avrebbero visitato le città ipogee, visto che il professore passava molto tempo a gironzolare in quelle necropoli. A Istanbul (antica *Bisanzio e Costantinopoli*) visitarono S. Sofia, la Moschea Blu, la Cisterna etc. - Senza fretta. -

Alma De Castro insisteva con il paffuto Zefferino per avere informazioni su quel *Kriket Aptal*. Zefferino ben volentieri si prestò e già alla prima sera in albergo scoprì che *Kriket* tradotto in italiano significava grillo e *Aptal*, pazzo, ma anche grullo, stupido, idiota, bastardo...

Inoltre si vantò di essere esperto di fisiognomica o fisiognomonica, e, attraverso le espressioni del volto d'una persona, poteva dedurne i caratteri psicologici e morali. Analizzò Grillo Giuseppe Piero, detto Beppe e poi il Grillo Pazzo turco e:

«Sembrano fratelli, hanno le stesse inclinazioni psicologiche!» esclamò Zefferino raffrontando i due responsi che aveva scritto in fogli separati per non essere influenzato dall'omonimia dei nomi.

«L'avrei giurato!» aggiunse Alma, «sarò daltonica, ma ci vedo molto meglio di Omero.»

Battista intervenne riferendo dove quello zozzone pisciava, sputava e qual era la destinazione di quegli escrementi.

Tutti urono esterrefatti.

Il paffuto postino per dimostrare la sua erudizione, aiutandosi con internet, fece un rapido elenco delle castronerie più dannose sostenute anni addietro dal Grillo italiano:

– l'AIDS è la più grande bufala di questo secolo. Il virus HIV non esiste, non è mai esistito, né mai fotografato.

– Rita Levi Montalcini è una prostituta che si è comprata il Nobel concedendosi alle industrie farmaceutiche.

– I vaccini sono, oltre che dannosi, anche inutili. Ovviamente sotto c'è sempre il complotto delle industrie farmaceutiche.

– Lo screening e la prevenzione non servono a nulla, la prostata si cura trombando. (Battista sostenne anche scopando, mentre il servizievole Zefferino arrossiva).

– Con il cancro si può convivere. Dal cancro si guarisce con cacca di capra e limone come descritto da *Luigino Di Balla*: un martire che cura i tumori da trent'anni.

– Il clan dei petrolieri e dei controllori di energia, per fare soldi costringono all'inquinamento. Con un litro di benzina un'utilitaria modificata può fare cento Km e non dieci e…

Zefferino voleva continuare, ma oramai anche Virginia si disse convinta. L'agrigentino e il bolzanino, preoccupati, dissero che in Cappadocia qualcosa avrebbe dovuto essere fatto.

«Quello che mi fa pensare è il grillo talpa. Come mai questo turco con predisposizioni equivoche ama così tanto stare sotto terra?» domandò Virginia che odiava i grilli talpa che le rovinavano il suo vivaio di piante e fiori.

«Ma tu con che cosa li combatti?» chiese Alma.

«Con il veleno, ma è un lavoraccio e oltretutto pericoloso per i cani e gatti che a volte vengono a trovarmi.»

«Basta usare una siringa e farlo penetrare in profondità.»

«Bravo Battista!» lo elogiò la sua vecchia cugina Virginia.

Intanto Toto arrivava con una bottiglietta di liquore che tutti supponevano rubata. «Toto!» ordinò l'emerita senatrice, «riporta immediatamente questa bottiglia al barista.» Ma era pensosa.

Toto, mogio mogio, eseguì e poi si mise a cuccia.

Il barista, in un abborracciato inglese, spiegò che il cane non aveva rubato; era stato lui a voler donare quella fiaschetta di vino per rendere l'atmosfera meno triste. Tutti ringraziarono, stapparono e bevvero quel digestivo facendo sfoggio di artificiosa allegria, poi si diressero alle loro camere. Ma Alma De Castro rifletteva.

***

«Tutte le ideologie utopiche, a partire dal

Marxismo, non hanno programmi che aderiscano alle richieste dei cittadini, ma si prefiggono di mutare i cittadini per farli aderire: questa la spacciano per democrazia dal basso. In realtà è una calcolata manipolazione dell'opinione pubblica, che imita quasi le vecchie strategie di guerriglia. La verità, l'onestà, la scienza ce l'hanno loro, il resto è tutto un: Vaffa....»

Ecco cosa spiegava il paffuto Zefferino ai due raffinati fraterni amici, l'agrigentino e il bolzanino, che l'ascoltavano a bocca aperta anziché ammirare il Palazzo *Topkapı*, o Serraglio di *Topkapı*: il complesso di palazzi che fu a un tempo residenza del sultano e centro amministrativo dell'Impero ottomano.

Toto in quei giardini si divertiva a portare avanti e indietro oggetti compatibili con la sua mandibola, mentre tutti camminavano tranquilli e rilassati ascoltando la guida turca poliglotta che gentilmente li assecondava.

- Altro che quell'esagitato di *Kriket Aptal*! -

Il soggiorno a *Istanbul* fu piacevole e rilassante, come pure la breve sosta ad *Ankara*.

Ma ora li attendeva la Cappadocia.

Fortunatamente la professionale e gentile guida non li abbandonò, ma disse che per certe spiegazioni, il professor *Kriket Aptal* era molto più preparato: aveva anche scritto dei libri - nell'antica lingua *Eragon* degli Elfi - su antiche civiltà che in tempi remoti scavarono e abitarono quegli agglomerati sotterranei.

«L'indomito carattere degli abitanti della Cappadocia dovette impressionare le popolazioni che erano solite dire: "Se un serpente morde uno di loro, il primo a morire è il serpente". Perlomeno questo è ciò che sostiene il professore» spiegava la solerte guida.

«Dove possiamo acquistare questi libri?» volle sapere il paffuto curioso erudito Zefferino, sgranocchiando del popcorn.

«Non sono in vendita; comunque la lingua *Eragon* nessuno la conosce; ma credo che il professore vi illustrerà i progetti futuri sulle città ipogee; io non mi permetterei, perché *Kriket Aptal* è l'azionista di maggioranza di questa compagnia di viaggi.»

«Ma dove ha sgraffignato i soldi questo str...?»

«Mia cara emerita senatrice, padrona d'un difettoso cagnolino di *troia*, io non ho mai sgraffignato, io ho investito» esplose il professore emergendo all'improvviso da un cunicolo, «...investito, mia cara. Ma ora vi lascio alla mia guida; più tardi spiegherò qualcosa che di solito il 40% dei miei ospiti approva.»

«E l'altro 60%?» chiese Zefferino.

«*S.ktirip*!» rispose adirato il turco in turco. Imboccò un adiacente stretto buco misterioso e sparì a mo' di talpa.

«Cosa vuol dire *ski-tr-ir-p*t?» pretese di sapere Alma.

«**Vaffanculo**», scandì sottovoce la solerte guida scusandosi.

«Di bene in meglio!» commentò Furio proteggendo Toto dalle sinistre contingenze in cui si trovavano.

Si stavano immettendo nell'ingresso sotterraneo riservato ai turisti e la guida raccomandava prudenza. «Le dimore sono sotto terra. L'entrata è stretta come l'apertura d'un pozzo, si allarga procedendo verso il basso. Gli accessi per il bestiame erano stati scavati lontano, ma le persone scendevano per mezzo di scale. Nelle abitazioni della necropoli c'erano capre, pecore, manzi e volatili con la loro prole... Mi raccomando attenzione su queste scale» continuava ad ammonire la guida. «Questa necropoli, o meglio, città ipogea, poteva ospitare fino a 20 mila persone. Si stima che il sito debba avere un'area di quasi 460 mila metri quadrati, e che si addentri fino a 113 metri nel sottosuolo.»

Gli stretti passaggi attraverso cui i turisti si incuneavano, erano illuminati artificialmente, come pure le zone di maggior interesse archeologico: depositi di lame, attrezzi, chiese, sagrati, ecc.

«Domani il professore vi accompagnerà nei siti scoperti più di recente. Alcuni sotterranei sono stati adibiti a laboratori di ricerca: comunque domani egli sarà più esaustivo» continuava a precisare la zelante guida introducendoli sottoterra.

Alma De Castro chiese se al ritorno avrebbero rifatto lo stesso tragitto. Alla risposta affermativa disse che, lei, Toto e i suoi amici, sarebbero rimasti in attesa lì seduti: erano stanchi.

Proseguendo, la guida indicando alcuni graffiti, spiegava che gli abitanti possedevano dei cani molossi da guerra bardati con un collare irto di punte ferrose, addestrati ad attaccare il nemico che si fosse infiltrato in quei cunicoli.   [...]

Nel frattempo Alma illustrava il suo piano:

«Questo lassativo per maiali, inodore e insapore, può essere mi-scelato con qualsiasi liquido, ed è potentissimo. Provoca una dis-senteria tale da costringerà il disgraziato a rimanere immobilizza-to con le budella rivoltate.»

«Ma tu con che cosa lo vuoi mischiare?» chiese Furio in ansia.

«Con la bottiglia di vino toscano che ho comperato a *Istanbul*.»

«Ma la confezione è sigillata!» osservò il paffuto Zefferino.

«Forerò il sughero con una sottile siringa, come ho raccoman-dato a mia cugina di fare per eliminare i grilli-talpa. Aspirerò e poi introdurrò il lassativo nella stessa quantità del vino sottratto: tutto apparirà integro, come nuovo» spiegò con sussiego Battista.

Virginia guardava estasiata il cugino, compiacendosi.

«Domani metterò la bottiglia in un posto opportuno con Toto a guardia» disse Alma fregandosi le mani. «Vedrai che quel Grillo Pazzo non saprà resistere e se la stapperà: dopo perderà la sua bo-ria e noi prepariamoci con un fazzolettino profumato sul naso.»

«Perbacco! Dopo quanto tempo incomincerà a fare effetto?» do-mandò il paffuto Zefferino ingurgitando l'ultimo popcorn.

«Massimo, un'ora. Il bastardo avvertirà la necessità di emettere aria, ma invece d'una flatulenza si riempirà i pantaloni di puzzo-lenti escrementi inizialmente consistenti, poi diverranno sempre più molli e dovrà continuamente bere e mangiare frutta per non disidratarsi, ma bevendo continuerà a... Insomma, avete capito l'effetto: durerà settimane.»

***

«Oggi vi spiegherò i motivi per i quali il futuro dell'uomo sarà ipogeo. Certamente qualcuno non li comprenderà… Vero senatrice?!» disse il Grillo Pazzo turco alla comitiva che stava guidando in direzione di alcune colline illuminate dal sole mattutino.

«Cosa vuol dire ipogeo?» Il professore guardò l'emerita senatrice con odio e non diede risposta, ma lei insistette. «Vuol forse dire che l'uomo starà protetto al fresco come il vino dentro questa bottiglia e invece la donna abbandonata all'esterno?»

«Quella bottiglia la lascerà all'ingresso, l'unico che può bere all'interno del sito sono io e se non la smette le assicuro che lei resterà fuori ad abbronzarsi al sole» disse occhieggiando con bramosia l'etichetta: *Chianti D.O.C. di Montalcino.*

«Allora piazzerò il mio cane a guardia di questo vino pregiato, perché di lei non mi fido. Lei alza un po' troppo il gomito.»

«Brutta rompiballe della malora, non hai ancora capito che qui comando io e faccio quello che voglio io?»

«Quello che è lecito fare!» lo redarguì imperterrita la senatrice con l'approvazione dei compagni.

Una volta arrivati all'entrata, Furio posizionò Toto accanto alla bottiglia di vino che Alma aveva appoggiato vicino a un grosso macigno. Toto, fieramente, si pose a guardia della bottiglia.

«Toto, non muoverti da qui e abbaia se qualche maleducato verrà a toccare questa bottiglia!»

«Via di qua brutto cane bastardo di troia, qui comando io e tutto quello che è lecito o non lecito fare lo decido io!» reagì il professore fremente di rabbia per l'affronto che stava subendo.

All'improvviso rifilò una pedata al povero Toto - il quale avvertendo la mala parata si limitò a un leggero guaito - poi, con furia, estrasse di tasca un coltellino svizzero con il quale stappò la bottiglia per poi portarsela alla bocca e trangugiarne quasi la metà.

«E adesso voglio vedere chi ha qualcosa da dire» sbottò.

«Questa prepotenza la pagherà cara» minacciò il paffuto Zefferino tenendosi però a debita distanza.

«Cosa vuoi saperne tu *Loffio* toreador di cagnolini di troia!?»

«Smettila di chiamare il mio Toto: cagnolino di troia.»

«E perché dovrei smettere di chiamarlo *Cane di Troia?*. Non sei forse una troia tu?»

«Io la denuncerò per insulti e oltraggio a una senatrice della Repubblica Italiana!» contrattaccò Furio esibendo qualità insospettate: tanto da guadagnarsi lo guardò ammirato e l'amore di Alma.

Gli altri componenti della comitiva, imbarazzati, pregavano i contendenti di mantenere la calma e fortunatamente gli animi si calmarono.

Il professore 'Grillo Pazzo' ingurgitò, per ammansirsi, il vino rimasto nella bottiglia che teneva in mano come un trofeo, e indicò alla comitiva un buco sulla parete di tufo della collina.

«Avanti, abbassate la testa e tutti dentro» raccomandò moderando il tono di voce alterato.

Dopo una discesa d'una trentina di metri lungo uno stretto cunicolo, si trovarono in un'imponente caverna artificiale, illuminata da decine di faretti *led* disposti sopra e tutt'attorno.

Si sedettero su una specie di anfiteatro greco, mentre il loro anfitrione si disponeva al centro, accanto a una specie di tavolo pietrificato, e come un moderno Pitagora incominciò a sentenziare:

«Noi viviamo succubi di politici corrotti, scienziati incapaci o servi del capitale e giornalisti venduti al miglior offerente.

«Quando 60 milioni d'anni fa la terra divenne buia, gli unici a scamparla furono gli **Ipogei:** esseri animali e vegetali.» Occhieggiò la senatrice in maniera tale da sconsigliare ogni osservazione.

«Io qui sotto, con scienziati onesti e capaci, sto sviluppando le tecnologie per la macchina a moto perpetuo dei tempi moderni, cioè la fusione a freddo. Sono passati 50'anni dalla messinscena farsesca dello sbarco sulla luna, e ancora qualcuno ci crede. Non lo spazio, ma il nostro sottosuolo sarà il futuro nel momento in cui disporremo di energia generata dai nostri stessi escrementi.»

Qualcuno, preoccupato, controllava se in giro ci fosse qualche rassicurante cartello **"WC"**.

«Là fuori aerei diffondono sostanze gassose per modificare il clima. Il fine della sanità, nei paesi più ricchi, è prendere dei sani e renderli malati cronici; tutto per lucrare, inventandosi cure costosissime ma inutili e dannose per i fessi presi di mira. Il dentista ti consiglia il dentifricio più costoso e dannoso, come pure di sostituire lo spazzolino ogni mese onde evitare infezioni batteriche. Così facendo milioni di spazzolini vengono bruciati generando diossina velenosissima, che ricade in mare e appesta i pesci; ragion per cui mangiandoli ci ammaliamo veramente.»

Qualcuno della comitiva incominciava a scuotere la testa in senso affermativo e questo infervorò ancor più l'oratore il quale voluttuosamente spiegò il basilare motivo per il quale bisognava saper distinguere tra scienza buona - che ricerca gli effetti collaterali delle nuove tecnologie sull'ambiente - e la scienza cattiva collusa con i poteri forti.

«Pratiche mediche e strumenti del passato a volte sono più efficaci di manipolazioni per fini commerciali. Io vi dico di non concentrarvi sul processo di ricerca ma sul risultato finale. Quando il vostro dentista vi consiglia qualcosa, voi fate il contrario, perché quello lo fa solo per fregarvi soldi. Se ladri e assassini sparissero, i poliziotti resterebbero senza lavoro, perciò i primi ad avere interesse a incrementare la malavita sono i poliziotti aiutati dagli avvocati e dai magistrati. E così è per l'esercito e ancora e ancora...»

Il grillo, sempre più preso dalle sue argomentazioni, insisteva sul fatto che certa tecnologia, o ingegneristica, era solo il frutto d'una manipolazione della ricerca per fini commerciali.

«Guardate come sono ridotte le nostre megalopoli!» esclamò. «L'aria è irrespirabile. Ci danno da mangiare prodotti alimentari con all'interno geni che il nostro corpo non sa riconoscere. Questo arricchirà ulteriormente le società farmaceutiche. Dobbiamo fermare questi processi che ci porteranno a curarci come dei malati cronici per poi morire lo stesso.

> *La terra è il nostro pianeta! Ma è dentro la terra il nostro habitat naturale. Chi viveva in queste grotte non disponeva dell'energia che fra poco noi avremo. I loro escrementi dovevano essere rimandati in superficie; ciò nonostante si diceva che chi abitava queste città ipogee, se un serpente si fosse arrischiato a morsicarlo, era il serpente a rimanere stecchito...»*

Inquieti, tutti occhieggiarono il terreno per vedere se qualche rettile... Ma all'improvviso rialzarono lo sguardo richiamati dal furibondo contorcersi del professore con le mani sulla pancia.

I componenti la comitiva non erano al corrente del vino geneticamente modificato, come probabilmente avrebbe detto il saccente grillo turco, per cui si mostrarono preoccupati; però quando videro quella puzzolente sostanza marrone sgorgare dai pantaloni, in fretta e furia imboccarono il tunnel per uscire a respirare l'aria inquinata di superficie. Solo alcuni coraggiosi, ai quali Zefferino offriva dei fazzolettini lavamani profumati, rimasero ad assistere il poveraccio immerso nelle sue feci. Non riusciva a fermarsi e strombettava aria e sterco sempre più molle. Nessuno s'arrischiava a toccarlo, pertanto gli incitamenti erano solo di facciata. A Battista e a qualche altro interessava sapere l'equivalente in *megawatt di tutto* quel carburante sprecato che gli fuoriusciva dai pantaloni, ma...

Dai sotterranei segreti spuntarono degli scienziati in divisa marrone che si misero a disquisire fra di loro sulla qualità di quelle feci, mentre dall'alto scesero dei bianchi infermieri con barella e mascherina sul naso, i quali lo fecero risalire all'aperto, nell'aria inquinata. Provvidero a denudarlo e a lavarlo, ma il poveraccio continuava a strombettare e defecare, cosicché per non sporcare l'autoambulanza lo sigillarono in un sacco di nailon, lasciando aperto solo un buchetto atto a non soffocare l'inquilino.

Alma provvide a cancellare ogni traccia del misfatto facendo sparire in un tombino senza fondo la bottiglia vuota mentre Toto, spaventato, lo affidò al suo caro, fedele e indomito Furio.

I turisti in attesa, anziché scendere, vollero accertarsi delle condizioni di quel misero scagottante insaccato. In breve si sparse la voce che causa di quella forsennata dissenteria fosse l'alchimia sotterranea accumulata nelle zone segrete recentemente scoperte. Allora solo agli stitici maggiorenni fu consentito di addentrarsi in quelle topaie ipogee, ma con rotoloni di carta igienica nello zaino.

Virginia propose alla guida, gentile e disponibile, di cambiare programma e di passare le due giornate che ancora avevano a disposizione, in una spiaggia mediterranea del sud. La direzione della compagnia di viaggi, una volta sapute le loro disavventure, provvide a prenotare nell'azzurro mare di **Mersin** i due giorni di soggiorno, che per contratto spettavano, sperando di far loro dimenticare l'amaro trauma color cioccolata della Cappadocia.

Intanto **Kriket Aptal** veniva sottoposto a lavande gastriche che lo facevano deperire a vista d'occhio. Purtroppo dovettero tappargli l'ano e farlo internare in un rinomato ospedale di *Istanbul,* dove gli diagnosticarono un'acuta infiammazione intestinale causata da una sregolata alimentazione. Dissero che per adesso non riscontravano tracce tumorali, ma in via prudenziale doveva adottare un'alimentazione a base di riso bollito e restringenti chimici per rimediare allo scombussolamento cellulare subito.

Kriket Aptal rifiutava queste cure mediche, asserendo che con il cancro si poteva convivere. «Con il cancro si può tranquillamente convivere perché dal cancro si guarisce con cacca di capra e scorza di cedro, come descritto da *Luigino Di Balla*, un illustre incompreso martire italiano, che aveva combattuto i tumori per trent'anni.»

I dottori per farlo stare tranquillo lo rifornirono di cacca caprina, però non riuscivano a sedarlo e le puzzolenti fuoriuscite fecali persistevano. Deperito nel fisico e nello spirito, *Kriket Aptal*, in uno stato depressivo allarmante, stabilì che le sue disgrazie era imputabile a quel maledetto *Cane di Troia* messo a guardia della bottiglia di vino che s'era scolato. Chiedeva insistentemente, urlando e minacciando, che gli portassero il *Cane di Troia*. Gli infermieri, oltre tutto infastiditi dal suo continuo strombettare e defecare, di fronte alle minacce di quel paziente si rifiutarono d'assisterlo; cosicché in un consulto medico fu deciso di immobilizzarlo dentro una camicia di forza. La situazione precipitò quando vide una povera infermiera tenere un barboncino di peluche in braccio. Strabuzzando gli occhi, sputando, e lanciandole cacca caprina la minacciò di morte.

A quel punto si decise d'internarlo in un ospedale psichiatrico giudiziario, anche perché un luminare della medicina, una volta messo al corrente delle sue precedenti esternazioni, sentenziò: «Uno che ha una visibilità mediatica, non può andare in giro a raccontare quello che questo raccontava: è un comportamento criminale!»

In manicomio gli procurarono dei cagnolini di peluche che sistematicamente *Kriket Aptal* sbriciolava. Però notarono che dopo la frantumazione, per qualche ora stava tranquillo. Fecero scorta di barboncini di plastica friabile e di peluche di tutti i tipi, e sul contenitore un cartello riportava questa scritta:

Cane di Troia. – Somministrare prima dei pasti a:

Kriket Aptal

In Italia di queste cose non si seppe mai niente

FINE   (Il Cane di Troia)

PERSONAGGI

Zefferino Trombatori...........Paffuto ed erudito impiegato postale

Professore...........Imprevedibile azionista di una società di viaggi

Alma De Castro............ ....Esuberante daltonica turista

Furio...Servizievole accompagnatore

Achille – Patroclo – Odisseo – etc.… …. ….....Eroi Greci e Troiani

Agrigentino & Bolzanino....Raffinati turisti interessati a Patroclo

Elena..............................Leggendaria padrona del Cane di Troia

Battista Abbaino.......................................Solerte turista tuttofare

Virginie Borjià.......................Anziana ben nutrita turista svizzera

Eromenos.......... ....Giovani vigorosi antichi eroi Greci attivi

Erastes...Maturi antichi eroi Greci passivi

Toto..................................Barboncino prudente accudito da Furio

Beppe Grillo..........Fantasioso personaggio inviso alla senatrice

Grillo talpa.....................................Parassita che vive sotto terra

Guida di Istanbul....professionale guida turistica di sesso incerto

Luminare..................…............Serio e severo esperto virologo

Note dell'autore

Dieci novelle con personaggi e ambienti reali concatenati come in un romanzo; ecco quanto mi ero proposto di scrivere; ma poi? Ma poi, dopo aver fantasticato con la mia profumiera della Valcamonica, mi sono accorto che stavo uscendo di strada. Però fuori strada mi sentivo libero di addomesticare il nuovo sentiero nella maniera che più mi soddisfaceva; sicuramente era più faticoso, ma non era fatica imposta.

Spaziare nell'immaginario del momento, inventare, abbandonare, ritrovare personaggi che conoscevo molto meglio delle persone con le quali discutevo - contraddicendole o approvandole, ma senza una reale convinzione - mi liberava dalle abitudinarie noiose incombenze del vivere quotidiano. Mi rendevo conto di apparire apatico, ma nel mio inconscio un mondo vorticoso mi permetteva di vivere le emozioni che la vita reale non mi offriva. Viaggiavo senza l'impiccio di fastidiosi bagagli e orari da rispettare. I miei sogni non erano sogni, bensì desideri che alimentavano una creatività fantasiosa. Ma purtroppo tutto ciò che ha un inizio ha una fine.

Chi leggerà questi strampalati racconti non potrà percepire le mie emozioni, perché: **Ogni Scarrafone è bell'a mamma soya!** *D'accordo, ma chi può dire che una barcaccia non possa stare a galla con magari uno scarrafone al timone?»*

∗∗∗

Da un precedente romanzo ho riesumato alcune conoscenze e le ho inserite in questo diverso contesto. Sono personaggi la cui compagnia mi rende l'esistenza più vivibile.

Cani e Gatti in Parlamento

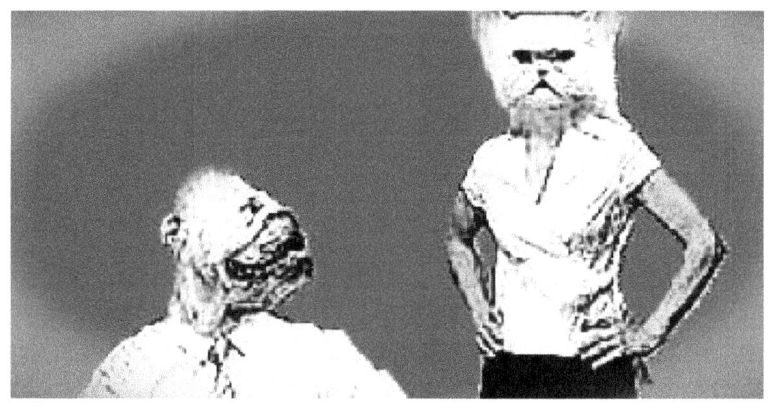

Il cagnone è in fermento • vuole imporre un cambiamento.
Ringhia e alza il malcontento • fra chi vuole il documento.
Son coloro che dal mare • qui si vogliono accasare.
Cosa mai potranno fare • per non farsi ricacciare?

Il cagnone in parlamento • ha rotto col suo schieramento,
e ringhiando con furore • ha morsicato un senatore.
S'alza in piedi la gattina • e impone a tutti disciplina.
Il Conte gatto ai cittadini, • raccomanda i clandestini.
"Non son cani e non son gatti • però san pulire i piatti".

"Fai silenzio iettatore, • tu sei solo un traditore...
È finita la cuccagna, • ora più nessuno magna."
Cani e gatti in parlamento • hanno fatto un giuramento:
"Noi dobbiamo sempre dire • siamo qui, ma per servire!"

In realtà vogliono soldi...
"E faranno il cambiamento, quando avranno
un bell' aumento!"

CAPRE E SOMARI

Cinque racconti dal sapore agrodolce, che potrebbero anche apparire esilaranti. No, c'è poco da ridere! La vita è uno spettacolo intervallato da attimi di farsesca comicità in una cornice permanente di tragicità. Alla chiusura del sipario non ci saranno applausi: la commedia finisce - sistematicamente - in tragedia. Ma ogni fine ha avuto un inizio, un inizio che nessuno può dire di essersi scelto, o perlomeno concordato. Qualora tu ti rifiutassi di sgobbare interpretando la parte di una capra o di un somaro, il regista ti caccerebbe dal palco; il copione va rispettato. No, dev'essere l'ignobile indole umana a impregnare di paradossali assurdità questo universo generato da esoteriche entità disaggregate. Qualcuno l'aveva detto, ma noi, imperterriti, continuiamo a sgomitare: invano.

IL PONTE DEL DIAVOLO

Romanzo storico che abbraccia il primo ottocento europeo. Il protagonista insegue il mito napoleonico della, "Libertè - Egalitè - Fraternitè", ma scopre che in realtà la vita è solo un andirivieni su un ponte del diavolo reale e metaforico. Non esiste il bene o il male assoluto, bensì nient'altro che azioni opportune oppure inopportune. La vita è soltanto un gioco alla roulette. Un giro vinci, poi perdi, però poi rivinci e vai avanti finché ti accorgi di non avere più fiches. C'è chi le finisce prima e chi dopo, ma la ruota continua a girare. Chi deluso non sopporta che alla fine a vincere sia unicamente e sempre il banco, butta le sue fiches e riattraversa il ponte del diavolo senza finire la partita. Ma quando il gioco si fa duro [...]

IL RISCATTO DELL'ANIMA

Dopo l'ansia, la depressione è il disturbo mentale più comune. Circa il 40% delle persone che ricorre al medico di base presenta sintomi di depressione, ma meno del 10% di esse ha una depressione grave che abbisogna di cure. In genere, la depressione si sviluppa negli adolescenti e nei trentenni, sebbene possa comparire a qualsiasi età, compresa l'infanzia e anche la vecchiaia.

La depressione rende il malato prigioniero della sofferenza e nello stesso tempo crudele carceriere.

In questo romanzo l'autore, rifacendosi al famoso "Candide" di Voltaire, configura un nuovo Candido in età moderna: un personaggio che lotta contro una nuova depressione.

LA TANA DEL DIAVOLO

Romanzo imperniato sulle vicende umane di un personaggio che va alla ricerca della luce assoluta, sennonché a un certo punto scopre che quella luce è irraggiungibile. Dalla religione rivelata deve fuggire. Quel Dio che insistentemente ricerca, lo ritiene riflesso solo nell'intelletto umano.

Ritrova i vecchi compagni di scuola e insieme sperimenta scientificamente le radiazioni invisibili che determinano il bene e il male. Soltanto la razionale elaborazione e studio di questi fenomeni scientifici lo porta a uscire dal guscio in cui fin dalla nascita era imprigionato. Di conseguenza, finalmente, scopre anche lui quel mondo che noi tutti conosciamo.